KB107000

신도,

일본 태생의 종교시스템

저자 이노우에 노부타카 외
역자 박규태

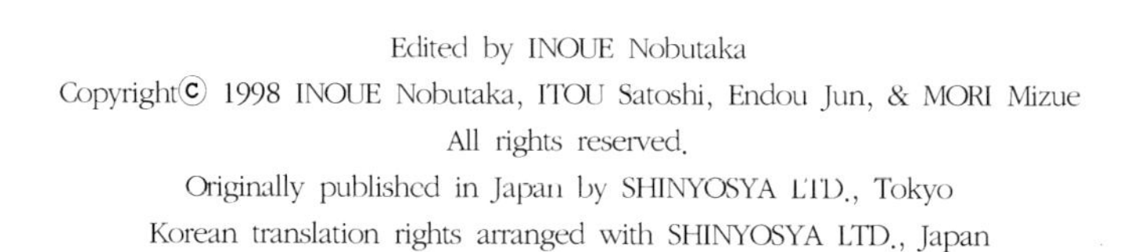

역자의 말

신도는 과연 순수하게 고유한 일본만의 전통인가

통상 신도라든가 신사 하면 일본 고유의 민족종교, 일본만의 순수한 전통이라고 말해지는 경우가 많다. 일본 학자들뿐만 아니라 서구의 일본 연구자들 사이에서도 이런 이해가 하나의 상식처럼 통용되고 있는 것이 사실이다. 다시 말해 종래 일본학계 및 서구학계에서는 일반적으로 신도를 "일본에서 독자적으로 생겨난 민족적 종교"로, 그리고 신사를 "일본에서 독자적, 자연발생적으로 성립한 종교시설"이라고 규정해 왔다. 신도와 신사에 대한 이와 같은 일반적 정의는 표리일체의 관계를 이루며, 그래서 "신도 신앙의 구체적인 표현이 곧 신사"(岩本德一『神道祭祀の研究』참조)라고 이해되어져 왔다. 하지만 과연 그럴까? 정말 신도라는 일본 고유의 순수한 전통이 고대로부터 현대에 이르기까지 그 본질에 있어 변함이 없이 연속성을 가지고 이어져 내려왔으며 그것이 지금도 일본정신의 토대를 구성한다고 말할 수 있는 것일까? 다시 말해 신도야말로 곧 일본전통=일본정신의 대표적인 상징이라고 볼 수 있겠는가?

그러나 근래 고대신사사 및 건축사 연구에 의해 신사가 자연발생적으로 성립했다는 식의 통설이 오류로 밝혀졌다. 다시 말해 신사라는 명칭과 오늘날 우리가 보는 신사건축은 7세기 후반 텐무(天武)천황조에 있어 율령제 지배 및 관사제(官社制)의 성립기에 생겨났다는 것이다.(三宅和朗『古代の神社と祭り』및 丸山茂『神社建築史論』참조) 요컨대 텐무조에 있어 율령체제의 성립(『고사기』『일본서기』등의 편찬에 의한 신들의 체계화와 고대천황신화의 성립 및 천황을 중심으로 한 율령제적 제사시스템의 형성)을 배경으로 '신사'라든가 '신기'(神祇, 天神地祇의 준말)라는 새로운 개념이 성립되었고 그 결과 전국적 규모로 신사가 세워지는 한편, 불교의 정착 및 불교적 의례체계의 수용에 영향받아 신기신앙 독자의 의례체계가 정비되었다는 말이다.

천여 년 넘게 일본종교의 기본체질을 형성시킨 신불습합(神佛習合, 신도와 불교의 습합)의 역사적 과정 또한 신사 및 그것과 일체가 된 율령제적 신기(神祇)신앙의 성립기까지 거슬러 올라가서 생각해야 한다(井上寬司『日本の神社と「神道」』참조). 뿐만 아니라 신사연구에서 언제나 부딪치게 되는 신불습합의 문제는 중세에 형성된 현밀체제(顯密體制, 천태 · 진언 양종을 중심으로 하는 현밀불교사상을 토대로 모든 종교의 통합이 이루어진 일본적 종교시스템. 黒田俊雄「中世宗教史における神道の位置」참조)를 떠나 생각하기 어렵다. 거기서는 가미(神)와 호토케(佛)의 구별이 무의미하다. 이런 신앙형태는 신불분리와 폐불훼석을 거친 오늘날까지도 기본적으로 변하지 않은 일본종교의 가장 본질적인 특징이라 할 수 있다. 그런데 여기서 특히 주목할 것은 이런 현밀체제에 있어 신사가 담당한 기능이 바로 현세중심주의라는 점이다. 즉 일본의 경우 현세를 평온하고 무사히 지내고 싶다는 가장 소박하고 본질적인 민중의 세속적 요구에 직접적으로 부응해 온 종교적 실체가 바로 신사라는 말이다.

이상과 같은 신사와 신도의 관계, 신도와 불교의 관계를 염두에 두고 역사적으로 근대 이전(특히 중세)의 사회 · 경제 · 정치적 요인에 있어 신사의 세 가지 유형을 구분하자면 다음과 같다: ①국가권력(및 각 지역의 지배권력)의 일익을 담당하거나 혹은 그 이데올로기적 지배기관으로서 기능한 22사제도(헤이안 중기에 지정된 22개소의 최상급 관변신사) 및 이치노미야(一宮, 각 지방의 최상급 신사) 등의 공적, 국가적 성격을 지닌 유력신사 ②개개의 영주권력과 결부되어 민중지배의 일익을 담당한 재향 친쥬(鎮守, 해당 토지의 수호신 또는 수호신사) 등의 중소신사 ③민중의 소박한 신앙대상이었던 기타 영세한 사당.

일본 신도의 역사를 '종교시스템으로서의 신도'라는 관점에서 매우 요령 있게 서술하고 있는 본서를 번역하여 한국의 학계와 일반독자들에게 소개할 필요성을 느낀 역자의 관심은 바로 이상과 같은 문제의식과 이해에서부터 시작되었다. 역자가 보기에 본서는 방금 언급한 문제의식과 관련하여 기존의 무수한 신도 연구서들을 능가하는 많은 장점들을 가지고 있다. 그 중 두드러진 장점 몇 가지만 들어보자.

첫째, 본서의 최대 장점은 신도를 '종교시스템'이라는 관점에서 서술한다는 점에 있다. 전체 사회의 구조적 특질 및 그 변화과정과의 관계에서 종교사의 전개를 이해하자는 것이 그 목적이라는 것이다. 이는 유기체 모델이 아닌 생태계 모델로서 종교사를 서술한다. 이를 위해 본서는 종교시스템을 종교제작자(교조, 성직자 등)와 종교사용자(신자)로 구성된 <주체>, 하드웨어 측면(종교시설, 성지 등)과 소프트웨어 측면(종교제도, 성지순례 루트 등)으로 이루어진 <회로>, 그리고 교의와 의례 및 수행법 등 해당 종교가 전하는 메시지의 총체를 가리키는 <정보>의 세 가지 요소로 설명하고 있다. 이와 같은 관점은 본서가 역사학적인 서술과 종교학적인 방법론을 균형 있게 채용하고 있음을 잘 보여준다.

둘째, 전술했듯이 본서는 신도를 생태계 모델로 이해하고 있다. 이런 입장은 신도라는 것에 고대로부터 현대에 이르기까지 일본에만 고유한 어떤 불변적이고 본질적인 특징이 존재한다고 보지 않는다. 예컨대 본서는 "신도를 고대로부터 오늘날에 이르기까지 동일한 종교시스템으로 볼 수 없다."(본서 21쪽)라고 언명한다. 하지만 기본적으로 본서는 일본 역사상 신도라고 부를만한 어떤 연속성이 존재한다는 점까지 부정하지는 않는다. 이른바 신기(神祇)숭배라는 것이 그 핵심이라는 것이다. 단, 본서의 입장은 신도에 본질적인 이런 신기숭배의 구체적인 표출이 시대에 따라 다양하다는 관점에 입각해 있다. 바로 이런 다양성을 포착하고 획일성을 견제하기 위해 본서가 채택한 방법론이 곧 '종교시스템'에 다름 아니다. 신도를 하나의 종교시스템으로 보는 본서에 의하면, 율령제하에 고대 신기제도가 확립된 10세기 중엽 이전까지는 '신도'와 관련된 명확한 종교시스템을 상정하지 말아야 한다. 왜냐하면 신기제도의 확립 이전에는 종교시스템을 구성하는 삼요소 즉 <주체> <회로> <정보>의 형태 및 내용이 명확하지 않기 때문이라는 것이다.(본서 21쪽)

셋째, 신도를 과연 일본만의 독자적인 종교라고 할 수 있겠는가 하는 물음과 관련하여 구체적으로 본서는 다양한 관점에서 반드시 그렇지만은 않다는 점을 역설하고 있다. 신도의 기원과 전개과정은 매우 다양한 원천을 가지고 있기 때문이다. 가령 일본 신도의 형성은 한반도의 샤머니즘(본서 26쪽 이하), 조상숭배(본서 29쪽 이하), 도교(본서 61쪽 이하) 등과 밀접한 관계가 있으며, 흔히 말해지듯이 결코 자연발생적이지 않고 오히려 선택적, 조작적이라는 것이다. 즉 야마토 조정이 대륙 왕권사상의 영향하에서 태양숭배를 의식적으로 선택하고 거기에 아마쓰가미(天神) 사상을 결부시켜 만들어낸 것이 다름 아닌 신도라는 말이다. 한편 신도의 기본적 특성으로 흔히 거론되는 다신교적, 애니미즘적 형태는 사실상 거의 모든 종교의 원초적 형태이며 결코 일본만의 특징은 아니다. 특히 신도는 음양오행설, 신령숭배, 신들림, 점, 기도, 탁선, 다신숭배, 신크레티즘 등에 있어 동아시아 민속종교와 많은 공통점을 가지고 있다.(본서 24쪽 이하) 뿐만 아니라 신불습합(神佛習合)의 결과로 오늘날의 신도의례와 도덕에는 불교에서 유래된 부분이 많다.(본서 130쪽)

넷째, 신도를 포함한 일본종교사를 고찰할 때 이른바 신불습합을 어떻게 보아야 할 것인가 하는 문제가 매우 중요한데, 본서의 경우 신도와 관련하여 신불습합이 가지는 의미를 비교적 알기 쉽고 분명하게 제시하고 있다. 즉 본서에 의하면 신불습합은 신도에 있어 종교시스템으로서의 성격을 약화시켰다는 것이다. 신불습합으로 인해 신도의 <정보>가 크게 변화되었기 때문이다. 이와 관련하여 신불습합 자체가 중세일본에 슈겐도(修驗道)라는 새로운 종교시스템을 산출했다(본서 22쪽)고 보는 본서의 서술은 매우 적절해 보인다.

이 밖에도 본서가 가진 장점은 많이 있으나 그것들은 일단 독자들이 찾아낼 몫으로 남겨 두고 여기서는 본서의 결정적인 오류에 대해서도 몇 가지만 지적하고 넘어가고자 한다. 먼저, 본서는 고분과 신사의 관계에 대해 “고분에 매장된 역사상의 인물은 원래 신앙대상도 제사대상도 아니었다.”(본서 107쪽 각주11)고 단정적으로 끊어 말하고 있다. 하지만 고분과 신사의 관계는 그렇게 간단치 않다. 한반도에서 일본에 건너간 이른바 ‘도래인’들의 경우 조상의 무덤 위 혹은 주변에 신사를 많이 세웠는데, 출토 유물 및 문헌기록상 이는 조상에 대한 제사가 주목적이었던 것으로 추정되기 때문이다. 둘째, 본서는 “설령 고신도 등으로 부를 만한 신도의 원초적 형태가 있었다 할지라도, 그것은 중국불교의 영향으로 크게 변질된 형태의 신도”(본서 16쪽)라고 적고 있는데, 여기서 신도에 끼친 불교의 영향이라는 큰 맥락은 맞다. 하지만 그것이 ‘중국불교’의 영향이라고 적고 있는 것은 오류이다. 엄밀히 말하자면 그것은 ‘한국화된 불교’ 혹은 최소한 ‘한반도를 경유한 중국불교’라고 했어야 마땅하기 때문이다. 셋째, 본서는 한반도에서 일본에 처음 불교가 전래될 때 “불상과 경전과 승려가 동시에 전래되었다.”(본서 63쪽)고 기술하고 있는데, 이는 역사적 사실과 다르다. 물론 이렇게 말한 필자의 의도가 “불교가 하나의 종교시스템으로서 전래되었다"는 점을 부각시키는 데에 있었음을 모르는 바는 아니다. 그러나 백제에서부터 일본에 불교가 전래된 538년(혹은 552년) 당시에는 불상과 경전만 전해졌으며 백제 승려들이 들어간 것은 좀 더 시간이 지난 다음의 일이었다. 넷째, 신도와 불교의 관계에 대해 본서는 "불교 전래를 계기로 자신들의 신앙을 외래신앙과 대비시켜 재인식했다."(본서 62쪽 이하)고 적고 있다. 다시 말해 외래종교인 불교로 인해 일본 고유의 신앙으로서의 신도를 자각했다는 말인데, 이런 이해가 종래의 통설이었다. 그러나 이런 서술은 앞서도 언급했듯이 "율령제하에 고대 신기제도가 확립된 10세기 중엽 이전까지는 '신도'와 관련된 명확한 종교시스템을 상정하지 말아야 한다."(본서 21쪽)든가 혹은 상설 신전 등 건물을 갖춘 신사의 성립을 관료제와 부계제를 수반하는 율령제가 확립되고 우지가미(氏神) 제사가 출현한 8세기 중엽 이후로 보는 본서의 입장과 크게 모순된다는 점에서 옥의 티라 아니 할 수 없다.

하지만 이와 같은 오류들은 본서가 가진 많은 장점에 비하면 사소한 것일 수도 있다. 그것들은 향후 신도 연구의 과제로서 머지않아 수정될 것으로 기대된다. 다시 말하거니와 무엇보다 본서가 제시하고 있는 가장 중요한 메시지는 신도란 결코 "초역사적이고 불변적인 일본인의 기층신앙이 아니"라는 통찰력에 있다.(본서 130쪽) 본서에는 "일본 태생의 종교시스템"이라는 부제가 붙어 있으나, 이는 결코 신도가 순수하게 일본적인, 일본만의 고유한 종교임을 의도하는 표현이 아니다. "일본 태생"이라는 말은 일본인들이 일본열도 내외의 다양한 신앙전통과 문화적 요소들을 수합하여 역사적으로 발전시켜 온 것이 바로 신도라는 의미를 담고 있을 따름이다. 본 역서는 독자들이 이와 같은 통찰력에 보다 용이하게 접근할 수 있도록 원주 외에도 필요한 개소마다 옮긴이 역주를 붙여 이해를 돕고자 했다. 끝으로 본서의 번역에 있어 필요한 경우 영어판(John Breen & Mark Teeuwen, trans., *Shinto : A Short Story*, Routledge, 2004)도 참조했음을 밝힌다.

2009년 마지막 달의 첫날에
딸아이와 함께 했던 지난 시간들을 추상하며
방배동에서 박규태

일러두기

1. 이 역서는 井上順孝編『神道 日本生まれの宗教システム』(新曜社, 1998)을 완역하고 거기에 옮긴이 주를 붙인 것이다.
2. 인명, 지명, 사찰명, 책명 등의 표기는 일본어 발음 표기를 원칙으로 하였다. 예 : 엔랴쿠지(延曆寺)
3. 종파, 교파, 교단명 등은 읽기 쉽게 한글로 표기하고 ( )에 일본어 발음을 병기하였다. 예 : 길전신도(吉田神道, 요시다신토), 천리교(天理敎, 덴리쿄)
4. 신사명 및 천황명 등도 읽기 쉽게 일본어 표기와 한글 표기를 병기하였다. 예 : 이세(伊勢)신궁, 긴메이(欽明)천황
5. 개념어의 한자 병기에 있어 일반적인 경우는 ( )를 사용했으며, 그 밖에 의역이나 풀어쓴 경우는 [ ]를 사용하였으며 필요한 경우 일본어 발음을 병기하였다. 예 : 우지가미(氏神), 등단즉위(登壇卽位), 우지카바네제도[氏姓制], 죽음과 연관된 오염[死穢], 일본풍 시호[和風諡號, 와후시고]
6. 한자표기는 모두 정자체로 통일하였다.
7. 중요한 일본적 개념어는 일본어 표기를 원칙으로 하였다. 예 : 가미(神)
8. 장음은 일본어 발음에 가깝게 중복 처리하였다.
   예 : 아마테라스오오가미(天照大神)
9. 원주 외에 역자가 붙인 각주는 말미에 '옮긴이'로 표시하였다.

차 례

- 역자의 말 ‥ 1
- 일러두기 ‥ 6

- 종교시스템으로 본 신도 조감도

서 장
신도란 무엇인가

신도라는 종교시스템 계속 변화하면서 이어져 내려온 종교전통 ‥ 13
동아시아 종교문화권과 신도 신도는 과연 일본의 독자적인 종교라고 말할 수 있는가? ‥ 24

제1장
고대 : 신도의 새벽

가미신앙 제사유적과 가미신앙 ·· 36
마쓰리고토 야마토 조정의 발전과 신기신앙 ·· 44
진무천황 부족연합에 관한 신화의 형성 ·· 53
천손강림 '히노미코'의 즉위 의례 ·· 65
■ **도표** 양로령(養老令)의 신기령 및 관련조목 일람 ·· 76
신기관 신기 씨족이 담지하는 국가제사의 체계 ·· 79
신사 율령국가의 신들 ·· 90
우지가미 율령제와 우지가미의 탄생 ·· 101
■ **칼럼** 미소기와 하라에 ·· 114

제2장
중세 : 습합하는 신들

22사와 총사 · 일궁 ·· 121
신불습합 신신이탈(神身離脫)을 희구하는 신들과 하치만신의 등장 ·· 129
본지수적 신불습합의 발전과 어령신앙 ·· 138
신국사상 중세적 국가관의 형성 ·· 150

양부신도 이세신궁 주변의 신도설 성립 ·· 160

산왕신도와 중세일본기 중세신도설의 발전과 보급 ·· 169

수험도와 음양도 신기신앙의 주변 ·· 181

■ **칼럼** 에마 · 오미쿠지 ·· 193

제3장
근세 : 자화상을 추구하는 신도

길전신도 신도의 새로운 조직화로 ·· 200

동조대권현 신격화된 위정자들 ·· 210

제사니의신주법도 에도막부의 신직 정책 ·· 216

서민과 신도 의례와 교설의 확대 ·· 223

■ **칼럼** 우지가미와 우부스나가미 · 인과와 조화 ·· 231

유가신도 유학에 입각한 '합리화' ·· 233

수가신도 신도와 유학의 미묘한 관계 ·· 240

■ **칼럼** 신장제 : 신도와 장례 ·· 251

강 · 유행신 월경(越境)하는 신앙집단의 탄생 ·· 253

■ **칼럼** 시치고산(칠오삼) ·· 260

국학 신도를 둘러싼 학문의 전개 ·· 262

복고신도 학문과 신앙의 예정조화 ·· 274

제4장
근현대 : 근대화와 마주선 신도

근대신기제도 '국가의 종사(宗祀)'로 자리매김된 신사신도 ·· 290
근대천황제 천황의 신성화와 신격화 ·· 299
신사본청 정교분리 및 신교자유의 원칙에 입각한 신사의 재편성 ·· 303
■ **칼럼** 해외신사 · 참배작법 · 현대의 신직 ·· 308
교파신도 유신정부에 의해 교단화가 촉진된 신도 ·· 310
신도계 신종교 연이어 출현한 새로운 신들 ·· 323
■ **칼럼** 신도계 신종교의 해외포교 ·· 337
신도습합 현대사회에 숨 쉬고 있는 민속신도 ·· 339

- 편저자 후기 ·· 347
- 추천할 만한 신도 관련문헌 ·· 349
- 찾아보기 ·· 359

서 장

신도란 무엇인가

■ 닛타(新田)신사 (가고시마현 소재)

신도,

일본 태생의 종교시스템

신도라는 종교시스템

계속 변화하면서 이어져 내려온 종교전통

신도(神道, 신토)[1]라는 개념은 매우 애매하다. 고대에 형성된 **신기제도**(神祇制度, 진기세이도) 및 **신사**(神社, 진자)가 그 중요한 요소임은 틀림없다. 그러나 구체적으로 어떤 교의나 의례 혹은 신앙내용을 가리켜 신도라고 하는지를 묻는다면 답변하기가 상당히 곤란하다. 물론 신도는 통상 **신사신도**(神社神道, 진자신토), **교파신도**(教派神道, 교하신토), **민속신도**(民俗神道, 민조쿠신토) 등으로 구분되어 왔고, 혹은 여기에다 **황실신도**(皇室神道, 코지쓰신토)[2], **국가신도**(國家神道, 곡카신토), **신도계 신종교**

1 고대일본에 불교가 전래되면서 종래까지의 전통적 제사 혹은 신앙형태가 '신도'로 의식된 것이라고 보인다. 『니혼쇼키日本書紀』요메이(用明)천황조 기사에 보면 "천황이 불교를 믿고 신도를 존숭했다"(天皇信佛法尊神道)고 나오는데, 이것이 '신도'라는 용어가 등장한 최초의 사례이다. 그 후 중세 및 근세에 다양한 학파신도들이 형성되는 가운데 특정한 사상체계에 대해 신도라는 이름이 붙여지게 되었다. 또한 근대학문에서도 그리스도교, 불교, 이슬람교 등과 같은 외래종교들에 비해, 전통적으로 계승되어 온 일본의 가미(神)신앙 및 그에 관계된 사상・의례・습속 등을 통상 '신도'라고 총칭하게 되었다.

2 궁중제사와 같이 황실이 중심이 되어 행해져 온 제사가 핵심적 요소를 이루는

따위의 개념을 추가하여 구분하려는 시도도 있다. 하지만 이것들의 상호관계는 그리 명확하지 않으며 논쟁의 여지가 많이 있다. 특히 민속신도와 신사신도의 경계선은 매우 애매하며, 극단적인 경우에는 일본의 전통적인 종교민속이 모두 신도라고 주장되기도 한다.

종교학에서는 흔히 신도를 **민족종교**의 범주에 포함시킨다. 여기서 민족종교란 특정 민족문화의 역사적 전개 속에서 자연발생적으로 생겨난 종교를 말한다. 이는 그 특징에서 종종 창립종교라든가 세계종교와 대비되는 범주이다. 즉 **창립종교**[創唱宗教]가 특정한 창시자와 명확한 교의를 가지고 있는 데에 반해 민족종교는 그렇지 못하다. 또한 **세계종교**가 국가와 민족의 틀을 벗어나 세계적으로 퍼져있는 것에 반해 민족종교는 특정한 민족에게만 신앙된다.

나아가 신도는 **민속종교** 혹은 민속신앙과 깊은 관계가 있다. 이 때의 민속종교(신앙)가 무엇이냐를 정의내리기란 쉽지 않지만, 여기서는 일단 신사 · 사원 · 교회 등과 같은 종교조직이 직접 관장하지 않으며, 또한 신직 · 승려 · 신부 · 목사 등과 같은 직업적인 종교가에게 상시적으로 지도받지도 않는, 그저 민중들 사이에 퍼져있는 신앙형태를 총칭하는 것이라고 해 두자. 좀 더 구체적으로 민속종교의 내용을 말하자면, 각종 오후다[3]에 대한 신앙, **일진 · 방위** 등에 관한 금기[4], 사

신도.

3 오후다(お札) : 일본 신사나 절에서 배포하거나 판매하는 각종 부적류_옮긴이.

4 대표적인 일진[日柄, 히가라]금기로 육요(六曜, 로쿠요. 중국의 일진 길흉점이 무로마치시대에 전래되어 에도 후기부터 일반적으로 사용되면서 오늘날 널리 행해지게 된 민간신앙_옮긴이)라는 것이 있다. 여기서 육요란 선승(先勝, 센슈.

령(死靈)이나 원령(怨靈) 등과 같은 영적 존재에 대한 막연한 신앙, 산이나 나무 등에 대한 자연숭배, 밭의 신이라든가 산신처럼 생활과 밀착된 신들에 대한 신앙 등을 들 수 있겠다. 우리가 흔히 습속, 민간신앙, 속신(俗信), 종교적 관습 따위로 부르는 것들이 대체로 이런 민속종교의 범주에 포함되는 경우가 많다.

일본에서는 비단 신도뿐만 아니라 불교나 신종교도 이와 같은 민속종교와 깊이 연관되어 있다. 심지어 그리스도교조차도 민속종교와 무관하지 않다. 이 중에서도 신도와 민속종교는 특별히 연속적인 관계를 가지고 있어서 양자의 경계선이 분명치 않다. 왜냐하면 신도는 고래부터 역사적으로 일본인의 일상생활 리듬 및 문화양식과 항상 밀접한 관계를 가지고 전개되어 왔기 때문이다.

이 밖에도 신도를 독자적인 종교로 보기 어려운 또 다른 이유가 있다. 신도는 당초부터 많은 측면에서 다른 종교의 영향을 받았기 때문이다. 예컨대 신도는 고대 이래 중국종교로부터 많은 영향을 받아왔

오전은 길하고 오후는 흉하며 서두르면 길한 날_옮긴이), 우인(友引, 도모비키. 아침과 저녁은 길하고 낮은 흉한 날. 친구나 가까운 사람을 끌어들인다 하여 이런 날에는 장례식 거행이 금기시된다_옮긴이), 선부(先負, 센부. 오전은 흉하고 오후는 길한 날. 이런 날에는 공사를 하거나 급한 용무를 피한다_옮긴이), 불멸(佛滅, 부쓰메쓰. 만사가 흉한 날_옮긴이), 대안(大安, 다이안. 만사가 길하여 형통하는 날. 오늘날 흔히 결혼식 날짜로 많이 잡는다_옮긴이), 적구(赤口, 샤코. 오전11시에서 오후1시 사이[牛刻]만 길하고 나머지는 大凶한 날_옮긴이) 등을 가리킨다. 한편 방위(方位)금기로는 귀문(鬼門, 기몬)과 가타타가에(方違え)가 있다. 이 중 귀문은 북동쪽에 해당하는 간(艮, 우시토라) 방각을 기피하는 금기이고, 가타타가에는 흉한 방각을 피하여 다른 길로 우회하여 목적지에 가는 것을 가리킨다.

다. 그 중에서도 특히 불교의 영향이 컸다. 그래서 설령 **고신도**(古神道) 등으로 부를 만한 신도의 원초적 형태가 있었다 하더라도, 그것은 중국불교[5]의 영향으로 크게 변질된 형태의 신도였다고 보아야 한다. 한편 신도는 불교 외에 유교・도교・역(易)・**음양오행설**[6] 등의 영향도 많이 받았다. 때문에 무엇이 신도냐 하는 물음에 답하기가 점점 더 어렵게 되었다. 그리하여 양파 껍질을 벗기는 것과 마찬가지로, 신도에서 외래적인 요소를 다 벗기면 아무 것도 남는 것이 없다는 주장이 나온다 해도 전혀 무리가 아닐 것이다.

요컨대 신도란 무엇인가 하는 물음에 답하고자 할 때, 우리는 이상에서 지적한 것과 같은 근본적인 어려움에 직면하게 된다. 그러니까 신도가 무엇이냐 하는 본질론에 입각한 연구방법으로는 이런 난점을 극복하기 어려워 보인다. 따라서 본서에서는 '종교시스템'이라는 개념을 도입함으로써 '신도란 무엇인가' 하는 물음에 대한 하나의 관점을 제시하는 한편, 신도의 역사적 전개를 논하는 새로운 틀을 제기하고자 한다.

이 때 **종교시스템**이라는 용어는 전체 사회의 구조적 특질 및 그 변화과정과의 관계에서 종교사의 전개를 이해하기 위해 제시된 개념이

5 엄밀히 말해 최소한 헤이안 중엽까지라면 '한반도를 경유한 중국불교', 혹은 '고대 한국불교'라 해야 옳을 것이다_옮긴이.

6 음양설은 모든 현상이 음과 양의 조합 및 상호작용에 의해 이루어진다는 설이며, 오행설은 모든 현상을 다섯 가지 요소로 환원시켜 보는 설이다. 이 중 가장 많이 알려진 것으로 오행상생(목・화・토・금・수), 오행생성(수・화・목・금・토), 오행상극(수・화・금・목・토) 등이 있다.

다. 통상 종교사는 개별적인 종교 내지 교단·교파·종파 등의 단위로 논해져 왔다. 가령 그리스도교사, 이슬람사, 불교사, 신도사 등은 종교별 단위에 의한 구분이다. 이에 비해 감리교의 역사라든가 일본 정토종(淨土宗, 죠도슈)[7]의 역사 등은 종파·교파별 구분에 해당된다. 한편 천리교(天理敎, 덴리쿄)[8]의 역사라든가 창가학회(創價學會, 소카각카이)[9]의 역사 등은 교단별 구분이라 할 수 있다.

말할 나위 없이 종교사는 기본적으로 이와 같은 개별 종교사 혹은 교단사 등에 입각하고 있다. 그러나 그리스도교라든가 불교처럼 하나의 이름으로 총칭되는 종교의 경우라 할지라도, 그 종교 안에는 시대나 종파에 따라 상당히 이질적인 측면들이 존재하기 마련이다. 예컨대 같은 프로테스탄트라 해도 일본의 프로테스탄트와 한국의 프로테스탄트는 상당히 다르다. 또한 고대의 일본불교와 근대의 일본불교도 상당히 다른 성격을 보여준다. 한편 상이한 교단이나 교회라 해도 동일한 사회나 문화적 조건을 배경으로 유사한 특질이 형성되는 경우도 있다. 가령 신종교라 총칭되는 근현대 일본의 새로운 종교운동은 교단명은 매우 다양하지만 실제 활동이나 교의내용에서는 많은 유사성을 보여준다. 이를테면 입정교성회(立正佼成會, 릿쇼코세이카이)[10]와 묘지

7 호넨(法然)을 종조로 하는 일본불교의 일파_옮긴이.

8 1838년 나카야마 미키(中山みき)에 의해 창시된 신종교로 본부는 덴리시(天理市)에 있다_옮긴이.

9 1930년 마키구치 쓰네사부로(牧口常三郎)에 의해 창시된 불교계 신종교로 본부는 도쿄에 있다_옮긴이.

10 일본의 불교계 신종교. 영우회(靈友會, 레이유카이)의 일분파. 니와노 닛쿄(庭野日敬)와 나가누마 묘코(長沼妙佼)에 의해 창시되었고, 본부는 도쿄도(東京都)

회(妙智會, 묘치카이)[11]의 차이는 나라(奈良)시대 불교와 에도(江戸)시대 불교의 차이에 비해 훨씬 적다.

문자화된 경전 등의 차원에서는 하나의 종교·종파·교파가 많은 연속성을 보여주지만, 실제의 사회적 표출은 시대와 문화적 상황에 의해 크게 좌우되어 다르게 나타나곤 한다. 즉 종교는 하나의 생태학적 존재라 할 수 있다. 이렇게 볼 때 종교사의 기술에는 특별한 장치가 요청된다. 그래서 고안해 낸 것이 바로 종교시스템이라는 개념이다. 거기서는 매우 유사한 형태로 전개되는 종교군이 동일한 종교시스템으로 취급된다. 이와 같은 종교시스템은 전체 사회적 변화와의 연관성에 주목한다. 가령 에도시대의 조동종(曹洞宗, 소토슈)[12]과 정토종은 종파는 다르지만 근세불교로서 동일한 종교시스템으로 간주될 수 있다. 역으로 헤이안(平安)시대의 진언종(眞言宗, 신곤슈)[13]과 메이지(明治)시대의 진언종을 각기 상이한 종교시스템으로 보는 것도 가능하다.

종교시스템은 종교를 유기체 모델이 아니라 생태계 모델로 이해하기 때문에, 특정 종교시스템의 경계가 어떤 종교운동에 있어서든 시대적 변화에 있어서든 완만하게 변화한다고 본다.

이하에서는 특정 종교시스템을 다루면서 그 특징을 파악할 때 다

스기나미구(杉並區)에 있다.

11 일본 불교계 신종교. 영우회의 일분파. 미야모토 미쓰(宮本ミツ)에 의해 창시되었고, 본부는 도쿄도 시부야구(渋谷區)에 있다.

12 가마쿠라(鎌倉)시대 도겐(道元)에 의해 창시된 일본 선종의 일파_옮긴이.

13 헤이안시대 구카이(空海)에 의해 창시된 일본불교의 일파_옮긴이.

음 세 가지 측면을 고려하고자 한다. 즉 <주체>와 <회로>와 <정보>가 그것이다. 이 가운데 **<주체>**란 해당 종교시스템의 담지자인 인간의 측면을 가리킨다. 많은 경우 이는 '종교제작자'와 '종교사용자'의 두 유형으로 나눌 수 있다. 여기서 '종교제작자'라 함은 교조·개조·종조·교주 등 특정 종교를 창시한 인물 및 그 계승자, 그리고 승려·신직·목사·신부·교회장·포교사 등과 같이 해당 종교를 유지하기 위해 활동하는 사람들을 총칭하는 말이다. 거기에는 해당 종교의 사무행정직에 종사하는 사람들도 포함된다.

한편 '종교사용자'라 함은 신도·신자·숭경자·신봉자·회원 등으로 불리는 사람들을 총칭하는 말이다. 이는 흔히 말하는 종교 신자에 가까운 개념이지만, 여기서는 신자가 아닌 사람들도 그 주변부에 포함시킬 필요가 있다. 왜냐하면 미신자들 또한 포교나 교화의 대상이라는 의미에서 잠재적인 신자로 볼 수도 있기 때문이다. 즉 '종교사용자'는 특정 종교의 신자뿐만 아니라 잠재적 신자까지도 포괄하는 개념이다.

다음으로 **<회로>**는 해당 종교시스템의 조직 유지와 관련된 모든 요인들을 가리킨다. 이는 하드웨어로서의 <회로>와 소프트웨어로서의 <회로>를 모두 포함하는 개념이다. 가령 본부 및 지부의 건물이라든가 성지 등은 하드웨어로서의 <회로>라 할 수 있다. 이에 비해 본말제도(本末制度, 혼마쓰세이도)[14]라든가 본부·지부 제도 혹은 성지순

14 에도시대에 본산(本山=本寺)과 말산(末山=末寺)을 구분한 불교제도_옮긴이.

례 코스 등은 소프트웨어로서의 <회로>에 해당된다.

끝으로 <**정보**>는 해당 종교가 전달하는 메시지의 총체를 가리킨다. 가령 교의・행법(行法)・의례 등이 그것이다. 교의(가르침)는 성전・경전・교전에 적혀 있는 내용 및 실제 포교현장에서 말해지는 내용 모두를 포함한다. 행법이나 의례 또한 일반에게 공개적인 것뿐만 아니라 비의적인 것도 포괄한다.

■ 도표 〈종교시스템〉 ■

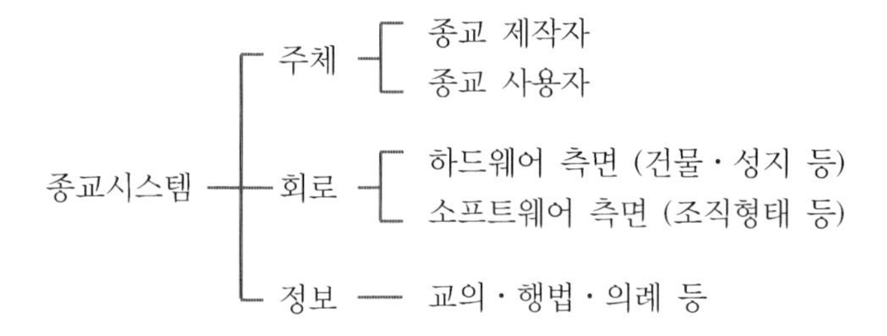

동일한 종교시스템으로 간주되는 것들은 전체적 구조나 형태에서 상당 부분 유사성 내지 상동성을 추출해 낼 수 있는 종교군이다. 이상의 세 가지 요소가 갖추어지기 시작했을 때 새로운 **종교시스템의 생성**이 이루어진다. 한편 **종교시스템의 변용**은 <주체> <회로> <정보> 중 한 가지 이상의 요소에 나타난 큰 변화가 많든 적든 다른 측면에 영향을 끼치면서 그 결과로 생겨난다고 여겨진다.

요컨대 종교시스템은 사회적 변화를 반영하면서 변용된다. 그렇다면 신도를 고대로부터 오늘날에 이르기까지 동일한 종교시스템으로 볼 수 없다는 말이 된다. 그렇기는 하지만 고대의 **신기제도**에서 시작된 종교시스템이 조금씩 변용되면서 현재의 신사신도 및 그 밖의 종교시스템과 연관성을 가지고 있는 것도 사실이므로, 그 변용의 역사를 도출해내는 방법이 필요하게 된다. 즉 신도라고 부를 만한 연속성이 어디에 있는가 하면, **신기숭배**야말로 그 핵심이라 할 수 있다. 그리고 그것의 구체적인 표출은 시대에 따라 상당히 다르며 다양하게 전개되어 왔다고 볼 수 있다.

이런 관점에서 보건대, '**고대 신기제도**'는 분명 하나의 종교시스템으로서의 내용을 갖추고 있다. 그 기원을 확정짓기는 어렵지만, 신기제도가 율령제도하에서 완성된 것임은 틀림없다. 전국적으로 관사(官社) 제도가 확립되었고(회로), 그 제사의 주체도 명확했다(주체). 또한 『엔기시키延喜式』[15] 노리토(祝詞)[16] 혹은 센묘(宣命)[17] 등에서 신기제도의 의의를 엿볼 수 있다(정보). 이런 고대 신기제도 이전에는 신도에 관련된 명확한 종교시스템을 상정하지 않는 편이 타당하다고 보인다. 신기제도 이전에는 <주체> <회로> <정보>의 형태나 내용이 명확하지 않기 때문이다.

15 905년(延喜5)의 칙령에 의해 편찬이 시작되어 967년부터 시행된 율령의 시행세칙. 총50권으로 이루어져 있다_옮긴이.
16 제사 의식에서 낭송하는 축문. 『엔기시키』권8에 실려 있는 '도시고이노마쓰리'(祈年祭) 이하의 27편이 현존하는 최고(最古)의 노리토이다_옮긴이.
17 천황의 명령(칙명)을 선포하는 것 또는 그 문서. 조서(詔書)의 한 형식으로 '센묘타이'(宣命体)로 쓰여졌다_옮긴이.

고대 신기제도는 율령체제의 붕괴와 더불어 점차 그 종교시스템으로서의 성격이 약화되었다. 다시 말해 그 <회로>가 붕괴되어갔고 신불습합(神佛習合) 신앙이 대두되면서 <정보> 또한 상당히 변용되었다. 나아가 중세에 무사들이 신기신앙의 유력한 담지자가 되면서 <주체>도 일부 바뀌게 되었고, 그 결과 신기신앙이 새로운 차원에 들어섰다고 말할 수 있다. 이에 따라 중세 장원(莊園)제도의 확산 및 하치만신(八幡神)의 권청(勸請, 간죠)[18]이 유행하는 등, 새로운 <회로>의 형성이 촉진되었다.

한편 고대 이래의 신불습합이 중세에 들어와 일반적으로 확산되었는데, 이는 신기제도의 변용을 초래함과 동시에 수험도(修驗道, 슈겐도)[19]와 같은 새로운 종교시스템을 낳은 원천이 되기도 했다. 신불습합은 특히 <정보> 측면에서의 변화를 촉진시켰다. 불교 교리가 신도 교의에 강력한 영향을 끼쳤기 때문이다. 또한 이는 불교에 대항하는 형태로 신도 유파들의 이론을 형성시키기도 했다. 중세 신도는 불교 시스템에 의해 절반 지배당하는 형태로 존속했는데, 이는 역으로 근세 및 근대신도의 새로운 전개를 가능케 한 요인이 되었다.

신기제도가 고대에서 중세 및 근세에 걸쳐 일부 변질되면서도 꾸준히 존속하는 한편, 근세후기에는 **국학**(國學, 고쿠가쿠) 및 **복고신도**(復古神道, 훗코신토)가 널리 확산되었다. 국학 및 복고신도는 그 자체를 하

18 신불(神佛)의 분령(分靈)을 맞이하여 제신으로 모시는 것_옮긴이.
19 고래의 산악신앙에 입각하여 엔노오즈누(役小角)를 시조로 받드는 일본불교의 일파_옮긴이.

나의 종교시스템으로 볼 수 있다. 동시에 국학 및 복고신도는 근대에 교단신도의 형태를 취한 새로운 시스템의 형성에 큰 역할을 담당하기도 했다. 즉 <정보> 차원에서 보건대, 중세 이래 축적되어 온 각종 신도사상들이 근세에 국학자 및 복고신도가의 저술을 통해 매우 체계적인 사상으로 전화되어 간 것이다. 이는 새로운 신도시스템의 형성에서 중요한 과정이었다. <회로> 측면에서 말하자면, 근세에 각종 산악신앙의 강(講)[20]조직들이 형성되었는데, 이는 근대 교단신도(교파신도 및 신도계 신종교)가 생겨난 하나의 조건을 마련해 주었다.

또한 중세의 **습합신도설** 및 근세의 **유가신도**(儒家神道, 쥬케신토) 등은 불완전한 종교시스템이었다고 할 수 있다. 거기서는 <회로>가 일부분만 확립되었기 때문이다. 그러나 그것들은 근대 신기제도와 교파신도 및 신도계 신종교 발생의 토양이 되었다는 점에서, 보기에 따라 독립된 종교시스템이라고 말할 수도 있다. 한편 **수험도**(修驗道)는 신기제도 및(특히) 불교와 연관성을 가지고 형성되었으며, 점차 독자적인 종교시스템이 되었다고 볼 수 있다. 본서에서 상세히 다루지는 않겠지만, 신도사 전개를 논할 때 이 수험도에 대해서도 결코 무시할 수 없다.

20 신불을 제사지내거나 참배할 목적으로 조직된 일반인들의 단체_옮긴이.

동아시아 종교문화권과 신도

신도는 과연 일본의 독자적인 종교라고 말할 수 있는가?

종래 신도는 일본고유의 종교라고 강조되어 왔는데, 다른 동아시아 문화권의 종교 특히 민속종교적 성격을 가지는 종교적 습속과 신도를 비교하는 시도는 별로 이루어지지 않았다. 그러나 근래 들어 도교와 신도의 유사성을 지적하는 연구라든가, 음양오행설 등 중국 민속종교가 신도에 끼친 영향을 자세하게 분석하는 연구를 비롯하여 보다 넓은 시야에서 신도를 보려는 경향이 차츰 늘고 있다.[1]

신령숭배, 신들림, 점, 기도, 탁선, 다신숭배 등 신도의 요소로 꼽을 수 있는 많은 것들은 동시에 동아시아 민속종교의 요소이기도 하다. 또한 신불습합이라 해도 중국에 있어 도교와 불교의 습합이라든가 한국에 있어 유교와 도교의 습합 등의 현상과 비교해 보면 흥미롭게도 유사성이 많이 확인된다. 동아시아라고 하면 중국종교문화권이라고

1 예컨대 福永光司『道教と日本文化』人文書院；吉野裕子『陰陽五行說からみた日本の祭』弘文堂 등을 들 수 있다.

바꿔 말해도 좋을 정도로 중국종교의 영향이 막대하다. 종래에는 일본종교의 특징을 말할 때 통상 서양 일신교와 대비시켜 논의하기 십상이었다. 그 경우 신크레티즘, 다신교, 정령신앙(애니미즘) 따위가 종종 일본종교의 특징으로 거론되곤 했다. 그러나 동아시아와의 비교연구가 심화된다면, 신도의 특징으로 말해져온 많은 것들이 실은 동아시아에 걸쳐 훨씬 광범위하게 관찰되는 현상이라는 사실을 새삼 느끼게 될 것이다.

신도에는 팔백만신(八百万神, 야오요로즈노가미)이라는 표현이 있듯이 수많은 신들을 신앙한다. 유대교, 그리스도교, 이슬람과 같은 일신교와 비교하자면, 일본의 **다신교**는 매우 이질적으로 보일 것이다. 하지만 다신교 그 자체는 세계에 널리 퍼져 있으며, 동아시아 종교 역시 기본적으로 다신교이다. 불교는 인도에서 힌두교 신들과 습합했는데, 중국에서는 도교 신들과의 습합이 많이 이루어졌다. 특히 민중종교 차원에서 더욱 그러하다. 또한 일본 신도에는 가미(神) 이외에도 악령, 정령, 영혼 및 기타 초자연적 존재에 대한 신앙형태가 수없이 많이 존재한다. 거기서는 복수의 신들을 숭배대상으로 하며, 각각의 신에 대해 어느 정도 기능분담이 이루어져 있다. 게다가 인간과 신의 경계선이 애매하며, 특출난 생애를 보낸 인물이 종종 생신(生神, 이키가미)이라든가 부처의 화신으로 숭배된다. 그런데 이처럼 역사적 인물을 신으로 모시는 풍습도 일본만의 고유한 현상은 아니다.

요컨대 다신교적 형태라든가 애니미즘적 신앙형태는 종교의 원초적 형태이며, 동아시아에만 한정된 현상이 아니다. 여기서 원초적 형태라는 표현이 얼마만큼 적절한 것인지에 대해서는 검토의 여지가 있지만, 그것들이 세계의 민속신앙에서 널리 찾아볼 수 있는 현상임은 틀림없다. 단, 동아시아의 경우에는 이것이 다소 한정된 형태를 보여주고 있을 따름이다. 이에 관해서는 대승불교가 수행한 역할과 중국 고래의 신기숭배라든가 종묘(宗廟)숭배 및 귀신신앙 등을 고려하지 않으면 안 된다. 즉 동아시아에서 보편종교로서 자리매김되고 있는 것이 **대승불교**인데, 매우 융통성이 많은 이 대승불교에 조상숭배라든가 각종 신격에 대한 숭배가 흡수된 형태를 보여주는 것이 바로 동아시아의 기본적인 종교구조라 할 수 있다. 이 느슨한 대치와 융합의 관계로 인해 동아시아 민속종교의 신앙대상들은 개성이 풍부하면서도 많은 공통점을 나타내게 된 것이라고 생각된다.

신의 존재를 인정하는 경우, 그 신과 어떻게 교류하느냐 하는 것은 종교의 중요한 문제라 아니 할 수 없다. 그리스도교나 이슬람에서의 계시라는 개념도 여기서 비롯된다. 계시란 신으로부터 인간에 대해 내려진 일방적이고 돌출적인 메시지라고 이해할 수 있다. 이에 반해 아시아의 많은 지역에는 **샤머니즘**이라고 총칭되는 현상이 있다. 이는 신(령)이라든가 각종 영적 존재와의 일정한 패턴을 가진 교류방식이라고 말할 수 있다. 거기서는 인간측이 보다 적극적으로 신 혹은 영적 존재와의 교류를 기대할 수 있다. 경우에 따라서는 인간이 신을 컨트롤하기도 한다.

이런 샤머니즘이 신도의 일요소를 구성한다고 종종 말해져 왔다. 고대신도에서는 탁선의 사례를 들 수 있으며, 민간신앙에서도 **신들림**

에 관한 이야기가 많이 있다. 그런 모든 것들을 다 샤머니즘이라고 부르기는 어렵겠지만, 적어도 신도에서는 신들림 현상이 신과 인간의 커뮤니케이션을 위한 하나의 수단으로 기능해 왔음을 부정할 수 없다. 신도의 신들림 현상이 오늘날에도 한국이나 대만 및 몽고 등지에서 행해지고 있는 샤머니즘과 어떤 관계가 있는지에 대해서는 아직 충분히 연구된 바가 없다. 하지만 신들과 영적 존재의 의지를 알기 위한 일종의 종교적 테크닉이라는 점에서 신도의 신들림 현상과 샤머니즘은 별반 다르지 않다. 이와 같은 샤머니즘이 동아시아에 널리 퍼져 있으며, 일본 또한 그런 동아시아 문화권에 속해 있음은 말할 나위 없다. 특히 일본의 민속신앙에서는 **영능(靈能)기도자**들이 여전히 뿌리 깊은 영향력을 가지고 있는데, 이들의 활동에 샤머니즘적 요소가 두드러지게 나타난다. 여기서 영능 기도자란 일반적으로 오가미야(拝み屋)라든가 영능자 혹은 기도사 등으로 불린다든지, 또는 지역에 따라 유타(오키나와), 가미상, 이타코, 고미소(동북지방) 등 독특한 용어로 불려지는 사람들의 총칭이다.[2]

신의 뜻은 종종 **점**(占, 우라나이)을 통해 알 수 있다고 여겨져 왔다. 신의 뜻을 말이나 자연현상 및 특별한 방식으로 알고자 하는 점술은 고대 이래 많은 종교에서 찾아 볼 수 있다. 신도의 경우 오늘날에는 오미쿠지(おみくじ)[3]가 많이 알려져 있는데, 고대에는 **거북점**[龜卜, 기

2 유타 및 이타코는 주로 죽은 사람의 영을 불러내어 그들의 뜻을 전한다든지 미래를 점친다든지 해서 지역주민들의 신앙을 모으고 있다.

3 신불에게 기원하여 길흉을 점치는 것. 오늘날 신사를 찾는 일본인들은 흔히 경

보쿠]이 유명했고 그 밖에 **구가타치**(盟神探湯)[4]라는 점술도 있었다. 민간 각지에는 한 해의 길흉을 점치는 연점(年占)과 농작의 풍흉을 점치는 여러 가지 습속들이 있다. 또한 **유다테**(湯立)[5]처럼 신들림의 요소가 내포된 점술도 있다. 이런 점술 또한 일본에만 고유한 관념은 별로 많지 않다. 그것은 중국의 민속신앙 즉 역이나 음양오행설에서 많은 영향을 받았다. 길흉이 교대로 찾아온다는 발상, 하늘[天]의 뜻을 헤아려 안다는 발상 등이 그 예이다.

신도는 특히 불교와 뿌리 깊게 습합하여 **신불습합**이라는 현상을 낳았다. 가미(神)와 호토케(佛) 혹은 보살이 한 세트가 되어 숭배 받았고, 나아가 가미의 특성과 불보살의 특성이 서로 섞이는 현상에 더하여 한 인간 내지 공동체가 복수의 종교를 동시에 신앙하는 형태도 나타났다. 이런 모든 현상을 합쳐서 일반적으로 **신크레티즘**이라고 한다. 이런 신크레티즘 현상은 복수의 종교가 뒤섞여 존재하는 사회에서 종교적 배타성이 그리 두드러지지 않을 때 필연적으로 생기는 현상이라고 말할 수 있다. 일본에서는 신불습합 이외에 신도와 유교가 뒤섞인 **신유(神儒)습합**이라는 현상도 일어났다. 나아가 근대에는 많은

내 판매대에서 흰 종이에 길흉이 적힌 오미쿠지를 뽑아 그 날의 운세를 점친다_옮긴이.

4 고대일본에서 옳고 그름을 재판할 때 신에게 맹세시킨 후 뜨거운 물에 손을 집어넣게 한 데에서 생긴 말. 올바른 자는 손이 아무렇지도 않겠지만, 악한 자는 손이 문드러질 것이라고 여겨졌다_옮긴이.

5 신전 앞에 놓인 큰 가마에다 뜨거운 물을 넣고 미코(巫女) 등이 거기에다 조릿대 잎을 적셔 자기 몸이나 주변 사람들에게 흔들어 뜨거운 물방울을 끼얹는 의례. 예로부터 점치는 데에 사용했다.

신종교들이 복수의 종교적 전통에 영향 받아 생겨났다. 중국의 경우에는 역사적으로 유교·불교·도교가 복잡하게 습합했고, 한반도에서는 유교와 도교가 일부 습합했으며, 심지어 그리스도교와 샤머니즘의 습합도 일어났다. 요컨대 동아시아에서는 신크레티즘이 오히려 <정보> 측면에서의 특징이라고 말할 수도 있다.

또한 이와 같은 통상적인 의미에서의 신크레티즘에 더하여, 근현대에서는 일부 신종교에서 복수의 종교가 가지는 이점들을 적극적으로 취하려는 경향이 보인다. 이를 **네오·신크레티즘**이라 하여 구별할 만하다. 네오·신크레티즘은 특히 근대의 신도계 신종교에서 잘 엿보인다. 그런데 이 현상도 대만이나 한국 등 동아시아의 일부 신종교에서 찾아볼 수 있다.

조상숭배[祖先崇拜, 소센스하이]도 동아시아의 종교형태가 보여주는 대표적인 특징 중의 하나라 할 수 있다. 일본에서는 선조공양이 불교교단의 의례에서 중요한 부분을 차지하게 된 까닭에 조상숭배가 불교습속의 일부로 이해되기 십상이다. 그러나 실상 조상숭배는 신도습속과도 밀접한 관계가 있다. 나아가 동아시아에서는 조상숭배가 유교와 결부되어 사람들의 신앙생활에서 중요한 요소가 되어 있다. 이 경우, 조상의 계보는 통상 부계를 따라 만들어지며[6], 중국 및 한국에

6 일본근대의 불교계 신종교 중에는 영우회 계통의 교단으로 대표되듯이, 부계 및 모계 쌍방의 조상을 제사지내야 한다고 주장하는 교단이 출현하기도 했다. 일본에서는 조상이라는 개념이 중국이나 한국보다도 광의의 개념으로 통용되어 왔으며, 종교에서 조상이 점하는 위치가 상당히 중요시된다.

서는 그것이 출신지(본관)와 결부되어 있다. 그리하여 조상이 같다는 관념이 개인 및 집단의 아이덴티티 형성에 중요한 역할을 해 왔다.

이와 같은 조상숭배는 동족제사 및 씨족제사 등으로 사람들을 결집시키는 사회통합 기능을 담당해 왔는데, 원래는 종교적 측면이 강조되었다. 조상은 단순히 개인이나 집단과 계보적으로 연결되어 있는 존재로만 머무르지 않는다. 그것이 **조상령**[祖靈] 및 **조상신**[祖神]으로 자리매김 되면 자신과 일족을 수호해 주는 존재가 되기 때문이다. 일본인의 조상은 혈연에만 한정되지는 않으므로, 일족의 결집을 위해 조상신 제사가 가지는 의의가 매우 컸다. 또한 그것이 확대 해석되면서 일본이라는 국가를 '확대된 가족'으로 보는 이데올로기가 출현하기도 했다. 어쨌거나 이처럼 동아시아 종교의 특징이라는 관점에서 신도를 재고함으로써 우리는 신도의 특징을 새롭게 볼 수 있게 될 것이다.

제1장

고대 : 신도의 새벽

■ 미와야마(三輪山) 전형적인 가무나비 유형의 신체산

신도,

일본 태생의 종교시스템

신도는 어디에서 왔을까? 신도의 기원이 조몬(縄文)시대까지 거슬러 올라가는지, 아니면 야요이(弥生)문화의 산물인지에 관해 아직도 논의가 분분하다. 단, 적어도 야요이시대 제사유적을 보자면, 당시 사람들이 기상과 풍작을 관장하는 영적 존재를 믿고 외경했음이 분명하다. 이를 **'가미신앙'**[1]이라고 부르기로 하자. 이 가미신앙은 대륙에서 전래된 수도(水稲)경작을 계기로 조직화되었다. 수도경작의 규모가 확대되면서 수많은 사람들이 조직적으로 경작에 참여할 필요성이 생겨났고 수장이 출현하여 수원(水源)과 농경기술을 독점하면서 이를 가미와 결부시킴으로써 자신의 권위를 높이고자 했다. 이들에게 제사는 공동체 질서를 위한 **'마쓰리고토'**였다.

3세기말경 각지의 수장들 중에서 야마토 조정이 두각을 나타냈고 5세기 후반에 대왕(大王, 오오키미)위가 확립되었다. 야마토 조정의 왕은 원래 **미와야마**(三輪山)의 토지신을 제사지냈는데, 점차 군신(軍神)을 모시는 제사로, 이어 유일한 태양신을 모시는 제사로 제사의 주축이 바뀌면서 지역성을 벗어났다. 야마토 조정은 각 지역 수장들의 제

1 모토오리 노리나가(本居宣長)에 의하면, 무엇이든지 보통을 넘어서는 기이한 것이 '가미(神)'라고 불려졌다.

사권을 인정하는 한편 그것을 조정이 구축한 정치적 씨성(氏性)질서 안으로 편입시켰다. 이에 따라 각 지역 수장들에 관한 전승이 대왕가 계보를 축으로 재편성 내지 창작되었다. 나아가 7세기말에 중국으로부터 율령제도가 도입되면서 보다 강력한 중앙집권적 종교시스템이 요청되어 신기관(神祇官, 진기칸)제도가 만들어졌다. 바로 여기서 오늘날의 신도와 연결되는 종교시스템으로서의 **'신도'**[2]가 성립된 것이다.

중앙 주도하에 전국에서 일제히 신기제사를 거행하기 위한 국가기관으로 신기관이 설치됨으로써 전국의 주요한 신사들이 모두 **관사**(官社)가 되었다. 신기관제도의 이념은 천황이 일본을 통치하기 위한 종교적 필요성에 따라 천황을 **아마테라스오오미가미**(天照大神)의 자손으로 보는 **기기신화**(記紀神話)[3]에 입각하고 있었다. 따라서 당시의 국가적 제사에서는 **천손강림**과 **진무**(神武)**천황**의 즉위 및 씨족들의 복속에 관련된 신화적 내용들이 상징적으로 반복되어 나타났다.

율령제 도입기의 신기제사는 지연(地緣)에 입각한 씨성제도의 전통을 전제로 하여 유지되었는데, 율령제의 배후에 있었던 관료제와 부계제적 가치관이 확산되면서 신기제사도 변하지 않을 수 없었다. 이리하여 모계 및 부계 쌍방 모두와 관련되어 있던 씨족관계가 해체되고 부계 씨족으로 재편되면서 **우지가미**(氏神)**제사**가 출현하게 된 것이

2 '신도'가 일정한 사상적 내용을 갖추게 되는 것은 중세 이후부터라는 견해도 있지만, 720년에 성립한 『니혼쇼키』에 보면 '신도'라는 용어가 분명 민족종교를 의도하는 말로 쓰이고 있다.

3 『고지키古事記』와 『니혼쇼키日本書紀』를 축약하여 일본 학계에서는 흔히 '기기'(記紀, 기키)라는 표현을 쓴다_옮긴이.

라고 말할 수 있다. 촌락 차원에서도 율령제의 시행은 제사조직에 구조적인 변화를 초래했다. 이런 움직임이 상설 신전을 갖춘 신사(神社, 진자)의 성립을 촉진시킨 것이다. 본 장에서는 이와 같은 과정을 국가의 정치적 동향과 중첩시켜 생각해 봄으로써 '신도'가 국가의 종교시스템으로서 모습을 드러내게 된 정황을 규명해 보기로 하겠다.

가미신앙

제사유적과 가미신앙

종래 조몬문화와 야요이문화는 성격상 대조적이며 상이한 계통에 속한 일본문화의 양대 기반이라고 말해져 왔다. 그리고 일반적으로 신도의 원류는 야요이시대부터 고분시대에 걸친 가미신앙에 있다고 간주되었으며, 특히 공동체의 도작농경 마쓰리가 그 중심적 요소라고 말해져 왔다. 야요이시대 이래 수전도작농경이 일본사회의 기반이 되었고, 신사제사 안에도 그런 도작의례가 압도적인 비중을 점했으며, 천황은 벼와 관련된 제사왕적 요소를 지녀왔다. 이런 역사를 감안하건대, 상기 가미신앙에 대한 관념은 상당 부분 설득력을 가진다고 보인다. 그러나 연이은 고분유적의 발굴조사에 의해 종래의 조몬사회상이 크게 수정될 수 밖에 없게 되면서 야요이문화와 조몬문화의 연속성이 강조되고 있다. 따라서 조몬시대의 **애니미즘**도 신도의 원류를 말할 때 무시할 수 없게 된 것이다.

대체로 야요이시대에 수전도작농경을 둘러싼 제사가 가미신앙을

점차 조직화했고 그것이 신도라 불릴 만한 종교형태로 발전하는 계기가 되었음이 분명해 보인다.[1] 하지만 수전도작이 일본의 농업에서 완전히 지배적인 형태가 된 것은 상당히 후대의 일이며, 각 지역 공동체의 사정에 따라 다양한 가미신앙의 형태가 있었을 것이다. 그런 가미신앙의 기원과 목적은 결코 수전도작농경의 제사만으로 다 설명될 수 없다. 따라서 열도내 각 지역의 다양한 가미신앙이 사람들의 생활과 더불어 그대로 자연적으로 성장 발전하여 신도를 형성했다는 식으로 단순화시켜서는 안 된다. 오히려 야마토 조정이 대륙 왕권사상의 영향하에서 태양숭배를 의식적으로 선택했고 거기에 **아마쓰가미(天つ神) 사상**[2]이 결부된 것으로 보여진다.

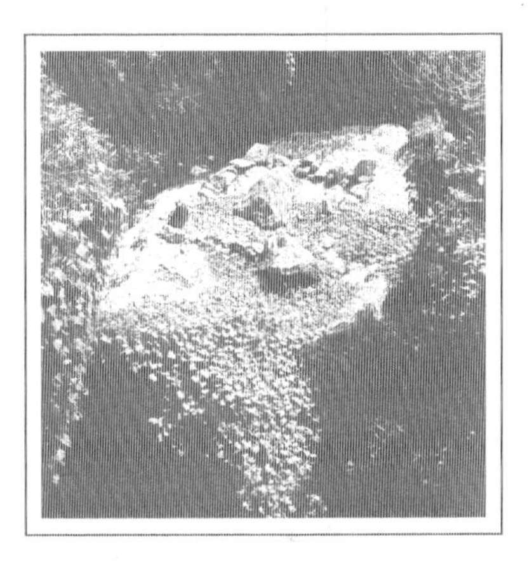

오키노시마 간죠(岩上) 제사 21호 유적

1 조몬시대의 마을은 광장과 묘지를 중심으로 하는 환상집락으로, 사자에 대한 제사공동체의 단결에 있어 요체를 이루는 것이었다. 동일본에서는 제사 및 집회시설에서 엿보이는 대형 건조물의 유적도 남아있다. 한편 야요이시대 이후의 제사유적 및 묘지와는 관계없이, 가미신앙은 자연숭배였으며 사자는 제사 대상이 아니라 오히려 기피 대상이었다고 보인다. 가미신앙에 표출된 조상숭배는 고분시대 이후 씨족제의 형성 및 대륙사상의 수용에 의한 것으로, 조몬시대의 사자제사와는 거의 관계가 없다는 의견이 일반적이다.

2 신들은 지상과 바다에서 생성되거나 혹은 그곳을 거점으로 하는 구니쓰가미(國神)와, 이보다 더 존귀하며 천계에 사는 아마쓰가미(天神)로 구분되며, 지상의 지배권도 최종적으로는 아마쓰가미에 귀속된다. 지상의 지배자인 대왕(=천황)

이점이야말로 종교시스템으로서의 신도 형성에 커다란 계기가 되었다고 보인다.

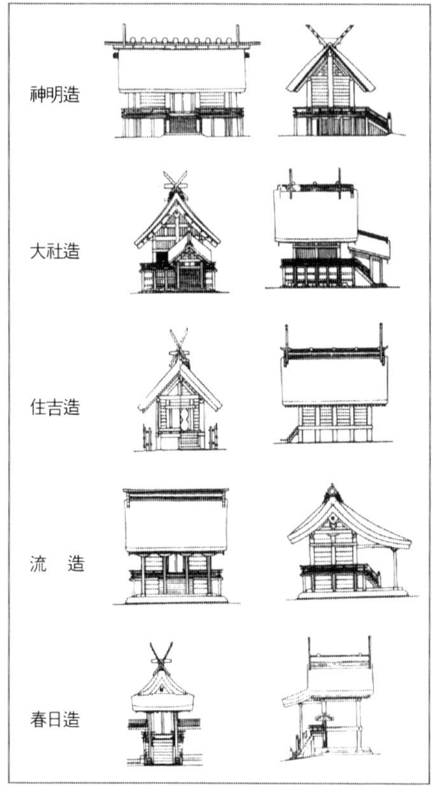

대표적인 신사건축
(일본건축학회편 『일본건축사 도판집』 구판, 彰國社 중) 신명조, 대사조는 굴립주이지만, 유조 등은 초석 위에 기둥을 올려놓았다. 일반적인 신사건축은 나라시대 이후 사원 가람건축의 영향하에 성립된 것이다.

그렇다면 야마토 조정에 의해 조직화되기 이전의 가미신앙은 도대체 어떤 것이었을까? 고대 신도에 관한 문헌자료들은 이미 야마토 조정의 대왕권이 확립된 이후의, 게다가 대부분이 율령국가 형성을 향해 발걸음을 내딛었던 단계의 정보로서, 국가제도적 측면이 많이 내포되어 있다. 따라서 그런 자료들만으로 율령제 이전 가미신앙의 구체적 내용 및 지방 제사의 양상을 재구성하기란 매우 곤란하다. 이런 한계를 염두에 두면서 제사유적의 상태로부터 고대 가미신앙의 형태를 추정해 보

은 아마쓰가미 측에 속하며, 따라서 구니쓰가미 및 그 자손보다 우월하다고 관념되었다.

기로 하자.

야요이시대에서 고분시대에 걸친 유적에는 집락으로부터 멀리 떨어진 산중이나 계곡 혹은 물가라든가 섬 등에서 거석과 암석으로 둘러싸여진 장소, 예컨대 **이와사카**(磐境)나 **시키**(磯城)가 관찰되고 있다. 거기에는 목제의 주술적 도구와 구슬 등의 귀중품이나 식료품 등이 그대로 방치되어 있기도 하다. 이것들은 **제사유적**으로서 가미에게 바친 제물과 그 제구였다고 생각된다. 산중의 이와사카나 거목 아래 혹은 냇물이나 폭포나 강변처럼 공동체의 수원과 관련된 장소에 성지를 마련하여 거기에다 임시로 가미를 불러들여 농경과 관련된 제사를 거행한 듯싶다. 제장은 노천에 마련되었고 강림하는 가미의 표식으로 **요리시로**(依代)가 설치되었다. 가미는 눈에 보이지 않는 정령 같은 존재로 특정 장소에 항상 정주하는 존재가 아니라고 여겨졌기 때문이다.[3]

이 때의 요리시로는 돌의 경우는 **이와쿠라**(磐座), 수목이나 나뭇가지의 경우는 **히모로기**(神籬)라고 한다. 나아가 뱀, 새, 이리, 사슴 등과 같은 동물이 요리시로인 경우도 있었다고 추정된다. 자연물인 만큼 요리시로 자체는 거의 남아있지 않은데, 지면에 직접 상록수 등의 기둥 모양의 것을 세워 가미를 빙의시킨 것이 가장 일반적인 형태였던 듯싶다.[4] 폭포, 하천, 산, 섬과 같은 지형 자체가 숭배대상이 된 경우도

3 가령 '마쓰리노니와'(靈畤), '야시로'(社, 屋代), 모리(杜) 등과 같은 표현은 노천의 임시제장을 의미한다.

4 조몬시대의 집락유적 중에 입주(立柱)제사의 유구(遺構)로 보이는 것이 있다. 가미를 세는 수사는 '하시라'(柱)이다. 가령 『고지키』와 『니혼쇼키』에는 이런 '하시라'가 들어간 신명 및 천지를 잇는 '하시라'라는 관념이 나온다. 또한 우레

있었다. 특히 주변에 기상의 영향을 끼친다든지 뛰어난 경관을 갖춘 산은 그 자체로 가미가 깃드는 성지 즉 **신체산**(神体山)으로 숭배받았다. **오오미와**(大神)**신사**나 **스와**(諏訪)**대사** 등에는 지금도 신이 거하는 **본전**이 없으며 배전에서 신체산과 신목을 직접 예배하는 형태로 되어 있어 고대적인 흔적을 보여주고 있다.[5] 신체산에서의 제사는 사람들이 함부로 출입해서는 안 되는 산중의 특별한 장소(禁足地)에서 거행되었는데, 산 그 자체는 사람들이 땔감이나 산나물 등을 채집하러 가는 장소이기도 하며, 산록의 생산생활과 밀접하게 연관되어 있었다.

그 후 도작이 비교적 빠른 속도로 보급되었고, 안정된 생활 싸이클과 가족을 기초단위로 하는 농경사회로 이행했다. 이에 수반하여 노동력의 집약화가 진행되었고 공동체(무라)의 기술과 잉여생산물을 관리 운영하는 지도자층이 나타났다. 그리고 공동체의 농경제사는 볍씨의 저장고(高床式의 창고) 및 공동체 수장의 거처(야케 · 미야)를 제장으로 삼아 거행되었으므로, 구라(창고)의 관리자 및 수장이 제사권을 장악하게 되었다.

구라는 곡령이 머무는 장소로 여겨졌고, 사람들은 그런 창고 근방의 히모로기와 앞뜰에서 가미를 맞이하여 향연을 베풀었다. 신찬의

는 천공과 지상을 이어주는 하시라로서 가미의 화신으로 여겨졌다.

5 오오미와신사(나라현 사쿠라이시 소재)에 대해서는 본서 45쪽 참조. 스와대사의 신체(御神体)는 산에서 베어온 거목으로 '미하시라'(御柱)라고 불린다. 이세신궁의 경우는 옥외에서 본전을 예배하는 정상(庭上)제사이다. 신사건축은 불교 가람건축의 영향을 받아 성립되었는데, 이런 옥외의례를 전제로 하고 있다. 가모(賀茂)신사의 미아레(御阿礼)마쓰리 등도 노천제사의 오래된 형태를 보여준다.

준비 및 향연을 위한 임시시설(야시로)이 세워지는 경우도 있었을 것이다. 이런 구라가 기리쓰마(切妻)식 창고형인 **신명조**(神明造, 신메이즈쿠리. 이세신궁의 본전 양식)의 원형이라고 말해진다.

수장의 거처(미야 · 야케 · 야카타)도 신사건축의 원형이다. 수장의 거처(豪族居館)는 일반 성원의 집락 외부에 특별히 구획된 곳에 세워졌으며, 그 구획내의 한 모퉁이 및 모야(母屋) 내부에서 제사가 행해진 듯싶다. 모야의 내부구조와 제사구역의 위치는 이리모야(入母屋)식 가옥형인 **대사조**(大社造, 다이샤즈쿠리. 이즈모[出雲]대사의 본전 양식)의 구조와 유사하다.

신명조든 대사조든 모두 지면에 구멍을 파고 직접 기둥을 세우는 굴립주(堀立柱)이며, 『고지키』와 『니혼쇼키』 및 노리토에 나오듯이 "미야하시라(宮柱)를 세워 가미를 제사지내거나 혹은 가미의 미야(宮)[6]를 설치했다"는 상투적 표현에 잘 상응한다.

건물에서 제사지내지는 가미, 특히 인간과 마찬가지 주거에서 제사 받는 가미는 인격신적 이미지가 농후하다. 그리고 닫힌 공간에서 직접 가미를 제사지내는 제사자는 가미와 특수한 관계로 결부된, 공동체의 다른 성원과는 다른 신적 존재가 되었다. 아마도 수장 자신이 샤먼적

하늘의 조선(鳥船)
(후쿠오카현 우키하시, 메즈라시즈카 고분벽화)

6 '미야'는 집(家)의 미칭인 '미야'(御屋)를 뜻한 말. 오늘날 신사명에 '미야'(宮)가 붙은 신사는 황조신과 황족을 제신으로 모시고 있는 신사에 해당된다.

제사를 거행했으리라고 생각된다.[7]

야요이시대의 대표적 유물인 동탁(銅鐸, 구리방울)은 농경제사의 주술적 도구였을 것이다. 무기와 거울 및 동탁과 같이 소리와 빛을 내는 금속제품에는 빙령을 유발하는 작용이 있다고 여겨졌다. 또한 고분 벽화 및 동탁의 문양에는 새가 농경의 장면, 일월, 배 등과 함께 묘사되어 있고, 유적지에서 새 모양의 목제품이 출토되고 있다. 이런 도상으로부터 새가 타계를 출입하고, 태양의 운행에 관여하며 벼의 혼과 영혼을 나르는 성스러운 존재로 간주되었음을 알 수 있다. 거기서 **사일(射日)신화**[8]와의 연관성이 지적되고 있다. 사일신화의 분포지대는 중국 강남지방에서 한반도에 걸쳐 있으며, 정확히 도작전파 루트와 일치한다. 이 지대에는 공통적으로 새 모양의 제품을 사용한 제사와 샤머니즘이 존재한다. 샤먼에게는 새를 매개로 하여 태양을 컨트롤하며 풍작을 가져다 줄 것이 기대되었다.[9]

이처럼 도작의 전래는 일본의 사회조직과 종교문화에 변화를 가져왔고 공동체 전체를 통솔하는 수장을 출현시켰다. 그리고 공동체의 제사는 수장의 **마쓰리고토**의 일환으로 이루어졌고 왕권의 중요한 구

7 오리구치 시노부(折口信夫)는 『고대연구』 등에서 고대제사를 샤머니즘으로 보고 '물의 여자'(水の女)나 '오오히루메무치'(大日霎貴=天照大神)는 아마쓰가미(天神)를 제사지내는 무녀였다는 설을 제시했다.

8 『회남자』 등에 나오는 전설. 물가의 부상수(扶桑樹)로부터 점차 10개의 태양이 생겨나 새에 의해 천공으로 운반되었다. 이로 인해 큰 한발이 일어났고 식량도 바닥이 났다. 이 때 영웅이 9개의 태양을 활로 쏘아 떨어뜨렸다고 한다.

9 일본에는 태양을 컨트롤하는 제사왕에 관한 관념이 희박하다. 다만 구마노(熊野)신앙에는 태양・새・타계・죽음과 재생 등의 요소가 내재되어 있다.

성요소가 되었다. 나아가 야요이시대 후기가 되면 무라(村)끼리의 전쟁이 거듭되어 무라로부터 구니(國, 정치적 거점을 포함한 영역)로 사회통합이 진행된다. 이윽고 구니와 구니 사이에 정치적 연합체가 형성되었고 수장의 마쓰리고토는 군사적, 정치적 성격을 더해 갔다.

이 시기가 되면 외국에서 들어온 박재품 거울과 그 모방품 및 검과 구슬 등 왕권을 상징하는 것들이 요리시로나 신체로서 선택된다. 또한 처음부터 퇴마를 위해 만들어진 의례용 무구 및 거울 등, 대량의 금속제품을 일괄적으로 묻어놓은 제사유적도 발굴되었다.[10] 이는 제사의 목적과 수장의 종교적 능력에 대한 기대가 농촌과 관련된 자연의 통어로부터, 외교와 왕권의 정통성과 관련된 정치적 판단 및 군사적 안전 쪽으로 비중이 옮겨졌기 때문이다.

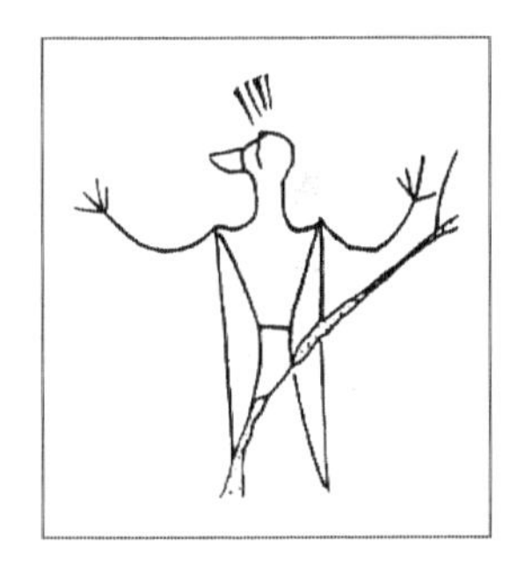

새머리 모양의 인물
(오카야마현 신죠오노우에(新庄尾上) 유적의 야요이식 토기)

10 이즈모(出雲)의 고진다니(荒神谷) 유적이 대표적이다. 이것들은 박래품을 모방한 일본제이다.

마쓰리고토

야마토 조정의 발전과 신기신앙

『고지키』와 『니혼쇼키』(이하 총괄하여 기기)는 3세기 후반의 미마키이리히코(崇神天皇)를 '하쓰쿠니시라스스메라미코토'(始馭天下之天皇・御肇國天皇)라는 칭호로 적고 있는데, 이로써 우리는 이 무렵 기나이(畿內) 야마토(大和) 지방에 왜국 대왕의 시조격 인물이 존재했음을 상상할 수 있다.[1] 기나이에 있어 이와 같은 왕권(이하 야마토 조정)의 발생과 더불어 가미신앙의 조직화가 시작된다. 그 <주체>는 대왕가와 호족(우지 집단) 부족연합정권의 지배자 집단이다. 여기서는 기내 왕권의 발생기로부터 5세기 후반의 확립기까지의, 대왕의 마쓰리고토가 점하는 종교적 <회로>와 <정보>에 관해 개관하기로 하겠다.

아직 통일정권이 확립되지 않은 시기의 정치에서는 각 구니별로 왕 자신의 샤먼적 능력이 결정적인 역할을 수행했다고 생각된다. 『위

1 기기에 의하면 제10대 천황이다. 최초의 거대 전방후원분(箸墓, 하시하카)이 출현한 시기와 중첩된다. 또한 시기적으로 야마타이국(邪馬台國) 말기와도 중첩되지만 양자의 관계는 불명확하다.

지왜인전魏志倭人傳』에 보이는 히미코(卑弥呼)가 그 전형적인 사례이다. 기기의 스진(崇神)천황 기사에서도 황위계승과 제사자의 결정 및 전쟁 등과 관련된 가미의 계시[夢告], 역병을 가라앉히기 위한 수수께끼 풀이 등 종교적 전승이 적지 않게 나온다.

야마토 조정의 경우는 **미와야마**(三輪山)[2]가 대왕 제사의 장소이자 제사 대상 그 자체였을 가능성이 높다. 미와야마(오오모노누시노가미[大物主神]로 간주됨)는 기상 등을 통해 야마토 땅의 풍요를 담당하는 **구니타마**(國魂)이자 곡령신으로서 뱀의 몸을 하고 있다고 여겨졌다. 이 점에서 야마토의 왕 또한 본래는 야요이시대의 수장들과 마찬가지로 농경과 관련된 **마쓰리고토**를 중심적으로 수행했으며, 그 중에서도 수원의 관리가 중요한 역할이었다고 생각된다.[3] 야마토 조정의 성장과 더불어 야마토 왕권의 수호신인 오오모노누시노가미(大物主神)에게는 군신적 성격이 더해졌다. 나아가 미와야마에는 야마토 조정을 상징한다는 의미가 있었던 것 같으며, 야마토 조정의 진출지역에는 야마토와 유사한 경관과 야마토라는 지명[4], 그리고 오오모노누시노가미를 제사

---

2 오오미와(大神)신사의 신체산으로 전형적인 가무나비산(神奈備山, 신이 진좌하는 산_옮긴이). 산중 3개소에 이와쿠라(磐座, 신이 깃드는 바위_옮긴이)가 있으며 그 가운데 금족지(禁足地)인 헤쓰(辺津) 이와쿠라가 제사의 중심지였던 것으로 보인다.

3 금족지인 등산로 입구에 술의 신을 모신 사이(狹井)신사가 있다. 오오미와신사의 신은 '미이상'이라고 불리며, 배전 앞의 삼나무에 깃든 백사가 신의 사자로 여겨지고 있다.

4 '야마토'란 아름답고 온화하게 녹음진 산(靑垣山)으로 둘러싸인 평지를 뜻하는 말이다.

지내는 신사들이 분포하고 있다.

또한 아즈마노구니(東國) 진출루트의 거점이었던 **이소노가미신궁**(石上神宮)에는 대왕의 무기창고가 설치되었고, 모노노베씨(物部氏)[5]에 의해 조정의 군사적 발전을 기원하는 신검(布都御劍)[6]의 제사가 행해졌다. 이소노카미신궁의 제사도 원래는 후루카와(布留川) 유역의 사람들이 강 상류에서 거행했던 농경제사였던 듯싶은데, 모노노베씨가 야마토 조정을 담당하는 호족이 되어 조정의 군신 제사를 청부(請負)하게 되었던 것 같다. 아즈마노구니의 **가시마신궁**(鹿島神宮) 및 **가토리신궁**(香取神宮)에서도 이소노가미신궁의 신검과 같은 계통의 제사가 거행되었다고 보인다.

야마토 조정은 3세기말부터 5세기 후반에 걸쳐 전투와 외교를 통해 각 구니(國)에 대해 압도적 우위를 획득해 갔다. '왜5왕'(倭の五王)[7]의 시대에는 가와치(河内)[8]에 거점을 두고 활발하게 대륙과 교통하면서 적극적으로 책봉관계[9]를 맺고 한반도 제국과 대등한 국왕인 '왜왕'

5 현재 덴리시 소재 이소노가미신궁 부근을 본거지로 했던 유력 호족. 10종의 신보를 전래했다고 한다. 일찍이 야마토 조정을 섬겼으며 오오토모씨(大伴氏)와 더불어 군사 및 형벌을 담당했다. 미와야마 및 이소노가미와 왕권제사에 관해서는 和田萃『日本古代の儀禮と祭祀・信仰』塙書房 참조.

6 신검 후쓰노미타마 : 가시마신궁(鹿島神宮)의 제신인 다케미카즈치신의 영검으로, 구마노에 강림하여 진무천황의 야마토 입성을 도와주었다는 설화가 있다.

7 『진서晋書』 및 『송서宋書』에 나오는 찬왕(讚王)・진왕(珍王)・제왕(濟王)・흥왕(興王)・무왕(武王)을 가리킴. 이는 오진(應神)천황 이후 유라쿠(雄略)천황까지에 해당됨. 5세기에 십 수 차례에 걸쳐 중국에 조공했다.

8 현재 오사카부 동부에 해당하는 옛지명_옮긴이.

9 이하에 나오는 <진무천황> 항목의 각주를 참조할 것.

이 되었다. 중국 황제로부터 국왕의 표징으로 하사받은 인새(印璽)와 거울, 무기, 유리제품 등은 국내에서는 만들 수 없는 매우 귀중한 물건이었고, 대왕의 왕권(외교권 · 지식 · 부의 독점)을 상징하는 보기(寶器)였다. 이것들은 신보(神寶) 혹은 신기(神器)라 칭해져 숭배대상이 되었다.

외교관계가 활발해지면서 나니와즈(難波津)[10]의 **스미요시노가미**(住吉神)[11]와 **오키노시마**(沖ノ島)[12]의 **무나가타노가미**(宗像神)[13]가 국가적으로 제사지내지게 되었다. 이 중 스미요시노가미는 조정의 본거지인 긴키(近畿)에서 큐슈에 걸쳐 세토나이카이(瀬戸内海) 일대 왜국내의 해역과 해경을 수호하는 신이며, 문자 그대로 야마토 조정 직속의 제신이었다. 이에 비해 무나가타노가미는 원래 큐슈 재지세력이 모신 신이었다. 해상교통에 큰 힘을 가지고 대륙과의 교섭에 불가결한 협력자이기도 했던 큐슈 세력이 모시는 신을, 항해안전과 원정의 성공을 기원하는 제사대상으로 격상시켜 왜국 바깥으로 펼쳐지는 현해탄의 무인도[14]에서 조정 직할의 제사를 개시했던 것이다.

10 나니와강(難波江)의 중심적인 나루터. 고대에는 현재의 오사카성 부근까지 바닷물이 들어왔었다_옮긴이.

11 이자나기신이 미소기하라이(禊祓, 강물이나 바닷물에 몸을 담가 씻는 신도의 정화의례_옮긴이)를 했을 때 생겨난 바다의 삼여신인 우와즈쓰노오(表筒男) · 나카즈쓰노오(中筒男) · 소코즈쓰노오(底筒男)를 가리킨다.

12 현해탄에 있는 섬. 후쿠오카(福岡)현 무나가타(宗像)군 오오시마(大島)촌에 속해 있다_옮긴이.

13 스사노오와 아마테라스의 우케히(옳고 그름 또는 길흉을 점쳤던 고대의 서약의례_옮긴이) 때 검에서 생겨난 바다의 삼여신(상기 表筒男 · 中筒男 · 底筒男와 동일_옮긴이). 이 중 오키노시마에는 무나가타대사(宗像大社)의 오키쓰미야(沖津宮, 제신은 田心姫)가 진좌하고 있으며, 4세기 후반에서 10세기에 걸친 제사의 변화과정을 잘 보여주는 귀중한 제사유적군이 발굴되었다.

14 오키노시마를 가리킴_옮긴이.

야마토조정은 **전방후원분**(前方後圓墳)이라는 특별한 형태의 고분을 많이 축조했다. 이 전방후원분은 수장의 영위 계승의 장, 죽은 전왕으로부터 새로운 왕으로 왕통을 잇는 의례의 장이기도 했다.[15] 또한 이나리산(稲荷山) 고분에서 출토된 철검의 명문 등에 의해 5세기 후반에는 미마키이리히코로부터 와카타케루(倭王武=**雄略天皇**. 이하 대왕의 명칭은 중국풍 명칭을 사용)에 이르는 8대의 직계적 계보관이 형성되어 있음을 알 수 있다. 고분 축조 및 의례의 창출과 도검류 주조에는 한반도 도래계 씨족이 종사했으며, 그들이 전한 대륙문명이 대왕권(마쓰리고토)을 둘러싼 <정보>형성의 단서를 열었고 왕통계보의 형성을 촉진시켰다. 전방후원분은 국내에서 야마토 조정의 확대와 함께 각지로 전파되었고, 이와 아울러 야마토 조정의 의례와 계보도 함께 전파되었다. 그리고 각지의 수장들은 야마토 조정의 동맹자로서 대왕에 준한 시설과 의례 및 계보의식을 수용했다.

유라쿠(雄略)천황의 시대가 되면 야마토 조정이 왜국을 거의 통치하게 된다. 왜국내의 지배권을 확립한 대왕에게는 더 이상 책봉[16]은 필수적인 것이 되지 않았고, 중국에의 조공을 중지했다. 이 시기 오키노시마의 제사유물을 보더라도 대외 교류가 전대보다 중시되지 않게

15 원형 형태를 한 뒷부분의 제단에서 새로운 왕은 전왕으로부터 왕위를 계승받는 의례를 거행한 후, 방형의 앞부분으로 이동하여 즉위 의례를 행했다. 전왕이 묻혀 있는 후원부 정상은 성역으로서 하니와(埴輪_분묘 위와 주변에 나란히 세워놓은 인물·동물·기구·가옥 모양의 토장품_옮긴이)로 구획되어있다. 和田萃, 앞의 책 참조.

16 본서 60쪽의 각주(21) 참조.

되었음을 알 수 있다.[17] 또한 대왕의 마쓰리고토는 천하의 전역에 걸친 것이라는 의식이 생겨났고, 대왕의 종교적 권위도 전기를 맞이한다. 예컨대 당시 '아즈마노구니'였던 이세에서 태양신 제사가 시작된 것이다.

이세(伊勢)는 산물도 풍부하고 유라쿠천황의 궁성에서 볼 때 정확히 동방 즉 태양이 뜨는 신성한 방향에 해당되었다.[18] **이세신궁**(伊勢神宮)[19]의 창시에 관해서는 여러 설이 있는데, 기본적으로는 야마토에서 천좌한 신을 **내궁**(內宮)으로 삼고 이세 재래의 신과 그 봉재집단을 외궁(外宮)으로 하여 내궁의 뒷받침을 하는 미케쓰가미(御食津神)[20]로 삼음으로써 성립되었다고 보인다. 야마토 조정은 야마토에서 모시던 태양신(아마테라스)을 이세로 옮김으로써 야마토라는 토지의 구니타마(國魂)·곡령신적인 **태양숭배**로부터 대왕이 독점적으로 제사지내는 단 하나의 태양신, 대왕의 천하를 비추는 천신제사로 비약시키고자 했던 것이리라.

---

17 제1기(4세기 후반부터 5세기)의 제사유물에는 보기(寶器)가 많다. 이에 비해 제2기(5세기 후반에서 6세기)는 실물 보기 대신 석제 모조품과 철제 추형품(雛形品)이 많이 출토되었다.

18 핫세(泊瀨, 미와야마의 동쪽. 현재 나라현 사쿠라이시 하세[初瀨]의 고칭_옮긴이)는 아즈마노구니(東國)를 향한 기점으로서, 유라쿠천황의 궁성과 무기고 및 제사시설 등이 있었다.

19 정식 명칭은 진구(神宮). 외궁의 제신은 도요우케노오오가미(豊受大神=止由氣大神). 내궁은 아라키다(荒木田) 신주(神主)가, 그리고 외궁은 와타라이(度会) 신주가 각각 제사를 지냈다. 田中卓『著作集4 神宮の創始と發展』國書刊行會 및 岡田精司『古代王權の祭祀と神話』塙書房 참조.

20 식물을 관장하는 신. 외궁 미케쓰덴(御饌殿)에서는 매일 조석으로 아마테라스에게 식사를 바치는 제사(日別朝夕大御饌祭)가 행해진다.

유라쿠조를 전후하여 제사형태가 어떻게 바뀌었는지에 관해서는 기기의 **사이구**(齋宮)[21] 기원전승 및 탁선설화를 살펴 볼 필요가 있다. 그것에 의하면, 스진(崇神)천황의 시대에 황녀 야마토토비모모소히메에게 탁선이 내려, 오오모노누시노가미의 재앙을 진정시키기 위해 그 오오모노누시노가미의 자손인 **오오타타네코**를 간누시(神主)로 삼았다고 한다.[22] 또한 신상(神床)에서 역대 천황과 동전공상(同殿共床)했던 아마테라스 및 야마토오오구니타마(倭大國魂神)의 신령도 천황이 강력한 신위를 두려워하여 각각 황녀에게 빙의시켜 천황의 황궁으로부터 천좌하기로 했다는 것이다. 황조신 아마테라스는 미쓰에시로(御杖代=齋宮)로서의 황녀를 대리로 내세워 장기간 편력한 끝에, 야마토히메노미코토(倭姫命)에게 탁선을 내려 야마토에서 멀리 떨어진 이세산(伊勢山) 다하라(田原)에 진좌한다.[23] 이 기사는 스이닌(垂仁)천황조에 나온다.

이와 같은 천좌 전승은 전업 사제직의 출현 및 신사의 창건을 말해주는데, 실은 대왕이 본래 스스로 거행했던 제사를 대왕가의 여성과 그 솔하의 호족들에게 위탁하여 분담시킨 것을 의미하며, 대왕의 마

---

21 '이쓰키노미야'라고도 읽으며 '齋王'이라고 표기하기도 함. 미혼의 황녀(여왕)가 천황을 대신하여 이세신을 모시기 위해 임명되었다.

22 오오타타네코(大田田根子)는 미와씨(三輪氏)의 조상이다. 미와씨가 오오미와신사의 제사를 주관하게 된 것은 실제로는 6세기 긴메이(欽明)조 무렵부터였을 것이다.

23 처음에는 야마토의 가사누이무라(笠縫邑)에 옮겨져 황녀 도요스키이리히메(豊鋤入姫)가 모셨는데, 그 후에도 스이닌(垂仁)천황의 황녀 야마토히메와 함께 각지를 편력했다. 아마테라스 천좌와 관련된 전승들을 담고 있는 문헌으로 『야마토히메노미코토세이키(倭姫命世記』가 있다.

쓰리고토 속에 제사의 중요성이 약화되었다는 점을 보여준다.

그런데 이런 **사이구 기원설화**를 역으로 되짚어 보자면, 사이구 제도 이전은 제정일치이고 주로 여성이 제사를 담당했다는 말이 된다. 거기서 사이구 제도와 사마타이국(邪馬台國)의 통치형태 및 기기의 **진구황후**(神功皇后)와 **이이토요아오(飯豊青)황녀**[24]의 전승에 입각하여 왜국 왕권에 있어 마쓰리고토의 원초적 형태를 근친 남녀쌍에 의한 왕권기능의 성속 분업론(히코·히메 제도)[25]으로 보는 관점도 있다.

확실히 기기신화의 최고신은 여신 아마테라스이다. 또한 히코·히메라는 이름이 붙은 배우자신과 여성 수장에 관한 전승도 있다. 그러나 책봉 받은 왜왕과 기기의 수장전승 등을 보건대, 남성이 신내림을 받기도 하며 성별에 입각하여 여성=성, 남성=속이라는 분업이 확립되어 있던 것은 아닌 듯싶다. 구니(國)의 상황에 따라 마쓰리고토의 형태가 상이하며 성속으로 분할된 것은 아니므로 '히코·히메 제도'론처럼 딱 잘라서 성별과 종교적 역할을 고정시켜 보는 것은 적절치 못하다.[26]

24 진구황후는 자주 신들림을 경험했던 여걸로 묘사되어 나온다. 신화에 의하면, 신탁을 경시하여 죽은 남편인 츄아이(仲哀)천황을 대신하여 다케우치노스쿠네(竹內宿禰)와 함께 한반도를 원정하여 황자인 오진(應神)천황을 즉위시켰다. 이에 관해서는 이하의 <진무천황> 항목을 참조할 것. 한편 이이토요아오는 미혼의 황녀로 거목 밑에서 살고 있었는데, 부레쓰(武烈)천황 사후에 즉위했다는 전승이 있다.

25 여성 샤먼이 성(聖)과 종교의 영역을 담당하고 남성 파트너[審神者]가 속(俗)과 정치의 영역을 담당했다는 분업설. 종교적 주체인 여성 쪽이 더 상위의 권력을 지녔다고 보는 입장이다.

26 여성의 특수한 종교적 능력을 강조하는 것은 오히려 여성의 능력을 한정시킴으

단, 군사화를 강화한 대왕가의 초기단계에 여성 제사자를 배제하는 형태로 제정분리가 행해졌음은 틀림없는 사실이다.[27] 왕권에서 분리된 신기제사에 종사하는 제사자(후죠[巫女]·후게키[巫覡])는 더 이상 마쓰리고토에 직접 관련된 존재가 아니라, 왕권의 위촉을 받아 왕권을 지원하는 존재에 지나지 않았다. 이 점은 결과적으로 여성제사자의 역할을 대왕가와 씨족 내부의 신에 대한 봉사자로 한정하게 된다. 이는 여성 제사자를 권력의 중추로부터 주변적 존재로 추방시킨 것을 의미한다.

로써 필연적으로 정치 영역으로부터의 배제를 수반한다는 의견도 있다. 義江明子『日本古代の祭祀と女性』吉川弘文館 참조.

27 倉塚曄子『巫女の歴史』平凡社 참조.

진무천황

부족연합에 관한 신화의 형성

야마토 조정은 5세기 후반의 유라쿠천황 시대로부터 6세기 중엽 긴메이천황 시대에 걸쳐 큐슈에서 아즈마노구니(東國)까지 직접 지배하게 되었다. 군사·외교·제사권을 장악한 '국가'로서의 체재를 정비하고, 대왕가를 중심으로 한 부족연합정권을 확립한 것이다. 그 과정에서 신기제도의 <주체이자 제작자>가 된 지배자 집단이 형성되었고, 이에 대응하여 <정보>가 형성되었다.

유라쿠천황은 국내의 제세력에 대해 '천하를 다스리는 대왕'으로 군림했다. 이 '천하'라는 말에서 우리는 중화세계의 주변에서 중국황제를 따르는 오랑캐의 왕이 아니라 스스로 하나의 세계를 지배하는 왕이 되고자 한 의욕을 엿볼 수 있다. 대왕위의 세습화와 더불어 거대 고분에 의해 군사적인 실력을 과시함으로써 왕권의 계승 관계를 보여주는 단계가 끝나고 장송의례와 즉위 의례가 분리되어[1] 왕통의

1 새로운 대왕이 점으로 적절한 장소를 선정하게 설치한 제단 위에 올라가 즉위하

계보와 사적을 기록하는 작업이 시작되었다.

이 무렵 왜국 대왕의 장송의례에서 **모가리노미야**(殯宮)[2]의례가 중심적인 위치를 점하게 된 듯싶다. 이 모가리노미야 의례에서는 특히 **시노비**(誄)[3]의 주상이 중요시되었다. 즉 주된 참석자들이 사자의 계보와 사적을 언술하고 계승자(새 대왕)에게 충성을 서약하는 조문을 바치며, 장례식 마지막에 전왕의 사적을 상징하는 일본풍 시호[和風諡号, 와후시고][4]가 헌정되었다. 이와 같은 의례에 의해 대왕위의 혈연적 연속성에 대한 의식과 세대관 및 역사의식이 축적되었던 것이다. 대왕의 의례와 기록은 역법 및 한문에 숙달된 도래계 씨족의 손으로 이루어졌는데, 5세기에서 6세기의 금석문에서는 단지 한문으로 기록하는 데에만 머무르지 않고 한자 한 글자마다 하나의 음을 부여하여 만엽 가나풍으로 인명과 지명을 표기함으로써, 왜국의 언어와 전승을 그대로 표현하고자 하는 시도가 나타났다. 이는 왜국의 독자적인 역사기록을 가지려는 의식 때문이었을 것이다.

였고, 그곳에 새 대왕의 궁성을 구축하는 형태로 바뀌었다고 보인다. 이를 등단즉위(登壇即位)라 한다. 이에 대해 중국 교천(郊天)제사의 영향 및 죽음과 연관된 오염[死穢]을 기피하는 금기와의 관련성이 지적되고 있다.

2 여기서 '모가리'란 정식 묘소에 이장하기 전의 가매장을 가리킨다. 죽은 대왕의 궁성지에 모가리노미야를 설치하고 그 주변에서 아직 순화되지 않은 사령을 진무하는 여러 가지 의식이 거행되었다. 和田萃『日本古代の儀禮と祭祀・信仰』塙書房 참조.

3 시노비란 생전의 공덕을 찬미하고 애도하는 조문을 가리킨다. 신도 장례식에서는 작은 소리로 낭송하는 것을 '시노비고토'라 하고 조용히 박수치는 것을 '시노비데'라 한다.

4 실제 이름과 궁성의 이름을 가리킨다. 치세(治世)에 따라 만들어졌다. 535년 안칸(安閑)천황에게 헌상된 것이 최초의 사례이다.

이런 움직임과 더불어 대왕가는 혼인 등을 통해 기나이 주변의 대호족들과 상호 의존관계를 심화시켰고, 대왕가의 계보 전승 및 제호족의 계보와 전승을 결부시키면서 역사의식과 혈연적 관념을 공유하고자 했다. 지배자 집단은 **우지**(氏)[5]를 조직화했고, 그 우지명에다 조정에서 봉사하는 직종 및 본거지명을 덧붙였다. 대왕으로부터 족장들에게 오미(臣)・무라지(連)・아타이(直) 등, 야마토 조정과의 관념적인 혈족질서를 나타내는 **카바네**(姓)[6]가 부여된 것이다. 이를 **우지카바네제도**[氏姓制]라 한다. 한편 우지집단의 지도자[氏上]는 족장으로서 대왕을 섬기고, 휘하집단(도모베)을 인솔했다. 유력 씨족의 대표자로서 혹은 궁정의 특정한 직종을 담당하는 **도모노미야쓰코**(伴造)[7]로서 대왕의 마쓰리고토에 참여했고, 또는 **구니노미야쓰코**(國造)로서 각 지방에서 대왕의 통치기능을 대행했다. 족장을 통한 이와 같은 지배형태를 **베민제도**[部民制]라 한다.

우지카바네제도의 성립을 추적해 보건대, 5세기 후반에 족장에게 카바네가 부여되었지만 우지명을 나타내는 자료는 보이지 않는다. 대왕과 호족의 시조는 스진(崇神)천황 및 스진조의 인물로 되어 있다. 이 시점에서 대왕과 호족 및 그들이 제사지내는 신은 계보적으로 결

5 공통의 시조를 상정한 의사혈연집단. 혈연・지연・직종 등을 매개로 하여 비혈연자까지도 포함하여 구성되었다.

6 부계에 따라 세습하는 족장의 위계. 佐伯有清『新撰姓氏錄の研究』吉川弘文館 및 山尾幸久『カバネの成立と天皇』吉川弘文館 참조.

7 여기서 '도모'란 '따르는 자'라는 뜻이며, '미야쓰코'는 '조정을 섬기는 종복'(御奴)을 의미한다. 그러니까 독립된 족장이 아니라, 대왕에게 예속되어 부민과 구니를 인솔하는 자를 가리킨다.

부되어 있지 않았다. 그러나 6세기가 되면 대왕가의 통치 유래가 된 신화적 시조 즉 진무천황의 동국정벌 전설이 생겨나, 대왕가의 우지에 대한 지배관계가 역사적 근거를 가진 것으로 설명되기에 이른다. 그리고 대왕가를 섬기던 동족집단도 자신들의 전승을 대왕가의 전승에 의거하여 새로 고쳐 썼다.

이 때 **진무천황의 동국정벌**[神武東征]이란, 아마쓰가미(天神)의 자손인 '가무야마토이와레히코'[8]가 큐슈의 쓰쿠시히무카(筑紫日向)[9]를 출발하여 신들의 도움을 받아 각 지역의 세력들을 복속시키면서 야마토(大和)에 이르러 가구야마(香具山)[10]에서 아마쓰가미를 제사지냄으로써 초대 '**스메라미코토**'로 즉위한 신화적 사건을 일컫는 말이다. 외부로부터 야마토로 들어온 진무가 왕조를 열었다는 설정은 대왕위가 야마토 지역의 왕이 아니라 미리부터 왜국 전체의 통치를 약속받았던 아마쓰가미의 자손임을 분명하게 보여주고자 했다는 점을 시사한다.

진무동정 전승의 성립에 관해서는 6세기 초엽 게이타이(繼体)천황의 옹위와 관계가 있다는 점이 지적된 바 있다. 게이타이천황은 유라쿠천황의 직계가 단절되면서 야마토 및 오우미(近江) 지역의 유력 호족들에 의해 호쿠리쿠(北陸) 지방에서 영입되었는데, 진무천황의 전승

8 진무천황을 가리킴_옮긴이.

9 여기서 히무카(日向)는 '태양을 향한 땅'이라는 뜻. 현재 미야자키(宮崎)현에 해당하며, 동국정벌의 출발지점이라는 의미도 있다. 기기신화 전반부에 있어 주된 무대의 하나로, 이자나기가 요미노구니(黃泉)에서 지상으로 귀환한 후 미소기를 한 곳이 쓰쿠시히무카의 다치바나노오도(橘小戸) 아와하라(沫原)로 나와 있다.

10 현재 나라현 가시하라(橿原)시 동남부에 있는 산_옮긴이.

에서는 이 게이타이천황의 옹립에 힘쓴 오오토모씨 등을 비롯한 호족들의 유래담이 삽입되어 있다. 이는 게이타이천황 옹립을 둘러싸고 야마토 조정에 새로운 세력이 참여함으로써 대왕가와 제씨족을 둘러싼 <정보>가 시간적·공간적으로 확장되었음을 말해 준다.[11]

또한 **진구황후**(神功皇后)[12]와 **다케우치노스쿠네**(武內宿禰)[13]에 의한 **삼한**(三韓)**정벌** 신화 및 **오진**(應神)**천황**의 즉위 전승은 **스미요시대사**(住吉大社)·**히로타신사**(広田神社)·**이미노미야신사**(忌宮神社)·**가시이궁**(香椎宮)[14] 등, 세토나이카이에서 큐슈 일대 연안부에 소재하는 유력 신사들의 창사 전승과 중첩된다. 이 신사들의 제신들은 예로부터 항해의 수호신으로 모셔졌는데, 여기서는 군신으로서의 성격이 강조되고 있다. 때문에 한반도에의 군사진출은 기득권의 회복이자 신의 가

---

11 게이타이천황은 오진천황의 5대손으로 제26대 천황이다. 25년간 재위했다고 하는데, 즉위한 직후에는 야마토에 들어가지 못하고 20년 가까이 오우미와 구마노에 머물렀던 것으로 보인다.

12 진구황후는 후비(后妃)를 배출한 고대 유력호족인 이키나가씨(息長氏) 출신이다. 이키나가씨는 게이타이천황의 출신 모체이거나 혹은 궁정 재무를 담당한 씨족으로 보인다.

13 다케우치노스쿠네는 가쓰라기씨(葛城氏)의 시조로, 수대에 걸쳐 천황을 섬긴 고대의 명문 가신가라고 말해진다. 가쓰라기씨는 유라쿠조에 몰락했는데, 오오오미(大臣, 야마토 조정의 집정자. 오미[臣] 카바네[姓]를 가진 씨족 중에서 가장 유력한 자가 임명되었다. 기기전승에 의하면 다케우치노스쿠네 및 그 자손들이 대대로 세습했다고 함_옮긴이)의 조상으로서, 헤구리씨(平群氏) 및 소가씨(蘇我氏) 등 오미 카바네를 가진 씨족들이 그 후예로 칭해졌다.

14 히로타신사의 제신은 아마테라스의 아라미타마(荒魂, 가미의 거칠고 용맹한 측면_옮긴이)이고, 가시이궁과 이미노미야신사의 제신은 오진천황·진구황후·추아이천황이다. 한편 스미요시대사에도 스미요시노가미와 함께 진구황후가 제신으로 모셔져 있다.

호를 얻는 행위로 간주되었고, 역사적인 필연성을 가진 정통적인 정책으로서 보증 받았던 것이다. 이리하여 진무 이래의 대왕 계보를 축으로 하여 제씨족의 과거 및 지배집단의 정통성을 뒷받침하고 그 때 그 때의 정책에 의의를 부여하기 위한 스토리가 만들어지면서 야마토 조정의 전승들이 확장되어 갔다.

긴메이조가 되면서 큐슈 세력도 최종적으로 야마토 조정에 복속되었고 대왕 권위에 근거를 제공하는 신화・전승의 정비 및 대왕과 제호족의 계보적 통합이 점차 본격화되었다. 이로써 진무 이래 구니쓰가미(國神)계 씨족들의 복속 전승에는 본래 독자적인 세력권을 가지고 있었던 오미(臣)카바네 및 기미(君)카바네의 호족들과 관련된 것이 늘어나게 되었다. 진무동정 전승 외에도, 스진조의 사도장군(四道將軍)[15] 파견 및 게이코(景行)조의 영웅 야마토타케루[16] 전설을 통해 큐슈에서 아즈마노구니(東國)에 이르는 각 구니의 복속 전승이 재구성되었다. 그 가운데에는 『히타치노구니후도키常陸國風土記』에 나오는 야마토타케루 전승처럼 독특한 지명기원설화 및 신사 유래담으로 계승되어 각 지방에 독자적인 전승권을 전개한 것도 있다.

이와 같은 복속 전승들이 성립됨에 따라 그에 상응하여 각 지방의

15 스진천황 시대에 호쿠리쿠도(北陸道)・도카이도(東海道)・사이카이도(西海道)・단바도(丹波道)에 파견되었다는 네 명의 황자를 가리킨다.

16 '倭建命' 또는 '日本武尊'으로 표기. 게이코천황의 황자로서, 큐슈・이즈모(出雲)・아즈마노구니 등을 평정했다는 신화적 인물. 아즈마노구니를 평정한 후 돌아오면서 오와리(尾張)에 구사나기노쓰루기(草薙劍)를 남기고 죽었는데(아쓰타신궁[熱田神宮]의 기원), 그 혼이 백조가 되어 야마토로 귀환했다고 한다.

수장들이 대왕에게 봉사하는 구니노미야쓰코(國造)가 되어 족장적인 지역지배를 유지하면서 대왕권의 지배기구에 편입되었다. 이 구니노미야쓰코들은 지정된 공납물 즉 니에(贄)를 바쳤고 자녀를 궁정에 들여보냈으며 구니노미야쓰코 군대(國造軍)를 이끌고 조정의 파병 명령에 따랐다. 나아가 각 지방에 전래되어 내려온 **신보**(神寶, 왕권의 상징물)를 헌상하기도 했는데, 그것들은 **이소노가미신궁**(石上神宮)[17]의 신보 창고에 보관되었다. 이리하여 재지 수장으로서의 종교적 권위는 대왕의 제사권 휘하로 흡수되었고, 야마토 조정의 기구가 됨으로써 그 지위를 획득하게 되었다.

야마토 조정의 대왕위는 왕권 계보를 충실히 정비하면서 점차 신비화되어 갔다. 유라쿠천황 시대에 대왕 제사가 된 이세의 태양신 제사는 한 때 중단되기도 했다. 그러다가 6세기 중엽(긴메이조)에 다시 부활되었고, 6세기 후반에는 각지에 태양신 제사에 공납하는 시나베(品部)[18]가 설치되었다. 이 무렵 스메라미코토는 강림한 태양[19]의 자손인 **'히노미코'**(日の御子)[20]의 후예이자 천손의 혈통이라는 관념 외에, 그

---

17 기기의 진무천황 야마토 평정조에 나온다. 모노노베씨(物部氏)가 제사씨족으로 봉재했으며 무기에 관한 전승이 많다. 오랜 세월에 걸친 제사유적들이 남아 있으며, 금족지에서 칠지도(七支刀)에 이르기까지 신보로 간주되는 유물들이 많이 출토되고 있다.

18 조정에 대해 매년 일정량의 특산물과 노동력을 바치는 집단. 사이구(齋宮)를 위한 나시로(名代, 다이카 개신 전대 황실의 사유민. 각 구니노미야쓰코의 백성 가운데 일부에게 황족명을 부여하고 그들에게서 받은 조세를 황실 관련 경비에 충당했다_옮긴이)로서 히마쓰리베(日奉部)가 궁정제사의 제관인 나카토미씨(中臣氏)의 주도하에 설치되었다.

19 아마테라스를 가리킴_옮긴이.

무엇과도 바꿀 수 없는 존재, 군사적 수완이나 정치적 자질에 좌우되지 않는 고유한 가치를 가진 존재라는 관념이 지배자 집단 전체에 공유되어 있었다.

이와 같은 대왕의 신비화에 상응하여, 씨족 전승 또한 진무 이전의 천손과 교섭한 **구니쓰가미**(國つ神), **천손강림**(天孫降臨)을 영접한 구니쓰가미 등과 같이 그 시조를 신화적 시대까지 거슬러 올라가 상정하게 되었다. 또한 대왕가에 예속된 무라지(連) 카바네(姓)인 도모노미야쓰코(伴造) 씨족도 **다카마노하라**(高天原)로부터 천손을 따라 강림한 **아마쓰가미**(天つ神)의 자손이라는 식으로 자리매김 되었다. 이렇게 해서 생겨난 전승들이 말하고자 하는 바는 다음과 같다. 즉 제씨족은 대왕가를 따르는 신하이므로 대왕의 마쓰리고토에 없어서는 안 될 위치를 차지한다는 말이다.

이와 같은 지배질서의 정비 및 왕권사상의 확립과 국가적 기록의 편찬 등 일련의 움직임은 중국 남북조의 쇠퇴에 따라 동아시아 주변세계에 생겨난 국가의식의 표출이었다고 할 수 있다. 6세기말에 중국에서 강력한 통일국가(隋・唐)가 성립되자, 주변 국가들은 그 책봉(冊封)질서[21] 속에 재편되었다. 스이코(推古)조의 왜국 또한 약 1세기만에 사절을 파견했다. 단, 이 때 조공은 하지만 책봉은 받지 않는다는 외

20 천황의 호칭_옮긴이.
21 책봉이란 중국 황제가 주변 국가의 지배자들에게 신하로서의 작위 및 칭호를 수여하고 해당 지역의 통치권을 승인하는 것을 말한다. 한편 조공(朝貢)은 제국의 지배자가 중국 황제의 덕을 흠모하여 공물을 바치러 방문하는 것을 가리킨다. 통상은 조공에 대해 책봉이 이루어진다.

교방침을 세워 '해뜨는 곳의 천자'를 자칭했다.[22] 중국이 수여하는 국호와 왕호를 받지 않음으로써 중국황제로부터의 자립적인 태도를 보여주고자 했던 것이다. 이 새로운 칭호[23]는 동방을 신성시하는 관념 및 '히노미코' 사상에 입각한 것이었다.

스이코천황 시대에는 『데이키帝紀』와 『구지舊辭』[24]가 편찬되었다. 이 시점에서 ①천손강림(왜국의 왕권은 독자적인 유래를 가지며 책봉과는 관계 없다), ②진무 이래의 왕권 계보(천손에 의한 지배의 실적), ③대왕가와 제씨족의 전승(지배의 내용) 등과 같이 '역사'에 관한 국가의 기본적인 <정보>가 일단 정비되었다고 볼 수 있다. '역사'의 편찬은 중앙집권국가가 되기 위한 국가제도 개혁사업의 일환이었다. 왕권과 역사를 둘러싼 정보는 기기신화(記紀神話)의 창출을 향해 더욱 부풀려졌다.

그런데 왜국은 중국과의 국교 유무와는 상관없이 일관적으로 대륙문명을 수용해 왔다. 이는 기기신화의 형성에도 큰 영향을 끼쳤다. 가령 신들의 창생신화[神生み神話]에 나오는 신들은 명백히 음양오행설의 영향을 받았으며, 그 밖에도 역(易)과 도교적 관념, 성인과 유사한 천황상, 신선과 유사한 천황상의 형성 등 도처에서 중국사상의 영

22 『수서隋書』 왜국전(倭國傳) 607년 기사. 한편 『니혼쇼키』 스이코 16년 9월조에는 '동쪽의 천황'(東天皇)이라고 표현되어 있다.

23 '해뜨는 곳의 천자'를 가리킴_옮긴이.

24 『데이키』는 왕권 계보를 기술한 것으로서 『데이코히쓰기帝皇日繼』 또는 『히쓰기日繼』라고도 한다. 선왕과의 연속성, 천황의 이름, 궁정의 장소 및 재위 년수, 황자와 황녀, 중요한 사적, 천황이 죽은 연대와 연령, 매장지 등이 기록되었다. 한편 『구지』는 모노가타리(物語, 이야기 형식의 장르_옮긴이)와 가요를 모아 놓은 것으로 『혼지本辭』라고도 한다. 양자 모두 소가씨가 멸망할 때 소실되었다.

향을 엿볼 수 있다. 단, 삼라만상은 추상적인 '천'(天)이라든가 '기'(氣)의 작용이 아니라 수많은 개별적 인격신(八百万神[야오요로즈노가미]으로 총칭)의 작용으로서 표현되고 있다. 또한 **천지개벽**에서부터 역사를 말하기 시작하고 있어 천신과 지신의 시대가 큰 비중을 차지하고 있다. 이 점은 중국의 철학서나 역사서의 일반적인 스타일과 차이를 보여준다. 또한 태양신 숭배와 천손강림 사상은 한반도 제국의 왕권신화와 관계가 있으며,[25] 그 밖에 불교로부터 받은 자극도 있었다.

당시 대륙문명의 수용에는 역법·의술·약초학·복점 등과 같은 실용적 요소와, 불교·유교·도교 등의 사상 및 종교적 요소가 섞여 있었다. 그러나 민간주술이라든가 도교의 경우는 현세이익적인 제사의 개별적 수용이었던 데에 비해, **불교**는 538년(혹은 552년)에 체계적인 종교로서 공식적으로 전래되었다. 이 때의 불교는 주로 선조공양·질병치유·기우 등 현세이익적이고 주술적인 것으로서 수용되었고, 부처는 번신(蕃神)·불신(佛神)·이웃나라의 객신(客神)·타국신·대당신

호류지(法隆寺) 석가삼존상

25 『삼국유사』에는 고조선의 단군과 고구려의 주몽 등 왕조의 시조가 천신의 자손으로서, 햇빛에 감응한 알에서 태어났다는 설화가 기록되어 있다.

(大唐神) 등으로 불리는 등 신기(神祇)와 동류로 받아들여진 측면도 있었다.[26] 하지만 보다 중요한 것은 불상과 경전과 승려가 동시에 전래되었다는 점이다. 불상은 막연하고 애매했던 재래의 신기 및 중국의 천(天)이라든가 민간주술에서 제사지내는 동식물 등과는 달리 아름답고 이상적인 인간상을 구상화하여 보여주었고, 전문 제사자(승려)와 예배시설(절)을 구비한 매우 이질적인 가미(神)로 간주되었다. 즉 불교는 하나의 종교시스템으로서 전래된 것이다.

때문에 불교 수용에 대한 반동도 생겨났다. 『니혼쇼키』의 불교 공전을 둘러싼 논의에서는 소가노이나메(蘇我稲目) 등의 추진파가 '국제사회의 일원으로서 불교는 당연히 수용해야만 한다'고 주장한 데 반해, 모노노베노오코시(物部尾輿) 및 나카토미노가마코(中臣鎌子)는 '우리나라 왕이 외국신을 예배하면 국신의 노여움을 살 것'이라 하여 반대했다.[27] 또한 『니혼쇼키』요메이(用明)천황 즉위전기 및 고토쿠(孝德)천황 즉위전기에서는 '불법'(佛法)에 대비하여 재래의 가미제사를 '신도'(神道)라 칭하고 있고, 고쿄쿠(皇極)3년(644년) 4월조에는 '간나가라'(惟神)[28]라는 표현이 나오기도 한다.

26 일본 최초의 출가자는 남성 승려가 아니라 세 명의 비구니였다. 이는 당시의 신기제사에 있어 일반적으로 여성이 공물의 조리 및 봉헌 등 가미(神)를 뒷바라지하는 역할을 담당한 것과 무관하지 않았을 것으로 보인다.

27 『니혼쇼키』긴메이13(552년) 5월조에 "우리나라는 하늘 아래 왕이 계시어 항상 천지사직의 백팔십 신으로써 춘하추동에 제사를 올린다. 그런데 이제 새로이 외국신을 예배한다면 필시 국신의 노여움을 살 것"이라고 나온다.

28 '가미' 혹은 거기에 접두어를 붙인 '아아가미'라고 훈독하며, 특별한 의미는 없었고 그저 국신을 나타내는 일종의 강조표현이라 할 수 있다. 그럼에도 불구하고

하지만 이것들은 당시의 어법이 아니라, 후대에 해석이 덧붙여진 것일 가능성이 있어서 문자 그대로 받아들이기 어렵다. 또한 불교 공전을 둘러싼 논의에서 가미와 부처의 종교적 차이가 얼마만큼 인식되고 있었는지도 분명치 않다. 다만 여기서 우리는 불교 전래를 계기로 자신들의 신앙을 외래신앙과 대비시켜 재인식했다는 점, 그리고 자국 고유의 제사대상이 존재한다는 자각이 생겨났다는 점, 그래서 왜국왕이 제사지내야만 하는 국신과 그렇지 않은 외국신을 구별하려는 입장이 존재했다는 점 등을 확인할 수 있다. 이런 의미에서 불교 전래는 신도의 성립에 큰 의의가 있다.

종래 이 말은 '가미의 가르침에 따르는 것'이라는 의미로 해석되어 고대부터 '신도'가 존재한 증거라고 주장되어 왔다.

천손강림

'히노미코'의 즉위 의례

7세기말 왜국은 부족연합적 상태로부터 **천황**을 유일한 지배자로 하는 율령국가 **'일본'**(日本, 히노모토)으로 변모해 간다. 그 때 황조신 **아마테라스오오가미**(天照大神)의 신화 및 천황의 즉위 의례가 특별한 의미를 지니게 되었다. 아마테라스 신화는 천황가의 왕권과 관련된 <정보>의 요체라 할 수 있다. 또한 즉위 의례는 왕권신화를 구현하기 위해 율령국가의 <주체>인 천황이 직접 거행하는 가미고토(神事)로서, 거기에는 율령 신기제도의 의의가 단적으로 표현되어 있다.

672년에 즉위한 **덴무(天武)천황**에 의해 아스카기요미하라(飛鳥淸御原) 율령이 제정됨으로써 율령국가가 탄생했다. 거기서 덴무천황은 국호를 '일본'(日本, 히노모토)으로, 그리고 통치자의 칭호를 '천황'(天皇)이라고 정했다.[1] 이처럼 고유한 국호와 칭호를 제정한 것은 중국황제

1 '日本'이 공식 국호로서 대외적으로 처음 사용된 것은 702년 견당사 파견 이후이다. 당시의 '공식령조서식'(公式令詔書式)에는 '明神御宇日本天皇'이라 적고 '아라미가미 아메노시타시라스 히노모토노스베라'로 훈독하고 있다.

에 의한 책봉질서로부터의 이탈을 의미한다. 그리하여 덴무・지토(持統)조에는 견당사 파견도 하지 않았다. '일본'이란 중국에서 볼 때 동방에 위치한다는 것을 의미하는 한어로서 중국의 시선을 강하게 의식한 국호라 할 수 있다. 하지만 거기에는 일본을 하나의 국가로서 구축하고자 하는 의도가 깔려 있었다. 이른바 천손강림 신화도 '일본'이라는 국가의 성립과 긴밀히 연관되어 있다.

덴무는 천황 지배의 정통성을 밝히기 위해 스스로 대왕가와 씨족들의 기록 및 전승을 심사했고 국가의 올바른 '역사'를 편찬하기 시작했다. 이것이 『**고지키**』와 『**니혼쇼키**』[2]를 편찬하게 된 직접적인 계기였다. 기기는 천지개벽에 이어 **국토창생신화**[國生み神話]를 기술하고 있다. 최초의 남녀신인 **이자나기**와 **이자나미**[3]는 아마쓰가미로부터 국토의 '수리고성'(修理固成)[4]을 명받고 해상의 오노고로섬에서 결혼한 뒤 계속해서 섬들을 낳았다. 이 섬들을 **오호야시마구니**(大八島國 또는

---

2 『고지키』는 712년에 성립되었다. 일찍이 덴무천황이 히에다노아레(稗田阿礼)로 하여금 고사(古事, 『데이키』와 『구지』를 가리킴_옮긴이)를 암송하도록 했는데, 오오노야스마로(太安万侶)가 이를 필록하여 편찬한 것. 한편 『니혼쇼키』는 720년에 성립되었다. 덴무천황의 사업을 계승하기 위해 도네리 신노(舍人親王, 덴무천황의 황자_옮긴이)를 비롯한 공식 편찬위원들을 임명하여 편찬함. 양자를 합쳐 기기(記紀, 기키)라 한다.

3 『고지키』는 이자나기와 이자나미를 각각 '伊邪那岐命' '伊邪那美命'으로 표기하고 있고, 『니혼쇼키』는 '伊弉諾尊' '伊弉冉尊'으로 적고 있다. 신대칠세(神代七世, 가미요나나요)의 일곱 번째에 해당하는 배우자신. 이자나기에 관해서는 기기 모두 아와지시마(淡路島)의 유궁(幽宮, 현재의 이자나기신사)에 진좌했다고 나오는 데 반해, 이자나미를 모신 고사(古社)는 거의 없다. 이자나미에 관해서는 음양오행설의 영향으로 부가된 신이라는 설도 있다.

4 만들어 굳힌다는 뜻_옮긴이.

大八洲國)라 한다.

섬은 하나하나가 지명과 이름을 가진다. 하나의 섬(身)에 네 개의 얼굴이 있고, 그 얼굴마다 국명과 이름이 붙어있는데, 거기에는 인격신적 이미지로 표현하려는 의도가 깔려있음이 분명하다.[5] 이자나기와 이자나미는 국토를 낳은 후 계속해서 바람과 들판과 산의 신들을 낳았다.[神生み, 가미우미] 오호야시마구니는 천상의 다카마노하라(高天原) 및 지하의 요미노구니(黃泉國) 또는 네노구니(根國)에 대해 지상세계인 나카쓰구니(中つ國)에 해당되는데, 이는 천손이 통치하는 영역을 가리킨다. 요컨대 국토창생신화는 천황의 통치영역이 형성된 유래를 말해주는 내용으로 이루어져 있다.

하지만 이런 통치영역에 관한 의식은 결코 현실과 유리된 신화적 사고에 의해 생겨난 것이 아니라, 7세기말 왜국 외교에서 비롯된 것이었다. 즉 왜국은 백촌강 전투에서의 패배(663년)로 인해 한반도 남부에 대한 영유 의식을 완전히 포기하게 되었으며, 덴무천황이 지향한 일본의 건설 또한 이와 같은 정세를 배경으로 한 것이었다. 국토창생신화의 성립시기를 확정지을 수는 없지만, 거기서 우리는 신들에 의해 생겨난 하나의 세계 즉 성스러운 '국토'라는 인식을 엿볼 수 있다.

5 가령 『고지키』에 의하면, 이요노후타나노시마(伊予之二名島)에는 몸 하나에 얼굴이 네 개 있다. 그리고 얼굴마다 이름이 있어 이요노구니(伊予國)=에히메(愛比賣), 사누키노구니(讚岐國)=이히요리히코(飯依比古), 아와노구니(粟國)=오호게쓰히메(大都比賣), 도사노구니(土佐國)=다케요리와케(建依別)라 한다. 즉 이요노후타나노시마란 시코쿠(四國)를 가리키며 율령제하의 구니명에 대응되고 있다.

이는 중국 황제의 제국을 부정하지 않은 채 스스로 하나의 소제국을 구축하고자 했던 덴무천황의 의도와 관계가 있으며, 당시 일본의 주권영역과도 중첩되어 있다.

기기에서는 진무천황 이전을 **신대**(神代, 가미노요)로, 그리고 그 이후를 **인대**(人代, 히토노요)로 기술하고 있다. 신대의 기기신화는 이자나기와 이자나미의 국토창생, 다카마노하라의 주재신인 **아마테라스**(天照大神), 천손 **니니기**(瓊瓊杵)의 나카쓰구니 강림 등에 관한 이야기를 중심으로 구성되어 있다. 왜국의 통치자를 해뜨는 나라의 왕이자 아마쓰가미의 자손이라고 주장하는 사상은 이미 스이코조 이전에 성립되었는데, 아마테라스의 신격이 **황조신**으로 정착된 것은 덴무・지토조에서였다고 보인다.

기기에 의하면 아마테라스는 이자나기가 낳은 **삼귀신**(三貴神, 아마테라스・쓰키요미・스사노오) 가운데 첫 번째로 출현한 태양신으로, 이자나기에 의해 다카마노하라를 다스리는 신으로 지명되었다.[6] 그런데 다카마노하라에 찾아온 남동생 **스사노오**가 대난동을 피우는 바람에 아마테라스는 아마노이와토(天岩戸)라는 굴속에 숨어버렸고 그로 인해 나카쓰구니는 말할 것도 없고 다카마노하라까지도 어둠에 덮여 대혼란에 빠지고 말았다.[7] 이에 **팔백만신**(八百万神, 야오요로즈노가미)들이 회

6 아마테라스에게는 '오호히루메노무치'라는 이름도 있다. 쓰키요미(月讀・月夜見)는 월신으로 밤의 세계를, 스사노오(須佐之男・素戔嗚)는 바다[海原]를 지배하도록 명받았다. 이 삼귀신의 출생 경위에 관해서는 이본이 많다. 하지만 삼귀신이 이자나기・이자나미에 의한 국토창생[修理固成]의 최종단계에서 생겨난 신들이며, 그 중 아마테라스가 맨 처음 생겨난 태양신이라는 점에는 차이가 없다.

의를 열어 지혜를 모아 신들의 잔치를 개최했다. 그리하여 감쪽같이 아마테라스를 굴 바깥으로 유인해 내는 데에 성공하여 광명과 질서가 회복되었고, 이제 신들은 아마테라스가 또 다시 숨지 못하도록 굴 입구를 막아버렸다. 이것이 바로 유명한 아마노이와토 신화(天岩戸神話)이다. 이 신화는 아마테라스의 '죽음과 재생'에 관한 이야기로 이해되는데, 중요한 것은 다카마노하라를 주재하는 최고신이 누구냐 하는 점을 명확히 보여주었다는 데에 있다. 이 신화에는 천지의 질서가 아마테라스라는 존재에 의거하고 있으며 다카마노하라의 신들이 하나가 되어 아마테라스를 추대하는 모습이 묘사되어 있기 때문이다.

나아가 **천손강림** 신화에서는 아마테라스가 이제 갓 태어난 손자 **니니기**에게 나카쓰구니를 통치하라고 명하면서 자신의 신령[御魂, 미타마]이 깃든 거울을 수여하고 보좌역의 신들을 수반시켜 지상세계로 내려보내는 장면이 나온다. 이로써 황손은 신에게서 지상의 통치를 위촉받은 왕(인간)이 아니라, 아마테라스와 함께 나카쓰구니에 강림한 **아키쓰가미**(現つ神)[8]가 되었다. 히무카(日向) 다카치호(高千穗) 산봉우리에 강림한 천손은 그 지역의 신과 혼인한다.[9] 그리고 아마테라스의 증손자 세대에 해당하는 진무가 저항하는 구니쓰가미들을 평정한 후 천황으로 즉위함으로써 **아마테라스의 신칙**(神勅)[10]이 실현된다.

7 본서 114쪽의 칼럼 '미소기와 하라에' 참조.

8 『만요슈萬葉集』 등에서 천황을 가리키는 말로, 현세에 모습을 드러낸 신이라는 뜻. 령(令)에는 아라미가미(明神)라고 표기되어 나온다.

9 다카치호 신화 : 니니기와 산신의 딸 고노하나노사쿠야히메와의 혼인담 및 우미사치(海幸)·야마사치(山幸) 이야기로 이루어져 있다.

기기에 편입된 천황 왕권에 관한 <정보>는 덴무천황이 창출한 즉위 의례에 의해 구체적으로 재현된다. 즉위 의례는 야마토 조정에 전래된 수확제를 발전시킨 **대상제**(大嘗祭, 다이죠사이=센소[踐祚]다이죠사이) 및 중국의 즉위 의례를 본뜬 세속적인 즉위의식[卽位儀=卽位礼]으로 구성되어 있다. 양자 모두 **신기령**(神祇令, 진기료)이 규정하는 가미고토(神事)로 거행된다. 특히 대상제는 천황이 직접 거행하는 가장 중요한 가미고토로, 장기간에 걸친 모노이미(物忌み)[11]를 요하는 큰 제사[大祀]였다. 이는 천황위의 신비성을 강조함으로써 농후한 종교적 색채를 띤 의례라는 특징을 보여준다.

한편 대상제는 천황이 즉위한 후에 처음으로 행하는 **신상제**(新嘗祭, 신죠사이. 햇곡식을 바치는 수확제)이기도 하다. 그 취지는 천황이 새로운 치세를 열면서 상징적으로 전국의 햇곡식을 먹음으로써 지배영역을 확인하는 데에 있었다. 따라서 대상제의 벼를 공납하는 **유키노구니**(悠紀國)와 **스키노구니**(主基國)는 야마토 조정의 전래 영역인 기나이가 아니라 그 바깥의 여러 구니 중에서 점복을 통해 선택했다. 그리고 유키

10 아마테라스가 니니기에게 보여준 통치원칙. 천양무궁의 신칙(황손이 지상세계를 영원히 통치할 것), 보경(寶鏡)봉재의 신칙(아마테라스가 수여해 준 거울을 모셔 제사지낼 것), 재정도수(齋庭稻穗)의 신칙(다카마노하라의 벼이삭을 지상에서 재배할 것) 등을 가리킨다.

11 이때의 모노이미(금기 혹은 재계[齋戒]를 뜻함_옮긴이)에는 1개월간 지켜야 하는 아라이미(散齋)와 3일 동안 지키는 마이미(致齋)가 있는데, '육색(六色)의 금기'가 부과되었다. 그 중 육식 금기는 일본에 독특한 규정이다. 또한 아라이미 기간이 현저하게 길다.(당나라의 경우는 4일) 이는 대상제만이 실질적인 큰 제사이므로 그 집행기간에 맞추었기 때문이다.

노구니・스키노구니의 재전(齋田)은 해당 지역 제사의 담지자인 군사(郡司)가 경영했다. 벼 외에도 전국 각지마다 각종 특산물이 공물로 지정되었다. 그것들은 재지 수장의 복속의례를 상징적으로 보여주었다. 이리하여 일본 전토가 대상제의 신찬을 공급하는 제장이 되었고, 사람들은 공물을 준비해서 공납하는 제사구성원으로서 제주인 천황을 섬기는 존재가 되었던 것이다. 또한 벼수확 및 제사 당일에는 이세신궁과 오기칠도(五畿七道)의 천신지기(天神地祇)[12]에게 폐백이 바쳐짐으로써 전국의 신들이 대상제의 제신으로 연결되었다. 즉 대상제란 단순히 1년 단위로 순환하면서 벼의 영을 갱신시키고자 기원하는 신상제를 확장시킨 제사가 아니라, 율령 천황제를 전제로 성립된 제의였던 것이다.[13]

대상제 당일인 11월 묘일(卯日) 저녁에 신기관 간베(神部), 우네메(采女), 유키노구니・스키노구니의 고쿠시(國司)・군지(郡司)[14] 등 제사요원들이 대기하는 가운데, 천황이 대극전(大極殿) 앞뜰에 마련된 특설 제장인 대상궁(大嘗宮)으로 이동하여 사람들과 격절된 유키・스키 각각의 전사(殿舍) 안에서 직접 제사를 올린다. 이 때 천황이 행하는 의식은 비밀스러운 것으로 기록도 거의 없어 그 내용을 알 수가 없다.

12 아마쓰가미와 구니쓰가미를 가리키는 말. 즉 신도의 팔백만신을 한어로 표기한 것. '天社國社'로 표기되는 경우도 있다.

13 岡田精司『古代王權の祭祀と神話』塙書房 참조.

14 고쿠시는 율령제하에서 조정으로부터 각 지방에 파견한 지방관이고, 해당 지방의 유력자 가운데 임명되어 고쿠시 밑에서 군을 다스린 지방행정관을 군지(=고오리노미야쓰코)라 한다_옮긴이.

아마도 신생아 니니기의 강림을 재현하면서 니니기의 영(天皇靈)을 계승하는 의례가 행해졌을 것으로 추정된다.[15]

이런 대상제에 비해 구니 내외로 즉위를 선포하는 **즉위의**(卽位儀)[16]에는 비의적 성격이 없다. 그러나 군신의 대표로서 대대로 조정을 섬겨온 **나카토미**(中臣) 씨족에 의한 천신의 요고토(壽詞)[17] 및 인베(忌部)에 의해 '신지'(神璽, 천황위의 표식)인 **거울과 검의 봉정**(踐祚の儀)이 행해진다.[18] 또한 **노리토**(祝詞)와 동일한 문체의 **센묘**(宣命)가 낭송된다.[19] 거기서는 황위계승이란 **아마쓰가미의 위임**(요사시)을 받았다는 점, 백관은 명·정·정·직(明·淨·正·直)의 마음으로 봉사해야만 할 것 등이 명시되었다. 이와 같은 즉위 의례에는 대상제에 참여하지 못하는 오랑캐[蕃夷] 즉 에조(蝦夷)[20]라든가 하야토(隼人)[21] 혹은 외국사절 등

15 가미에게 햇곡식으로 만든 어찬(御饌)을 바치면서 이를 천황 자신도 먹고, 신좌(神座)에 설치한 침구(御衾)에 눕는 비의를 행한다고 한다. 이는 니니기가 마도코오후스마(眞床御衾)에 쌓인 채 천강했다는 신화와 관련이 있어 보인다. 가미와의 공식(共食)은 벼의 영을 받아들이는 것과 관계가 있다. 이 때 시중드는 우네메의 작법도 알려져 있지 않다. 오리구치 시노부(折口信夫)나 오카다 세이지(岡田精司) 등은 이것이 원래 천황의 성혼(聖婚)의례였다고 보고 있다. 이 문제에 관해서는 岡田莊司『大嘗の祭り』學生社 참조.

16 스이코(推古)조 무렵에 대륙의 영향으로 시작된 정월 즉위의를 발전시킨 것.

17 천황의 치세가 장구하고 번영되기를 축수하여 올리는 말_옮긴이.

18 나카토미와 인베의 의례는 중국적인 즉위의식을 일본식으로 만들기 위해 령제(令制)하에 추가된 의고적 의례인 듯싶다. 령제 이전에는 선왕의 죽음 혹은 양위 때에 즉시 군신들이 신기를 수여함으로써 즉위가 이루어졌었다.

19 센묘는 천황 자신의 말로서, 야마토 말로 낭송되었다. 실제로 천황 자신이 낭송하는 것은 아니지만, 그렇다고 말해지는 데에 의의가 있었다. 이는 언어에 대한 종교적 감각(언령신앙)에 의한 것이다. 노리토 또한 야마토 언어로 낭송되며, 그것을 적은 종이는 가미고토(神事)가 끝나는 대로 처분되었다.

20 홋카이도의 에미시족_옮긴이.

도 죽 늘어앉아 있다. 이들에 관해서도 기기는 복속전승을 적고 있다. 이처럼 즉위 의례는 기기라는 <정보>를 구체화한 가미고토(神事)로서의 성격도 지니고 있었다.[22]

그런데 대상제의 주제신에 관해서는 논의가 분분하여 정설이 없다. 니니기는 **벼의 영**[稻魂][23]이므로, 신상제의 본래적 제사대상이었을지도 모른다. 하지만 니니기역을 맡은 천황이 가미를 제사지내는 대상제의 문맥에서 보자면, 제신은 아마테라스라고 해야 할 것이다. 한편 일본 전국의 팔백만신(천신지기)을 제신으로 보는 설도 있다.

나아가 천손강림을 결정한 신, 즉 황조신도 반드시 아마테라스에만 한정지을 수 없다. 기기에 의하면, 니니기는 아마테라스가 스사노오와 **우케히**(서약)[24]를 했을 때 아마테라스의 머리빗에서 생긴 신과 **다카미무스히**[25]의 딸 사이에서 태어난 자식이었다. 『니혼쇼키』에서는 다카미무스히가 천손강림을 도맡아 관장하고 있으며, 『고지키』의 기사에도 아마테라스가 다카미무스히의 뜻을 받들어 니니기의 강림을

21 고대 큐슈남부에 살던 족속_옮긴이.

22 즉위 의례가 거행되는 곳은 일월도와 사신도가 그려진 깃발 및 휘장으로 장식하고, 오랑캐를 복속시킨 제국의 왕으로서, 천하 구석구석에 왕덕이 미치는 모습을 표현했다.

23 니니기란 벼가 잘 익은 모양을 뜻하는 이름이다.

24 일종의 신판(神判). 신에게 맹세를 한 후 다양한 방식으로 점을 쳐 신의 판단을 받들어 모시는 것.

25 『니혼쇼키』에는 '高皇産靈神'이라고 표기되어 있다. 한편 『고지키』에 의하면 천지개벽의 최초에 아메노미나카누시노가미(天御中主神), 다카미무스히노가미(高御産巢日神), 가미무스히노가미(神産巢日神)의 삼신이 생겨났다. 이를 조화삼신(造化三神)이라 한다.

결정한 것으로 해석될 만한 여지가 있다. 다카미무스히는 천지개벽과 동시에 생겨난 고토아마쓰가미(別天神)이며, 다카키노가미(高木神)라는 별명을 가지고 있다. 이 때 무스히란 천지만물을 생성케 하는 신령이자 생명의 근원을 가리킨다. 그러니까 다카미무스히란 무스히의 중심적인 가미라는 뜻이다. 이런 다카미무스히는 아마테라스 못지않게 황조신에 적합한 신격을 갖추고 있었으며, 자연의 생명력에 대한 숭배와 관련하여 무스히노가미를 주재신으로 보는 관념도 상당히 널리 퍼져있었다고 여겨진다.

그러나 강림한 니니기의 마쓰리고토는 아마테라스의 신칙이 구현된 것으로 이해되었고, 진무 동정 또한 태양신 신앙을 배경으로 전개되었다. 따라서 기기에서는 분명하게 아마테라스야말로 황조신으로 나온다. 거기서는 덴무천황 자신의 개인적 신앙에 입각한 이세 숭경의 영향을 결코 무시할 수 없다. 진신란(壬申の亂, 672년)의 승리는 이세신의 비호에 의한 것이라고 믿어졌다. 이는 당시 사람들이 공통적으로 가진 인식이었으며, 덴무 왕조의 정신적 의지처였다.[26] 덴무천황에게 다카마노하라를 주재하는 황조신은 다카미무스히노가미가 아니라 이세의 태양신 아마테라스이지 않으면 안 되었던 것이다.

---

26 『니혼쇼키』에 의하면 덴무천황은 아즈마노구니(東國)로 도피하는 도상에서 현재의 구와나(桑名, 현재 미에현 북동부의 시_옮긴이) 부근에서 새벽에 아마테라스를 요배했다. 그런 다음부터 형세가 역전되어 덴무는 일거에 오우미 왕조를 압박했다. 『만요슈』에는 진신란에 종군한 가키노모토히토마로(柿本人麻呂)의 노래가 실려 있는데, 이는 덴무 군대가 신의 가호에 힘입어 승리하는 모습을 읊은 것이다.

덴무천황은 아마테라스의 신경(神鏡)을 모신 **이세신궁**을 확장시키고, 사이구 제도와 식년천궁(式年遷宮, 시키넨센구. 주기적으로 본전을 허물고 다시 세우는 것) 제도를 포고함으로써국가의 관리하에 그 규모가 영속적으로 유지되도록 했다. 또한 율령법에 의해 **대사**(大社)를 지정하여 황거에 준하는 대우를 규정함으로써 다른 신사보다 탁월한 신사로 삼았다. 이세의 태양신은 종래에도 중시되어 왔지만, 덴무천황 시대에 비로소 황조신의 신사로서 국가제도적으로 자리매김되었다고 할 수 있다.

7세기에는 대륙으로부터 여러 종교가 전래했고 왕권 이미지도 시대의 변화에 따라 흔들리게 되었다. 덴무천황 자신도 도교의 영향을 받았으며, 신선적인 천황상을 묘사하고 있다.[27] 단, 덴치(天智)천황의 통치이념은 강한 유교적 색채를 띠었고, 아마쓰가미도 중국적인 천(天) 이미지로 이해되었다. 이에 비해 덴무는 아마쓰가미와의 관계를, 계보적으로 친숙하게 결부시킨 **미오야노가미**(御親神)[28]이자 황조신으로 이해했다는 점이 중요하다.

나아가 이세신궁에서는 궁정의 신기 씨족 및 덴무조를 보좌한 씨족의 조상신들도 제사지냈다. 이 신들은 신들의 향연[29]에서 주도적

27 가령『고지키』의 유라쿠천황상 및 요시노(吉野)에 대한 신선향 이미지 등은 덴무・지토조의 도교지향적 경향을 반영하고 있다.

28 고대일본의 친자관계는 사회적으로도 모자간의 유대가 뿌리깊었다. 이 점에서 '오야'(親, 부모)는 곧 모친계를 가리킨다고 보아야 한다. 이와 관련하여 아마테라스(조모)와 니니기(손자)를 설정한 신화 구도는 몬무(文武)천황의 조모인 지토여제의 의향에 의한 것이라는 설도 있다.

29 아마노이와토 신화에서 굴속에 숨은 아마테라스를 굴 바깥으로 끌어내기 위해 신들이 벌인 잔치_옮긴이.

역할을 했고, 그 후 천손30을 보좌하도록 아마테라스로부터 직접 명받은 신들로서 제사지내졌다. 이리하여 아마테라스는 천황에게 있어 문자 그대로 오야가미(親神)였을 뿐만 아니라, 제씨족에게 그 존재의의를 부여해 준 신이 되었다. 즉 제씨족도 천황과 함께 신칙을 받들어 모시는 '미코토모치'31의 범주에 속해있던 것이다.

■ 도표 양로령(養老令)의 신기령 및 관련조목 일람 ■

(숫자는 條文 번호이며 [ ]안은 조문의 내용. 岩波思想大系『律令』에 의함)

律目錄八虐	(6)大不敬[大社를 훼손하는 경우는 참수]
衛禁律 第二	逸文1-1 闌入大社門條[大社와 신사의 불법 난입자에 대한 벌칙]
職制律 第三	8大祀不預申期條[大祀의 일정 통고를 태만히 한 경우의 벌칙] 9在散齋弔喪條[大祀의 재계 기간중에 조문과 병문안을 한 자에 대한 벌칙] 10祭祀朝會侍衛條[제사 절차 및 작법 등을 잘못한 경우의 벌칙]
賊盜律 第七	1謀反條[大不敬은 정상참작 없음. 大社 훼손은 遠罪. 계획만 했더라도 징역]
	23大祀條[大祀의 누락에 대한 벌칙] 24神璽條[神璽의 관리 불이행에 관한 벌칙]

30 니니기를 가리킴_옮긴이.

31 아마쓰가미의 '요사시'를 받아 그 명(命, 미코토)을 실행하는 자. 미코토(命·尊)라는 말은 신들 및 천황이나 영웅에 대한 존칭이다. 이런 천황의 칙명을 받드는 지방관 또한 '미코토모치'(宰)로 칭해지기도 했다. 이세신궁은 황제의 조상을 제사지내는 중국의 종묘와 유사하지만, 제씨족까지 제사대상으로서 참여시킨다는 점에서는 차이를 보여준다.

<table>
<tr><td>令卷第一
官位令</td><td colspan="2">9從四位, 11從五位, 12正六位, 13從六位, 14正七位, 15從七位, 16正八位, 17從八位[神祇官人의 관위에 상당]</td></tr>
<tr><td>令卷第二
職員令</td><td colspan="2">1神祇官[神祇官人의 편성]
66左京職, 68攝津職, 69太宰府, 70大國[지방관사에도 제사담당관을 배치]</td></tr>
<tr><td>後宮職員令</td><td colspan="2">5藏司[神璽의 담당자]</td></tr>
<tr><td rowspan="13">令卷第三
神祇令</td><td colspan="2">1天神地祇條[신기관의 임무. 神祇官은 항상 천신과 지기 모두를 제사 지낼 것</td></tr>
<tr><td>恒例祭</td><td>2仲春條[祈年祭], 3季春條[鎭花祭], 4孟夏條[神衣祭・大忌祭・三枝祭・風神祭], 5季夏條[月次祭・鎭火祭・道饗祭], 6孟秋條[大忌祭・風神祭], 7季秋條[神衣祭・神嘗祭], 8仲冬條[相嘗祭(上卯)・鎭魂祭(寅日)・大嘗祭(下卯)], 9季冬條[月次祭・鎭火祭・道饗祭]
祈年祭와 月次祭의 규정</td></tr>
<tr><td colspan="2">10卽位條[天神地祇를 제사지냄. 散齋一月, 致齋三日. 幣帛의 규정]</td></tr>
<tr><td colspan="2">11散齋條[散齋 기간에는 ①弔問 ②병문안 ③육식 ④사형판결 및 징벌집행 ⑤음악연주 ⑥기타 穢惡를 금지(六色의 禁忌)]</td></tr>
<tr><td colspan="2">12月齋條[재계 기간이 1개월은 大祀, 3일은 中祀, 1일은 小祀]</td></tr>
<tr><td colspan="2">13踐祚條[踐祚의 날에 나카토미(中臣)는 天神의 壽詞를 奏上하고, 인베(忌部)는 神璽의 鏡劍을 받들어 모실 것]</td></tr>
<tr><td colspan="2">14大嘗祭[踐祚大嘗祭는 國司가, 新嘗祭는 神祇官이 담당한다]</td></tr>
<tr><td colspan="2">15祭祀條[제사 때는 신기관이 諸官司에게 통지할 것]</td></tr>
<tr><td colspan="2">16供祭祀條[幣帛과 神饌은 神祇伯이 직접 관리할 것]</td></tr>
<tr><td colspan="2">17常祀條[臨時祭의 幣帛]</td></tr>
<tr><td colspan="2">18大祓條[6월과 12월의 大祓 절차]</td></tr>
<tr><td colspan="2">19諸國條[諸國 大祓 때의 國・郡・戶의 공출물]</td></tr>
<tr><td colspan="2">20神戶條[神戶稅의 용도]</td></tr>
<tr><td>令券第四
田令</td><td colspan="2">21六年班條[神田은 6년마다 班田에서 제외한다]
31在外諸司職分田條[제사담당관의 職分田]</td></tr>
</table>

令券第五 考課令	8最條[神祇官人에게 있어 가장 중요한 일은 제사 규정을 어김없이 준수하는 것]
令券第六 軍防令	51給事力條[지방관의 제사담당관에 대한 노동력 급부]
令券第七 儀制令	1天子條[천황의 칭호. 제사 때는 '天子'로 할 것] 19春時祭田條[시골의 祈年祭에서 행하는 국가적 계몽활동]
衣服令	4諸臣條[大祀, 大嘗祭, 정월초하루는 예복을 입을 것] 10內命婦條[女官은 大祀, 大嘗祭, 정월초하루는 예복을 입을 것]
令券第八 公式令	1詔書式條[詔에서는 '明神으로서 통치하는 천황'이라는 표현을 사용할 것] 3論奏式條[太政官이 천황에게 상주하여 재가받는 서식 사례. 大祭祀 경우의 예문] 38闕字條[大社의 문자 위에는 한 글자를 공란으로 할 것] 40天子神璽條[神璽의 규격]
令券第十 獄令	8五位以上條[大祀 기간중에는 사형 집행을 금지]
令券第十 雜令	40諸節日條[大嘗祭 날은 節句일로 잡을 것]

신기관

신기 씨족이 담지하는 국가제사의 체계

일본의 율령제는 중국제도를 모방한 것이다. 하지만 천황의 왕권을 국가제도로 명시하기 위해 창설된 **신기관**(神祇官, 진기칸)은 일본의 독자적인 제도이다. 신기관은 명목상으로는 태정관(太政官, 다이죠칸)과 동등한 기관이지만, 독자적인 재량권이 없어 실질적으로는 태정관의 지휘를 받는 기관이었다. 신기관은 국가의 근본법인 **신기령**(神祇令, 진기료)[1]과 그 세칙[別式]에 따라 신기신앙에 입각한 공적 제사를 관장했다. 덴무・지토조의 정어원령(淨御原令, 기요미하라료) 제도하에 그 개요가 정비되었고 대보율령(大寶律令, 다이호리쓰료)[2]의 제정(701년)에 의해 확립되었다. 이 **율령 신기관제도**의 실무자는 신기관 관인(官人) 및

1 718년(養老2)에 편찬된 양로령(養老令) 제3권 제6편 총20조가 전해짐. 앞의 도표 참조.

2 律6권과 令11권으로 된 고대 법전. 701년(大寶원년) 오사카베신노(刑部親王) 및 후지와라노후히토(藤原不比等) 등이 편찬. 덴치조 이래 법전 편찬사업의 집대성으로 양로율령이 시행되기 전까지 율령국가 최성기의 기본법전이었다. 고대 말기에 모두 없어져서 현재는 전해지지 않는다.

신직(神職)들이었다.[3]

이와 같은 율령 신기관제도의 목적은 다음 두 가지에 있었다. 첫째는 국가 안태와 직결되는 천황 자신의 영위를 지키는 일이고, 둘째는 모든 제사권이 천황에게 귀속된다는 점을 보여주기 위한 것이다. 이 중 신기관의 가장 중요한 임무는 첫 번째 목적과 관계가 있다. 가미고토(神事)의 재계(齋戒, 사이카이)를 위반하는 자는 엄벌에 처해졌다. 때문에 신기관은 모든 부서에 제사 일정을 고지하여 궁성의 재계를 철저히 엄수하게 했으며 가미고토에 직결되는 공물 관리는 **신기백**(神祇伯, 진기하쿠)이 직접 관장했다.[4]

한편 두 번째 목적과 관련해서는 다이카개신(大化改新)으로부터 근강령(近江令, 오우미료) 제도에 이르는 덴치 정권에서 내정의 제사부분과 관련된 인물을 관사(官司) 및 관인(官人)으로 조직하는 방향성이 정해져 국가기구에 의한 전국적으로 일률적인 제사가 구상되었다. 이때 **나카토미씨**(中臣氏)[5]와 **인베씨**(忌部氏)[6]에게 공적 자격을 부여하여

3 정규 관인은 사등관(四等官) 7명. 그 휘하에 교체 근무하는 전문직인 도모베(伴部) 50인 즉 간베(神部) 30인과 우라베(卜部) 20인이 부속되었고, 기타 잡용계인 쓰카와레베(使部) 30인과 직정(直丁) 2인으로 구성되었다. 이 밖에 궁정의 여성신직인 미칸나기(御巫)도 신기관이 관장했다.

4 천황 자신의 영위에 직결되는 대상제(大嘗祭), 진혼제(鎮魂祭. 진콘사이), 미칸나기(御巫) 및 복조(卜兆)는 신기관 장관인 신기백이 직접 담당했다. 재계(육색금기)의 위반은 천황의 재를 범하는 것으로 간주되어 엄격하게 처벌받았다. 앞의 도표 참조.

5 긴메이(欽明)조에 아메노코야네노미코토(天兒屋命)의 19대손으로 말해지는 죠반무라지(常盤大連)가 나카토미(中臣) 카바네(姓)를 수여받아 나카토미노무라지(中臣連)가 성립되었다. 『니혼쇼키』는 아메노코야네노미코토에 대해 '가미고토를 관장하는 종원자(宗源者)'로 기록하고 있다.

제국에 파견했다. 근강령 제도하에서는 백관을 모아 제신을 제사지내게 되었고 신기관의 모체가 되는 관사(官司=神官)도 성립되었다. 이는 나카토미노가마타리(中臣鎌足)의 구상에 의한 것으로 보인다.

나카토미씨는 비교적 새로운 도모노미야쓰코(伴造) 씨족으로, 원래는 제사와 무관하며 특정 제신이나 신사와 결부된 흔적도 별로 없다. 독자적인 세력기반이 없었으며 그저 궁정내 제사요원이었을 뿐이다. 그러다가 멸망한 모노노베씨의 직권을 이어받으면서 궁정제사의 중핵을 이루게 된 것이다. 이 무렵은 중앙집권화가 시작되고 대왕가가 국가 행정에 직접 관여하기 시작한 시기였다. 나카토미씨는 **가시마신궁**(鹿島神宮)·**가토리신궁**(香取神宮)의 관리를 통해 행정수완을 발휘했다.[7] 그러면서 점차 이세·가시마·가토리 등의 조정 직할 신사를 위해 공납집단을 조직하여 국가제사의 충실을 기했고, 그 총괄을 통해 씨족의 세력을 확대해 갔다.

신기백 이하의 사등관은 행정관이므로 법률상 출신씨족의 규정은 없으나, **신직**을 인솔하고 천황이 행하는 가미고토 및 영위의 보전과

---

6 후토타마노미코토(太玉命)를 시조로 모시는 씨족. 이 인베씨는 각지의 다마쓰쿠리(玉造)를 인솔하면서 모노노베씨와 함께 궁정제사에 관여했다. 다마쓰쿠리는 제사와 고분의례에 사용하는 구슬 제작에 종사하면서 5세기 후반경까지 번영을 누렸다.

7 기기에는 신기 씨족으로서의 모노노베씨에 관한 전승은 보이지 않는다. 나카토미씨의 주도권은 상당히 이른 단계에 확립된 듯싶다. 원래는 모노노베씨 휘하에 있었다고 여겨지는 가시마·가토리의 제사집단에 있어서도 후대에는 전적으로 나카토미씨와의 관계만이 강조되었다. 모노노베씨에 관해서는 본서 46쪽의 각주(5) 참조.

관련된 특수한 직무를 수행했으므로 유력한 제사담당씨족으로부터 선발하는 것이 암묵적인 전제였다. 대보령 시행에 앞서 나카토미씨를 나카토미아손(中臣朝臣, 이하 나카토미씨)과 후지와라아손(藤原朝臣, 이하 후지와라씨)으로 구분하여, 이 중 나카토미씨인 오미마로(意美麻呂) 등을 가미고토에 임하는 씨족으로 규정하는 조치이 내려졌다. 이로써 나카토미씨는 신기관의 세습관리나 다름없는 존재가 된 것이다.[8] 한편 실제로 가미고토에 관여하는 신직에 관해서는, 가미고토의 절차를 기록한 조문에 있어 구체적으로 나카토미・인베・도자이노분히토베(東西文部)[9]・**우라베**(卜部)[10]를 지정하여 각각의 역할을 명기하고 있다. 한편 세칙[別式]에서는 사루메(猿女)가 진혼을 행한다는 점, 그리고 장속(裝束)을 관장하는 **간베**(神部)[11]에 관해서도 장속의 종류 및 역직(役職)별로 씨족을 규정하고 있다.[12]

이 씨족들을 **신기씨족**(神祇氏族)이라 한다. 신기씨족은 황실과 연관

8 이는 몬토쿠(文德)천황의 대상제 및 대보령의 신기관 제도 시행에 수반된 일련의 조치였다. 나카토미노가마타리가 후지와라(藤原) 카바네를 수여받음으로써 나카토미 씨족 사이에서는 후지와라라는 이름을 내걸고 일반 행정관을 지향하는 자들이 늘어났다.

9 5세기 이래 야마토 조정에 있어 문필・외교・군사 등의 영역에서 활약해 온 한반도 도래계(왕인의 후예)의 야마토노후미씨(東文氏)와 가와치노후미씨(西文氏)를 가리킴_옮긴이.

10 각 신사에서 봉사하면서 거북점을 쳤다. 나카토미씨를 따르는 집단(伴部)이었던 것으로 보인다. 이키(壱岐)・쓰시마(対馬)・야마시로(山城)・이즈(伊豆) 등지에 광범위하게 분포했다.

11 가미고토(神事)에 종사하는 베민(部民). 신직.

12 『코고슈이古語拾遺』에 의하면 간베는 거울제작[鏡作]・곡옥제작[玉作]・창제작[盾作]・신복(神服)・왜문(倭文)・삼베길쌈[麻績] 등도 담당했다.

된 신직으로 간주되었으며, 우라베를 제외한 나머지 신기씨족은 **아마노이와토 신화에 나오는 신들의 잔치**[天岩戸の神遊び]에서 활약한 신들을 시조로 모시고 있다. 가령 나카토미씨의 조상신 **아메노코야네**는 **아마테라스**가 동굴 바깥으로 나오기를 청원하면서 노리토를 읊었으며, 인베씨의 조상 **후토다마**는 폐백(幣帛, 헤이하쿠)・곡옥・거울로 히모로기를 장식했으며, **사루메노키미**(猿女君)[13]의 조상신인 **아메노우즈메**는 나체춤으로 신들의 향연을 연출했다. 이 신들은 니니기를 보좌하면서 함께 강림했다. 그리하여 아마노이와토 신화에 나오는 신들의 잔치는 아마테라스에 대한 가미마쓰리(神祭り)였고, 가미고토(神事)의 원형이자 신기씨족의 기원으로 여겨지게 되었다. 신기관 제사 특히 천황이 궁중 신전에서 스스로 행하는 가미고토(天皇親祭), 가령 **신상제**(新嘗祭)와 **진혼제**(鎮魂祭, 진콘사이)[14] 등은 기기신화를 재현하는 의례라 할 수 있다.

이 밖에 궁중의 여성신직인 **미칸나기**(御巫)[15]가 있다. 미칸나기는

13 사루메씨의 이름은 이세의 재지신인 사루타히코(猿田彦)와 관계가 있다. 아메노우즈메는 이세의 제사와 궁정제사 쌍방 모두에 관련되어 있고, 기기 전승도 풍부하다. 원래는 궁정제사에서 중심적인 위치를 점했던 씨족이었을 것이다. 그러나 율령제하에서는 신기관이 아니라 후궁의 봉전료(縫殿寮)에 출사하는 등, 신기씨족으로서는 나카토미씨 및 인베씨에 비해 낮은 지위에 머물렀다.

14 둘 다 동지 무렵에 거행된 벼의 영(稲魂)의 부활의례. 신상제 전날에 행해진 진혼제는 사루메와 미칸나기가 천황의 신체 및 영혼에 작용을 가하여 쇠약해진 벼의 영혼을 되살리는 행사이다. 이에 비해 진혼제 다음날 행하는 신상제는 천황이 가미와 함께 햇곡식을 먹음으로써 벼의 왕으로 다시 태어나는 재생의례라 할 수 있다.

15 정원은 5인이고 서민도 될 수 있었다. 미칸나기에게는 신축 가옥과 공진지(貢進地) 및 하녀가 제공되었고, 교체할 때마다 봉사하던 신전과 세간살이 등이 새로

궁중에서 제사지내는 36신 중 23좌의 신들(宮中二十三座)을 섬기던 무녀이다. 궁중에는 율령이 규정하는 제사 이외에도 천황의 영위를 보전하기 위한 여러 가지 가미고토가 행해졌는데, 미칸나기는 천황의 신성한 미코(巫女)로서 소중하게 보호받았다. 신기씨족(신기관인)이 주로 제장의 설치 및 동원을 담당한 데 비해, 미칸나기는 천황 친제 때 시중을 들었고 궁정내의 가미고토에 봉사했다. 그런데 이처럼 미칸나기는 신기백에 직속하여 천황의 종교적 권위를 실제로 뒷받침했음에도 불구하고, 법률상으로는 관인도 아니고 후궁 여관도 아니었으며 상급관인 대우를 받으면서도 하급직원처럼 간주되었다. 다시 말해 법적으로는 지극히 애매한 존재였다.

마찬가지로 간베씨 및 도모베(伴部)로서 신기관에 소속된 신기씨족의 경우도 법적 지위는 애매했다. 즉 령(令)으로 지정된 사루메와 우라베라는 말은 관인으로서의 직명(때때로 신기백의 부하가 된 신기씨족 출신자)인지 우지(氏)의 이름(도모베로서 신기백이 인솔하는 씨족집단)인지가 애매했다. 이는 개인단위를 전제로 하는 관료제에 씨족적 직능집단의 전통이 삽입된 데에서 생긴 문제이다. 원래는 대등한 입장에서 제사를 분담했지만, 관료제도의 지휘 명령계통의 틀로 재편된 결과 신기씨족 사이에 지배=피지배적 감각이 생겨났기 때문이다. 결국 사루메씨는 전문적인 지식과 기술을 지니고 있음에도 불구하고 신기관제도 속에서 합당한 지위를 얻지 못한 채 점차 몰락해 갔다.

마련되었다. 임시급여 등은 신기관의 차관(次官) 내지 삼등관과 같은 수준이었다.

이에 비해 나카토미씨는 상급관인의 지위를 획득하여 신기관을 좌지우지했다. 그 배경에는 후지와라씨가 지지했다는 세속적 요인도 있지만, 나카토미씨의 신직으로서 가지는 직능이 노리토 진상에 있었다는 점도 중요한 요소였다. 노리토는 제사의 절차 및 가미고토 때 신에게 바치기 위해 만들어졌고, 원래는 작은 소리로 낭송했던 것으로 사람들에게 들려준다든지 기록으로 남긴다든지 하지는 않았다. 그런데 **국가제사**[16]에서 제사의 주권자가 천황임을 보여주는 수단으로 노리토가 사용되면서, 이제 노리토는 나카토미씨가 천황의 대리인으로서 신들에게 진상하고 아울러 사람들에게 들려주는 것이 되었다.

미칸나기가 섬기는 궁정제사는 이를테면 신기관의 오쿠노인(奧の院)[17]에 해당되며, 이에 비해 국가제사는 관인의 무대였다. 여기서 국가제사란 신기령에 정해진 바, 천황의 명에 따라 신기관인이 주재하는 제사를 가리킨다. 따라서 천황은 거기에 임석하지 않는다. 그런데 대부분의 국가제사는 이세와 야마토의 신사에서 현지 신직집단에 의해 수행되는 제사[18]에 있어, 신기관이 **노리토**와 **폐백**(幣帛, 헤이하쿠)[19]을 바

16 국가제사로는 항례제(恒例祭) 13종 19제, 즉위 의례, 대불(大祓, 오오하라에) 및 임시 봉폐 등이 있었다.

17 주로 사원의 본당보다 더 깊은 안쪽에 영불(靈佛)이나 조사(祖師)의 영을 안치한 곳_옮긴이.

18 이세신궁의 경우는 신의제(神衣祭, 간소사이)와 신상제(新嘗祭), 오오미와(大神)신사 및 사이(狹井)신사의 경우는 진화제(鎭花祭, 진카사이), 히로세(広瀨)신사의 경우는 대기제(大忌祭, 오오이미노마쓰리), 이사가와(率川)신사의 경우는 삼지제(三枝祭, 사이쿠사사이), 다쓰타(龍田)신사의 경우는 풍신제(風神祭, 후진사이). 실제로 신기관과 궁정에서 가미고토를 행하는 국가제사는 기년제(祈年祭), 월차제(月次祭), 진화제(鎭火祭, 진카사이), 대불(大祓, 오오하라에) 및

치는 형태로 이루어졌다. 거기서는 노리토를 진상함으로써 천황이 제주임을 나타내는 한편, 각 신사에 전승되어 내려온 제사를 기기전승과 결부시켰다. 또한 폐백을 수여함으로써 경제적으로 원조하고 국가가 그 제사의 위의를 높임으로써 국가제사로서의 체제를 갖춘 것이다.

이와 같은 구조를 전국규모로 확대한 국가제사가 **기년제**(祈年祭, 기넨사이)와 **월차제**(月次祭, 쓰키나미사이)[20]이다. 신기령 제9조에 "제국 신사의 간누시(神主)와 하후리베(祝部)[21]는 신기관에 모여라. 나카토미씨는 노리토를 낭송하여 들려주고 인베씨는 반폐(班幣, 한페이)[22]를 행하라"는 규정이 있다. 양 제사는 인원과 비용에 있어 대규모로 행해진 중앙집권국가의 제사였다. 이는 야마토 조정 이래의 풍요기원과 토지

기타 궁정에서 행하는 임시제 등에 한한다.

19 훈독은 '미테구라'. 폐백은 신찬을 포함한 공물의 총칭이었는데 점차로 포백(布帛, 베와 비단_옮긴이)을 가리키게 되었다. 여기서 포백은 화폐에 준한 것이었다. 그러니까 폐백을 하사한다는 것은 곧 신에게 바치는 공물을 현물로 지급한다는 것, 다시 말해 제사비용을 국가가 대준다는 것을 의미했다. 후대에 포백이 화폐로서의 의미를 점차 상실해 감에 따라 폐백은 시데(흰 무명종이, 오리가미_옮긴이)를 늘어뜨린 다마구시(玉串)를 가리키게 되었고 요리시로(依代)로 여겨지게 되었다.

20 기년제의 기원은 야마토 조정의 가장 오래된 직할지에서 행해지던, 수확의 신(御歲神)에게 신찬을 바쳐 풍요를 기원하던 제사. 월차제의 원래 형태는 택신제(宅神祭, 가옥신을 모시는 제사_옮긴이) 혹은 조신제(竈神祭, 부엌의 신을 모시는 제사_옮긴이)였던 것으로 보인다. 기기에는 이 양대 제사의 기원 전승이 나오지 않는다.

21 간누시와 하후리는 남성신직인데, 이 중 간누시가 상석이다. 여기서 하후리베는 신기관의 베민(部民)을 가리키는 듯하다.

22 신기관이 수여하는 폐백. 이에 비해 임시제의 경우는 봉폐(奉幣)였다. 그러나 이세신궁만은 항례제든 임시제든 모두 천황이 칙사를 파견하여 신에게 폐백을 바치는 봉폐였다.

신에 대한 제사를 계승한 것인데, 이런 국가제사의 목적은 천황에 의한 제사권의 장악을 명시하는 데에 있었다. 따라서 제신은 특정 신에 한정되어 있지 않았고 널리 **천신지기**가 제사 대상이 되었다.[23]

나카토미씨가 기년제에서 낭송하는 노리토 내용은 "신기관의 기년제를 잘 견습하여 인베가 배포하는 폐백(관을 매개로 하여 천황이 수여하는 공물)을 틀림없이 받아 각각의 신에게 바치라"는 명령으로 되어 있다. 즉 관사(官社)의 기년제는 천황이 직접 각 구니들의 신을 제사지내는 것이 아니라 신기관의 지휘를 받는 말단 관인이 천황을 위해 행하는 제사였다. 이런 방식의 제사 관행을 **기년제폐백제도**(祈年祭幣帛制度, 기넨사이헤이하쿠세이도)라 한다.

이처럼 나카토미씨의 노리토와 인베의 폐백은, 그들의 특수한 임무임과 동시에 각 신사의 제사를 국가제사로 전환시키는 장치이기도 했다. 이리하여 나카토미씨와 인베씨는 국가제사 시스템과 전래받은 자신의 직능을 잘 접합하여 신기관 제도 내에서 명실 공히 확고한 지위를 확립할 수 있었다. 나카토미씨는 신기관의 대변인으로서 항상 국가제사의 무대 전면에 등장했으므로, 나카토미씨가 신기관을 이끄는 역할을 장악한 것도 당연한 귀결이었다고 보인다.

정화의례인 **대불**(大祓, 오오하라에)도 매년 6월과 12월 그믐날 신기관

23 제사대상의 보편적 성격 및 전국적으로 제사지낸다는 구상은 당나라 사령(祠令)에 있어 호천상제(昊天上帝)를 제사지내는 대사(大祀) '기곡'(祈穀)에서 힌트를 얻은 것으로 생각된다. 전국에서 신직을 모으는 것은 오직 기년제에 한하며, 월차제는 기나이만(畿內)의 축소판이었다.

에 백관을 모아놓고 거행되었다. 대불은 천황의 몸에서 게가레(穢れ)를 제거하고 건강을 기원하는 의례 및 궁궐 지역에서 사람들이 범한 죄와 액기를 씻어내는 의례로 구성되어 있다. 전자에 관해서는 나카토미씨가 어불마(御祓麻)를 바치고 **도자이노분히토베**(東西文部)[24]가 하라에의 칼을 천황에게 바치면서 불사(祓祠, 하라에고토바)를 낭송한다. 한편 후자는 신기관 불소(祓所)에서 거행되는데, 이 때 백관 남녀에게 나카토미씨가 대불사(大祓祠, 오오하라에고토바)[25]를 낭송하며 우라베씨가 **하라에**(解除)라 불리는 의례를 거행했다.

임시 대불은 지방에서도 행해졌다(**諸國大祓**). 또한 대상제(大嘗祭)를 앞두고 국가 전토를 정화하기 위해 전국적으로 일제히 행해지는 경우도 있었다(**天下大祓**). 이 중 제국대불(諸國大祓)의 국가제사는 신사가 아니라 국아(國衙, 고쿠가)[26]라든가 군가(郡家, 군케)[27] 등 중앙으로부터 각 지방에 설치된 관청에서 거행되었다.

령(令)에는 각 구니에서 대불을 행할 때 바치는 공진물의 종류 및

24 도자이노분히토베는 한반도 도래계 씨족인 야마토노후미노아타이(東文直)와 가와치노후미노오비토(西文首)를 가리킨다. 이들이 주관한 의례는 덴무조에 도입된 도교적 의례로서, 칼과 금속제의 인형을 사용하여 도교적인 한문체의 노리토를 한어 그대로 낭송했다. 이와 관련하여 『엔기시키延喜式』에 "야마토노후미씨가 주문을 외우면서 칼을 받들어 헌상했다(東文忌寸部獻橫刀時咒)"라고 나온다.

25 대불사는 『엔기시키』에 '6월 그믐날 대불'(六月晦大祓)로 기록되어 나온다. 이 때 관인의 가족도 참가할 수 있었고, 헤이안쿄(平安京)에서는 주작문 앞에서 행해졌다고 한다.

26 국사(國司)의 지방관청_옮긴이.

27 군사(郡司)가 정무를 수행하는 지방관청. '구케'라고도 함_옮긴이.

담당자에 관한 규정이 나와 있다. 그리하여 지방행정기구를 통해 각지에서 동일한 수준의 의례가 거행되도록 했던 것이다. 물론 각 구니에도 대불사(大祓師)로서 나카토미씨가 파견되었고 대불사(大祓祠)가 낭송되었다. 나카토미시의 불사는 노리토 중에서도 특히 기기와의 연관성이 많다. 거기에는 아마테라스로 하여금 아마노이와토 동굴에 숨게 만든 원인이었던 스사노오의 죄와 추방 및 이자나기의 미소기하라에 등에 입각하여, 천손강림의 유래라든가 죄와 게가레가 하라에 신들의 작용에 의해 씻어진다는 내용이 기술되어 있다.

국가제사의 하라에는 역소에서 행해졌는데, 무릇 정화가 필요한 경우는 시간과 장소에 구애받음 없이 어디서든 적용할 수 있는 성격의 의례이다. 이런 성격으로 인해 나카토미씨는 하라에라는 정화의례의 집행자이자 동시에 대불 노리토의 제공자로서, 신기관 제도가 쇠퇴한 이후에도 종교적 권위를 계속 유지할 수 있었던 것이다.[28]

28 인베의 직무는 시종일관 국가재정의 분배를 담당하는 데에 집중되어 있었다. 따라서 율령 경제의 파선과 축을 같이 하여 폐백제도가 막다른 골목에 다다르자 그 존재의의를 상실하고 몰락해 갔다.

신사

율령국가의 신들

전술했듯이, 신기관은 율령국가에 어울리는 제사질서를 보여주기 위해 **기년제폐백제도**를 창출하여 전국 각지의 주요 신사를 **관사**로 지정했다. 이를 **관사제**(官社制)라 한다. 관사는 천황과 국가를 위해 행해진 국가제사의 <회로>였다. 이를 받아들이는 측(재지)에서 보자면, 종래의 제사 위에다 '오오야케'(公)라는 인장이 찍힌 <회루>망이 주어지게 된 것이라고 할 수 있겠다. 이윽고 관사는 점차 증가했고 그 결과 기년제폐백제도는 더 이상 유지하기 힘들게 되었다. 이런 <회로>를 현지에서 실제로 적용한 것은 행정관들이었다. 그렇다면 <제작자>였던 기존 가미신앙의 담지자들은 국가기구의 <회로>와 <정보>를 어떻게 받아들였을까?

령제 시행에 수반된 국군제(國郡制)로의 이행에 의해, 종래 구니(國)에 있어 **국조**(國造, 고쿠조)의 지배가 해체되었다.[1] 그리하여 각 지방에

1 여기서 구니(國)와 고오리(郡)는 국조(國造, 고쿠조 또는 구니노미야쓰코라고도

서 국조의 종교적 권위는 새롭게 각 구니마다 설정된 지방 신기관인 으로서의 국조(이하 新國造)[2]로, 또한 실무적 권한은 행정관인 군사(郡司)로 분할되어 이어졌다. 그러나 이들은 국사(國司)의 지휘명령을 받는 현지 채용의 지방관인에 불과했으므로 자립적인 권력기반을 상실해 갔다.[3] 바로 이와 같은 국군제로의 이행이 본격화되면서 **이소노가미신궁의 보물창고**[石上の神庫]에 수납되어 있던 신보가 국조에게 반납되었다(674년, 『니혼쇼키』덴무3년8월조). 이는 이미 국조의 통치권이 쇠약해졌고, 그래서 천황이 더 이상 국조 권력의 상징물을 수납할 필요성이 없어져 버렸기 때문이다.

하지만 지방지배의 현장에서는 종교적 권위를 배경으로 한 재지 수장들의 영향력이 여전히 강고했다. 재지 수장들은 제사자를 겸한 경우가 많았으며, 지역의 평안은 그들의 제사와 밀접한 관계가 있었다. 이 점은 『후도키風土記』[4]에 수록된 개발영주와 토지신 사이에 결

함)에서의 구니를 분할 재편성하여 새롭게 설정한 행정단위를 가리킨다. 이는 집단단위의 지배로부터 개인단위의 영역지배로의 전환을 보여준다. 이런 행정구역 설정에서는 무엇보다 먼저 징세의 편의가 고려되었을 것이다.

2 신국조(新國造)는 덴무조 령제에서 구니의 구획에 즈음하여 임명된 역직을 가리킨다. 신기령 제19조 국조 항목에 나온다. 新野直吉『國造と縣主』至文堂 참조.

3 군사와 신국조는 종신관리로 국조씨(國造氏, 고쿠조씨) 중에서 선발되었다. 여기서 국조씨란 국조기(國造記, 702년)에 등록되고 국가에 의해 군사를 배출해낼 만한 자격이 인정된 씨족을 가리킨다. 수신관(修身官)으로서 안정된 신분을 부여받았지만, 여러 가지 제약이 부과되어 중앙관리와는 결정적인 신분차가 있었다.

4 나라시대의 지방지. 713년 각 구니에 대해 편찬할 것을 명하여 나오게 된 지명의 유래・산물, 지리, 전승 등의 보고서. 이즈모(出雲), 히타치(常陸), 하리마(播磨), 분고(豊後), 비젠(肥前) 풍토기의 일부가 전해지고 있어 '고풍토기'(古風土記)라 칭해진다.

부된 제사계약[5] 관련전승 및 재지 신사와 지명의 기원설화에서도 엿볼 수 있다. 율령국가의 입장에서는 이런 사태를 그대로 방치할 수 없었을 것이다. 그래서 지방관인에 대해서는 그들의 족장적 권위를 이용하면서 약체화시키는 방향으로 대처했다. 가령 종래의 국조가(國造家)로써 해당 구니를 대표하는 지방 신기관으로서의 신국조(新國造)로 임명하고 세습도 허용하면서 대불 때 말 한 필을 공납하도록 의무화한 것이다. 단, 행정적인 권한은 주지 않았으며 또한 신사나 제사조직처럼 관직에 부수된 기구도 설치하지 않았다. 그러니까 신국사는 그저 명예직에 불과했던 것으로 보인다.[6] 때문에 신국사는 관사제도와도 무관했으며, 단지 율령 형성기의 과도기적인 관직으로서 점차 쇠퇴해 갔다.[7]

한편 군사(郡司, 군지)는 행정관으로서 제도상으로는 종교와 무관했

5 가령 『히타치노구니후도키常陸國風土記』 나메카타군(行方郡)의 야하즈노우지(箭括氏)의 마타치(麻多智)가 신의 땅(神地)과 인간의 땅(人地)을 나누어 야토노가미(夜刀神)를 제사지낸다는 약속을 해서 진정시켰다는 이야기. 이는 오오구니누시노가미(大國主神)의 국토이양신화와 유사한 구조를 보여준다. 즉 이는 통치권의 양도와 관련된 제사기원설화라 할 수 있다.

6 우네메(采女)를 지낸 옛 고쿠조가의 여성이 임명되는 경우도 있었다. 기년제 때 신기관에 참집하는 것은 각 신사의 간누시(神主)와 하후리(祝)의 의무로, 고쿠조와 관련된 규정은 없다. 다이호(大寶)2년(702)의 반폐(班幣)에서는 고쿠조도 소집되었지만 그 후에는 소집되었다는 기록이 보이지 않는다.

7 단, 이즈모 국조(出雲國造)와 기이 국조(紀伊國造)는 예외였다. 모두 신국조와 신군(神郡)의 군지(郡司)를 겸직했으므로 재지에서 종래의 국조에 가까운 지위를 유지할 수 있었다. 또한 양 국조는 취임하면서 조정에 출사하여 충성을 서약하는 의례를 행했다. 양 국조가 제사지내는 신들은 기기신화에서 아마쓰가미에게 복속한 구니쓰가미의 대표격으로 되어있었으므로 천황의 지배권을 보여주기 위해서도 그들을 중시할 필요가 있었다.

고 세습도 허용되지 않았다. 그러나 지방지배의 현장에서 국가는 그들의 권위와 실력에 의존하여 행정 기초단위(군)의 경영을 맡기지 않을 수 없었다. 재지 가미 제사의 경우도 군사의 가장 중요한 역할인 권농(勸農)과 관계가 있었고, 제사 공진물의 조달은 징세와 밀접한 관계가 있었다.[8] 바로 이 때문에 **대상제**의 재전(齋田) 경영과 대불 공출물의 조달이 군사에게 일임되었던 것이다. 또한 야마토 조정의 숭경을 받고 있던 유력 신사가 있는 지역의 군사에게는 대보령 시행 후 곧바로 조칙을 발하여 **신군**(神郡)[9]의 군사라는 이유로 세습을 인정했다. 국가적 제사를 담지한 유력신사의 규모는 행정권을 가지는 군사가 아니면 유지할 수 없었기 때문이다. 이와 같은 율령제 성립기의 지방지배 상황하에서 관사제의 당초 목적은, 지방 수장들이 제사지내는 신을 중앙이 관(官)을 통해 직접 제사지내고 그 종교적 권위를 존중하면서 국가질서 안에 편입시키는 데에 있었다.

그렇다면 8세기 당시에 율령제하의 촌락에서는 어떤 제사가 행해지고 있었을까? 촌락의 제사를 기록한 자료는 단편적인 것밖에 남아있지 않지만, '의제령춘시제전조'(儀制令春時祭田條)[10]에서 그 일단을 엿볼 수 있다. 이에 의하면 민간의 기년제에 해당하는 봄제전[春時祭田] 날에는 '연장자를 존중하고 노인을 보살피는 도'를 장려하기 위한 '향음

8 원래 세금의 기원은 신에게 바치는 햇벼에 있었다. 그러다가 제사 등 공동체의 운영경비로서 구성원들이 수장에게 바친 것이 곧 세금이다.

9 특정 유력 신사가 있는 군. 신사의 지배영역인 신령(神領)과는 다른 개념이다.

10 양로령(養老令) 권7 의제령(儀制令) 19조 및 령집해(令集解) 권28. 여기서 제전(祭田)이란 마을사람들이 공동으로 경영하는 전답지의 제사를 가리킨다.

주례'(鄕飮酒禮)를 행했으며, 향연에 앞서 사람들에게 국가의 법이 고지되었다. 가미 제사의 장을 이용해서 법의 권위를 알리고 공동체 잔치에 유교도덕을 적용시키고자 한 것이다. 그러나 이런 것들은 모두 종래의 제사방식에다 덧붙인 것이었고, 관이 가미제사의 형태에 직접 개입한 것은 아니었다. 이른바 **신사통제**라는 색채는 거의 없었다.

마을의 가미제사는 마을사람들이 공동으로 경작하는 전답지와 집회소인 **'야시로'**(社)[11] 등을 이용하여 행해졌다. 춘추의 제전(祭田)에는 마을사람들이 모두 모여 가미를 맞아들인 다음 **나오라이**(直會, 향연)[12]를 개최했다. 이때의 소요 경비는 촌인들이 모아서 부담했고 각 공동체의 질서와 관행에 따라 **하후리**(祝)라든가 **제주**(祭主) 등으로 칭해진 신직(대개는 남녀 쌍)이 선발되었다. 거기서는 남녀노소별로 각각 역할이 정해져 있었다. 가령 공물의 획득 및 제장의 설치는 남성이 맡고, **신주**(神酒, 미키)와 **신찬**(神饌, 미케)[13]의 조리 등은 여성이 담당했을 것으로 추정된다.

그런데 751년 양로령(養老令)이 시행되면서 사태가 급변했다. 즉 마을 장로의 책임으로 제사 경비를 공비로 부담하게 된 것이다. 이 후 마을 외부의 출자자인 국가로부터 경비 내용에 관해 여러 가지 요구

11 마을마다 제의와 향연을 위해 마련된 시설. 가미가 상주하는 신사와는 다른 것이었고 용도 또한 제사에만 한정되지 않았다.

12 가미고토가 끝난 후 신에게 바친 공물을 제사에 참석한 자들끼리 함께 나누는 의식. 신사참배 때 신주[御神酒, 오미키]를 마시는 것도 나오라이의 일종이다.

13 현재의 신찬은 대부분 가공하지 않은 음식물인데, 본래는 가공 조리한 것(熟饌)으로, 가미고토가 끝난 직후에 함께 먹었다. 義江明子『日本古代の祭祀と女性』吉川弘文館 참조.

사항이 따르게 되었다. 가령 육류 음식이 금지되었고 지나친 가무향연도 주의를 받았다. 이리하여 마을제사의 회계 담당자는 율령기구 최말단의 관리가 되었고 세금을 함부로 낭비하거나 소홀히 하지 않도록 관리 감독을 받게 되었다.

한편 제전(祭田)에 대해 공비를 제공했던 목적은 공동체 결집의 장을 이용하여 바람직한 양민상을 널리 퍼뜨리고자 하는 데에 있었다. 국가에게 제전은 무엇보다 유교이념에 입각한 국가이데올로기를 확장시키는 기회였다. 거기서 가미제사의 장려 및 규격화와 같은 제사질서의 구축은 오히려 이차적인 목적에 지나지 않았다. 때문에 제사 그 자체는 문제시되지 않았다. 이 점은 **기년제**의 반폐(班幣)[14]와 관련된 관사라 할지라도 기본적으로 동일한 상황이었다고 여겨진다. 예축(豫祝)의례[15]는 수확제에 비해 이차적인 것이었고, 반폐를 바치는 의례 또한 하후리베(祝部)의 책임하에 거행되는 부가적인 행사에 불과했기 때문이다. 기기의 내용이 충분히 전달되었는지 여부도 불확실하다.

하지만 일반적으로 관사의 경우는 좀 달랐다. 신기관으로부터 받는 **폐백**의 관리책임을 지는 신직으로 제사집단 중에서 하후리베가 임명되었다. **하후리베** 또한 신기령에 정해진 신직인데, 이런 하후리베에 취임한다 해도 종래대로 재지 신직집단의 일원으로서 제사에 임했으리라고 보여진다. 그러나 이들은 일반 농민의 호적이 아니라 신기관이 관리하는 하후리베 명부에 등록되었고 행정적으로 다르게 취급되

14 본서 86쪽의 각주(22) 참조.
15 농산물 등의 풍양을 기원하여 미리 거행하는 모의제사_옮긴이.

었다. 또한 관사에서는 기년제 이외에도 중앙정부나 국아(國衙, 고쿠가)와 같은 지방관청으로부터 기우제나 지우제(止雨祭) 때 임시 폐백을 받는 기회가 늘어났다. 거기서 폐백을 안치하기 위한 상설 시설이 설치되었고 많은 경우 율령에 정해진 신직이 관리인(社首)이 되었다.

특정 야시로(社)의 신이 현저한 영험을 보이면, 그 신에게 **신호**(神戶, 간베)[16]라든가 **신봉**(神封, 신포)[17]이 충당되었고, **신위**(神位) 또는 **신계**(神階)[18]가 수여되기도 했다. 신직 중에 국가안태를 위한 기도에 종사하는 자에게도 위계가 부여되었고 관인이 가지는 홀(笏, 샤쿠)의 휴대가 허용되기도 했다. 이로써 봉재집단의 관리자로서 특권적인 지위를 가진 자들이 출현하게 되었다. 단, 여성신직의 경우는 설령 신과 직접 접촉하는 등 사제자로서 남성신직과 동렬에 있다 해도 율령신직으로 채용되지는 않았다. 즉 여기서 여성신직은 제사 전체를 총괄한다든지 시설의 관리책임을 맡는 등의 역할에서 배제되는 경향이 이미 나타나고 있었음을 알 수 있다.[19]

16 신사의 영지.
17 신사의 영민(領民).
18 가령 '정일위(正一位) 이나리다이묘진(稻荷大明神)'처럼 신에 대해 조정이 부여한 위계. 무신(武神)에게는 훈위(勳位)가, 그리고 황조신에게는 품위(品位)가 수여되었다. 이는 일견 관료제 위계질서를 신들에게까지 적용하여 천황 밑에 서열화시킨 것으로 보여진다.
19 원래 부계 및 모계 모두에 속한 친족집단을 기반으로 했던 일본고대에서는 여성이 '오야'(親)로서 자손들에게 강한 영향력을 가지고 있었다. 뿐만 아니라 여성은 우지의 구성원이자 자율적인 사회적 인격체로서 우지의 경영에 참여했었다. 나라시대까지만 해도 여성천황이 있었는데, 이는 상기의 사회적 관행을 배경으로 가능했던 것이다.

이상에서 살펴보았듯이, 공동체의 가미제사에 관사제가 도입됨으로써 제사공동체 중에서 공적 권위를 지닌 관리자 즉 <제작자>측의 인간이 생겨났다고 말할 수 있겠다. 그리고 야시로에 부동산이 발생했으며, 신기제도의 <회로>가 안정되어 갔다. 이는 바로 **신사**(神社)**의 성립**에 다름 아니다.

8세기 후반이 되면 통제와 원조의 양면을 통해, 마을의 야시로에 대한 국·군(國·郡)의 영향력이 강화되고,[20] 이에 따라 관사의 범위도 전국적으로 구석구석까지 확대되었다. 이와 같은 관사의 증가를 촉진시킨 하나의 원인으로서 재지세력의 다양화를 들 수 있다. 당시는 토지개발 등에 의해 신흥세력이 발흥했으며, 다양한 세력이 상호 경합하고 있었다. 그런 가운데 씨족 계보와 제사권을 둘러싼 '전통'이 새롭게 의식되고 관사의 가치가 고양되었을 것이다.[21] 거기서 상부로부터의 인정을 수동적으로 받아들이는 데에 머물지 않고, 더 나아가 재지 측에서도 자신들이 제사지내는 신의 야시로를 관사로 인정받고자 하는 노력이 적극적으로 행해지게 되었다. 또한 신위의 수여 및 신봉(神封) 등의 특전을 얻고자 각지에서 야시로의 유래와 영험 및 **다타리**(祟り)[22] 등 신위의 증거를 보임으로써 지위의 상승을 도모하려는

20 예컨대 마을제사의 나오라이(향연) 때 국·군으로부터 검사가 행해진다든지, 군사(郡司)가 제사에 입석한다든지 했다.

21 708년 이후 군사(郡司)의 채용 기준이 종래의 능력주의로부터 세습통치의 실적을 평가하는 방침으로 전환된다. 이로 인해 지방세력 사이에서 지위상승을 도모하기 위해 중앙의 유력 씨족과 줄을 대려는 움직임이 두드러지게 나타났다. 이 때 종종 유력 씨족과 동일한 신을 제사지내는 것과 관사로 인정받는 것이 상호 연동하여 이루어지곤 했다.

경향이 나타났다.

이 때 관사로 인정받는 과정은 국사(國司)의 추천에 입각하여 태정관이 결정하고 신기관에게 통보되는 절차로 이루어졌다. 국사에게는 해당 구니(國)의 신을 숭경하고 사전(社殿)을 수선 보전할 의무가 있었고, 관사의 결정도 실질적으로는 국사의 재량에 맡겨져 있었다.[23] 그런데 관사의 추기는 국내 신사의 서열화 및 체계화를 의도하여 진행된 것이 아니다. 이세신궁은 별격(別格)이었지만, 그 밖의 경우는 똑같이 관사였다. 즉 관사 상호간에 상하의 우열은 없었다. 관사라 하더라도 명확한 선정 기준은 없었고 정변이나 천재지변 등 그 때 그 때의 필요에 따라 서서히 증가하여 전국적으로 퍼지게 된 것이다. 그 결과 9세기에는 국가의 폐백을 받는 관사수가 『엔기시키延喜式』신명장(神名帳, 진묘쵸)[24]에 기재된 2,861개소(제신수는 3,132좌)에 가까운 규모로 확대되었다.

이렇게 해서 관사수가 증가했고, 기년제폐백제도는 형해화되었다. 관사에게 주어진 법적 의무는 기년제의 반폐(班幣)를 받는 것이 전부

22 신불이나 원령 등이 자신의 존재를 드러내기 위해 일으키는 재앙이나 탈을 가리키는 말_옮긴이.

23 중앙에서는 명목상이라 하더라도 어쨌거나 태정관과 신기관의 제정분리에 입각하고 있었는데, 지방에서는 국사가 군사와 행정뿐만 아니라 신기 및 승려의 관리에 이르기까지 종교의 영역을 포함한 일체를 관장했다.

24 『엔기시키』는 율령 및 격(格)의 시행세칙인 식(式)을 집대성한 것. 927년에 완성되었고 967년부터 시행되었다. 총 50권으로 되어 있는데, 그 중 1권에서 10권까지가 신기와 관련된 내용이다. 특히 9권과 10권은 관사 명부라 할 만한 '신명장'이라고 불린다. 이 신명장에 기재된 신사를 식내사(式內社, 시키나이샤)라고 한다.

였지만, 각 지방에서 매년 중앙의 신기관까지 가야 한다는 것은 역시 상당한 부담이었다. 그런데 반폐를 소홀히 한다 해서 처벌받는 것은 아니었으므로 신기관에 가지 않는 불참자가 늘어났다. 그 결과 하후리베(祝部)의 상경이 끊어졌고 사전(社殿)도 황폐해갔다. 이에 따라 사전의 관리주체가 사수(社首)인지, 군사(郡司)나 국사(國司)인지, 아니면 신기관인지가 애매해지고 말았다.[25]

소집하는 신기관 측에서 보더라도 관사의 증가는 신기제도의 목적에 부합하지만, 한번에 막대한 인원을 받아들여 그들에게 공물을 주어 돌려보내기란 용이하지 않았다. 아마도 관사가 너무 늘어나서 신기관의 규모로는 이미 감당하기 어려워졌을 성싶다. 이리하여 신기관에 가지 않는 불참자들이 그대로 방치되었던 것이다.

결국 관사제는 막다른 골목에 부딪치게 되어, 798년에 관사가 관폐사와 국폐사의 두 종류로 나누어지게 되었다. 즉 기나이를 중심으로 한 **관폐사**(官幣社, 간페이샤)는 신기관이 제사지내고 그 이외의 **국폐사**(國幣社, 고쿠헤이샤)에 대한 관리는 전면적으로 각 지방의 국아(國衙) 소관으로 옮겨져 국사(國司)가 폐백 비용을 염출하게 되었다. 이는 현실적인 운용방법이기는 했으나, 전국 신사를 일괄 관리하고자 했던 중앙집권적인 신기제도의 포기에 다름 아니었다. 이후 신기관은 관폐사에 대한 감독을 강화했으나, 관폐사도 점차 국폐사로 격하되었고 국폐사에 대해서는 아예 거의 관심을 기울이지 못하게 되었다.

25 관사의 관리주체가 이처럼 애매해진 것을 이용한 부정행위가 빈발했다. 그리고 문제가 생기면 국사 · 군사 · 사수 · 신기관 등이 서로 책임을 전가했다.

그 대신 영험 있는 신사에 대한 임시 봉폐 즉 **명신제**(名神祭, 묘진사이)[26] 및 **신계**의 수여가 보다 널리 행해졌고, 9세기 전후에는 관사제 대신 새로운 사격(社格)제도로 바뀌어갔다. 그러나 명신제이든 신계제도이든 결코 체계적인 것은 아니었다. 신기관이 제사지내는 명신(名神, 묘진)은 널리 전국적으로 분포했으며 그 대부분이 관폐사였다. 하지만 명신제의 경우는 기우 및 역병의 진정 등과 같은 특정한 목적을 위해 개별적으로 행해졌다. 또한 그것은 신기관이 폐백을 형편에 따라 적당히 할당하여 제사지내게 하는 **반폐**(班幣)가 아니라, 폐백을 바치고 신에게 기원하는 **봉폐**(奉幣)였다. 제사 방식도 다양해서 신전독경(神前讀經)과 승려들에 의한 수계(得度)도 행해졌으며, 본래의 신기관제사와는 상이한 성격을 지니게 되었다. 신계 수여는 실질적으로 국사의 재량에 맡겨져 있었으므로, 국사가 권위를 보여주고자 자주 수여하는 경향이 많아졌고 10세기 후반에는 거의 무의미한 것이 되고 말았다.[27]

26 특별히 숭경의 유래가 분명한 신사의 신들(名神, 묘진)을 지정하여 국가가 위기에 처했을 때 봉폐 및 기원을 올리는 임시 제사를 가리킴. 『엔기시키』에서는 285좌의 신들이 이런 묘진으로 지정되어 있다. 헤이안 중기에는 '明神'(묘진)이라는 표기가 혼용되었고, 중세 이후에는 전적으로 '明神'만이 사용됨으로써 '名神'이라는 표기는 쓰이지 않게 되었다.

27 '신명장'에는 구니별로 신사가 열거되어 있고, '官・國(幣社), 大・小, 名神' 등의 표기가 덧붙여져 있어 일견 체계성이 있는 것처럼 보인다. 그러나 이는 7세기 이후에 평면적으로 축적되어 온 것에 지나지 않고, 특정 시대의 신사질서를 있는 그대로 재현한 것은 아니었다.

우지가미

율령제와 우지가미의 탄생

일본의 율령제는 중국제도를 고래의 씨족제도 위에 이식함으로써 생겨난 것이다. 천지개벽 이래 신기전통으로서의 신기관 제도에다 씨성(氏姓)질서를 편입시켜 기나이(畿內) 유력호족의 특권을 보호했다. 일본의 우지는 개개 성원이 부계 및 모계에 속한 느슨한 혈연집단이었다. 그런데 중국에서 전래된 율령법은 부계 씨족사회를 전제로 하는 것이었다. 이런 율령제에 적응하기 위한 시행착오를 거쳐 마침내 부계 씨족집단에 의해 배타적으로 제사지내진 조상신 즉 **우지가미**(氏神)가 등장하게 된 것이다. 이 때 중국적인 관료제를 도입하면서 국가로서의 주체성을 보이기 위해 지방신들을 국가신으로 편입시킴으로써 공적 존재로 만들었다는 점이 강조되었다. 이런 신들을 현실의 천황통치와 연관시켜 재배치한 것이 바로 『**니혼쇼키**』였다.[1]

1 『니혼쇼키』는 대외적으로 통용될 수 있도록 한문으로 표기되었다. 즉 한문식 표현을 도입하여 중국 사서의 체제로 기술된 것이다. 본서 66쪽의 각주(2) 참조.

또한 외교의 활성화에 따라 무나가타(宗像) 및 스미요시(住吉) 등 항해신들이 새롭게 주목받아 일본의 수호신으로 두터운 숭경을 받게 되었다.[2] 나아가 견당사 및 외국과의 왕래에 즈음하여 무나가타라든가 스미요시와 같은 항해신 뿐만 아니라 이세와 기나이(畿內)의 여러 신사에서도 **신기관**을 통해 봉폐가 행해졌다. 즉 관사의 신들이 각 지방으로부터 국가적인 신으로 확장되어 지역 농경신으로부터 '일본의 신'이 된 것이다. 이는 일견 신들의 승격처럼 보이지만, 다른 한편 본래 씨족집단의 토지제사와 신들과의 관계가 약화되는 결과를 초래하기도 했다.

관인의 생활형태에서 생긴 변화도 가미신앙의 형태에 변화를 초래했다. 그들의 거주지인 헤이조쿄(平城京, 710년 이후)는 당나라의 장안(長安)을 모델로 만든 관료제적 도성이었다. 헤이조쿄의 생활과 씨족질서의 변화는 그들의 신기신앙까지 바꾸어 놓았다. 우지의 지도적 입장에 있던 남성들은 관인으로서 공무에 종사하기 위해 헤이조쿄에 거주하도록 의무화되어 있었다. 때문에 그들은 일상적인 친족간 교제로부터 벗어나고 신들의 장에서부터도 멀어져 간접적으로 접할 수밖에 없었다.[3] 게다가 도성 생활은 대자연과 떨어진 인위적 공간이었으므

2 오키노시마(沖の島) 제사유적 가운데 제3기(7~8세기) 및 제4기(8~10세기)에 해당한다. 제3기는 반노천(半露天)제사로, 제사유물 중에는 이세신궁의 신보와 같은 종류의 유물(방직기구・악기・인형・토기)과 제사 전용의 금동제 모형들이 있다. 제4기는 노천제사로 거석 위가 아닌 평지에서 거행되었다.

3 우지의 제사는 우지의 장로[氏上, 우지노카미] 및 그의 아내와 자매(刀自, 도지)를 중심으로 행해졌는데, 남성들이 헤이조쿄로 이주한 이후에는 여성들이 본거지에 남아 제사 및 씨족의 경영에 종사했다.

로, 도성내 의례와 제사의 장 또한 자연을 떠나 인공적인 공간에서 행해지게 되었다.[4] 이리하여 산과 강이나 숲과 동물들과 직접 결부되어 설명되어 왔던 신들은 그 존재감이 희미해지지 않을 수 없었다. 씨족 제사는 연고지의 토지신에게 풍양을 기원하는 성격을 가지고 있었는데, 그런 토지도 이제 법적으로 국가에서 대여해 주는 것이 되고 말았다. 이로 인해 관인이었던 씨족의 우두머리가 몰락하게 됨으로써 우지 전체와 지역 간의 연대감이 상실되고 말았다. 그 결과 제사지내는 사람들이 없어져 쇠퇴하게 된 신사도 적지 않았다.

헤이조 궁성유적에서 출토된 인형
이것을 온몸에다 비벼, 부정이나 재액을 인형에 옮긴 다음 버렸다.

나아가 관료적 직무는 오오야케(公)로, 그리고 씨족 제사는 와타쿠시(私)로 간주되기에 이르렀다. 본래 우지의 제사에는 공사의 구별이 따로 없었다. 그런데 관료제하에서는 공사가 분리되면서 우지 제사에 참여하기 위해서는 휴가원을 내어 허가를 받아야만 했다. 관인을 비롯하여 헤이조쿄로 이주한 사람들은 공

4 헤이조쿄 내의 강과 운하에는 부정과 액운을 옮겨 담았다고 여겨진 인형(히토가타)을 흘려보내는 등 종교적 기능이 있었다. 예전에는 공동체에서 정화했던 죄(쓰미)와 게가레가 개개인 신상의 액운으로 간주되어 개인적으로 처리하게끔 되었다. 본서 114~115쪽의 칼럼 '미소기와 하라에'도 참조할 것.

동체로부터 유리된 개인이 되었고 씨족 및 신들과의 일체감을 상실함으로써 일종의 아이덴티티 위기에 직면하게 된 것이다. 그럼에도 불구하고 헤이조쿄에는 유력한 신사가 없었고, 그래서 고대적 신들만 가지고는 이런 시대적 변화에 충분히 대처할 수 없게 되었다.[5]

출신 씨족의 전통적인 직무와 관계없이 관인으로 채용되어 도성 안에서 지내는 사람들에게 천황과 씨족간의 유대는 이미 번 옛날이야기가 되고 말았다. 중국 관료제를 이상시하는 유학 경험자들과 그 지지자들이 대두하면서 고래의 가치관을 지닌 전통씨족들은 이제 시대에 뒤떨어진 존재가 되어가고 있었다. 이런 추세하에서 다시금 천황과의 연대감을 되찾고 관료제 속에서 안정된 위치를 찾아내려는 강렬한 욕구가 생겨났다. 그런 욕구의 결실이 바로 **우지가미의 창설**로 나타난 것이다. 이런 우지가미의 발생은 당대 종교시스템의 특징을 이해하고자 할 때 매우 중요하다.

재지성(在地性)의 상실과 아울러 **친족의식의 변화** 또한 우지의 단결을 약화시켜 제사의 의미를 박제화시켰다. 율령제하에서 우지는 부성(父姓)계승 관인조직으로 자리매김 되었고,[6] 종래의 느슨한 혈연집단

5 헤이조쿄는 당초부터 불교적 도성으로 계획되었다. 이에 비해 야마토의 신사들은 성지 및 봉재집단과 분리되지 않은 채로 고래의 진좌지에 남아 있었다. 한편 불교는 본래 개인적 삶의 고통과 번뇌를 출발점으로 하여 그것으로부터의 해탈을 목표로 했으므로, 토지 및 공동체와 결부된 신기신앙이 동요하는 가운데 신앙적인 설득력을 가지게 되었다고 보인다.

6 율령법에서 우지는 중・상급 관인을 배출하는 계층을 말한다. 이 때 관인은 부계 단위의 출신 씨족계층 및 씨족내 서열에 입각하여 채용되었다. 때문에 국가는 제씨족의 계보 및 전승을 수집 보관하여 등용을 위한 자료로 활용했다.

속에 부계(內)·모계(外)의 구별을 명확히 하면서 부계집단을 중심으로 하는 구조가 형성되었다. 또한 거기에는 가산(家産)상속이라는 이해관계가 수반되었기 때문에 부-자(父-子) 계열을 최우선시하는 가치관이 생겨나서 이에(家)의 분화가 진행되었다.[7]

그러나 씨족의 분열은 결국 관료계로의 출세 경쟁을 격화시킬 뿐이어서 당사자들에게 반드시 유리한 것만은 아니었다. 이처럼 관료제에 의해 우지가 해체되는 상황 하에서 씨족의 재구성이 이루어졌다. 다시 말해 부계친족집단에 의해 제사지내지는 신 곧 우지가미를 추구하게 된 것이다.[8] 이 때의 우지가미는 종래의 우지에서 제사지낸 신이 아니라 새로운 우지가미이다. 이 새로운 우지가미의 창설을 주도한 것은 후지와라씨(藤原氏)의 우지가미인 **가스가사**(春日社)였다.

율령제와 함께 출발한 신흥귀족인 후지와라씨에게는 원래 우지로서 제사지내는 신이 없었고 본거지도 없었다. 그러다가 헤이조쿄 천도 직후 후지와라씨 및 그 관계자들이 모여 교외의 가무나비산(神奈備山=미카사야마[三笠山]) 신지(神地)에다 **가시마**(鹿島)로부터 우뢰신 **다케미카즈치노미코토**(武甕槌命)를 모셔 도성의 안전 및 자신들의 번영을 기원하기 위해 제사를 시작했다.[9] 처음에는 가시마노가미(다케미카즈치노미코토)와

7 고위급 관리에게는 가정(家政)기관 즉 '이에'(家)의 설치가 인정되었고, 국가로부터 인원과 경비가 지급되었다. 이는 음위제(蔭位制, 부모가 높은 위계이면 그 자녀에게도 높은 위계를 수여하는 것)에 의해 부-자로 승계되어 일종의 가산(家産)이 되었다.

8 '우지가미'라는 말이 사료에 처음 나오는 것은 8세가 후반이며, 9세기에 들어서서 빈출한다.

9 이때까지만 해도 사전(社殿)은 없었고 미카사야마(三笠山, 나라시 가스가신사

가토리(香取)신궁의 후쓰누시노미코토(經津主命)만을 모셨다가, 이윽고 가와치(河内)의 히라오카(枚岡)로부터 나카토미씨의 조상신인 아메노코야네노미코토(天兒屋命 · 姫神)를 같이 모셔 제사지냈다. 768년에는 칙명으로 이 네 신격의 신전이 조영되었다. 그것이 바로 가스가사이다.

9세기가 되면 이 가스가사는 후지와라씨의 수호신으로 간주되었고 네 신격 중에서도 아메노코야네노미코토에 대한 신앙이 중심이 되었다. 그 후 나가오카(長岡) 및 헤이안(平安) 천도와 더불어 후지와라씨는 가스가사로부터 **분령**(分靈)을 **권청**(勸請, 간죠)해서 제사지냈고,[10] 나라의 가스가사를 본사로 삼아 숭경했다. 가스가의 신은 원래 타지에서 불러 모신 신인 데다 계보상 조상신으로 간주되었으므로, 장소에 상관없이 항상 후지와라씨와 긴밀한 관계를 계속 유지할 수 있었다.

9세기에는 다른 씨족들 사이에서도 우지(氏)가 제사지내던 토지신 신앙을 토대로 하여 부계의 조상신을 같이 모심으로써 우지가미를 창출했다. 이 우지가미는 자손을 보호해주는 **조상신**으로 간주되었다. 이 때 뇌신 등의 경우에서 전형적으로 엿볼 수 있듯이 종종 인간여성과의 신혼담에 의해 씨족 계보가 만들어지기도 했다. 가령 가모사(賀茂社), 히라노사(平野社), 하치만사(八幡社), 히에사(日枝社) 등과 같이 8세기에서 9세기에 걸쳐 성립한 신사들의 경우 히메가미(姫神)와 미코

동쪽에 접한 산_옮긴이)를 신체산(神体山)으로 삼아 제사지냈다. 동쪽에 있는 높은 산은 헤이조쿄의 수원지였다.

10 784년 나가오카쿄 천도 때 권청했으며, 헤이안쿄 천도 이후 850년(혹은 851년)에 재차 권청, 오오하라노(大原野)신사를 창건하여 가스가사에 준해서 제사지냈다.

가미(御子神)를 함께 제사지내는 등 가족 형태의 제신들이 두드러지게 나타난다.

이렇게 해서 형성된 조상신 숭배[11]가 신도의 기본요소 중 하나가 되었다. 그러다가 8세기 후반에 이런 경향을 보다 결정적으로 만든 사건이 일어난다. 즉 제48대 쇼토쿠(稱德)여제가 도쿄(道鏡)에게 황위를 양위하려 했던 이른바 **도쿄 사건**(768년)이 그것이다. 쇼토쿠 여제는 비구니였다가 즉위한 후 불교 통치를 실현하기 위해 도쿄라는 승려를 극진히 총애한 나머지 대상제에 승려를 관여시킨다든지 도쿄에게 법황(法皇)의 직위를 수여한다든지 급기야 황위까지 내주려 했다. 그러나 귀족들이 강력하게 반대함으로써 결국 도쿄는 좌천되고 말았다. 종래 쇼토쿠 여제의 불교정책을 따랐던 귀족들이 도쿄에의 양위에 반대한 것은 황족 혈통을 가장 존귀하게 여긴 그들이 그런 혈통으로써 자신의 정통성을 획득하고자 했기 때문이었을 것이다. 때문에 천황이 스스로 혈통주의를 부정하는 것은 귀족들의 정통성까지 부정하는 것이 되므로 결단코 저지하지 않으면 안 되었던 것이다.

요컨대 이는 귀족들이 가지는 정치권력의 근원이 실상 그들의 실력이 아니라 천황과의 신화적 연대에 있었음을 재확인해 보여 준 사건이었다. 또한 이 사건은 **불교**가 근저로부터 혈통주의를 무효화시킬 가능성이 있는 사상임을 처음으로 귀족들에게 인식시켜 주었다. 이런

11 고분에 매장된 역사상의 인물은 원래 신앙대상도 제사대상도 아니었다. 그런데 고분의례가 곧 사라지면서, 고분 부근에서 조상 제사가 행해진다든지 고분의 출토물을 신체(神体)로 삼은 제사가 나타나게 되었다.

인식을 교훈 삼아 도쿄 사건의 사후처리로서, 당시 신기백이었던 **오오나카토미노기요마로**(大中臣清麻呂)[12]의 주도하에 천황제사에서 **신불격리**(神佛隔離)의 원칙이 확립되었다.[13]

먼저 신기제사 중에는 불교를 기피해야만 한다는 규정이 궁정제사의 **재계**(齋戒)[14]에 신설되었다. 마찬가지로 이세신궁에서도 신불격리의 원칙이 철저히 지켜져 **재궁료**(齋宮寮, 사이구료)[15]에서는 궁정 이상으로 엄격한 **불교 기피**가 일상적으로 계속 행해지게 되었다. 또한 재지 신직들이 세운 **신궁사**(神宮寺, 진구지)와 **신군**(神郡, 진군) 내의 부처를 위한 토지 및 시설을 가미의 다타리를 이유로 제거하고 정화하여 신지(神地)로 복구시켰다. 아울러 이세신궁에 대한 신기관의 관리감독권을 강화함으로써 재지 신직들이 제사형태를 멋대로 바꾸지 못하도록 중앙에서 신직 조직을 통제하는 시스템으로 바꾸었다. 예컨대 이세신궁 제사의 책임자로서 새롭게 제주(祭主)직을 설치하여 기요마로(清麻呂) 등이 취임했으며, 궁사(宮司, 구지)와 이세노구니(伊勢國)의 행정관

12 나카토미노오미마로(中臣意美麻呂)의 아들. 쇼토쿠 대상제 때 신기백이었다. 769년 칙령에 의해 오오나카토미아소미(大中臣朝臣)가 되었고, 771년 종2위 우대신(從二位右大臣)이 되었다.

13 신불격리와 도쿄 사건의 관계에 관해서는, 高取正男『神道の成立』平凡社 참조. 또한 신불격리가 원래는 천황에 대한 것에 한정되어 있었다는 점에 관해서는, 佐藤眞人, "大嘗祭における神佛隔離"『國學院雜誌』91권 7호 참조.

14 제사와 관련된 자에 대한 금기 및 제지사항 또는 그것이 지켜지는 상황을 가리키는 말. 岡田重精『齋忌の世界 : その機構と變容』國書刊行會 참조.

15 이세 재궁(齋宮, 사이구)과 관련된 일을 처리하는 관청 13사(司). 현 미에(三重)현 다기군(多氣郡) 메이와정(明和町)에 있었다. 재궁은 오직 삼절제(三節祭) 때에만 이세신궁에 들어갔다.

도 오오나카토미씨(大中臣氏) 일족으로 고정되었다.[16] 이 점은 천황이 아마테라스의 황손임을 부각시킴으로써, 황손으로서 황조신 제사가 첫째이고 불교는 이차적인 것임을 확인시켜 주었다.

이와 같은 신불격리의 목적은 천황과 씨족 사이의 유대를 다시금 보증하기 위한 것이었는데, 그것이 '신도'의 자각이라는 부산물을 낳은 것이다. 국가제사의 중추에 있는 천황제사가 불교를 기피함으로써 "신기는 본래 불교를 기피했으며 불교는 일본 고래의 신앙과는 다른 타자"라는 관념이 생겨났다. 이로써 천황은 복잡하게 얽힌 다중의 금기에 둘러싸여진 채 신대 이래의 순수성을 유지하는 신성한 존재가 되었다. 그리고 신대 이래 천황과 씨성(氏姓)과의 친밀한 관계를 불러일으키려는 의식이 『만요슈萬葉集』노래에도 반영되어 나타났다. 가령 오오토모노야카모치(大伴家持)의 "시키시마(磯城島)[17]의 야마토노구니(大和國)에 흠없이 깨끗한 이름을 지켜온 오오토모 일족들이여. 마음 기울여 애쓰자꾸나"와 같은 노래에서 그런 의식을 엿볼 수 있다. 혹은 편집의도에 그런 계기가 내포되어 있었을 가능성도 있다.[18] 그런

16 제주와 궁사직은 오오나카토미씨가 세습했다. 제주는 재경직(在京職)으로 이세의 국가제사 때에 칙사로 참궁했다. 신기백와 대부(大副)를 겸직하는 경우가 많았다. 궁사는 이세에 거주하면서 네기(禰宜) 이하의 신직들을 통괄했다.

17 스진천황과 긴메이천황의 궁정이 있던 야마토노구니(大和國, 현재 나라현) 시키군(磯城郡)의 지명. 여기서는 大和國을 수식하는 마쿠라고토바로 쓰였다._옮긴이.

18 『만요슈』는 오오토모노야카모치(大伴家持, ?-785)에 의해 최종적으로 정리된 가요집. 오오나카토미노기요마로가 황태자 교육에 사용하고자 야카모치의 편찬을 지원했다는 말도 있다.

데 이처럼 천황의 신성성이 강화되면서 오히려 천황의 지위가 씨족의 보좌를 필요로 하지 않는 초월적인 것이 되고 말았다.

황위와 이세신궁의 일체화는 중국적 황제상을 모델로 삼은 간무(桓武)천황에 의해 새로운 국면을 맞이한다. 간무는 이세신궁을 돈독하게 숭경하여 이세신궁 사전(社殿)과 설비 및 제사 내용을 기록한 『고타이진구기시키쵸皇太神宮儀式帳』와 『도유케진구기시키쵸止由氣神宮儀式帳』[19] 를 작성케 했다. 이로써 이세신궁의 규모가 성문화되었고 제사 규범이 확립되었는데, 이세신궁에 대한 간무천황의 의식은 다카마노하라에 좌정한 최고신의 야시로(社)라기보다는 왕조의 시조를 제사지내는 황제의 종묘에 가까운 것이었다.

이세신궁은 오직 천황의 폐백만 받았다. 이를 사폐금단(私幣禁斷, 시헤이긴단)이라 한다. 이세의 제사권은 원래부터 천황에게 귀속되어 있으므로, 천황 이외의 사람이 폐백을 바치는 것(봉폐)을 엄단한 것이다. 이는 중국적인 조상제사 발상의 영향일 것이다. 어쨌거나 이로써 신하들은 천황을 도와 황조신을 제사지낸 고대의 '미코토모치'(司)[20]로서의 일체감을 가지기 어렵게 되어 버렸다. 그 결과 이세신궁의 제사는 신하들의 손이 닿지 않는 존재로 멀어져갔다.

19 각 1권. 804년에 성립되었다. 총칭하여 『이세다이진구기시키쵸伊勢大神宮儀式帳』또는 『엔랴쿠기시키쵸延曆儀式帳』라고 한다. 이세신궁의 기본자료일 뿐만 아니라 고대의 신사제사에 관하여 가장 오래되고 유일하게 상세한 기록이며, 신사신앙의 규범으로서 후세에 큰 영향을 끼쳤다.

20 고대에 천황의 명을 받아 지방 정무를 관장했던 관리. 국사(國司, 고쿠시)_옮긴이.

또한 간무천황 시대의 이와 같은 움직임은 종묘=대사(大社)라는 이해가 일반화될 소지를 만들었다. 종묘라면 역대 천황을 비롯한 계보적 조상들도 제사대상이 된다. 때문에 이세신궁 외에도 종묘로서 제사받는 신사가 생겨나게 되었다. 가령 **오진**(應神)**천황**을 제사지내는 **하치만궁**(八幡宮)도 황조신 및 대사의 범주에 포함되었다. 이리하여 종묘라는 개념의 확산은 한편으로 이세신궁이 가지는 지위의 상대화를 초래했다.[21]

황위 계승은 신하들의 의향과는 관계없이 '불개상전'(不改常典)이라 하여 부자 직계 원칙으로 받아들여졌다. 천황의 신성성은 기기신화에 의해 설명되었을 뿐만 아니라 천황 자신의 제사 및 금기에 의해 유지되었다.[22] 중국적 조상숭배를 받아들인 간무천황 시대의 제사형태 및 새로운 유형의 천황 신비화는 신화를 근거로 하는 씨족들의 존재근거를 박탈해 버렸다. 그 결과 고대씨족은 서서히 사라져갔다. 그리하여 9세기에 들어 점차 완성된 고대씨족의 계보와 전승을 모아놓은 『**고고슈이**古語拾遺』(807년에 忌部廣成가 편찬), 『**신센쇼지로쿠**新撰姓氏錄』(815년)[23], 『**센다이구지혼키**先代舊事本紀』(9세기 후반)[24] 등은 이제 사라져가

....

21 노리토에 보이는 이세신궁 지위의 상대적 저하에 관해서는, 三宅和朗『古代國家の神祇と祭祀』吉川弘文館 참조. 또한 종묘=대사라는 통념 및 그에 대한 명법가(明法家, 묘보케. 고대 법률학자_옮긴이)의 견해에 관해서는, 早川庄八『中世に生きる律令』平凡社 참조.

22 헤이제이(平城)천황 대상제에서는 전반적으로 종교색이 강화되었고, 황위를 신비화하는 대규모적인 변혁과 정비가 이루어졌다. 가령 어계행신(御禊行幸) 및 이세유봉폐(伊勢由奉幣)의 개시라든가 대상제 대봉폐(大嘗祭大奉幣) 등이 그것이다. 대상제에 관한 현존하는 최고(最古)의 상세한 기록인『데이칸기시키貞觀儀式』는 이런 의식의 절차를 기술하고 있다.

23 엔랴쿠(延曆, 간무천황조의 연호. 782-806년_옮긴이) 년간에 수집된 각 씨족의

는 고대신화가 담겨 있는 바구니 같은 것에 불과한 것이 되고 말았다. 이와 더불어 『엔기시키』에 수록된 율령 신기관제도의 규칙과 팽대한 관사 명부인 '신명장'도 과거의 이상으로 박제화되어 가고 있었다.

9세기 후반이 되면 국정은 후지와라씨가 섭정(攝政)이라든가 관백(關白, 간파쿠)과 같이 율령에도 없는 관직에 취임하여 천황 모계의 신분자격으로 권력을 좌지우지하게 되었다. 거기서는 천황을 둘러싼 사적인 관계가 국정을 직접 좌우하고 공적 제사의 성질도 천황 개인과 그 친족 및 그들이 거주하는 헤이안쿄의 수호로 축이 이동했다.

우지가미 제사에 의해 씨족의 아이덴티티는 유지되었지만, 그렇다 해도 더 이상 그것만으로는 씨족의 사회적 지위를 높일 수 없었다. 신화적 전통보다도 그때 그때 천황과 선이 닿음으로써 공적 의의를 확보할 수 있었기 때문이다. 신들의 경우도 마찬가지였다. 가령 **가스가 제사**[春日祭]가 천황의 외척신을 제사지내는 **공제**(公祭, 오오야케마쓰리)[25]로 되었듯이, 천황의 신비스런 혈통과 통하는 우지가미이기만

본계장(本系帳)을 토대로 편찬되었다. 여기서 '본계'란 시조를 정점으로 하고 본종(本宗)을 근간으로 하여 나뉘어져 있는 방계 씨족들을 포섭하는 나무(tree) 구조의 종합적 계보를 가리킨다. '오오나카토미시게쵸'(大中臣氏家牒)와 '인베시게쵸'(齋部氏家牒)도 이 시기에 성립된 것으로 보인다. 佐伯有清『新撰姓氏錄の研究』吉川弘文館 참조.

24 국조(國造, 고쿠조)의 계보인 '고쿠조혼키'(國造本紀) 등 모노노베씨(物部氏)의 전승을 중심으로 편찬되었다.

25 『엔기시키』에 나오는 가스가 제사[春日祭], 우메미야 제사[梅宮祭], 히라노 제사[平野祭], 오오하라노 제사[大原野祭] 등은 신기령에는 나오지 않으며, 모두 외척신을 모시는 제사이다. 이와 같이 천황이 관여하기는 하지만 율령제하의 국가제사 이념과는 이질적인 왕조국가적인 공적 제사를 '공제'라 한다. 岡田莊司『平安時代の國家と祭祀』續群書類從完成會 및 二十二社研究會編『平安時

하면 우지를 넘어서서 존숭받을 수 있는 구조가 형성된 것이다.

이리하여 율령제도가 형해화되어 율령국가로부터 왕조국가로 변질된 후에도 율령격식의 제사규정은 공적제사의 규범으로서 존중되었고 신기관도 존속했다. 그러나 종래의 국가제사보다도 태정관을 통해 궁정비용으로 조달하는 제사가 더 중시되었다. 천황 친제를 정점으로 하는 왕조국가의 제사체계 하에서 신기관은 태정관 밑의 궁정내 제사체계에 흡수되어 중앙집권국가의 제사통괄이라는 역할에 종지부를 찍게 되었다.

代の神社と祭祀』 國書刊行會 참조.

▌칼럼▐ 미소기와 하라에

기기신화에 의하면, 이자나기는 황천국에서 지상으로 귀환하여 자기 몸에 붙은 황천국의 부정(穢, 게가레)을 히무카(日向)의 강 즉 다치바나노아하기하라(橘之檍原)에서 씻어냈다. 이런 정화의례를 '미소기'(禊)라 한다. 이 미소기를 행했을 때 맨 처음에 재액을 초래하는 신들(마가쓰히노가미)이, 그 다음에 정상적인 신들(나오비노가미)이, 그리고 마지막으로 이자나기가 오른쪽 눈과 왼쪽 눈 및 코를 씻었을 때 이른바 삼귀신(三貴神)이 생겨났다. 이런 연유로 고사(古社)의 신역(神域)에는 청류(清流)가 있다. 고래로 가미고토에 앞서 미소기가 행해져 심신을 깨끗한 상태로 만든 다음 신을 맞이했던 것이다. 대왕도 즉위에 즈음하여 미소기를 행했다. 오늘날도 신사를 참배할 때는 물로 손을 씻고 입을 가시는데, 이는 가미고토에 선행하는 미소기의 축소판이라 할 수 있다. 단, 데미즈야(手水舍)[1]가 설치된 것은 닛코(日光) 도쇼궁(東照宮)[2]이 최초의 사례이다.

이런 미소기가 자기완결적인 순수한 종교적 정화의례라고 한다면, '하라에'(祓除, 解除)는 공동체의 질서를 어지럽힌 죄인에게 부과되는 일종의 정치적·사회적 제재였다. 가령 스사노오는 다카마노하라의 질서를 어지럽힌 죄로 팔백만 신들의 제재에 의해 배상을 요구받았고 양쪽 발톱을 뽑힌 채 추방당했다. 이것이 하라에의 기원이라고 말해진다. 이와 같은 하라에에는 속죄용 사물이 반드시 요구된다. 이를 하라에쓰모노(祓除つ物) 또는 하라에바시라(祓除柱)라고 했다. 『니혼쇼키』고토쿠(孝德)조에 보면 같이 여행 중이던 사람이 죽었을 때 해당 지역의 사람들이 그 동행자에게 하라에바시라를 부과했다는 기사가 나온다. 또한 여행 중에 밥을 지어 먹거나 혹은 맡긴 말이 출산할 때에도 하라에바시라가 부과되었다. 이는 정화의례라기보다는 폐를 끼친 것에 대한 배상이라는 색채가 농후하다. 이런 하라에바시라를 위한 공출물은 가축이나 칼 등의 귀중품에 해당되는 것들이었다.

1 신사 경내에 있는 간소한 정화의례 시설_옮긴이.
2 도쿠가와 이에야스를 제신으로 모신 신사_옮긴이.

이처럼 미소기와 하라에는 원래 상이한 성격의 것이었다. 그럼에도 불구하고 미소기를 통해 생성된 신들이 '하라에도오오가미'(祓戸大神)라 불리고 있다. 이는 율령제에 의해 세속법이 정비됨으로써 하라에가 점차 종교적 정화의례로서의 미소기와 동일한 것으로 간주되었기 때문일 것이다. 즉 하라에는 이제 세속법과는 차원이 다른 죄(罪, 쓰미)에 대한 것, 종교적인 것으로 관념되었고, 하라에쓰모노라든가 하라에바시라의 성격도 신체에 붙은 쓰미(罪)와 게가레(穢)를 떼어내어 물에 흘려보낸다든지 불태우기 위한 **히토가타**(人形) 및 **하라에구시**(祓除串)로 바뀌었다.

또한 원래 미소기와 하라에는 모두 재액이 발생할 때 행해졌고, 그 재액 및 재액의 원인인 죄 및 게가레와의 인과관계도 구체적이었다고 보여진다. 그러나 신기령에서 매년 6월과 12월로 지정된 **대불**(大祓)은 재액의 예방 차원에서 행해지게 되었다. 즉 "아직은 죄와 게가레에 의한 재액은 특별히 발생하지 않았지만, 무언가 이런 저런 잘못이 저질러지고 있음에 틀림없다. 그러니까 일단 반년에 한 번씩 몸을 깨끗하게 정화해 두자"는 것이었다. 가미고토에 앞선 이와 같은 하라에 행사가 언제부터 시작된 것인지는 분명치 않지만, 그 발상은 전술한 것과 마찬가지였을 것이다. 특히 미소기는 물과 관련되어 있었기 때문에, 6월의 대불은 '여름내기[夏越·名越, 나고시]의 하라에'라고 불려져 여름의 풍물지가 되었다. 그 중에서도 가모(賀茂)신사의 미나쓰기바라에(六月祓) 행사가 유명하다. "살랑거리는 바람에/ 가모신사 옆의 조그만 강물에 비치는 석양은/ 미나쓰기바라에라 여름의 징표이니"(藤原家隆·百人一首)

제 2 장

중세 : 습합하는 신들

■ 가스가궁 만다라
(나라현 미나미이치정[南市町],
가마쿠라시대)

신도,

일본 태생의 종교시스템

일본 중세는 신기신앙의 역사에서 볼 때 다음 두 가지 특징을 보여준다.(여기서 중세란 율령제 해체가 나타난 10-11세기도 포함한다) 첫째, 율령체제가 지향한 중앙집권적 신기제도의 시스템이 붕괴되고 그 대신 조정·지방행정기관·씨족·직업 등과 같은 정치적·사회적 집단별 신앙형태로 변화해 갔다. 둘째, **본지수적설**(本地垂迹說, 혼지스이자쿠세쓰)의 침투에 의해 **신불습합**(神佛習合, 신부쓰슈고) 신앙이 일반화되고 신기를 교리적으로 설명하는 **신도설**이 성립했다. 이 양자가 상호 관계를 가지고 전개해 간 시대가 바로 중세였다.

고대에 가미(神)에 대한 제사는 씨족 단위 혹은 지역단위로서, 일정한 주기를 가지고 행해지는 것이 통례였다. 이는 국가와 씨족 등 공동체의 번영과 평안을 기원하는 제사였으며, 개인적 기원이나 기도를 목적으로 한 것이 아니었다. 그런데 본지수적설이 퍼지면서 현세적이든 내세적이든 불문하고 개인적 원망에 부응하는 존재로서의 **불보살**과 가미가 동체라고 받아들여지게 되었다. 그 결과 가미 또한 개인의 구제자로서의 역할을 기대받게 된 것이다.

한편 후지와라씨의 우지가미 제사(春日·大原野·吉田)가 공적 제사가 되었듯이, 공사(公私)의 경계선이 애매하게 됨으로써 역으로 신사에 대해서도 개인기원을 행하는 경향이 나타났다. 나아가 율령체제의 이완에 수반된 신호(神戶, 간베)제도[1]의 붕괴는 신사의 경제적 자립을 촉구했다. 그 결과 종래의 씨족적 유대를 넘어서서 신자를 획득하지 않으면 안 되게 되었다. 이 또한 개인기원과 기도를 촉진시킨 중요한 요인이었다.

이처럼 가미관념 및 가미신앙이 변화하면서 이를 설명하는 교리가 등장하게 되었다. **양부신도**(兩部神道, 료부신토)라든가 **이세신도**(伊勢神道, 이세신토) 등의 중세신도설이 그것이다. 이와 같은 교리 형성은 기본적으로 불교설을 응용한 것이다. 그 과정에서 본래 '신기'와 동일한 의미로 사용되어 왔던 '신도'라는 말에 도의적(道義的) 혹은 유파적 의미가 부여되게 되었다.[2] 그리고 가미에 대해서는 일본 및 일본인에게 적합한 구제자로서 부처 이상의 의미와 가치가 부여되었다. 근세 **배불**(排佛)**사상**은 사실상 이 중세기에 이미 시작되었던 것이다.[3] 요컨대 중세라는 시대는 신기신앙에서 하나의 중요한 전환점이었다.

1 간베란 신사에 수여된 민호(民戶)를 말한다. 거기서 걷은 세수가 신사의 수입원이었다.
2 이 문제에 관해서는, 黑田俊雄, "中世宗教史における神道の位置"『日本中世の社會と宗教』岩波書店 참조.
3 고대에는 가미고토(神事)와 불사(佛事)를 혼동하거나 섞어서는 안 된다는 '신불격리' 원칙이 있었는데, 이는 배불사상과는 구별되는 것이었다.

22사와 총사 · 일궁

22사 : 율령체제에서 신기제도는 신기관에 의한 **폐백반급**(幣帛班給, 헤이하쿠한큐)[1]을 기초로 하는 중앙집권적인 것이었다. 이 점은 '신기령'과 『엔기시키』에서 확인할 수 있다. 그러나 이 체제는 시대가 지나면서 유지가 곤란하게 되었다. 특히 헤이안 중기 이후에는 전국적 규모로 신사를 통괄하고자 하는 정책이 거의 포기되었고, 그 대신 보다 실질적인 체제로 이행했다. 즉 천황가와 후지와라씨 등 유력씨족과 관계가 깊은 신사에만 봉폐(奉幣)[2]하는 체제로 축소된 것이다. 봉폐를 받은 신사의 대부분은 기나이(畿內) 주변에 집중되어 있었고 이는 경제적으로 보더라도 매우 현실적인 선택이었다. 이를 **22사제도**(二十二社

1 율령제하 궁정에 있어 신년제(新年祭) · 월차제(月次祭) · 신상제(新嘗祭) 등의 집행에 즈음하여 제국 신사에 폐백이 분배된 것을 가리키는 말. 이로써 중앙제사와 지방제사, 황조신과 지방신이 결부되었고 중앙에 의한 전국신사의 통합이 도모되었다. 이 경우의 폐백이란 햇곡식을 비롯한 그 해의 수확물을 말한다.

2 신에게 폐백을 바치는 일.

制度)라 한다.[3]

이 제도의 성립과정을 살펴보자. 먼저 이세(伊勢), 이와시미즈(石清水), 가모(賀茂), 마쓰노오(松尾), 히라노(平野), 이나리(稲荷), 가스가(春日), 오오하라노(大原野), 오오미와(大神), 이소노가미(石上), 야마토(大和), 스미요시(住吉), 히로세(広瀬), 다쓰타(竜田), 니우가와가미(丹生川上), 기후네(貴船 또는 木船) 등의 16개소 신사에 대한 봉폐[十六社奉幣]가 9세기말에 관례화되었다. 이 신사들에 대해서는 기우(祈雨)와 지우(止雨) 및 기년곡(祈年穀)을 목적으로 한 봉폐가 행해졌다. 이어 11세기 초엽까지 히로타(広田), 요시다(吉田), 우메미야(梅宮), 기타노(北野), 기온(祇園=八坂神社) 등 5개소 신사가, 그리고 원정기(院政期)[4]에 히요시사(日吉社)가 추가되어 최종적으로 22사가 되었다.[5]

이 중 야마토 및 야마시로(山城)의 토지신과 기우에 관련된 신사들을 제외한다면, 이세·이와시미즈·스미요시·히로타 등의 신사는 천황가의 조상신을 제사지냈으며, 가스가·오오하라노·요시다 등의 신사는 후지와라씨의 우지가미였다. 또한 히라노신사와 우메미야신사는 간무천황 및 몬토쿠(文德)천황의 모친계 우지가미이며, 히요시신

3 22사제도에 관한 상세한 논의는 二十二社研究會編 『平安時代の神社と祭祀』 國書刊行會 및 岡田莊司 『平安時代の國家と祭祀』 續群書類從完成會 참조.

4 황위에서 은퇴한 상황(上皇)이 원청(院廳)에서 국정을 행한 시대. 1086년에 시작된 시라카와(白河)상황의 원정 이래 1321년에 끝난 고우다(後宇多)상황의 원정에 이르는 약 250여 년간에 해당_옮긴이.

5 헤이케(平家)정권 시대에 이쓰쿠시마(嚴島)신사를 추가하려는 움직임이 있었으나 결국 실현되지 못했다. 이는 헤이안 말기에 22사제도가 이미 고정화되었음을 시사한다.

사는 히에이잔(比叡山)의 진수신(鎭守神, 진쥬노가미)였다. 게다가 기타노 신사와 기온신사처럼 어령(御靈, 고료)신앙을 배경으로 하여 새롭게 창건된 신사도 포함되어 있었다는 점은 이 22사제도가 천황과 후지와라씨의 사적 제사의 연장선상에서 성립된 것임을 보여준다.

중세 조정의 신사제사는 이 22사를 중심으로 행해졌다. 그러나 조정의 경제적, 정치적 기반이 쇠퇴함에 따라 이세신궁을 비롯한 몇몇 신사 이외의 봉폐는 중단되었고 15세기에는 사실상 소멸되고 말았다. 단, 22사가 전국신사의 최고 지위라는 관념은 근세 이후까지도 남아 있었다.[6]

	社名	國名	式內外	所在地
上七社	伊勢	伊勢	式內	三重縣伊勢市
	石淸水	山城	式外	京都府八幡市
	賀茂	同	式內	(下鴨)京都市左京區 (上賀茂)京都市北區
	松尾	同	同	京都市西京區
	平野	同	同	京都市北區
	稻荷	同	同	京都市伏見區
	春日	大和	同	奈良市
中七社	大原野	山城	式外	京都市西京區
	大神	大和	式內	奈良縣櫻井市
	石上	同	同	奈良縣天理市
	大和	同	同	同
	廣瀨	同	同	奈良縣河合町
	龍田	同	同	奈良縣三鄕町
	住吉	攝津	同	大阪市住吉區
下八社	日吉	近江	式內	大津市
	梅宮	山城	同	京都市右京區
	吉田	同	式外	京都市左京區
	廣田	攝津	式內	兵庫縣西宮市
	祇園	山城	式外	京都市東山區
	北野	同	同	京都市上京區
	丹生	大和	式內	(上社)奈良縣川上村 (中社)奈良縣東吉野村 (下社)奈良縣下市町
	貴布禰	山城	同	京都市左京區

22사

6 가령 요시다가(吉田家)에서 비롯된 근세 신도가들의 신사연구는 모두 이 22사부터 시작하는 것이 통례였다. 하야시 라잔(林羅山)의 『혼쵸진쟈코本朝神社考』도 22사에 대한 언급부터 시작된다.

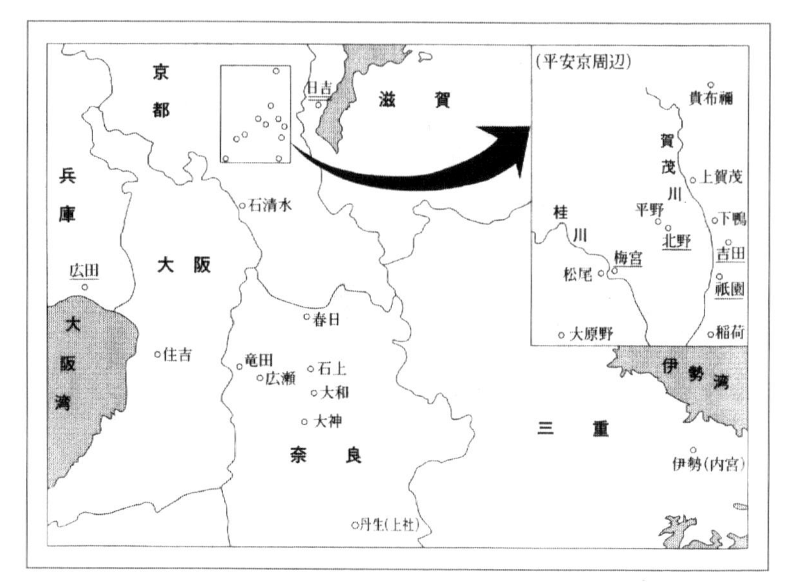

(국학원대학 일본문화연구소 편 『신도사전』(弘文堂)을 토대로 작성)

선없음 10세기 전반까지 가세(16사)
＿＿ 이치죠시대(986-1011)에 가세(21사)
═══ 11세기 중엽에 가세(22사)

22사 배치도

종사·일궁 : 한편 지방의 경우는 11·12세기경부터 국아(国衙, 고쿠가)[7]의 재편성이 이루어져, 자기 본거지로 하향(下向)하지 않은 국사(國司=遙任國司)인 중앙귀족 대신에 재청관인(在廳官人)이라 불린 재지영

7 율령제에서 각 구니에 설치한 국사(國司, 고쿠시)의 관청 즉 국부(國府, 고쿠후)의 행정기구_옮긴이.

주가 실질적인 정무 담당자가 되었다. 그들이 관장한 신사제사와 관련하여 성립된 것이 바로 **총사·일궁제**(總社·一宮制)였다. 여기서 **총사**(總社, 소샤)란 각 구니(國)에 소재하는 신사들의 제신을 한 곳에다 권청한 신사를 가리키며, 국아(国衙) 안에 설치되었다. 한편 **일궁**(一宮, 이치노미야)이란 각 구니 내에서 으뜸가는 신사에 부여된 사호인데, 많은 경우 이것도 국아(国衙) 부근의 신사에 부여되었다. 이런 일궁 외에 이궁(二宮, 니노미야) 또는 삼궁(三宮, 산노미야) 등이 설치되기도 했다.[8]

이와 같은 총사·일궁은 국아에 집결한 재지영주들의 정신적 거점이 되었고, 특히 일궁에서 행해지는 가미고토(神事)는 군사적 시위행동을 목적으로 한 야부사메(流鏑馬)[9] 및 경마(競馬)와 권농을 목적으로 한 전악(田樂, 덴가쿠)[10] 및 스모(相撲)로 구성되었다. 이는 영주층의 이데올로기를 반영한 것이었다. 가미고토에의 참여방식도 개개의 신분과 세력에 상응했으며, 구니 내의 신분질서를 재확인하는 제도로서의 색채가 농후했다.[11] 재지성이 강한 신사가 일궁으로 선택되는 경향이 많았던 것도 이 때문이다. 하지만 후에는 구니 내의 신분질서가 흔들리고 영주 상호간 항쟁이 빈발하게 되면서 일궁의 선정 및 그 관리권이 쟁탈전 양상으로 바뀌게 되었다. 또한 그들 사이에 주고받은 기청

8 총사·일궁제의 성립에 관해서는, 伊藤邦彦, "諸國一宮·總社の成立"『日本歷史』355号 및 상동, "諸國一宮制の展開"『歷史學硏究』500号 참조.

9 말을 타고 하는 활쏘기 시합. 헤이안 말기에서 가마쿠라시대에 무사들 사이에서 성행. 현재는 신사 의식 중 하나로 거행되고 있다_옮긴이.

10 가무를 수반하는 모내기 등의 농경의례에서 비롯된 일본 예능_옮긴이.

11 河音能平, "王土思想と神佛習合"『中世封建社會の首都と農村』東京大學出版會 참조.

문(起請文, 기쇼몬)[12]에는 일궁 이하의 유력한 재지신이 중앙의 유력한 신들의 이름과 함께 올라가 있는 것이 통례였다.[13] 이는 무사의 신사신앙이 그들의 영주지배권을 종교적 측면에서 정당화하는 것으로 인식되고 있었음을 보여준다.[14]

또한 이들은 상이한 카바네[異姓]의 주종관계를 의사 혈족관계로 재편성함으로써 중세적 무사단을 형성했고, 그 정신적 집결의 상징으로서 **우지가미** 혹은 **수호신**을 두었다.[15] 일궁과 총사에서 제사지내는 신은 이런 우지가미 및 수호신으로 간주되었던 것이다.

이와 같은 각 지방의 총사・일궁을 초월하는 존재로서 미나모토노요리토모(源頼朝)[16]에 의해 창건된 것이 가마쿠라의 쓰루오카하치만궁(鶴岡八幡宮)이었다.[17] 이는 원래 미나모토노요리요시(源頼義)[18]가 이와

12 신불에게 서약하면서 어기면 벌을 받겠다는 내용이 들어가 있는 청원문_옮긴이.

13 예컨대 기청문은 전서(前書), 신문(神文, 신몬), 성명 기입 등으로 구성되어 있는데, 이 중 신문에는 범천제석(梵天帝釋), 사대천왕(四大天王), 총일본국중 60여주의 대소 신기, 이즈(伊豆)와 하코네(箱根)의 권현(權現), 미시마대명신(三島大明神), 하치만대보살(八幡大菩薩), 덴만대자재천신(天滿大自在天神) 등 중앙의 유력 신불에게 서약하는 내용이 적혀 있다.

14 新田一郎, "虚言ヲ仰ラルル神"『列島の文化史』6号 참조.

15 가령 치바씨(千葉氏)의 묘켄(妙見, 북두칠성 혹은 북극성을 신격화한 것_옮긴이)신앙은 그 전형적인 사례이다. 묘켄신앙은 가마쿠라시대 이후 치바씨가 각지에 이주함으로써 전국적으로 퍼지게 되었다. 伊藤一男『妙見信仰と千葉氏』崙書房 참조.

16 1147-1199년. 가마쿠라막부의 초대 쇼군(將軍)_옮긴이.

17 쓰루오카하치만궁은 원래 불교사원이었다. 현재에도 상궁(上宮)의 사쿠라몬(桜門)에 걸려있는 '八幡宮' 액자(良恕法親王 친필)는 원래 '八幡宮寺'라고 적혀 있었는데, 메이지 초기의 신불분리 때 '寺'자가 삭제되었다. 貫達人『鶴岡八幡宮寺』有隣堂 참조.

18 988-1075년. 헤이안 중기의 무장_옮긴이.

시미즈하치만궁사(石清水八幡宮寺)의 분령을 권청한 데에서 비롯되었는데, 요리토모가 가마쿠라를 거점으로 삼으면서 현재지로 확장 이전된 것이다. 하치만신은 세이와겐지(淸和源氏)[19]의 시조신이며(하치만신은 오진천황과 동일시되었으므로), 또한 그 무신적 특성으로 말하자면 무사계급 전체의 수호신적 존재였다. 이 쓰루오카하치만궁의 연례행사로서 야부사메(流鏑馬)와 방생회(放生會, 호죠에)가 행해졌는데, 이는 요리토모 정권의 군사적·정치적 과시로서 가마쿠라 무사에 대한 요리토모의 지배권과 교토 조정에 대한 독자성을 시각적으로 표현한 행사였다.

미야자 : 이와 같은 영주·무사층 주도의 신사신앙에 비해 일반민중은 중세초기까지만 해도 주체적인 제사행사를 거행하지 않았다. 그러나 중세 후기에 미야자(宮座)라는 독자적인 제사조직이 성립되었다.[20]

기나이를 중심으로 한 농촌에서는 생산력의 향상과 더불어 촌락의 집촌화가 진행했고 중세 후기에는 총촌(摠村, 소손)이라 불리는 새로운 형태의 촌락공동체가 형성되었다. 이 총촌은 종래의 동족 결합이 아닌, 그것을 형성하는 이에(家)의 중의(衆議)에 의해 경영되었다. 이와 같은 무라(村) 및 그 연합체인 고오(鄕) 공동체의 중심에 신사가 있었던 것이다. 그리고 이런 신사의 제사를 주관하는 조직이 바로 미야자였다. 이는 오토나(乙名) 및 도시요리(年寄)로 불리는 상층농민으로 구

19 세이와(淸和)천황의 자식들에게 수여된 겐지 성씨_옮긴이.
20 肥後和男『宮座の研究』弘文堂;『豊田武著作集』第一巻, 吉川弘文館;萩原龍夫『中世祭祀組織の研究』吉川弘文館 참조.

성되었고, 본가(本家)와 초분(草分, 구사와케) 등의 가격(家格)에 따라 엄격하게 참가조건이 정해졌던 매우 배타적 성격이 강한 조직이었다. 하지만 이 미야자의 구성원은 고정적인 것은 아니었으며, 혹은 가부(株)로 매매되는 경우도 있었다. 또한 공동체에 따라서는 성원 전체가 제사운영에 관여하는 무라자(村座)가 형성되기도 했다.

미야자에는 이와 같은 가격제도[家格制]와 더불어 통상 연령계제제도[年齢階梯制][21]도 존재했다. 오토나 및 도시요리와 같은 호칭 자체가 이런 연령 서열에 입각한 것이었다. 이처럼 가격제도와 연령계제제도가 병존한 것과 관련하여 양자 모두를 보다 오래 된 형태로 보느냐 아니냐를 두고 연구자들 사이에 의견이 분분하다. 하지만 일반적으로는 원래 연령계제적인 혈연집단에 의해 제사가 집행되었다가, 그것을 뒷받침해온 촌락결합이 비혈연적인 총촌결합으로 변용되면서 제사조직이 개방되었으며 그런 과정에서 가격제도가 성립되었다고 말해진다.

21 연령에 따른 서열제_옮긴이.

신불습합

신신이탈(神身離脫)을 희구하는 신들과 하치만신의 등장

현대일본에서는 신도와 불교가 분명하게 구별된다. 그러나 이는 메이지유신기의 **신불판연령**(神佛判然令) 및 거기에 수반된 **폐불훼석**(廢佛毁釋)의 결과이다. 그 이전의 전근대사회에서는 불교신앙과 신기신앙이 융합되어 독특한 종교현상을 보여주었다. 이런 현상을 **신불습합**(神佛習合, 신부쓰슈고)이라 한다. 일본종교의 역사에서는 이런 신불습합이 더 일반적인 현상이었다. 그러니까 지금처럼 신도(신기신앙)와 불교가 명확히 구별되는 상태는 기껏해야 백수십년의 역사밖에 되지 않은 것이다. 따라서 신기신앙의 역사를 고찰할 때 신불습합의 문제를 빼놓고 생각할 수 없다.[1]

1 최초로 신불습합의 문제를 진지한 학문적 대상으로 다룬 것은 1907년에 발표된 辻善之助, "本地垂迹說の起源について" 『日本佛教史研究』一卷(岩波書店)이었다. 이후의 연구는 이 논문에 대한 비판 내지 계승의 과정이었다고 해도 과언이 아니다. 신불습합의 학설사에 관해서는, 山折哲雄, "古代における神と佛" 『神と翁の民俗學』 講談社 ; 林淳, "神佛習合研究史ノート" 『神道宗教』 117号 ; 曾根正人, "研究史の回顧と展望" 『論集奈良佛教』 4卷, 雄山閣 ; 繁田信一,

하지만 부처와 가미의 관계가 항상 같지는 않았다. 신불습합의 형성은 6세기 불교전래 당초부터 시작된 것이 아니라, 나라시대 무렵부터 서서히 형성되면서 헤이안 후기에 이르러 **본지수적설**(本地垂迹說, 혼치스이쟈쿠세쓰)로서 일단 완성되었다. 그러다가 중세 이후 교설화(중세신도설)의 진전에 의해 보다 복잡한 습합현상이 다양한 문화현상 속에 나타났다. 중세 말기에는 탈불교화의 경향이 나타났고 근세에는 명확한 배불적 주장이 전개되었다. 하지만 일반인의 신앙 차원에서는 습합상태가 여전히 일반적이었다.

이런 습합현상을 단순히 토착신앙 위에 외래신앙이 중첩된 것으로 보는 것만으로는 불충분하다. 왜냐하면 '**신도**'[2]라 해도 그것이 초역사적이고 불변적인 일본인의 기층신앙은 아니었기 때문이다. 마찬가지로 외래신앙인 불교라 해도 그 전래 이후의 역사과정에서 일본인의 내면에 깊이 뿌리내려 일본을 불교화시킨 반면, 일본불교는 불교가 아니라고 평가되듯이 토착화가 이루어진 측면도 상당 부분 존재하기 때문이다.[3] 실제로 오늘날 신도의례와 도덕에는 불교에서 유래된 부분이 많은데, 이는 기나긴 습합시대를 지나면서 형성된 것이다.

"神佛關係論ノート"『文化』59卷1・2号 ; 伊藤聰, "神佛習合の研究史"『國文學解釋と鑑 賞』63卷3号 참조.

2 쓰다 소키치는 일본에 있어 '신도'라는 말의 뜻을 6가지로 구분하면서 그 중 두 번째 의미로 "가미의 권위, 힘, 작용, 뜻, 가미로서의 지위, 가미 그 자체"를 들고 있다.(『日本の神道』津田左右吉全集9) 고대 및 중세에서 '신도'라는 말뜻은 거의 이런 의미였으며, 거기에 도덕적 뉘앙스는 전혀 포함되어 있지 않았다.

3 일본불교는 불교가 아니라는 설은 근래 袴谷憲昭『本覺思想批判』大藏出版 ; 상동『批判佛教』大藏出版 등에 전개되어 있다.

여기서 잠시 신불습합 및 본지수적이라는 용어에 관해 생각해 보자. 먼저 오늘날 **신불습합**이라는 용어는 일본의 신기신앙과 불교가 혼융하여 생겨난 종교현상을 가리키는 말로 널리 쓰이고 있다. 이 용어 자체는 근대 이후에 붙여진 것이다. 물론 신불습합이라는 말의 기원은 중세에까지 거슬러 올라간다. 가령 **요시다 가네토모**(吉田兼俱)[4]는 저서 『**유이이쓰신토묘호요슈**唯一神道名法要集』에서 구카이(空海)와 사이쵸(最澄) 등이 제창한 신도설(물론 이는 후세에 구카이・사이쵸의 이름을 빌어 가탁된 것)을 가리켜 '**양부습합신도**'(兩部習合神道, 료부슈고신토)라 부르고 있다. 이 말은 근세 이후 불교계 신도설을 총칭하는 말로 퍼졌는데, 때로는 생략해서 '습합신도'(習合神道, 슈고신토)라고 불리기도 했다. 그러다가 근대 이후에 이 말은 두 가지로 분리되어 불교계 신도 특히 진언종(眞言宗, 신곤슈) 계열의 신도설에 대해 '양부신도'(兩部神道, 료부신토)라는 말이 정착되었다.[5] 나아가 보다 광의의 신불융합 현상을 가리키는 말로서 '신불습합'이라는 말을 사용하게 되었다. 참고로 근세에 '습합'이라는 말에는 '순수하지 않은 것'이라는 부정적 뉘앙스가 포함되어 있었다. 습합이라는 말을 사용할 때는 이와 같은 역사적 경위를 알아 둘 필요가 있다.

한편 **본지수적**이라는 용어는 본체인 불보살이 중생제도를 위해 임시로 가미(神)의 모습이 되어 나타났다고 하는 설이다. 여기서 '수적'

4 1435-1511년. 요시다(吉田)신도의 창시자.

5 이에 대해 천태종(天台宗, 덴다이슈) 계열의 신도설을 산왕신도(山王神道, 산노신토)라 한다.

이란 '흔적을 드리우다'는 뜻이다. 그 교리적 근거는 『법화경』여래수량품(如來壽量品)에 입각해 있다. 즉 거기에는 이 세상에 나타나 깨달음을 얻은 석가란 실은 임시의 모습일 뿐이며 그 본신(本身)은 영겁의 옛날부터 존재했다고 하는 구절이 나온다.[6] 이는 중국 천태교학의 경우 석가의 불신(佛身) 논의 속에서 본지와 수적의 관계로 설명되었다.[7] 일본의 신불관계에서 본지수적설은 이런 중국의 사례를 확대 응용한 것이다. 하지만 그 발상의 기원은 천태교학이라기보다는 불교 일반에 보이는 일종의 화신(化身)사상에 있다고 보아야 할 것이다. 인도에서 성립한 불교는 그 전파과정에서 해당 지역의 신들 및 중요한 역사적 인물을 불보살의 화신으로 삼음으로써 해당 지역에 뿌리를 내렸다. 따라서 본지수적의 발상은 결코 일본 특유의 것만은 아니었고 가미에게만 적용된 것도 아니었다.[8]

불교 전래시 부처와 가미의 질적 차이는 별로 의식되지 않았다. 그 후 불교신앙은 상당 기간 신기신앙과 관계없이 전개되었고, 불교신앙

6 이 여래수량품에는 "일체 세간의 천(天)과 인간 및 아수라들은 모두, 지금의 석가모니불이 석씨의 궁전을 나와 출가하여 가야성 근처에 있는 도량에 앉아 아뇩다라 삼먁삼보리를 증득했다고 말한다. 그러나 선남자여, 내가 성불한 것은 한량없는 백천만억 나유타겁 이전이다."라는 구절이 나온다.

7 역사상의 석가를 응신(應神, 중생구제를 위해 임시의 모습을 취하여 나타난 부처)이라 하고, 영겁의 과거에 성불한 석가를 보신(報身, 기나긴 수행 끝에 깨달음을 얻은 부처)이라고 한다.

8 중국에서 위작된 『청정법행경清淨法行經』이라는 경전에는 노자·공자·안회(顔回)가 실은 석가가 파견한 세 보살의 화신이었다고 나오며, 보지(寶誌, 양나라 시대의 승려)와 포대(布袋)가 각각 관음과 미륵의 화신으로 나온다. 또한 일본에서도 쇼토쿠(聖德)태자를 관음보살, 교키(行基)를 문수보살, 구카이를 대일여래로 보는 설이 유포되어 있다.

과 신기신앙은 기본적으로 병존 상태에 있었다.[9] 그러다가 8세기에 이르러 습합현상이 나타난 것이다. 이 시기에 신궁사(神宮寺, 진구지)라 불리는 것이 등장했다. 신궁사란 신사에 부속된 사원을 가리키는 말이다. 헤이안 시대 이전까지는 전국의 주요 신사에 이런 신궁사가 있었고, 많은 경우 그 신궁사가 신사를 지배했다. 그 가운데 게히(氣比)신궁사·와카사히코(若狭比古)신궁사·다도(多度)신궁사 등은 8세기에 창건되었음이 분명하다. 이 신궁사들의 창건 기원과 관련하여 가미가 자기 몸의 고뇌를 벗어나 불교에 의한 구제를 원했다는 이야기가 전해지고 있다.[10]

이 점에서도 알 수 있듯이, 인간과 마찬가지로 가미라는 존재 또한 고(苦)이며 불교의 힘으로 구제받아야 할 중생의 하나라고 이해된 것이다. 말할 것도 없이 불교 교리에는 중생을 구성하는 육도(六道)의 하나로 천도(天道)가 있는데, 일본의 가미는 바로 이 천도에 속한 것으로 간주되었다. 이런 현상은 오늘날 **'신신이탈'**(神身離脫)이라 해서 신불습합의 초기형태로 간주되고 있다. 또한 와카사히코노가미 등은 가미의 고통을 알리기 위해 역병을 일으켰다고 하는데(『類聚國史』佛道七), 예로부터 가미의 의지표시로서의 **'다타리'**(祟り)는 역병이라는 형태로 나타나는 것이 통례였다. 거기에는 재래의 신기신앙을 불교적 문맥으로

9 家永三郎, "飛鳥寧樂時代の神佛關係"『上代佛教思想研究』岩波書店 참조.

10 가령 게히신궁사의 경우, 후지와라노다케치마로(藤原武智麻呂)의 꿈 속에 어떤 기인(氣比神)이 나타나 "나는 숙업으로 인해 가미가 된지 오래 되었다. 이제 불교에 귀의하고 싶다"고 가미의 고뇌를 호소하면서 다케치마로에게 사찰 조영을 요청했다고 한다.(『藤原武智麻呂傳』)

읽으려는 태도가 명확하게 엿보인다. 한편 신궁사 건립과 더불어 이 시기에 **신전독경**(神前讀經)이 행해지게 되었다. 이는 신신이탈의 기원 혹은 법락을 위한 것이었다. 가령 『니혼료이키日本靈異記』에 의하면 다가오오가미(陀我大神)의 신신이탈을 위해 법화경을 독송했다는 기사가 나온다. 또한 이와 더불어 신들에 대한 서사(書寫) 봉납도 행해졌다.

이처럼 가미의 '신신이탈' 희구에 입각한 신궁사 건립 및 신전독경이 성행하게 된 것은, 지역사회에 있어 불교의 본격적 침투에 수반하여 재래 신기신앙과의 긴장이 나타나면서 양자의 관계에 대한 설명이 필요해졌기 때문이다. 이 점과 관련하여 호법선신(護法善神)[11]과 신신이탈의 가미는 서로 다른 계열이라는 주장도 있다.[12] 즉 호법선신은 진호국가불교와 직접 결부된 중앙의 가미인데 반해, 신신이탈의 가미는 모두 지방신이라는 것이다. 즉 신신이탈이란 지역사회에 불교가 침투하면서 자연재해(=가미의 다타리)로부터의 구제를 희구하는 신앙이 표출된 것에 다름 아니다. 따라서 신신이탈의 관념은 지방에서 생겨나 발달했다는 말이다. 이런 주장은 오늘날 많은 찬동자를 얻고 있다. 하지만 신신이탈의 관념은 중국에도 그 사례가 있으므로, 지방에서 생겨난 독자적인 발상이라고는 말하기 어렵다.[13] 설령 그것이 지방에서 현저하게 나타난다 해도 거기에는 중앙으로부터의 지식 전파가 필

11 불교를 수호해 주는 가미_옮긴이. 본서 138쪽 참조.
12 田村圓澄, "神佛關係の一考察"『史林』37卷2号 참조.
13 『양고승전梁高僧傳』및『당고승전唐高僧傳』에 보면 신신이탈을 희구하는 신들이 등장하고 있다. 津田左右吉 『日本の神道』津田左右吉全集9 ; 吉田一彦, "多度神宮寺と神佛習合", 梅村喬編『伊勢灣と古代の東海』名著出版 참조.

수적이었을 것이다. 이런 의미에서 교키(行基)[14] 및 그 교단에서 전형적으로 엿보이는 민간불교 포교자가 신불습합 사상의 보급에 매우 큰 역할을 했다는 점에 주목할 필요가 있다.[15]

그런데 8세기에는 신신이탈을 추구하는 가미가 존재하는 한편, 불교와 밀접하게 결부된 가미가 등장하기도 했다. **하치만신**(八幡神)이 그것이다. 하치만은 수수께끼로 가득 찬 가미이다. 그 이름은 기기에 나오지 않는데, 나라시대에 들어와 갑자기 정사에 등장하기 시작한다. 즉 하치만은 도다이지(東大寺) 대불 건립을 계기로 급속히 국가적 신으로서의 지위를 획득했다. 후에 하치만신은 오진(應神)천황과 동일시되어 아마테라스에 비견되는 **종묘신**(=황조신)이자 무신(武神)으로서 광범위하게 신앙되었다.

하치만신앙이 시작된 부젠노구니(豊前國) 우사(宇佐)지방은 세토나이카이(瀨戸內海)를 통해 기나이 지방과 직결되는 교통의 요지로, 기나이 정권에게 정치적으로 중요한 거점이었다. 나아가 우사지방은 한반도와 가까워서 예로부터 대륙으로부터 강한 영향을 받아 왔다.[16] 이

14 668-749년. 나라시대의 승려. 백제 왕인의 후손. 마찬가지로 한반도 도래계인 스승 도쇼(道昭, 629-700)의 영향으로 사회복지활동에 큰 흔적을 남겼다. 743년 도다이지 대불건립 때 대외교섭 및 총지원 역직인 권진(勸進)으로 기용되어 크게 공헌한 업적에 의해, 744년 쇼무(聖武)천황에게 중용되어 조정의 최고 승직인 대승정에 취임했다_옮긴이.

15 根本誠二『奈良佛教と行基傳承の展開』雄山閣 참조. 그러나 교키 참궁전승(行基參宮傳承, 상세한 내용은 본서 162쪽 참조)은 후세의 견강부회라고 보아야 할 것이다.

16 『니혼쇼키』에 의하면, 유라쿠천황과 요메이천황의 병환에 즈음하여 '풍국기무'(豊國奇巫)라든가 '풍국법사'(豊國法師)를 불렀는데, 이들은 모두 대륙의 기술

와 같은 하치만신이 불교적 색채를 농후하게 띠게 되었으리라는 점은 쉬이 상상할 수 있겠다. 하치만신의 기원이라든가 성격에 관해서는 많은 이설들이 있으며 아직 해명되지 않은 점이 많다. 그 중 오늘날 유력한 견해로, 부젠노구니 우마키봉(馬城峰)의 거석(巨石)신앙에 불교적 요소가 가미되어 성립되었다는 설이 있다.

하치만신이 중앙과 결부된 것은 나라시대에 들어와서였다.[17] 특히 결정적인 계기가 된 것은 쇼무(聖武)천황의 도다이지 대불건립 사업이었다. 747년(天平19) 대불건립을 조성한다는 하치만신의 탁선이 등장하면서 이윽고 상경하게 된다. 즉 2년 후인 749년에 입경하여 도다이지 옆의 다무케야마(手向山)에 진좌함으로써 하치만신의 중앙 진출이 이루어졌다. 그렇다면 왜 하치만신이 대불 건립과 엮어진 것일까? 이는 하치만신이 지극히 습합적인 신이었기 때문일 것이다. 사실 상경에 즈음하여 신체를 모시던 무녀는 '네기니'(弥宜尼)라 불렸다. 이는 하치만신의 신불습합적 특징을 여실히 보여준다.[18]

을 가진 주의(呪醫)였다. 또한 부젠노구니에는 하쿠호(白鳳)시대부터 많은 사원이 건축되었다. 이 지방의 불교화는 한반도로부터 직접 초래된 것으로 보인다. 그래서 다른 지역에 비해 일찍부터 불교가 정착되었다.

17 하치만신이 최초로 정사로 등장한 것은 『쇼쿠니혼키續日本紀』에 있어 737년 신라의 무례를 보고하는 기사 및 740년 후지와라노히로쓰구(藤原廣嗣) 토벌의 전승을 기원하는 기사에서이다. 이는 하치만신이 이미 무신적・호국신적 성격을 띠고 있었음을 보여준다. 나아가 일개 지방신에 불과했던 하치만신이 도다이지 건립에 초빙되어 파격적인 대우를 받았다는 점은 그 무렵에 이미 하치만신을 오진천황과 동일시하는 이해가 존재했을 가능성을 보여준다. 中野幡能 『八幡信仰』 塙新書 참조.

18 『쇼쿠니혼키』에 의하면, 후지와라노히로쓰구의 반란이 평정된 다음 해에 포상으로서 최승왕경(最勝王經)과 법화경, 연분도자(年分度者, 매년 출가자수를 종

요컨대 하치만신의 성격은 '신신이탈'을 희구하는 여타 가미와는 명백히 이질적이다. 쇼무천황이 이런 하치만신의 입경을 환영한 것은 천황의 불교중심 정책에 하치만신의 존재야말로 이상적이었기 때문일 것이다. 이후 신불습합의 역사는 항상 하치만신이 선도하는 형태로 진전되었다.

승려 형상의 하치만 좌상
(도다이지, 가마쿠라시대)

파별로 정한 제도_옮긴이) 10인 등을 기진하고 삼중탑을 조영시켰다. 정사에는 나오지 않지만 다른 하치만궁 관련 사료에 의하면, 737년에 우사궁 서쪽에 미로쿠지(彌勒寺)가 건립되었다고 한다. 이 미로쿠지는 신궁사의 일종으로, 우사궁과 미로쿠지가 일체였을 것이다.

본지수적

신불습합의 발전과 어령신앙

하치만신은 불교를 수호해 주는 가미로 인식되었다. 이처럼 신기(神祇)를 불교 수호자로 보는 인식이 헤이안 초기 이후 널리 성행하게 되었다. 이는 가령 고후쿠지(興福寺)와 가스가신(春日神), 고야산(高野山)과 니우(丹生) 및 고야묘진(高野明神), 히에이잔(比叡山)과 오오비에(大比叡) 및 오비에(小比叡)의 관계에서 볼 수 있듯이 중앙과 밀접하게 연결된 사원의 경우 특히 현저했다. 이런 신들에게는 성역인 불교사원을 진호하는 역할이 기대되었다. 혹은 재지 토지의 신이고 혹은 외부에서 권청된 신이기도 했는데, 어떤 경우든 이 신들이 불법에의 귀의를 서약하고 수호신이 되기를 희구했다고 여겨졌다. 이처럼 불교사원을 진호하는 가미를 **호법선신**(護法善神)이라 한다. 이 신들은 범천(梵天)이나 제석(帝釋) 등과 같이 불교 수호신으로서 받아들여진 베다의 신들과 동일한 성격을 보여주며, 신신이탈에 비해 불교에 대한 접근도가 보다 두드러졌다.

이렇게 부처와 가미가 보다 접근하는 과정에서 나타난 것이 신기에 대한 **보살호**의 수여이다. 하치만신은 이런 경향의 선구적 사례라 할 수 있다. 예컨대 하치만은 나라 말기에서 헤이안 초기에만 해도 하치만대보살(八幡大菩薩)이라고 불렸다는 사실을 사료에서 확인할 수 있다.[1] 그 이후에도 가미에 보살호를 붙인 사례는 거의 하치만신에게만 한정되어 나타난다. 게다가 칭호 수여를 둘러싸고 우사하치만궁(宇佐八幡宮)이 주체적으로 나섰다는 점을 염두에 두건대, 이는 하치만신의 특수한 성격에서 비롯된 측면이 많아 보인다.

그 현저한 사례가 **이와시미즈하치만궁**(石清水八幡宮)의 창건이다. 859년 우사하치만궁을 참배한 다이안지(大安寺)의 승려 교쿄(行教)[2]가 하치만대보살의 탁선을 받아 다음 해 오토코야마(男山)[3]에 하치만궁을 권청했다. 이것이 바로 이와시미즈하치만궁이다. 이 신궁은 당초 간누시(神主)도 없이(창건한지 십수년 뒤에야 간누시를 두었음) 승려가 중심이 되어 경영했는데, 이는 신사와 사원이 융합한 특수한 사례라 할 만하다. 이런 형태를 **미야데라**(宮寺)라고 한다. 사실 메이지 유신까지는 이와시미즈하치만궁의 정식명칭이 '이와시미즈하치만궁사'(石清水八幡宮寺)였다. 이 신궁의 사무를 총괄한 별당(別當, 후에 이 별당직 상위에 檢校가

1 가령 『신쇼가쿠쵸쿠후쇼新抄格勅符抄』의 798년 태정관부(太政官符)에 '하치만대보살'(八幡大菩薩)이라는 표현이 나온다.
2 연대미상. 헤이안시대 전기의 한반도 도래계 승려. 이와시미즈하치만궁을 창립한 승려로 유명하다_옮긴이.
3 교토부 남부의 하치만시(八幡市)에 있는 산. 산정에 이와시미즈하치만궁이 있다_옮긴이.

생김)은 교쿄의 출신씨족인 기씨(紀氏) 일족에게 상속되었다. 별당은 승려이면서도 결혼을 했고 향후 다나카(田中)파와 젠포지(善法寺)파로 분리되면서 양파에 의해 세습되었다. 이런 별당의 존재 자체가 신불습합적인 것이었다.

이와 같은 미야데라의 출현을 거쳐 신불습합이 보다 진전하여 10세기경에는 본지수적설이 성립된다. 그 최초의 사례가 937년의 다자이후쵸(太宰府牒)인데, 거기에는 "우사하치만궁과 하코자키궁(筥崎宮)[4]은 비록 소재지는 다르지만, 권현(權現)보살의 수적(垂迹)은 거의 같다"(『石清水文書』)는 구절이 나오는데, 여기서 우리는 분명하게 본지수적설의 발생을 확인할 수 있다.[5] 이 때 사용된 권현(権現, 곤겐. 부처가 임시로 가미의 모습을 취하여 나타난 것)[6]이라는 호칭이야말로 본지수적의 신격을 보여주는 말이다.

4 현 후쿠오카시(福岡市) 하코자키(箱崎)에 있는 신사. 제신은 오진천황·진구황후·다마요리히메(玉依姫). 원 관폐대사이자 지쿠젠노구니(筑前國) 일궁(一宮)이었다_옮긴이.

5 그 이전의 사례로서는 830년에 고묘(護命, 750-834. 헤이안 초기 법상종 승려. 한반도 도래계인 하타씨 출신으로 승정을 역임_옮긴이)가 저술한『다이죠호쇼겐진쇼大乘法相研神章』권1 <총현삼계차별문>(總顯三界差別門)에 "權現聖人和光垂迹, 感應士人同塵利生也"라는 구절이 나온다. 단, 여기서 가미(神)는 관심 대상이 아니다. 또한 다음으로 이와시미즈하치만궁 권청과 같은 해인 859년, 엔랴쿠지(延曆寺)의 승려 게이료(惠亮)가 제출한 천태종 연분도자(年分度者)를 신청한 상표문이 있다.(『日本三代實錄』) 여기서 가모신과 가스가신에 대해 "大士垂迹, 或王或神"이라는 구절이 나온다. 이는 가미에 대해 처음으로 '수적'이라는 말을 사용한 사례이다. 단, 이 상표문의 다른 구절에서는 "신도의 폐해를 없애되, 다만 부처[調御]의 혜인(慧刃, 지혜의 칼)에 의거할 것"이라 하여 신신이탈적인 발상이 나올 뿐이고, 아직 본지수적의 관념은 분명하지 않았다.

6 여기서 '權'은 '임시'를 뜻하는 말_옮긴이.

■ 본지불 배당표 ■

社名	本地佛	史料
伊勢神宮	(1) 盧舍那佛(大日如來) (2) 救世觀音 (3) 觀音菩薩	(1) 大神宮諸雜事記, 東大寺要錄 (2) 政事要略, 江談抄 (3) 古事談
春日 第一殿 第二殿 第三殿 第四殿 若宮	不空羂索觀音, 釋迦如來 藥師如來, 弥勒菩薩 地藏菩薩 十一面觀音, 大日如來 文殊菩薩, 十一面觀音	春日大明神本地注進 春日社私記
熊野三山 証誠殿 西宮 中宮 若宮王子 禅師宮 聖宮 兒宮 子守宮	阿彌陀如來 千手觀音 藥師如來 十一面觀音 地藏菩薩 龍樹菩薩 如意輪觀音 正觀音	長秋記
八幡	(1) 無量壽如來 (2) 阿彌陀三尊 (3) 釋迦三尊	(1) 讀本朝往生傳 (2) 筥崎宮記 (3) 南郡大安寺塔中院緣起
日吉 大宮 二宮 聖真子 八王子 客人 十禪師 三宮	釋迦如來 藥師如來 阿彌陀如來 千手觀音 十一面觀音 地藏菩薩 普賢菩薩	梁塵秘抄 宝物集 山家要略記

권현은 처음에는 하치만궁에 대해서만 사용되었다. 그러다가 11세기 전후에 이르러 다른 신에 대해서도 쓰이게 된다.[7] 이후 구마노(熊野)신이라든가 하쿠산(白山)신 등 수험도적 요소가 짙은 신격을 중심으로 권현 호칭이 널리 사용되었다. 나아가 각각의 가미에 대해 본지불(本地佛)이 정해지게 되었다. 본지불은 11세기 전후부터 시작되어 12세기 전후에 널리 퍼졌다. 가령 하치만신의 경우는 아미타(혹은 석가) 그리고 히요시(日吉)신은 석가 등과 같이 구체적으로 본지불이 지정되었다. 이후 이런 경향이 전국적으로 퍼져 주요 신사마다 본지불이 정해지게 되었다.

현불
(아이치현 다이코지大興寺)

이상과 같은 신불습합의 전개와 본지수적설의 성립과정에서 가미에 대한 도상 표현도 변화했다. 즉 신상(神像)·경상(鏡像)·현불(懸佛) 등이 그것이다. 이 가운데 가장 일찍 나타난 것이 신상이다. 가미는 본래 보이지 않는 존재로 여겨져 그 요리시로(依代)[8]로서의 자연물(산, 바위, 나무)이라든가 인공물(거울)을 제사

7 가령 1004년 「大江匡衡願文」(『本朝文粹』)에서 아쓰타(熱田)신에 대해 권현이라는 호칭을 쓰고 있다.

8 신이 빙의하거나 깃드는 사물(또는 사람)_옮긴이.

지내는 것이 본래의 모습이었다. 그러다가 인격적인 신관념이 등장하면서 불상의 영향에 의해 인물상의 모습을 한 신상이 헤이안 초기 무렵부터 나타나기 시작했다. 이는 통상 남녀신 내지 귀인의 형상으로 표현되는 경우가 많았다. 그 중에는 신불습합의 영향으로 승려 모습의 신상도 있다. 대표적인 사례가 도다이지에 안치되어 있는 가마쿠라 시대 '승려 모습의 하치만 좌상'(僧形八幡坐像)이다. 이어 본지수적설이 성립되면서 신체(神体)인 거울 면에 본지(本地)인 불보살을 조작한 **경상**(鏡像) 및 원형 또는 부채 모양의 판대기에 본지불을 새겨 넣은 **현불**(懸佛, 가케보토케)이 제작되었다. 이 경상과 현불을 일반적으로 미쇼타이(御正体)라 총칭하는데, 본지와 수적의 관계를 시각적으로 표현한 것으로서 중세·근세를 통해 많이 제작되었다. 또한 중세 이후에는 밀교 만다라 사상의 영향으로 신사 지역 전체를 하나의 만다라로 나타낸 **궁만다라**(宮曼荼羅)가 등장했다. 개중에는 사전(社殿) 위쪽에 본지불을 묘사하는(가령 카스가궁 만다라) 경우도 있어 별존만다라(別尊曼荼羅)[9]의 하나로서 밀교 도상의 일각을 구성하고 있다.

이처럼 신불습합의 사상은 신신이탈(神身離脫)에서부터 호법선신(護法善神) 및 가미에 대한 보살호 수여를 거쳐 본지수적설의 형성으로 전개되었다. 하지만 가미 전체가 불보살의 수적으로 관념된 것은 아니었다. 실제로는 신신이탈 즉 고통 받는 중생 가운데 하나로서의 가미라는 관념은 중세 이후에도 잔존했다. 그러니까 신신이탈의 관념과 본

9 특정한 수법(修法)의 본존을 중심으로 구성된 만다라. 가령 아미타만다라, 법화만다라, 애염만다라, 북두만다라 등_옮긴이.

지수적 관념이 중층성을 이루면서 가미의 범주를 구성했다는 말이다.[10] 이런 분류는 통상 **권신**(權神, 곤신)과 **실신**(實神, 짓신)으로 표현된다. 여기서 권신이란 수적신(권현)으로서의 가미를 가리키고, 실신은 실류신(實類神) 즉 본지를 갖지 않는 중생의 하나로서의 가미를 뜻한다.

하지만 실신이 부처의 화신으로 간주되는 경우도 있다. 그런 경우 부처는 일부러 중생과 마찬가지 고통을 자기 몸에 받음으로써 중생구제를 하려는 것이라고 여겨졌다. 어쨌거나 실신이든 권신이든 부처가 가미의 모습을 빌려 중생구제에 나서는 것을 **화광동진**(和光同塵)이라 한다. 여기서 화광동진이란 부처가 스스로 발하는 빛을 누그러 뜨려 속세의 먼지투성이 모습 즉 일본의 가미가 되어 현현한다는 의미이다.[11] 이 때 가미는 일본에 상응한 현현 형태로 이해되고 있다. 바로 그렇기 때문에 본지수적설이 그토록 널리 퍼졌음에도 불구하고 가미신앙이 쇠퇴하지 않은 채 오히려 중생의 구제자로서 부처 이상의 의미를 부여받을 수 있었던 것이다.[12]

10 후에는 여기서 더 나아가 법성신(法性神, 홋쇼신. 진리 그 자체로서의 가미) 관념이 부가되는 경우도 있었다. 中村生雄『日本の神と王權』法藏館；鏡島寬之, “神佛關係における法性神の問題”『宗教硏究』3卷3号 참조.

11 ‘화광동진’이라는 말은 본래『노자』에 나오는 말이다. 그러나 본서에서는 “화광동진은 결연(結緣)의 시작”이라는 문구가 나오는『마가지관摩訶止觀』을 직접적인 전거로 삼고 있다.

12 가령 14세기에 성립한『게이란슈요슈溪嵐拾葉集』권6 <산왕어사>(山王御事)는 “신명(神明)은 화광동진과 유사하다. 범부의 몸은 삼독(三毒=貪・瞋・痴)이 똑같이 극(極)을 구성하고 있다. 그런데 원래 삼독이 없는(三毒極成無作本有) 신의 형체는 필히 뱀의 모습을 하고 있다”라 하여, 신들이 뱀의 모습으로 나타나는(뱀신은 상대 미와야마 전승으로 대표되듯이 자주 등장하는 가미 이미지이다) 까닭은, 일부러 우리 중생의 본래 모습(삼독 투성이의 모습. 뱀은 삼독을 상

그런데 이와 같은 신불습합 및 본지수적설의 진전과 밀접한 관련성을 가진 것으로서 특히 주목할 만한 것이 있다. 어령신앙(御靈信仰, 고료신코)이 그것이다.[13] 어령신앙이란 고대에 정치적 사건으로 패망하여 처형된 인물의 사령이 다타리(祟り)를 일으킨다고 믿어 그 영을 위무하려는 신앙을 가리킨다. 광의의 원령(怨靈)신앙이라 할 수 있겠는데, 이런 어령신앙이 중요한 까닭은 (1)사령이 다타리를 일으킨다는 관념이 어령신앙에서부터 시작되었다는 점, (2)어령신앙의 성립이 신불습합을 보다 진전시켰다는 점에 있다.

본래 다타리는 가미의 의지 표현으로 여겨졌는데, 많은 경우 역병의 형태로 나타난다. 신기에서 전문적으로 역병을 일으키는 신격은 역신(疫神, 에키신)으로 관념되어 그 퇴치의례(가령 하라에[祓] 등)가 많이 행해졌다. 하지만 처음에는 조상령이라든가 사령 등 인간에 속한 영이 다타리를 일으킨다는 관념이 없었다. 그러다가 율령체제 형성기의 사회변동 과정에서 가미 관념이 종래의 자연신적 존재로부터 인격적 존재로 변화되었고, 그 결과 신과 인간의 관계가 보다 근접함으로써 다타리의 기능이 가미로부터 인간의 영에까지 확대된 것이다. 특히 정치투쟁이 격화된 나라시대 후기부터 헤이안시대 초기에 많은 사람들이 비운의 죽음을 당했고, 그 사령들이 다타리를 일으킨다 하여 공포의 대상이 되었다.

가령 나라시대에 어령이 된 인물로서 후지와라노히로쓰구(藤原廣

징)을 취함으로써 우리를 구제하기 위한 것이라고 설하고 있다.

13 어령신앙에 관한 주요 논문은 柴田實編『御靈信仰』雄山閣에 실려 있다.

嗣)[14] 및 이노우에내친왕(井上內親王)[15]가 있는데, 어령 관념이 널리 퍼진 것은 간무(桓武)조 이후이다. 이 때의 중심적 존재는 사와라친왕(早良親王)[16]이다. 이 사와라친왕 사후에 일어난 일련의 재액은 그의 어령 때문이라고 여겨졌고, 이를 위무하기 위해 그를 복위시키고 독경을 베풀었다. 사와라친왕에게는 특히 스도(崇道)천황호가 수여되었는데, 이는 그 어령에 대한 공포가 얼마나 심했는지를 엿보게 해 준다. 한편 간무조 이후에도 이요친왕(伊予親王)[17]이라든가 다치바나노하야나리(橘逸勢)[18] 및 훈야노미야타마로(文屋宮田麻呂)[19]가 어령이 되었다고 여겨졌다. 이처럼 헤이안 초기의 정치사건은 항상 어령화에 대한 공포를 수반했다.

그런데 이상과 같은 반응은 천황을 중심으로 한 조정 주변의 귀족층들에게 해당되는 것이었다. 이에 비해 일반 민중들은 다르게 반응

14 ?-740. 후지와라노우마카이(藤原宇合)의 아들. 다자이쇼니(大宰少貳)라는 관직을 맡고 있을 때 겐보(玄昉, 나라시대 법상종 승려_옮긴이)와 기비노마키비(吉備眞備, 나라시대의 학자 정치가_옮긴이)의 파면을 요구하여 거병했으나 패사했다. 사후에 '역혼'(逆魂)이 되어 겐보를 살해했다고 한다.

15 717-775. 쇼무(聖武)천황의 황녀. 백벽왕(白壁王, 후의 光仁天皇)의 비가 되었고 남편이 코닌(光仁)천황위에 오르자 황후가 되었으나 천황을 저주한 죄로 폐후가 되고 후에 아들과 함께 같은 날 사거했다. 아마도 살해당한 것으로 보인다.

16 750-785. 코닌(光仁)천황의 황자. 형이 간무천황으로 즉위한 후 황태자가 되었으나 나가오카(長岡) 천도를 둘러싸고 발생한 후지와라노다네쓰구(藤原種嗣) 암살사건에 연루되어 유배지인 아와지노구니(淡路國)로 이송되는 도중에 죽었다.

17 ?-807. 간무천황의 황자. 형인 헤이제이(平城)천황의 황태자가 되지만, 반역죄인으로 몰려 어머니 후지와라노깃시(藤原吉子)와 함께 자살했다.

18 ?-842. 삼필(三筆)의 일인. 승화(承和)의 변에 연루되어 유배지인 이즈노구니(伊豆國)로 이송되는 도중에 사망했다.

19 844년 모반죄로 이즈(伊豆)에 유배당했다.

했다. 즉 민중들에게 어령이란 특정 개인의 원령의 활동이라기보다는 역신으로 관념되었다. 그래서 민간에서는 종종 역신의 위무를 위한 자발적인 제사가 행해지게 되었다. 이에 대해 조정은 당초 이를 금지했으나 후에는 그 역동성을 무시할 수 없게 되어, 결국 863년 처음으로 교토 신센엔(神泉苑)[20]에서 조정 주최에 의한 **어령회**(御靈會, 고료에)가 거행되기에 이르렀다. 이 때 어령으로 앞서 언급한 사와라친왕・이요친왕・후지와라노깃시・다치바나노하야나리・후지와라노히로쓰구・훈야노미야타마로 등을 제사지냈다. 이 후 어령회가 자주 거행되었고 어령신앙은 **역신신앙**과 융합되어 갔다.

이와 같은 어령=역신신앙의 융성은 많은 새로운 신격을 낳았다. 그중에서도 특히 습합적 요소가 농후한 신격이 바로 고즈텐노(牛頭天王)[21]이다. 이 신은 일본 재래의 신이 아니라 음양도(陰陽道, 온묘도) 및 숙요도(宿曜道, 스쿠요도)[22]에서 유래한 새로운 신격으로 보인다. 또한 실각한 후 다자이후(太宰府)[23]로 유배당해 불운하게 죽은 스가와라노미치자네(菅原道眞)의 사령은 10세기 전반의 수십 년간에 걸쳐 가장

20 헤이안쿄(平安京) 황거 조영 때 창설된 금원(禁苑). 교토시 나카쿄구(中京區)에 옛터가 남아 있다_옮긴이.

21 이 고즈텐노를 모신 곳이 바로 기온사(祇園社=感神院) 즉 지금의 야사카(八坂) 신사이다.

22 숙요(宿曜, 스쿠요)란 인도에서 유래한 천문역학을 가리킨다. 숙요경(宿曜經)을 경전으로 하고 별의 운행을 인간의 운명과 결부시켜 길흉을 점쳤다. 중국에 전해져 불교와 함께 한반도로부터 일본으로 수입되었고, 헤이안 중엽 이후 널리 행해졌다_옮긴이. 음양도와 숙요도에 관해서는 본서 <수험도와 음양도> 항목 참조.

23 큐슈 후쿠오카(福岡)현 중부에 있는 시_옮긴이.

강력한 어령으로서 공포의 대상이 되어 있었다. 그러다가 942년 이 어령이 **덴만천신**(天滿天神)으로 출현했고, 이 후 기타노덴만궁(北野天滿宮)으로 발전했다.[24]

이런 신들은 역신의 성격을 가지고 있다. 하지만 역신이 아닌 원령신앙도 헤이안조에 정착되었다. 그 예로 모노노케(物怪)신앙을 들 수 있다. 한편 원정기와 가마쿠라기에는 스토쿠(崇德)천황이라든가 고토바(後鳥羽)천황 등 비명의 죽음을 당한 천황들이 원령화되었다. 특히 스토쿠천황은 불교를 가로막는 마왕 혹은 **덴구**(天狗)의 이미지와 결부되어 중세 최대의 원령으로서 오랜 동안 사람들의 공포 대상이 되었다.[25]

24 스가와라노미치자네에 대한 신앙을 천신(天神, 덴진)신앙이라 한다. 후대에 이 천신신앙은 다양하게 전개되어, 어령신으로서뿐만 아니라 오늘날 학예의 신으로 신앙되고 있다.

25 1868년의 무진(戊辰)난 때 조정은 사누키(讃岐)의 백봉릉(白峯陵)에 칙사를 파견하여 스토쿠천황의 영을 교토로 맞이했다. 막부군과의 교전에 즈음하여 스토쿠천황의 원령이 조정의 관군을 해칠까 두려웠기 때문이었다. 이는 스토쿠천황의 원령이 후대까지도 사람들에게 공포의 대상이었음을 보여준다.

고즈텐노 입상
(교토부, 슈사토루[朱智]신사, 헤이안후기)

신국사상

중세적 국가관의 형성

중세 신기신앙의 특징은 '중세신도설' 또는 '중세일본기'(中世日本紀)라 불리는 엄청난 분량의 텍스트 창출에 있다. 그 텍스트의 내용은 기본적으로 전시대까지 성립한 신불습합 특히 본지수적설이 발상의 기본을 이루고 있다. 그러나 이를 단순히 고대의 연장선상에서 이해하는 것만으로는 충분치 않다. 중세는 '가미'의 존재형태가 지극히 다양해지고, 그것이 사상과 문예 등 여러 형태로 향수되어 사람들의 행동과 내면에 깊은 영향을 끼친 시대이기 때문이다.

그렇다면 신기에 대한 이와 같은 관심의 고양은 어떤 배경을 가지고 있는가? 한마디로 고대국가에서 중세국가로의 변질이 그 배경이라 할 수 있다. 고대국가가 중국 율령을 모델로 성립했다면, 중세국가는 그것을 일본이라는 장에 적합하도록 개편했다는 특징을 보여준다. 11세기에서 13세기에 걸친 원정기 및 가마쿠라기는 고대국가에서 중세국가로의 전환기라 할 수 있는데, 바로 이 시기에 중세신도설이 발생했다. 따라서 신기신앙의 중세적 전개를 말하고자 할 때, 원정기 및 가마쿠라기의 국가적 변화에 수반된 역사・국토・왕권에 대한 관념의 변용을 살펴보는 데에서 시작하지 않으면 안 된다.

11세기 이후의 정치적・사회적 혼란은 시대의식으로서 **말법**(末法) **사상**을 유행시켰다. 그리고 이를 왕권 측에서 표현한 것이 바로 **백왕**(百王)**사상**이다.[1] 백왕사상은 율령체제의 해체와 더불어 그 정점에서 통치가 자명시되었던(여기서 실권 유무는 문제가 아님) 천황 권위에 동요가 일어났음을 보여준다. 이런 상황하에서 천황 권위의 재구축이 모색되었다. 이 때 중요한 역할을 한 것이 불교이다. 본래 경제적・제도적으로 국가에 종속되어 있던 사원세력(특히 엔랴쿠지・도다이지 등의 대사원)은 장원제의 진행과정에서 장원영주로 재생하고, 세속권력(왕법)에 대해서도 독립적인 입장을 취하게 되었다. 그 사상적 표현이 **왕법불법상의론**(王法佛法相依論)이다. 즉 왕법과 불법이 두 개의 차바퀴처럼 상보적으로 질서안정을 보증하는 존재로 여겨진 것이다.

그런 가운데 천황도 천손으로서의 속성에 더하여 불교의 외호자(外護者)로 간주되었다. 동시에 불법 수호를 받음으로써 그 지위의 안태가 보증된다고 여겨졌다. 원정기 이래 동밀(東密)・태밀(台密)의 밀교적 수법(修法)이 국가수법으로서의 중요성을 더해간 것은 이 때문이

1 백왕사상이란 천황가가 백대로 단절하고 일본국이 멸망한다는 일종의 종말사상을 가리킨다. 이는 보지화상(寶誌和尙)의 『야마토시野馬台詩』라든가 쇼토쿠태자의 『미라이키未來記』와 같은 예언서 형태로 나타났다. 이에 관해서는 小峯和明, "野馬台詩の言語宇宙" 『思想』829号 ; 상동, "聖德太子未來記の生成" 『季刊文學』8卷4号 참조.

었다. 나아가 사상적으로도 불교가 완전히 일본에 정착하여 풍토에 순응한 독자적 전개를 보여주었다. 가마쿠라신불교(鎌倉新佛教)와 **천태본각론**(天台本覺論)[2]의 성립이 그 전형적 사례라 할 수 있다. 거기서는 일본이라는 '장'이 교설상의 중요한 주제로 부상하고 있다.

또한 중세에는 신기(神祇)의 자리매김이 문제가 되었다. 본지수적설과 신도설이 등장한 것도 그 일환이었다. 그러나 무엇보다 이런 경향을 잘 보여주는 것은 **신국(神國)사상**[3]의 부상이다. 일본을 신국(神國, 신코쿠)으로 보는 태도는 이미 『니혼쇼키』진구(神功)황후기에 나오는 등 7,8세기에 만들어진 것이다.[4] 하지만 그 이후 과도하게 강조되는 경우는 별로 없었는데, 섭관·원정기 이후에 '신국'이라는 용어가 다시금 빈출하게 된다.

그런데 이 시기의 자국의식은 비단 신국사상만 있었던 것이 아니다. 당시 가장 광범위하게 퍼진 것은 불교적 세계관에 입각한 **변토**(邊土, 헨도)의식이었다. 이는 일본이 '남염부주'(南閻浮洲)의 변방에 위치

2 천태종을 중심으로 발전한 이 천태본각론은 어떤 범부·중생이라 해도 본래부터 깨달음의 상태에 있다고 보는 철저한 현실긍정의 사상이다. 이는 신도설의 형성에 다대한 영향을 끼쳤다. 이 점에 관해서는 田村芳朗『本覺思想論』春秋社에 상세히 나와 있다.

3 사사키 가오루에 의하면, 신국사상은 (1)천손인 천황통치의 정통성 (2)신명(神明, 신메이)이 국토와 국민을 가호해 준다는 것이 그 증거라는 주장 (3)국토의 신성시 등 세 가지 요소로 이루어져 있다. 佐々木馨『中世佛教と鎌倉幕府』吉川弘文館 참조.

4 이 시기의 신국사상은 천황통치의 정당화 및, 동아시아의 국제질서에 있어 중화제국의 인력권내에서 일정한 거리를 확보하고자 하는 율령정부의 국가이념에 입각한 것이었다.

하기 때문에 불교의 덕화가 가장 미치지 않는 '속산변토'(粟散邊土, 좁쌀 같은 변방)이고 거기 사는 주민은 열등한 중생에 불과하다는 사고방식이다.

이와 같은 변토의식과 더불어 섭관・원정기에는 **삼국(三國)의식**이 나타났다. 이는 인도・중국・일본을 불교의 관점에서 공통성을 가진 땅이라는 상호관계성으로 이해하려는 의식이다. 여기에는 변토의식에서 인도와 중국에 대해 절대적으로 열등한 것으로 인식되었던 일본을 상대화시키려는 의도가 깔려 있다. 즉 일본에도 인도와 중국만큼이나 불교가 보급되었으므로 결코 열등하지 않다는 것이다. 그러니까 일본에 있어 불교의 보급을 자국의 지위상승으로 이해한 것이다.

이 시기의 신국사상은 기본적으로 이와 같은 삼국의식의 틀 안에서 나온 발상이었다. 왜냐하면 본지수적설에 입각해 본다면, 가미는 불보살의 화신이며 따라서 신국이 **불국토**의 일본적인 특수한 형태라고 이해되기 때문이다.[5] 변토의식이 열등한 자국의식이라면 신국사상은 우월한 자국의식의 표현이라고 볼 수 있다. 양자는 같은 동전의 양면 같은 관계에 있다.[6] 어떤 경우든 원정・가마쿠라기의 자국의식

5 이런 발상을 여실히 보여주는 것이 1060년에 편찬된 진언종 고노(小野)파 세이손(成尊, 1012-74)의 『신곤후호산요쇼眞言付法纂要抄』이다. 세이손은 일본국이란 대일여래의 본국(대일본국)이라고 주장하는데, 이는 밀교적 삼국의식에 입각하여 신국사상을 표현한 것에 다름 아니다. 이와 더불어 여기서는 대일여래와 아마테라스 및 구카이(空海)가 동체(同體)라는 설을 기술하고 있다. 이 대목은 이후 양부(兩部)신도서에 자주 인용되어 중세신도설의 중요한 설이 되었다.

6 이 점에 관해 사토 히로오는 자국을 '변토악국'(邊土惡國)으로 보는 인식이 '그때 그 때 상응하는 모습'을 취하는 가미를 필요로 했으며, "말법변토의 주장이

은 복잡하게 착종되어 있었고, 거기서의 신국사상도 독선적인 자국우월주의는 아니었다. 그러나 몽고침략을 계기로 신국사상이 고양되면서 이런 상황에 변화가 생겨났고, 그 후 변토적 열등의식은 퇴조했다.

그런데 원정기에 천황 권위의 회복이 모색되는 가운데 **삼종의 신기**(三種の神器) 즉 야사카니노마가타마(八尺瓊曲玉=神璽), 야타노가가미(八咫鏡=神鏡), 아메노무라쿠모노쓰루기(天叢雲劍=寶劍)가 주목받게 되었다. 이 삼종의 신기는 오늘날 천황의 정통성을 증명하는 왕권의 상징으로 간주되고 있지만, 이런 관념이 역사적으로 항상 일관된 것은 아니었다. 즉 이는 헤이안 중기부터 중세에 걸쳐 서서히 형성된 것이었다. 이와 같은 삼종 신기의 근거는 기기의 천손강림 기사이다. 하지만 『니혼쇼키』의 경우 본문이 아니라 '일서'(一書)에만 나오고, 『고고슈이古語拾遺』에서는 거울과 검만이 기록되어 있다. 또한 헤이안 초기의 궁중에는 보기(寶器)로 간주된 거울과 검이 다수 존재했지만, 그 중 어느 것이 신기인지 특정되어 있지는 않았다.[7] 게다가 삼종의 신기가 하나의 세트로 인식되지도 않았다.

삼종의 신기 특히 신경(神鏡)의 경우는 헤이안 중기부터 신비화 작업이 시작되었다. 즉 아마테라스의 분신(御靈代, 미타마시로)으로 간주된 신경은 헤이안 초기만 해도 궁중의 온명전(溫明殿, 운메이덴)에 안치되어 있었는데, 다른 보기류와 함께 보관되어 있던 것에 불과하며 특별

없었다면 신국의 강조도 있을 수 없었다"고 설명한다. 佐藤弘夫『神・佛・王權の中世』法藏館 참조.

7 이 문제에 관해서는 大石良材『日本王權の成立』塙書房 참조.

히 제사 같은 건 행해지지 않았다. 그런데 960년(天德4)에 일어난 황거 화재를 계기로 이 신경의 존재가 주목받게 되었다. 그 때 온명전도 함께 불타버렸고 많은 보기류가 전소했는데, 오직 신경만이 기적적으로 보전되었기 때문이다. 이 후 신경은 섭관・원정기에 걸쳐 두 번이나 화재로 잔해만 남았다.[8] 이런 과정을 거치면서 960년 화재사건과 관련하여 불가사의한 설화(신경이 스스로 화염 속에서 뛰쳐나왔다는 등의)가 만들어져 바야흐로 신경의 급속한 신비화가 이루어졌다.

이치죠(一條)천황 때 창시되어 시라카와(白河)천황조에 정례화된 **나이시도코로가구라**(內侍所神樂)[9]는 이런 경향을 현저하게 보여준다. 이는 아마노이와토(天岩戶) 신화에 입각한 가구라(神樂)[10]로, 궁중에서 아마테라스 제사가 원정기에 급속히 발달했음을 시사한다. 1183년 헤이케(平家) 일족이 안토쿠(安德)천황과 함께 신기를 사이코쿠(西國)로 가지고 가면서, 삼종의 신기가 황위의 상징물로 강렬하게 의식되기에 이른다. 이 때 결국 보검만은 '단노우라 전투'(壇の浦の戰)[11]중에 물에

8 1005년과 1040년의 화재를 가리킴.

9 나이시도코로(內侍所)는 가시코도코로(賢所)라고도 한다. 이는 궁중에서 아마테라스의 미타마시로인 신경(神鏡)의 모조품을 모신 곳을 말하며, 혹은 신경 그 자체의 칭호로 쓰이기도 한다. 헤이안시대에는 온명전(溫明殿, 운메이덴)에, 가마쿠라시대 이후에는 춘흥전(春興殿)에 있었고, 현재는 도쿄의 황거 내에 소재한다. 신전(神殿) 및 황령전(皇靈殿)과 함께 궁중삼전(宮中三殿)이라 한다_옮긴이.

10 신에게 바치는 가무. 황거 및 황실과 관계가 깊은 신사에서 행하는 가구라(御神樂, 미가구라)와 민간 신사의 제사 때 바치는 가구라(里神樂, 사토가구라)가 있다_옮긴이.

11 1185년 3월 24일, 장문단(長門壇) 포구에서 미나모토씨(源氏)와 다이라씨(平氏) 간에 벌어진 최후의 전투. 이 전투에서 다이라씨가 전멸했다_옮긴이.

빠져 가져가지 못했다. 이 사건은 원정기 이래 고조되었던 왕가 멸망의 예감(백왕사상)을 부채질함으로써 왕조 귀족들에게 심각한 충격을 주었다.

이상에서처럼 이런저런 사정으로 인해 신기가 파손되거나 분실되는 상황이 오히려 신기의 신비화를 촉진시켰다. 왕권에의 위기의식이 심화됨으로써 역으로 그 권위를 재구축하기 위한 상징적 존재로서 삼종의 신기가 중시된 것이다. 이리하여 가마쿠라기에 들어서서 삼종의 신기는 황위와 불가분한 것으로 널리 인식되게 되었다.[12] 나아가 남북조 시대에는 신기의 소지 여부가 황위의 정통성을 증명하는 것으로 여겨져 남북조 간에 그 쟁탈전이 되풀이되었다. 신기를 신성한 것으로 여기는 이와 같은 인식의 고양은 당대의 여의보주(如意寶珠)[13] 신앙과 결부되어 신비스런 언설을 많이 낳기도 했다. 이런 것들이 짝을 이루거나 혹은 개별적으로 다루어져 당대에 발생한 신도설의 중요한 주제 가운데 하나가 되었다.[14]

12 이 점은 가마쿠라 전기의 고실서(故實書)인 『긴피쇼禁秘抄』가 '가시코도코로'(賢所=神鏡)를 모두(冒頭) 부분에 놓고 있다는 데에서 여실히 드러난다.

13 모든 원망을 충족시켜준다고 여겨진 보물 구슬. 이런 여의보주 신앙은 불사리 신앙과 결부되어 발전했다. 특히 진언밀교에서는 구카이(空海)가 스승 혜과(惠果)로부터 여의보주를 수여받아 일본에 전했다고 믿어져, 진리를 응축한 것으로 간주되었다.

14 특히 그 실상이 불명확했던 '야사카니노마가타마'(神璽)는 제육천마왕(第六天魔王)에게서 수여받은 보물 구슬(혹은 起請文이나 日本地圖)이라고 여겨졌고, 신경(神鏡)은 이세신궁 내궁과 외궁 및 그 별궁에 안치되어 있던 신경류와 복잡한 수사학으로 결부되어 말해졌다. 나아가 삼종의 신기를 신비화시킨 도상(본서 158쪽 참조)도 고안되어 비설로 전수되기도 했다.

이와 같은 상황에 상응하여 일어난 것이 『니혼쇼키』에 대한 관심의 부활이다. 『니혼쇼키』는 헤이안 중기 이후 사실상 읽혀지지 않은 책이었는데, 12세기에 들어와 다시금 관심이 높아진 것이다. 그런 움직임은 주로 가학(歌學)에서 발생했다. 이 시기에 성립한 가학서나 주석서에는 종종 『니혼쇼키』가 전거로 인용되고 있다.[15] 단, 그 인용의 대부분은 『니혼쇼키』 본문이 아니라 '일본기'(日本紀, 니혼기)라는 이름이 붙여진 일련의 신화적 언설이었다. 실은 바로 이 점이야말로 원정기에 있어 『니혼쇼키』 부활의 특징이라 할 수 있다.

원정기의 가학에서 『니혼쇼키』(=니혼기)에 주목하게 된 것은 직접적으로는 종전의 **'일본기강연'**(日本紀講筵)[16] 때에 행해진 '일본기경연 와카'(日本紀竟宴和歌, 니혼기쿄엔와카)[17]와 결부되어 있다. 이는 총체적으로 와카(和歌)의 기원에 대한 관심에서 비롯된 것이었다. 말할 것도 없이 와카는 신기와 마찬가지로 일본 고유의 전통이므로, 그 기원을 묻는 일은 동시에 일본 자체의 기원을 묻는 것에 다름 아니었다. 이는 앞서 살핀 불교에서의 '일본화' 및 신국사상의 부활과 축을 같이 하고 있다. 또한 당대의 삼국의식과 관련하여 '인도=다라니',[18] '중국=한시', '일본=

15 『니혼쇼키』를 인용한 가학서로 藤原範兼 『和歌童蒙抄』; 藤原清輔 『奧義抄』; 藤原親重 『古今集 序注』; 藤原教長 『古今和歌集注』 등이 있고, 그 밖에 藤原通憲 『日本紀抄』 및 顯昭 『日本紀歌註』 등의 저작도 나왔다.

16 사가(嵯峨)천황조부터 무라카미(村上)천황조에 걸쳐 궁중에서 행해진 『니혼쇼키』강의. 812년, 843년, 879년, 904년, 936년, 965년의 여섯 차례에 걸쳐 행해졌다.

17 '일본기강연'이 끝난 후 연회 때 강의내용과 관련된 와카가 읊어졌다. 이를 '일본기경연 와카'라 한다. 현재 882년, 906년, 943년 때의 와카가 전해진다.

18 다라니는 불교(특히 밀교)에서 산스크리트어 그대로 음사(音寫)된 장구를 가리

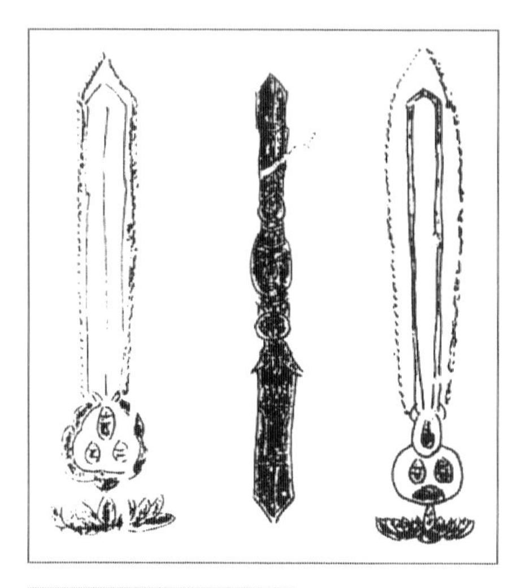

중세 삼종 신기 도상의 예
(『日諱貴本紀』 와세다 대학 도서관. 교린분코[教林文庫] 소장)

와카'라는 대응관계로 이해되었다. 중세에는 와카를 진언 및 다라니의 일본어 표현으로 보는 **와카다라니관**(和歌陀羅尼觀)이 주장되었다. 이 관념은 본지수적설의 발상과 완전히 동일한 구조를 가지고 있다.[19] 이 점은 당시 신기가(神祇歌, 진기카)[20]가 성행했다는 사실과 명확하게 대응된다.[21]

이상에서 언급한 12세기

킨다. 그 중 짤막한 것을 진언(眞言, 신곤)이라 한다.

19 이후의 불교계 신도 및 수험도의 관정(灌頂, 간죠. 불법이나 비전을 전수받을 때 행하는 밀교 의식_옮긴이) 작법 등에 있어 진언다라니 대신 와카가 읊어진 것은 이런 와카관에 입각한 것이었다.

20 칙선와카집(勅選和歌集)에 있어 분류된 부류(部類)의 하나. 신기관계의 의식 및 참배 때 읊어진 노래를 가리킨다_옮긴이.

21 칙선집(勅選集)에서 처음으로 신기부(神祇部)라는 것이 분류된 것은 『고슈이와카슈後拾遺和歌集』(1086년 성립)에서인데, 여기서는 잡가(雜歌)의 소분류에 머물고 있다. 그러다가 1187년 성립된 『센자이와카슈千載和歌集』에 이르러 한 권 전체가 신기부로 분류되었다. 이런 구성은 이후 역대의 칙선집에서 그대로 답습되었다. 이는 원정기로부터 중세에 걸쳐 사두가회(社頭歌會, 신사에서 행해진 가회_옮긴이) 및 봉납와카(奉納和歌, 신불에게 봉납한 와카_옮긴이)가 빈번히 개최되었고 신기가(神祇歌)가 양적으로 확대된 상황을 배경으로 한다. 이와 같은 가회(歌會, 우타카이)의 융성은 와카다라니관과 본지수적설을 빼놓고 생각할 수 없다.

의 원정기 가학에 있어 『니혼쇼키』의 재발견은 단순히 『니혼쇼키』의 중요성이 재인식되었다는 것을 의미하는 데에서 끝나지 않는다. 전술했듯이 『니혼쇼키』를 둘러싼 다양한 언설에서 우리는 『니혼쇼키』본문을 일탈한 이본들 즉 '일본기'의 산출 경향을 엿볼 수 있다. 초기 양부신도서가 나타난 것도 바로 12세기였고, 『니혼쇼키』의 부활은 이 새로운 텍스트(=일본기) 창조의 실마리를 제공해 준 것이기도 했다.[22]

22 원정기의 『니혼쇼키』부활이 가진 의의에 관해 더 상세한 설명은, 小川豊生, "中世日本紀の胎動"『日本文學』42卷3号 ; 상동, "變成する日本紀"『說話文學研究』30号 ; 상동, "院政期の本說と日本紀"『佛教文學』16号 참조.

양부신도

이세신궁 주변의 신도설 성립

12세기 중엽 이후 중세신도서라는 이름으로 총칭되는 일련의 비서류가 탄생한다. 이런 움직임을 최초로 보여준 것은 이세신궁 주변에서였다. 그리고 이 때 주도적 역할을 한 것은 불교였다. 이미 헤이안 중엽부터 본지수적설이 광범위하게 퍼지고 있었지만, 원정기 이후 불교사상이 전개되는 가운데 '일본'과 가미의 문제에 대한 관심이 고양되어 본격적으로 교학에서 다루어지기 시작했다. 거기서 관심의 중심은 천황의 종묘신인 아마테라스(天照大神)였다. 아마테라스와 불교는 원정기까지의 본지수적설이라는 맥락 속에서 이미 아마테라스가 관음보살 혹은 대일여래(비로자나불)의 수적[1]이라고 말해지는 등 밀접한 관련성이 있었다.

아마테라스에 대한 이런 관심의 고양은 아마테라스를 모시는 이세

1 관음 수적설은 11세기 초엽의 『세이지요랴쿠政事要略』(『明文抄』의 인용)에, 그리고 대일여래설은 12세기 전기의 『도다이지요로쿠東大寺要錄』에 처음으로 나온다.

신궁에 대한 관심을 야기했다. 하지만 현실적으로 이세신궁에는 고대 이래 **불교금기**의 전통이 있었다. 그래서 단순히 종래의 본지수적설에 적용시키는 것만으로는 불충분했다. 그런데 이런 모순관계야말로 오히려 교리적 설명의 시도를 촉진시킴으로써 **양부신도서**(兩部神道書)가 성립되는 계기를 제공해 주었다.[2] 그 최초의 저작은 『아마테라스오오가미기기』(天照大神儀軌, 일명 寶誌和尚口傳)인데 이는 헤이안 말기에 성립된 것으로 보인다. 또한 가마쿠라 초기까지 『나카토미하라이군게中臣祓訓解』 및 『미쓰노카시와덴키三角柏傳記』가 성립되었다. 이 책들은 시마노쿠니(志摩國)[3]의 이세신궁의 미쿠리야(御厨)[4]에 있던 선궁원(仙宮院)에서 기술된 것으로, 이 선궁원이야말로 양부신도설의 발생지였던 것이다. 그런데 여기서 주의할 것은, 선궁원이 천태종 온죠지(園城寺) 계열의 대봉수험(大峯修驗)과 관계가 깊은 사원이었다고 추정된다는 점이다.[5] 이 점은 최초기의 양부신도설이 단순히 진언밀교의 신도설로 일원화시킬 수 없는 성격을 내포하고 있었음을 보여준다.

이런 양부신도서의 주제는 이세신궁을 불교교리(특히 밀교)로 설명하는 데에 있었다. 이는 전술한 이세신궁의 불교금기 전통을 합리적으로 설명해야 할 과제에 부응하기 위한 것이었다. 그런 설명으로서

2 여기서 양부(兩部)란 밀교의 금강계와 태장계를 가리킨다. 밀교 신도설에서는 이를 이세신궁의 내궁과 외궁에 적용시켰기 때문에 그 호칭으로서 양부신도라는 이름이 생겨났다.

3 현재 미에현 동부에 해당하는 옛지명_옮긴이.

4 신찬(神饌)을 준비하는 곳. 또는 그 신사 소속의 영지=신령(神領)_옮긴이.

5 岡田莊司, "兩部神道の成立期" 『神道思想史研究』 安津素彦先生古稀記念祝賀會 참조.

구상된 것이 제육천마왕담(第六天魔王譚)과 교키참궁담(行基參宮譚)이었다. 여기서 제육천마왕담이란 일본국 생성 때 여기가 장래 불교 유포지가 되리라는 것을 예견한 제육천마왕(속계 최상천인 타화자재천[他化自在天]의 왕)이 이를 방해하려 했을 때, 아마테라스가 거짓말로 마왕에게 불교기피를 맹세했다는 설화이다.[6] 또한 교키참궁담이란 도다이지 건립시 쇼무(聖武)천황이 교키를 이세신궁에 파견하여 사원조영의 재가를 청했을 때 교키 앞에 아마테라스가 나타났다는 설화를 가리킨다. 이 두 설화는 일찍이 『나카토미하라이군게』에 나온다. 이 점은 두 설화가 승려의 이세신궁 접근과 관련하여 그 정당성을 보증하는 근거로서 매우 이른 단계에 만들어진 것임을 보여준다.[7]

1186년 조겐(重源, 1121-1206)[8] 일행이 이세신궁을 참배했는데, 이는 위 설화의 형성과 밀접한 관계가 있다. 즉 이 참궁은 다이라노시게히라(平重衡)[9]의 공격에 의해 소실된 도다이지 대불재건의 성공을 기원

6 하지만 이 설화는 단순히 이세신궁의 불교기피 유래담에만 머무르지 않는다. 그것은 중세의 국가관념을 둘러싸고 복잡한 요소들을 함축하고 있다. 상세한 내용은 伊藤聰, "第六天魔王說の成立"『日本文學』44卷7号 참조.

7 양부신도의 형성에 있어 교키신앙은 중요한 의미를 지닌다. 예컨대 양부신도계의 『야마토가쓰라기호잔키大和葛城寶山記』와 『다이슈히후大宗秘府』 및 이세신도 최초기의 저작인 『호키혼키寶基本紀』는 교키가 편찬한 것으로 간주되고 있다. 또한 후대 『레이키키麗氣記』 등에도 교키의 영향이 엿보인다. 나아가 교키는 최초의 일본지도인 교키즈(行基図)의 제작자로 믿어지기도 한다. 이는 본서 153쪽의 각주(5)에서 언급한 대일(大日)의 본국으로서의 일본이라는 관념과 밀접하게 연관되어 있다.

8 가마쿠라 초기의 정토종 승려. 송나라에 유학. 귀국후 적극적으로 도다이지 재건에 힘썼다_옮긴이.

9 1156-1185. 헤이안 말기의 무장. 1180년 12월 도다이지 및 고후쿠지(興福寺)를 공격하여 불태웠다_옮긴이.

하기 위한 것이었는데, 특히 교키참궁담과 깊은 관계가 있다. 이런 시게히라 일행의 참궁을 계기로 승려 참궁의 움직임이 고양되었고, 이에 따라 양부신도설도 더욱 발전되었다.

이세신궁 주변에서 만들어진 양부신도설은 신궁 신직들에게도 큰 영향을 끼쳤다. 그 중 가장 민감하게 반응한 자는 **외궁사관**(外宮祠官)이었던 와타라이씨(度会氏)였다. 본래 외궁인 **풍수대신궁**(豊受大神宮, 도유케다이진구)은 내궁인 **황대신궁**(皇大神宮, 고타이진구)과 대등한 존재가 아니었으며, 이세신궁 하면 어디까지나 내궁을 의미했었다. 그러나 와타라이씨는 내궁과 대등하거나 오히려 더 우월한 존재로서 외궁을 자리매김하고자 염원했다. 여기서 1295년의 **황자논쟁**(皇字論爭)[10]이 불거지게 되었다. 이 때 외궁측에서 근거로 제시한 것이 **신도오부서**(神道五部書)[11]를 비롯한 비서류였다. 이런 비서류에 입각한 신도설을 **이세신도**(伊勢神道, 이세신토)라 한다.

10 외궁이 도유케코타이진구(豊受皇太神宮)라 하여 '皇'자를 사용한 것에 대해 내궁측이 항의한 데에서 비롯된 논쟁. 이 때 오고간 쌍방의 문서가 『고지사타분皇字沙汰文』에 수록되어 있다.

11 『아마테라시마스이세니쇼코타이진구고친자시다이키天照坐伊勢二所皇太神宮御鎮坐次第記』『이세니쇼코고다이진고친자덴키伊勢二所皇御大神御鎮座傳記』『도유케코타이진구고친자혼키豊受皇太神宮御鎮座本紀』『조이세니쇼타이진구호키혼키造伊勢二所太神宮寶基本紀』『야마토히메노미코토세이키倭姫命世記』의 오부. 모두 나라조 이전에 형성된 것으로 칭해지지만, 실제로는 의심할 나위 없이 모두 후대에 가탁된 것이다. 이 신도오부서 이외의 이세신도서로는 『신센쇼지로쿠新撰姓氏錄』의 별책인 『신코지쓰로쿠新皇實錄』 및 쇼토쿠태자가 편찬했다고 말해지는 『진노케이즈神皇系圖』『덴쿠노고토가키天口事書』『오오다이케우키往代希有記』 등이 있다. 또한 '오부서'라는 호칭은 근세에 명명된 것으로, 『야마토히메노미코토세이키』 및 『호우키혼키』와 다른 세 책 사이에는 성격상 상이한 점들이 많다.

이세신도설은 기본적으로 내궁・외궁 및 별궁과 섭사(攝社, 셋샤)[12]의 연기(緣起)・사전(社殿)・각종 행사 등의 유래를 설하는 내용으로 이루어져 있으며, **사사연기**(寺社緣起, 지샤엔기)[13]의 범주에 속한다. 그 기술은 이세신궁의 고전승을 포함하면서도 태장계・금강계의 양부[14]를 각각 내궁・외궁에 배치함으로써 그 대등성[二宮一光][15]을 주장하는 한편, 오행설에 입각하여 외궁을 수덕(水德), 내궁을 화덕(火德)에 배치하고 있다. 오행상극설에 의하면 수극화(水克火)이므로, 이는 외궁의 우월성을 설하기 위해 고안된 것임이 분명하다. 또한 도유케노오오가미(豊受大神)를 아메노나카누시노미코토(天御中主尊)와 동일시하면서, 이 신이 신통기에서 아마테라스보다 앞서 등장한다는 점을 강조하고 있다.

이세신도의 형성에서 중요한 역할을 수행한 인물로 **와타라이 유키타다**(度会行忠)[16]가 있다. 그는 전술한 황자논쟁(皇字論爭)에서 주도적

12 본사(本社)에 부속되어 본사와 연고가 깊은 신을 모신 신사의 총칭. 본사와 말사(末社) 사이에 위치. 본사 경내에 있는 것도 있고 그 바깥에 있는 것도 있다. 이세신궁의 섭사는 『엔기시키』에 기재된 신사로 현재 내궁 27개소, 외궁 16개소 총43개소가 있다_옮긴이.

13 절이나 신사의 유래라든가 영험담 등의 전설 또는 그것을 기록한 문서를 가리키는 말_옮긴이.

14 진언종이 말하는 양부 중 금강계는 정신계 및 지・식(智・識)의 천(天)을 나타내고, 태장계는 물질계 및 리(理) 혹은 지수화풍공(地水火風空)의 오대(五大)를 가리킨다_옮긴이.

15 내궁과 외궁은 하나의 빛이라는 것_옮긴이.

16 1236-1305. 이세신도의 기초를 놓은 외궁 네기. 저작으로 『이세니쇼타이진구신메이히쇼伊勢二所太神宮神名秘書』 『신노미하시라노키心御柱記』 『고로코지쓰덴古老口實傳』 등이 있다.

인 역할을 하여 가마쿠라 중기 이세신도의 이론적 중심인물이 되었다. 신도오부서를 비롯한 이세신도서는 대개 옛 인물의 이름을 가탁한 위작인데, 그것들을 실제로 선찬한 자가 바로 유키타다 및 그 주변 인물이었으리라는 설도 있다. 물론 이세신도서 전체가 유키타다에 의해 선찬되었다고는 여겨지지 않으나, 적어도 그 일부는 유키타다가 관여되었다고 보아 틀림이 없을 것이다. 그를 이어 **와타라이 쓰네요시**(度会常昌)[17]와 **와타라이 이에유키**(度会家行)[18]가 나옴으로써 이세신도는 가마쿠라 말기까지 교리적으로 거의 완성된다.

이와 같은 이세신도의 성립에 양부신도는 없어서는 안 될 존재였다. 이세신도의 성격을 논할 때 종종 인용되는 말이 있다. "불법(佛法)의 숨통을 끊어 막는다"(『倭姫命世記』)는 말이 그것이다. 이는 종종 '반(反)본지수적'이라는 이세신도의 입장을 강조한 말로 이해되어 왔다. 그러나 이는 어디까지나 이세신궁의 불교기피 전통을 말하는 것일 뿐, 반불교적 입장을 보여주는 것은 아니라는 점에 주의해야만 한다. 다시 말해 이세신궁의 불교기피란 다름 아닌 신역(神域) 및 가미고토(神事) 집행에 한정된 것이었으며, 이세신궁 신직들은 내궁·외궁 모두 씨족 및 개인 차원에서는 불교적인 신앙생활을 영위했고 일족에서 승려들도 다수 배출되었다. 따라서 이세신궁 신직들이 불교에 입각한 신궁이해를 수용할 소지는 처음부터 존재했던 것이다. 요컨대 양부신

17 1263-1339. 본래 이름은 常良라고 표기했다.

18 1256-1356. 저작으로 『류슈진기혼겐類聚神祇本源』 및 『고렌슈瑚璉集』 등이 있다.

도든 이세신도든 모두 당대의 이세신궁이라는 장을 무대로 전개된 일련의 사상운동으로 볼 때 양자의 관계가 더 쉽게 이해될 수 있을 것이다. 특히 이세신도의 중심적 인물 중의 하나였던 와타라이 쓰네요시는 고우다원(後宇多院)을 매개로 하여 삼보원(三寶院)파의 도슌(道順)[19]과 깊은 관계가 있었고, 이세신궁의 비교(秘教)화를 촉진시킨 장본인이라 할 수 있다. 필경 이 쓰네요시는 승려와 신직 양 방면에 모두 관련된 움직임의 중핵에 있던 인물로서 높이 평가받을 만하다.

이세신궁 주변에서 생겨난 불가 및 외궁신직에 의한 신도설 형성의 움직임은 가마쿠라 중후기 이후 새로운 전개양상을 보였다. 밀교・선종계 제파가 이세신궁에 본격적으로 진출한 것이 그 계기였다. 특히 율종과 밀교를 겸수한 에이존(叡尊)[20]의 교단은 내궁 부근에 건립한 고쇼지(弘正寺)를 거점으로 삼아 세력을 키워나갔다. 가마쿠라 말기에서 남북조시대에 신궁 주변의 신도서(이세신도서 및 양부신도서) 전수에는 이 에이존 문파(西大寺派)가 다수 관여되어 있었다.[21] 그 밖에 중요한 존재로, 진언종 고노(小野)파의 일파인 삼보원(三寶院)파[22]와 임제종 성일(聖一)파의 일파인 안요지(安養寺)파 등을 들 수 있다.

19 ?-1321. 진언종 승려. 그의 영향 하에 이루어진 저작으로 지엔(智圓)의 『하나가에시쇼鼻歸書』와 가쿠죠(覺乘)의 『덴쇼다이진쿠케쓰天照大神口決』가 있다.

20 1201-90. 가마쿠라기 계율부흥운동의 중심적 존재. 신기신앙도 돈독하여 세 차례에 걸쳐 이세신궁을 참배하기도 했다.

21 近藤喜博, "伊勢神宮御正體"『伊勢信仰1』雄山閣 ; 伊藤聰, "伊勢の神道說の展開における西大寺流の動向について"『神道宗教』153号 참조.

22 그 대표적인 인물로서 전술한 도슌 외에 『다이진구산케이키太神宮参詣記』의 저자인 쓰카이(通海, 1234-1305)를 들 수 있다.

이와 같은 제파의 진출 결과로 일련의 양부신도서가 가마쿠라 후기 이래 저술되었다. 가령 『레이키키麗氣記』 『료구교몬진샤쿠兩宮形文深釋』 『료구혼제이리슈마카엔兩宮本誓理趣摩訶衍』 등이 그것인데, 대부분이 구카이(空海)의 이름을 빌린 위작이다.[23] 이는 구카이가 양부신도의 시조로 여겨지고 있었기 때문이다. 또한 일부에서는 아마테라스와 구카이가 동체라고 주장되기도 했다.[24] 이런 양부신도서 가운데 『레이키키』는 내용이 풍부한 까닭에 후대에 특히 중시되어 많은 주석서가 나왔다.

한편 가마쿠라 말기가 되면 종래까지 축적되어온 여러 설들을 집성하려는 움직임이 나타난다. 예컨대 1320년 와타라이 이에유키는 『루이슈진기혼겐類聚神祇本源』을 저술하여 이세신도서 뿐만 아니라 양부신도서 및 불서와 한적(漢籍)을 다수 인용하면서 신도설의 집대성을 도모했다. 또한 이 무렵 편자 미상의 『진다이히케쓰神代秘決』가 편찬되어 양부신도설의 정리가 이루어졌다. 이 책은 양부신도서 및 이세신도서 뿐만 아니라 산왕(山王)신도계의 서책도 다수 인용하고 있는데, 여기서 우리는 당시 신도설이 종파나 유파를 넘어서서 전개되었음을 알 수 있다.[25]

23 이 저작들은 『弘法大師全集』5輯(密教文化研究所)에 수록되어 있다.

24 伊藤聰, "天照大神・空海同體說を巡って" 『東洋の思想と宗教』12号 참조.

25 천태종 승려 지헨(慈遍)은 이런 경향을 잘 보여준다. 그는 가마쿠라 말기에서 남북조 시대까지 살았던 인물로, 와타라이 쓰네요시로부터 이세신도 및 양부신도설을 배워 『구지혼키겐기舊事本紀玄義』 및 『도요아시하라신푸와키豊葦原神風和記』 등을 저술했다. 또한 무로마치기의 천태종 승려 료헨(良遍)는 『니혼쇼키』와 『레이키키』를 강의했으며, 정토종 승려였던 쇼게이(聖冏, 1341-1420)도

남북조시대에 외궁의 와타라이씨는 남조측에서 활동했는데, 남조의 쇠망과 더불어 세력을 잃어버리면서 동시에 신도설 자체도 더 이상 새로운 모습을 보여주지 못했다. 하지만 와타라이씨의 신도설은 와타라이 이에유키에게 배운 **기타바타케 지카후사**(北畠親房)[26]가 『**겐겐슈**元元集』 및 『**진노쇼토키**神皇正統記』를 저술함으로써 이세신궁 외부에까지 널리 알려지게 되었다. 외궁 신직의 퇴조에 대신하여 이 시기를 전후하여 활발한 움직임을 보인 것은 내궁의 아라키다씨(荒木田氏)였다. 이들은 새로운 저술은 거의 펴내지 않았지만, 이세신도서 및 양부신도서의 서사(書寫)작업에 힘썼다.[27] 무로마치기를 통해 이세신궁에서 신도설의 지식을 담지했던 것은 외궁보다는 오히려 내궁이었다. 이 점은 가마쿠라기와 현저히 대조된다. 이와 같은 양부신도서 및 이세신도서가 제유파의 법맥을 매개로 하여 각지로 전파되어 나갔다.

『니혼쇼키』와 『레이키키』의 주석서를 펴냈다.

26 1293-1354. 남북조기의 공경・무장. 고다이고(後醍醐)천황을 섬기면서 각지를 전전(轉戰)했다. 와타라이 이에유키는 이세에 있어 기타바타케의 협력자였다.

27 그 대표적인 존재가 도쇼(道祥=荒木田匡興)와 슌유(春瑜)이다. 이세에 있어 기기를 비롯한 많은 신도서의 전래는 이들에게 힘입은 바가 크다.

산왕신도와 중세일본기

중세신도설의 발전과 보급

산노신궁(山王神宮)**과 가스가사**(春日社)**의 신도설** : 앞서 언급한 이세신궁에서의 움직임과는 별도로 독자적인 발전을 이룬 것이 히에이잔(比叡山)의 진수신(鎭守神)인 히에산노(日吉山王)를 둘러싼 **산왕신도**(山王神道, 산노신토)였다.[1] 히에신(日吉神)에 대한 신앙은 일본 천태종의 개조 **사이쵸**(最澄, 766-822)가 히에이잔에 엔랴쿠지(延曆寺)를 개창한 이래 천태종의 발전과 더불어 널리 퍼졌다. 히에신은 초기단계에서는 본래의 지주신(地主神)인 니노미야(二宮) 즉 오오야마쿠이노가미(大山咋神) 및 오비에(小比叡)와, 외부에서 권청해온 신인 오오미야(大宮) 즉 오오나무치노미코토(大己貴命) 및 오오비에(大比叡)였는데, 시대가 흐르면서 복수의 신들이 더 권청되어 산왕칠사(山王七社)가 형성되었다. 이 산왕칠사에는 헤이안 중엽부터 원정기에 걸쳐 본지수적 사상이 전개되는 가운데 본지불이 배치되었는데, 그 단계에서는 아직 산왕신도

1 산왕신도의 전모에 관해서는, 菅原信海『山王神道の研究』春秋社 참조.

라고 부를 만한 것은 아니었다.

오늘날 산왕신도라 불리는 교설이 처음 확인되는 것은 가마쿠라 후기 이후에서이다. 그 중심적인 저작이 『산게요랴쿠키山家要略記』[2]이다. 이는 헤이안 말기의 천태좌주(天台座主, 텐다이자스)[3]였던 겐신(顯眞, 1131-92)의 저작이라고 말해지는데, 실은 가마쿠라 후기에 기겐(義源)이라는 인물에 의해 편찬된 것이다. 또한 거의 이 시기를 전후하여 『엔랴쿠지고코쿠엔기』(延曆寺護國緣起)가 성립되었다. 이런 일련의 저작들은 천태교학에 입각하여 산왕칠사 등의 유래와 내력을 밝히고 있다. 이 때 사이쵸, 엔닌(圓仁)[4], 엔친(圓珍)[5], 안넨(安然)[6], 소오(相應)[7], 오

2 이 저술을 포함한 산왕신도의 주요 저작은 『神道大系・天台神道』上・下에 수록되어 있다. 여기서 '산게'(山家)란 히에이잔 엔랴쿠지(延曆寺)의 별칭이다_옮긴이.

3 엔랴쿠지(延曆寺)의 주직으로 천태종을 총괄하는 직책_옮긴이.

4 794-864. 제3대 천태좌주. 사이쵸에게 사사받은 후 입당하여 10년간 천태교학과 밀교를 공부. 그 중 2년 반 동안 신라승원인 적산법화원(赤山法華院)에서 기거. 귀국 후 동밀(東密, 진언밀교)에 대항하는 태밀(台密, 천태밀교)의 기반을 정비하는 한편 히에이잔 흥륭의 기초를 확립. 당나라 체재 중 쓴 일기가 전해지고 있는데, 그 2권에서 "신라인 해상왕 장보고의 통치아래 있던 중국내 신라방이 내게 베풀어준 배려가 아니었다면 일본에 돌아가기 힘들었다"고 적고 있다. 이런 연고로 그는 864년 입적시 신라신인 적산명신(赤山明神, 시라기묘진)을 위해 선원을 세우도록 유언했다. 그리하여 888년에 히에이잔 엔랴쿠지(延曆寺) 별원으로 적산선원(赤山禪院, 세키잔젠인)이 세워졌고, 현재 엔랴쿠지에는 '장보고 기념비'도 세워져 있다. 주저는 『닛토구호쥰레이교키入唐求法巡禮行記』4권_옮긴이.

5 814-891. 천태좌주 역임. 853년에 입당하여 밀교를 공부. 858년 많은 밀교 전적을 가지고 귀국시 동해에서 풍랑을 만났을 때 신라명신(장보고)의 도움으로 목숨을 구했다. 귀국 후 온조지(園城寺, 天台宗寺門派 총본산)를 재흥하고 경내에 신라선신당(新羅善神堂)을 세워 신라명신상(新羅明神像, 장보고를 재현한 것으로 추정됨. 현재 일본국보)을 모셨다_옮긴이.

오에노마사후사(大江匡房)[8] 등이 편찬한 여러 저술에서 발췌하는 형식을 취하고 있다. 히에이잔에서의 이와 같은 움직임은 명백히 이세신궁에서의 신도설 형성에 호응한 것이었다. 하지만 천태종 승려들에게 가장 중요한 신격은 히에산노(日吉山王)였고, 이를 중심으로 삼은 교설의 필요성이 의식되었다. 바로 이 점이 산왕신도가 탄생하게 된 배경이었다고 보인다.[9]

이세신궁과 히에산노만큼 발전하지는 않았지만 독자적인 전개를 보인 것으로 **가스가사**(春日社)를 둘러싼 일련의 신도설이 있다. 하지만 이는 후지와라씨의 절정기였던 섭관기가 점차 쇠퇴해 갈 무렵의 원정기 이후에 등장했다. 그 내용에 의하면, 신대(神代)에 아마테라스가 아메노코야네노미코토(天兒屋根命)의 후예로써 대대로 자기 자손(천황가)을 '보필하는 신하'로 삼는다는 계약을 맺었다고 한다.[10] 또한 이세신과 하치만신이 천황의 종묘신으로 된 것에 대응하여 가스가신을

6 841-?. 헤이안 전기 천태종 승려. 사이쵸의 제자. 엔닌과 엔친 이후 태밀의 완성자. 싯단(悉曇, 범어의 서체나 서법을 가리키는 일본어)을 연구한 『싯단죠悉曇藏』8권 저술_옮긴이.

7 831-918. 헤이안시대 천태종 승려_옮긴이.

8 1041-1111. 헤이안시대 후기의 정치가·한문학자_옮긴이.

9 히에이잔에 있어 이와 같은 언설을 관리한 것이 기가(記家, 기게)라 불려진 사람들이었다. 기가는 히에이잔 학문의 하나로, 교설 이외의 제설과 기록 등을 관장했으며 히에산노를 둘러싼 여러 언설도 그 일부를 구성한다. 『산게요랴쿠키』의 편자인 기겐(義源)도 상세한 사적은 알 수 없지만 이런 기가에 속한 인물이었다고 추정된다. 이와 같은 기가의 언설을 집대성한 것이 고슈(光宗, 1276-1350)의 『게이란슈요슈溪嵐拾葉集』로서, 1318년 이래 순차적으로 분류 집성되었다. 이 책의 신명부(神明部)에는 산왕신도설뿐만 아니라 양부신도계의 제설도 많이 나온다. 이는 기가의 학문 영역이 매우 광범위했음을 보여준다.

10 大森志郎, "神代の幽契"『日本文化史論考』創文社 참조.

'사직의 으뜸신'으로 규정하면서, 이 삼사[11]를 일본 판테온의 필두에 놓았다. 말할 것도 없이 이는 현실의 군신관계에 유비하여 삼사의 관계를 이해한 것에 다름 아니었다.[12]

또한 원정기 무렵부터 시작되었다고 말해지는 **즉위관정**(卽位灌頂)에 대해 천태종과 진언종에서 각각 그 유래를 설하고 있다. 그 중 진언계의 설에 의하면, 후지와라씨의 시조인 가마타리(鎌足)가 다지니천(荼枳尼天, 다키니텐)[13]에게서 전수받은 인명(印明, 손으로 하는 印契와 입으로 창하는 眞言)을 처음으로 천황가에 전했다고 한다.[14] 그리하여 가마쿠라기 이후 천황이 즉위할 때 후지와라씨로부터 즉위의 인명을 전수받는 것이 통례화되었다. 중세에서 근세에 걸쳐 역대 천황이 당대의 관백에게서 인명을 전수받아 결인(結印)하면서 등단하는 작법이 즉위의례 속에 도입되었다.[15] 이런 관례가 고메이(孝明)천황의 즉위 때까지 이어졌다.

11 이세신궁·이와시미즈하치만궁·가스가대사를 가리킴_옮긴이.

12 이 삼사를 하나의 세트로 해서 형성된 신앙이 바로 삼사탁선(三社託宣, 산쟈타쿠센)이다. 이는 고후쿠지(興福寺) 주변에서 생겨났고 후에 요시다 가네토모(吉田兼倶)에 의해 대대적으로 보급되어 근세를 통해 널리 신앙되었다.

13 야차(夜叉)의 일종. 태장계만다라에 배치되어 있는 여성악귀. 6개월 전에 사람의 죽음을 알고 그 심장을 먹는 한편, 그 법을 수행하는 자에게는 자재력(自在力)을 수여한다고 한다. 일본에서는 그 본체가 여우의 정령이라 하여 이나리다이묘진(稲荷大明神) 등과 동일시되었다_옮긴이.

14 阿部泰郎, "入鹿の成立"『藝能史研究』69호 참조.

15 上川通夫, "中世の卽位儀禮と佛敎"『天皇代替り儀式の歷史的展開』柏書房 참조.

삼륜파신도와 어류신도 : 가마쿠라 후기 이후 특히 남북조 이후에 현저해진 경향으로, 양부신도가 이세라는 지역을 떠나 각지로 확산되어갔다는 점을 들 수 있다. 이는 이세가 남북조기에 혼란에 빠짐으로써 그곳이 신도설 파생지로서의 구심력을 상실하게 되었으며, 또한 진언종도 이세에서 영향력을 잃어가고 있었다는 데에서 비롯된 것이다.

미와산(三輪山)과 무로산(室生山)에서는 이세 양부신도설의 영향을 받으면서도 일찍부터 독특한 신도설이 생겨났다. 먼저 미와산에서는 가마쿠라 중엽부터 뵤도지(平等寺)에서 미와쇼닌(三輪上人) 교엔(慶圓, 1140-1223)을 시조로 받드는 **삼륜파신도**(三輪派神道, 미와하신토)설이 형성되고 있었다.[16] 가마쿠라 중기 무렵에는 교엔 앞에 미와신(三輪神)이 나타나 서로 관정(灌頂)의식을 행했다는 신비스런 이야기(이를 互爲灌頂이라 한다)가 만들어졌다. 그러나 삼륜파신도가 명확한 형태를 갖추기 시작한 것은 에이존(叡尊)의 교단(西大寺派)이 미와(三輪)에 진출하여 본래의 신궁사였던 오오미와지(大御輪寺)를 재흥시킨 이후부터였다.[17]

그 최초기의 저작인 『미와다이묘진엔기三輪大明神緣起』(1318년 성립)에서는 미와묘진(三輪明神)과 아마테라스가 동체라는 점을 강조하면서 그 두 신을 태장계와 금강계에 배치하는 등, 미와묘진을 중심으로 양부신도설을 재해석하고 있다. 이와 같은 삼륜파신도는 그 이후에도

16 삼륜파신도의 전체적 체계에 관해서는, 村山修一他『三輪流神道の研究』名著出版 참조.

17 사이다이지(西大寺)파는 본서 166쪽에서 언급했듯이, 이세에 진출하여 양부신도의 형성에 깊이 관여하기도 했으므로, 이 유파에 의해 이세의 신도설이 미와에 도입됨으로써 삼륜파신도의 성립이 촉진되었다고 보인다.

미와라는 장소를 넘어서서 광범위하게 유포되었고, 양부신도 제파의 대표적인 존재로서 중세 및 근세를 통해 성행했다.

또한 무로산에서도 후에 **어류신도**(御流神道, 고류신토)라 불리게 된 신도설이 형성되었다. 헤이안 중엽 무렵에 홍법대사(弘法大師, 코보다이시)신앙과 관련하여 위작된 『고이코쿠御遺告』에 의하면, 구카이(空海)가 혜과(惠果)로부터 전수받은 여의보주(如意寶珠)를 무로산 쇼진봉(精進峯)에 묻어두었다고 한다. 이후 무로산은 진언종에서 여의보주 신앙의 거점이 되었다. 여의보주 신앙은 원정기에서 중세에 걸쳐 다양하게 전개되었는데, 그 일환으로 '신새(神璽)=여의보주'설[18]과의 관계에서 아마테라스 신앙과 연관지어졌다. 그런 가운데 어류신도가 형성된 것이다.[19] 여기서 '어류'라는 호칭의 유래는, 사가(嵯峨)천황으로부터 구카이가 전수받은 데에서 비롯되었다는 주장에 입각하고 있다.

이와 같은 양부신도계 제파의 비서・비설 및 의궤작법은 그 대부분이 밀교를 본 따 구전 및 절지(切紙)에 의해 전수되었다.[20] 또한 밀교의 전법관정(傳法灌頂, 덴보간죠)[21]을 본 뜬 천암호관정(天岩戸灌頂, 아마

18 본서 '신국사상' 항목을 참조할 것.

19 그 밖의 양부신도계 유파로는 간파쿠류(關白流), 스와류(諏訪流), 스사노오류(素戔鳴流), 이세류(伊勢流) 등이 존재했는데, 그 대부분이 어류신도의 분파로 간주될 수 있다.(하지만 그 실태에 관해서는 거의 알려져 있지 않다)

20 제파 중에서도 특히 어류신도에서는 중세 말기에 『하치지쓰쓰인진八十通印信』 및 『다테요코인진슈竪横印信集』로 집성되었다. 여기에 집성된 인진(印信, 밀교에서 비법 전수시 스승이 제자에게 수여하는 문서)은 그 성립이 가마쿠라기까지 거슬러 올라가는 것도 있다. 또한 여러 신도서의 일부분이 인진으로 집성되어 있어, 중세 신도설의 전수실태를 아는 데에 매우 중요한 의미를 가진다.

21 밀교에서 아쟈리(阿闍梨, 높은 수행단계에 오른 고승)위를 얻고자 하는 자에게

노이와토간죠), **삼종신기관정**(三種神器灌頂, 산슈노진기간죠), **화가관정**(和歌灌頂, 와카간죠), **이세관정**(伊勢灌頂, 이세간죠) 등 다양한 **신도관정**(神道灌頂, 신토간죠)이 행해지기도 했다.

중세신도설과 문예의 관계 : 중세의 문예와 학문에서 주석(注釋)은 매우 중요한 의미를 가진다. 오늘날 주석 하면 주로 본문 이해를 위한 작업으로 어디까지나 본문에 종속된 것으로 여겨지고 있다. 물론 중세에도 그런 성격은 마찬가지였지만, 당시 각 유파는 독자적인 설을 형성함으로써 자신의 존재의의를 주장하게 되었고 그 결과 주석이 본문 이상으로 중요시되게 되었다. 나아가 본문 자체가 지극히 유동적이었고 그래서 주석이 본문화되는 경우도 있었다. 이와 같은 주석의 중세적 존재양식은 당연히 신도설에도 파급되어 『니혼쇼키』 『레이키키』 『나카토미하라에中臣祓』 『구지혼키舊事本紀』 등의 주석이 행해졌다.[22] 또한 문학서, 불전, 한적류의 주석에도 신도설과 관련된 내용이 포함되는 경우가 많다.[23]

밀교 궁극의 법을 수여하는 관정_옮긴이.

22 『니혼쇼키』주석서로는 卜部兼方의 『쇼쿠니혼기釋日本紀』, 良遍의 『니혼기기기가키日本紀聞書』 및 『니혼기시켄몬日本紀私見聞』, 聖冏의 『니혼기시쇼日本紀私抄』, 道祥本의 『니혼쇼키시켄몬日本書紀私見聞』, 春瑜本의 『니혼쇼키시켄몬日本書紀私見聞』, 一條兼良의 『니혼쇼키산소日本書紀纂疏』, 吉田兼倶의 『니혼쇼키쇼日本書紀抄』 등이 있다. 또한 『레이키키』의 주석서로는 『레이키세이사쿠쇼麗氣制作抄』, 良遍의 『레이키키키가키麗氣聞書』, 聖冏의 『레이키키시쇼麗氣記私抄』 및 『레이키키슈이쇼麗氣記拾遺抄』가 있다.

23 가령 신도서 주변의 『쇼쿠겐쇼職原抄』 『야마타이시野馬台詩』 『쇼토쿠타이시덴聖德太子傳』 및 『고킨슈古今集』 『이세모노가타리伊勢物語』 『와칸로에이슈和

그런데 양부신도계 제파와 산왕신도에 의해 담지된 언설은 시대가 지남에 따라 가학(歌學)·설화·군기(軍記)·요곡(謠曲) 등 중세의 제 문예에 담겨지게 된다. 이는 중세신도설이 비설(秘說) 전수의 장에서만 독점되는 지식이 아니었음을 보여준다. 즉 중세신도설은 창도(唱導, 쇼도)[24]라든가 주석 등을 회로로 하여 광범위하게 수용되었으며, 새로운 문예창조를 위해 수많은 소재를 제공해 주었다.[25]

하지만 중세 신도설은 이런 제문예의 소재가 되었을 뿐만 아니라, 그 자체가 중세문예로부터 영향을 받아 새로운 교설을 만들어내기도 했다. 즉 양자는 상호 영향관계에 있었던 것이다. 그 결과 신도서에서 설화·군기·무로마치 모노가타리(室町物語) 등의 문예작품에 걸쳐 신기를 둘러싼 중세 언설이 풍부해졌다. 중세 신도설이 내포한 이와 같은 융통성은 그 교설이 불교처럼 자립적인 교리 기반을 가지고 있지 않은 채 외부의 제언설을 도입함으로써 비대해진 데에서 비롯된 특성이다. 주지하다시피 중세 신도설은 불교교리 및 중국사상을 빌어 그 교설을 만들어냈는데, 그 뿐만 아니라 중세문예가 특히 중세 후기의

漢朗詠集』 등의 문학고전, 『유기쿄瑜祇經』『홋케쿄法華經』『고이코쿠御遺告』 등 경전류의 주석에는 신도설과 깊이 연관된 내용들이 다수 포함되어 있다.

24 중세 불교문학의 한 장르_옮긴이.

25 가령 양부신도설에서 나온 제육천마왕담(및 그것과 관련된 大日印文說)은 『타이헤이키太平記』 등의 군기류와 요곡 『다이로쿠텐第六天』, 고와카 마이쿄쿠(幸若舞曲)의 『니혼키日本記』, 무로마치시대 모노가타리(物語)인 『신토유라이노고토神道由來の事』 등의 제재(題材)가 되었고, 아쓰타사(熱田社)에 있어 보검을 둘러싼 유래설이 『헤이케모노가타리平家物語』 및 『다이헤이키太平記』검권(劍卷)의 보검설화가 되었는데, 이는 그 전형적인 사례라 할 수 있다.

신도설 전개에 끼친 영향도 매우 컸다.

그 가운데 중요한 역할을 한 것이 가학과의 관계였다. 특히 '**중세일본기**'라 불리는 『니혼쇼키』의 이설(異說)이 주로 『고킨와카슈古今和歌集』의 주석서[**古今注**]를 중심으로 형성되었다는 점에 주목할 만하다. 군기와 요곡 등의 신화 및 신기 관련 기술은 직접 중세신도서에 의한 다기보다는 오히려 고금주에 많이 의거하고 있다.[26] 또한 그 신화기술이 주된 요소인 신도서 및 『니혼쇼키』주석서도 있다. 이상에서와 같이, 중세 『고킨와카슈』의 주석서가 지닌 영향력은 대단히 컸으며 중세 신도설을 형성시킨 중요한 기둥의 하나였다.

가마쿠라(鎌倉)신불교와 신기(神祇) : 중세 신불관은 본지수적설을 기조로 하고 있다. 이 관념은 비단 직업적 종교인에게만 보이는 것이 아니라 널리 여러 계층에서 공유된 의식으로 정착되었다. 때문에 체제불교에 대한 이의제기로서 등장한 가마쿠라기 개혁운동의 담지자들에게는 이 본지수적설에 대해 어떤 입장을 취하느냐가 매우 중요한 과제였다. 그 중 **죠케이**(貞慶)[27]와 **묘에**(明惠)[28] 등 구불교에 속한 승려들은 기본적으로 이 관념을 전면적으로 계승했다. 뿐만 아니라 **에이**

26 伊藤正義, "中世日本紀の輪郭 : 太平記における卜部兼具説をめぐって"『文學』40巻10号 참조.

27 1155-1213. 법상종 승려. 말년에 가사기산(笠置山)에 은둔하여 가사기 상인(上人)이라고 불렸다. 가스가신앙에도 돈독했다. 上妻又四郎, "貞慶の神祇信仰"『寺小屋語學文化研究所論叢』2巻 참조.

28 1173-1232. 화엄종 승려. 구불교 개혁자의 일인. 그에게도 가스가묘진(春日明神)과의 연관성을 보여주는 설화가 많다.

존(叡尊)과 그 교단 및 통상 신불교로 구분되는 임제종 승려들이 신도설 발전에 깊이 관여했다는 점은 이미 살펴본 바 있다.[29] 이에 비해 호넨(法然) 및 신란(親鸞) 등 염불종 계열 교단 뿐만 아니라 니치렌(日蓮) 및 도겐(道元)과 그 계승자들에게 본지수적설의 수용은 미묘하고도 복잡한 측면을 내포하고 있었다. 왜냐하면 본지수적설적인 신불관의 틀을 전면적으로 받아들인다는 것은 체제불교 비판자로서의 그들의 비판력을 약화시키는 것이 될 수밖에 없고, 그렇다고 해서 본지수적설을 부정하면 민중의 종교의식과 괴리될 수밖에 없었기 때문이다.

호넨(法然)[30]의 전수염불(專修念佛)은 오직 칭명염불(稱名念佛)[31]에만 전념할 뿐 그 이외의 실천행을 부정하는 것이었다. 때문에 신기신앙도 부정될 수밖에 없었다. 호넨 자신은 적극적으로 신기불배(神祇不拜)[32]를 강조하지는 않았던 것으로 보이지만, 교단내에서는 종종 신기를 기피 내지 경멸하는 분위기였다. 그래서 구불교측이 염불종을 비판할 때마다 반드시 신기불배를 거론하여 공격하곤 했던 것이다. 이 점은 호넨의 제자였던 신란(親鸞)[33]교단의 경우도 마찬가지다. 신란의 신기관은 기본적으로 신기불배의 입장이면서도, 다른 한편으로는 염불자를 옹호하는 선신의 존재를 인정함으로써 신자들로 하여금 무작

29 본서 166쪽 참조.
30 1133-1212. 일본 정토종의 개조.
31 소리내어 염불을 외우는 것_옮긴이.
32 신사를 참배하거나 신도 신들에게 제사지내지 않는 것_옮긴이.
33 1173-1262. 일본 정토진종(淨土眞宗, 죠도신슈)의 개조. 신란의 신기관에 대해서는 柏原祐泉『眞宗佛教史の研究1』平樂寺書店 참조.

정 신기를 경멸하지 말도록 경계했다. 이는 재래의 신기를 경멸하는 행위가 중앙의 권문(權門)세력뿐만 아니라 재지의 무사 및 농민층과 알력을 일으킬까 염려했기 때문이다.

호넨과 신란은 전수염불의 입장에서 신기신앙과 일정한 거리를 유지했다. 그러나 그 후계자들은 교단확대의 필요에서 본지수적설을 수용하는 경향을 보였다. 호넨 정토종의 일파인 서산파(西山派)에서 나온 시종(時宗, 지슈) 교단은 종조 **잇펜**(一遍)[34]이 구마노곤겐(熊野権現, 본지는 아미타여래)의 신칙을 받은 후 전국 사사를 여행하면서 포교활동을 했다. 정토진종에서는 가마쿠라 말기에 신란의 증손자인 **존가쿠**(存覺)[35]가 나와 『**쇼진혼가이슈**諸神本懷集』를 저술하여 본지수적설을 본격적으로 도입했다. 이 책에 보이는 신기관의 특징은 권신(權神)과 실신(實神)을 명확히 구별한다는 점에 있다. 그럼으로써 전수염불주의와 본지수적적 신기관의 융합을 도모하고 있는 것이다.

한편 **도겐**(道元, 1200-53)에서 비롯된 일본 조동종(曹洞宗, 소토슈)의 경우, 도겐 자신은 본지수적설의 발상을 부정했지만, 그의 사후 교단확대의 과정에서 신기신앙에 대한 접근이 이루어졌다. 특히 소지지(總持寺)[36]를 열은 **게이잔죠킨**(螢山紹瑾)[37]은 조동선과 밀교를 융합시키고

34 1239-89. 시종(時宗)의 개조. 잇펜의 신기관에 대해서는 橘俊道, “一遍の神祇”『講座神道』2, 櫻風社 참조.

35 1290-1373. 존가쿠의 신기관에 대해서는 今堀太逸『神祇信仰の展開と佛教』吉川弘文館 참조.

36 현 요코하마시(横浜市) 쓰루미구(鶴見區)에 있는 조동종 대본산_옮긴이.

37 1264-1325. 가가노구니(加賀國, 현 이시카와현 남부에 해당하는 옛 지명_옮긴이) 다이죠지(大乘寺) 2세.

가지기도적 요소를 강화시켰다. 또한 재지의 신기 및 음양도의 신들을 호법신 혹은 가람신(伽藍神)으로서 사원 경역 내에 권청함으로써 본지수적 사상과 타협했다.[38]

이에 비해 일련종(日蓮宗, 니치렌슈)의 경우는 종조인 **니치렌**(日蓮)[39] 자신부터가 신기신앙에 적극적으로 접근했다. 그는 정법을 옹호하는 신격의 중심에 아마테라스와 하치만대보살을 놓고 그 밖에 히에신 등도 법화경 수호의 선신으로 자리매김했다. 정법이 행해지지 않을 때는 이 선신들이 일본국을 떠날 것이며, 정법이 행해진다면 다시 돌아와 국토를 수호해 준다고 하는 **신천상법문**(神天上法門, 신텐죠호몬)을 제창했다. 그리고 니치렌 사후에는 30선신이 교대로 법화경을 수호한다는 이른바 **삼십번신 신앙**(三十番神信仰)이 도입되었다. 나아가 중세말기에는 길전신도(吉田神道, 요시다신토)의 영향을 받아 **법화신도**(法華神道, 홋케신토)[40]라는 독자적인 신도설이 수립되기도 했다.

요컨대 가마쿠라 신불교 제종파의 발전을 위해 본지수적 사상을 수용하는 것이 불가피했고, 그것을 받아들임으로써 서민층 사이로의 침투가 가능했던 것이다.

38 그 경위에 관해서는 鈴木泰山『禪宗の地方發展』吉川弘文館 참조.

39 1222-82. 니치렌의 신기관에 관해서는 高木豊, "鎌倉佛教における神の觀念", 櫻井德太郎編『日本宗教の複合的構造』弘文堂 참조.

40 법화신도는 무로마치 말기에 요시다신도의 영향을 받아 생긴 것으로, 주요 논서로『홋케신토히케쓰法華神道秘決』『신토도이쓰칸미쇼神道同一鹹味抄』『반진몬도키番神問答記』『진쥬간죠가쿠고요鎮守勸請覺悟要』등이 있다. 또한 일련종의 신기신앙에 관해서는, 阿部直義『法華神道論』一佛土教團佛教研究室 ; 宮崎英修『日蓮宗の守護神』平樂寺書店 참조.

수험도와 음양도

신기신앙의 주변

불교가 도래하기 이전 일본의 **산악신앙**에서는 산 자체가 신성시되었고 통상 입산이 금지되어 있었다. 그러다가 불교가 전래된 이후 수행의 일환으로서 산악수행의 풍조가 퍼지게 되었다. 특히 나라시대에 유입된 잡밀(雜密, 조미쓰)[1]은 주술적 힘의 획득을 위한 산악수행을 권장했고, 그 결과 많은 주술적 종교자들이 생겨났다. 당초 조정은 이런 산악수행자를 사도승(私度僧, 시도소)이라 하여 탄압했으나, 헤이안시대 이후부터 사이쵸와 구카이 등에 의해 순밀(純密, 쥰미쓰)이 형성되었다. 이들은 히에이잔(比叡山)과 고야산(高野山) 등을 수행 거점으로 삼았고, 또한 이 밀교계 주술종교자들이 조정에 들어가 가지기도(加持祈禱, 가지기토)[2]를 행하는 것이 일반화되면서 오히려 조정의 비호를 받게 되었다.

그런 가운데 산악신앙은 매우 이른 단계부터 불교와 습합하게 되

1 구카이 및 사이쵸 이전의 정비되지 않은 밀교.
2 '가지'란 진언밀교에서 부처와 행자가 일체가 되는 것, 또는 재액을 없애고 원망을 이루기 위해 부처의 가호를 비는 것을 가리킨다_옮긴이.

었는데, 그 습합 과정은 마을의 신기신앙과는 이질적인 과정을 거쳐 후대에 **수험도**(修驗道, 슈겐도)라 불려진 종교형태를 낳았다. 이 수험도의 초창기 인물로서 **엔노오즈누**(役小角), **다이쵸**(泰澄), **만간**(滿願), **쇼도**(勝道) 등을 들 수 있다. 많은 경우 이들의 내력은 후세에 만들어진 전승적 요소가 농후하며 그 진위를 구별하기 어렵다. 하지만 이들을 비롯한 산악수행자들에 의해 전국 곳곳의 영산들이 산악수행의 장으로 개창된 것은 틀림없는 사실이다. 가령 엔노오즈누는 가쓰라기산(葛城山)을, 다이쵸는 하쿠산(白山)을, 만간은 하코네산(箱根山)을, 그리고 쇼도는 닛코산(日光山)을 개창하여 고대 및 중세를 통해 수많은 수행자들을 배출했다.[3]

또한 헤이안 중기 이후에 정토신앙이 성행하면서, 사원을 떠나 편력하거나 혹은 산중 깊이 은둔하는 자들이 나타났다. 이들에게는 사원도 세속사회의 일부로 간주되었기 때문에 그곳을 떠나 극락왕생을 소망한 것이다. 이런 사람들을 **히지리**(聖)라 하고, 이들이 모여 집단생활을 한 곳을 별소(別所, 벳쇼)라 했다. 산악수행자와 히지리는 반속반승(半俗半僧)적인 생활을 했다는 점에서 유사하며, 산악영장의 발달은 이들의 활동에 힘입은 바 크다.[4]

헤이안 중기 이후 율령제의 쇠퇴에 의해 국가의 비호를 기대하기 어렵게 된 중앙 및 지방의 사원과 신사들은 개별적으로 그 본존 및

3 村山修一『山伏の歷史』塙書房 참조.
4 井上光貞『日本淨土教成立史の研究』山川出版社；伊藤唯眞『聖佛教の研究』法藏館 참조.

신체의 영험을 선전함으로써 출가자 이외의 참배자들을 모아들였다. 또한 개인구원을 기원하는 신앙적 경향에 상응하여, 섭관기 및 원정기 이후에는 귀족을 중심으로 한 **영장참배**[靈場參詣, 레이죠산케이]가 성행하게 된다. 특히 원정기에 들어서면서 원(院, 인)[5]의 구마노참배[熊野參詣][6]가 시작되었고, 또한 이 시기에 사이코쿠(西國) 33관음 영장순례도 행해졌다. 나아가 본래 개인참배 및 사적 기원을 인정하지 않았던 이세신궁에의 참배도 이 무렵부터 시작되었다. 요컨대 원정기는 영장참배에 있어 하나의 전환기였다.

가마쿠라기 이후에는 참배자 계층이 점차 확대되어 서민층 사이에서도 참배 습속이 널리 퍼져갔다. 이 때 하급신직과 수험자들 가운데 **오시**(御師)라 불려진 자들이 생겨나 영장과 참배자를 매개하면서 참배자 집단을 조직하여 각지의 영장을 안내했다. 또한 이 오시 및 기타 창도적 종교자들이 선전활동을 위해 자신이 소속된 사원 및 신사의 유래와 영험을 설하면서 전국을 편력했다. 이들은 **설경**(說經)[7] 및

5 천황직에서 은퇴한 상황(上皇)이나 법황(法皇) 혹은 여원(女院, 뇨인. 천황의 모친·三后·內親王 등에 대해 조정에서 수여한 존칭) 등의 거처 내지 그 인물에 대한 경칭_옮긴이.

6 상황(법황)이 구마노에 참배한 최초의 사례로는 907년 우다(宇多)상황 및 10세기말 가잔(花山)법황의 경우를 들 수 있다. 그 후 거의 국가행사로서 원의 구마노 참배가 행해지게 된 것은 1090년 시라카와(白河)상황 때부터이다. 그 후 시라카와상황은 9회, 토바(鳥羽)법황은 21회, 고토바(後鳥羽)상황은 28회나 구마노를 참배했다.

7 본래 불교의 가르침을 평이하게 설하는 것을 가리키는 말이었는데, 더 나아가 신사의 연기를 설하는 것을 의미하는 말로도 쓰이게 되었다. 그 대표적 작품으로 『신토슈神道集』가 있다.

에도키(絵解き)[8] 등의 수단을 통해 대중을 교화하고자 했고, 이를 위한 두루마기 그림 및 참배만다라가 다수 제작되었다.

창도적 종교자들 가운데 구마노 및 기타 산악영장의 창도에는 산악수험자=산복(山伏, 야마부시)이 중심적인 역할을 수행했다고 보인다. 수험자는 영장의 창도적 활동을 담당하는 한편, 주법·주술적 능력이 기대되었고 특히 중세 후기에는 병법과 닌자(忍者)술법의 담지자로 간주되었다. 사실 시마즈씨(島津氏) 등의 경우에는 수험자 출신의 군사 고문이 전투를 지휘하기도 했다.[9]

중세기의 수험도는 쇼고인(聖護院)[10]을 중심으로 하는 본산파(本山派, 혼잔하)와 고후쿠지(興福寺)[11]를 중심으로 하는 당산파(當山派, 도잔하) 등의 조직화가 진행되었고(이 중 당산파는 후에 다이고산포인[醍醐三寶院] 지배하에 들어갔다), 그 지배권은 에도시대에 이르러 전국적으로 확산되었다. 또한 중세 말기에는 히코산(彦山)의 아큐보소쿠덴(阿吸房卽傳, 생몰연대 미상)에 의해 교리 및 수법의 체계화가 이루어져 종교조직으로서의 체제를 정비하게 된다.[12]

그런데 불교와 더불어 대륙에서 전래되어 일본인의 정신생활에 깊은 영향을 끼친 것이 음양오행설(陰陽五行說, 인요고교세쓰)이다. 여기서

---

8 그림의 의미를 해설하는 것. 헤이안 말기 이후 불화 및 지옥도 등의 종교적 회화를 설명하는 직업이 등장했다_옮긴이.

9 永松敦『狩猟民俗と修験道』白水社 참조.

10 교토시 사쿄구(左京區)에 있는 본산파(本山派) 수험도의 총본산 사찰_옮긴이.

11 나라시에 있는 법상종 대본산 사찰_옮긴이.

12 『산부소오홋소쿠밋키三峯相應法則密記』『슈겐슈요히케쓰슈修驗修要秘決集』『슈겐돈가쿠소쿠쇼슈修驗頓覺速証集』 등의 저작이 있다.

음양설이란 만물이 음과 양이라는 두 가지 요소로 구성되었다고 보는 이원론적 사고원리이며, 오행설은 우주를 구성하는 요소를 목·화·토·금·수의 오대원소로 환원시켜 보는 사고방식이다. 이런 음양설과 오행설이 조합되어 중국 및 동아시아권에서 세계와 우주인식의 기본적 토대가 형성되었다.

이와 같은 음양오행설에 입각하여 성립된 것이 **음양도**(陰陽道, 온묘도)이다. 하지만 음양도는 단순히 음양오행설이 발전된 형태는 아니다. 율령체제가 성립되면서 중무성(中務省) 부국(部局)으로서 **음양료**(陰陽寮)가 설치되어 천문·역법·음양의 세 부문을 관장했다. 이 가운데 음양 부문이 오행설에 입각한 식점(式占, 쵸쿠센)[13]을 담당했는데, 이는 수·당 관제인 태상사(太常寺, 다이죠지)[14]에 속한 부국인 태복서(太卜署, 다이보쿠쇼)를 본 딴 것이었다. 그러나 일본에서는 이와 동일한 관제로서 그 밖에도 신기관이 존재했다. 또한 그 주술 부문에서도 거북점과 같이 대륙 기원의 점술이 일찍부터 도입되어 있었다. 따라서 당초 음양 부문의 직제는 역서(易筮, 에키제이)[15] 및 식점 등에 한정되었고 신기관을 보조하는 직제의 성격이 농후했다고 보인다. 그러다가 시대가 지나면서 제사적 요소가 강화되었고, 더 나아가 밀교의례의 영향을 받게 되어 독자적인 제사를 창안해 낸다든지 혹은 식점에 입각한 행

13 식반(式盤)에 의거한 점술법. 식반은 십간(十干)·십이지(十二支)·이십팔숙(二十八宿) 등을 기록한 장방형 판에 원형판을 겹친 것으로 룰렛처럼 돌려 사용한다.

14 중국 태상(太常, 천자의 종묘제사 및 예악을 관장한 관명)의 관청. 청말에 이르러 예부에 병합되었다. 일본에서는 신기관의 당명(唐名)으로 쓰였다_옮긴이.

15 팔괘에 입각한 점법. 서(筮)는 점칠 때 사용하는 꼬챙이(蓍)를 가리킨다.

동규제를 체계화한 결과로서 음양도가 성립된 것이다. 다시 말해 음양도란 음양료의 음양 부문이라는 직제가 종교화하여 일본 독자적으로 생겨난 것이었다.

	五臓	色	季節	方角
木	脾	青	春	東
火	肺	赤	夏	南
土	心	黃	季夏	中央
金	肝	白	秋	西
水	腎	黑	冬	北

오행 배치도

음양도와 신기제사는 대단히 복잡한 관계로 얽혀 있다. 신기제사 자체도 실은 음양오행설과 밀접하게 연관되어 있었기 때문에, 음양 부문의 종교화를 통해 음양도가 성립함으로써 그것과 신기제사가 중첩되는 부분이 생겨날 수밖에 없었다. 특히 **미소기하라에**(禊祓) 의례에서 이런 현상이 두드러지게 나타났다. 신기관이 행하는 하라에(祓)로서 나라조・헤이안조 초기에는 6월과 12월에 거행된 대불(大祓), 도로상에서 거행된 도향제(道饗祭, 미치아에사이) 및 그것이 확대된 궁성사역사경제(宮城四域四境祭, 규죠시키시쿄사이), 평안경사각사경제(平安京四角四境祭, 헤이안쿄시카쿠시쿄사이), 기내십처역신제(畿內十處疫神祭, 기나이쥬쇼에키진사이) 등이 집행되었다. 그런데 헤이안 중기 이후 음양료의 의례로서 귀기제(鬼氣祭, 기키사이), 사각사계제(四角四堺祭, 시카쿠시카이사이)가 성립되어, 신기관에 의한 상기 제사들은 행해지지 않게 되었다.[16] 또한 대불이 행해지지 않게 된 한편, 대불사(大祓詞)는 **나카토미하라에**

(中臣祓)가 되었고 음양사(陰陽師, 온묘지)에 의해서도 창해지게 되었다. 이와 같은 음양도 제사의 성립은 종래의 신기제사를 크게 바꿔놓았다. 그리하여 오늘날의 가미고토 작법 중에도 음양도에서 비롯된 요소가 많이 남아 있다.

음양사(아베노세이메이)
왼쪽 상단 및 오른쪽 하단의 귀물이 式神
(『不動利益緣起』 도쿄박물관)

초기의 음양료 관료는 전문적인 지식이 필요했기 때문에 일반 관료가 담당할 수 없었다. 그래서 도래인과 환속승려 등이 등용되었는데, 헤이안시대 이후 전문 관료가 등장함으로써 서서히 여러 씨족들에 의해 관장되는 체제로 이행되었다. 그런 가운데 10세기에서 11세기에 걸쳐 가모노타다유키(賀茂忠行)[17], 가모노야스노리(賀茂保憲)[18], 아베노세이메이(安倍晴明)[19] 등이 나와 다른 씨족을 압도

16 이 밖에 팔십도제(八十島祭)와 같이 의례 주체가 신기관으로부터 음양료로 이전된 사례도 있다. 小坂眞二, "禊祓儀禮と陰陽道"『早稲田大學大學院文學研究科紀要』別册3 참조.

17 생몰연대 미상. 헤이안시대 중엽의 음양가. 마찬가지 음양가인 야스노리(保憲)의 부친_옮긴이.

18 917-977. 헤이안시대 중엽의 음양가. 부친 타다유키로부터 음양도를 배워 그 제1인자가 되었고, 제자 아베노세이메이를 배출했다_옮긴이.

19 921-1005. 음양사의 대표적 존재. 자유자재로 식신(式神, 시키가미. 음양사의 명

했다. 이 두 씨족이 음양도를 독점했던 것이다. 이리하여 가모씨와 아베씨에 의한 독과점 체제 속에서 관리에의 출사길이 막혀버린 다른 씨족 계통의 음양사들은 대중 사이로 파고들어가 활로를 찾았다. 또한 민간의 유행승으로 음양도적 주술을 체득한 법사음양사(法師陰陽師, 호지온묘지)가 출현하기도 했다. 이 밖에 음양도와 유사한 것으로서 나라시대에는 주로 대륙계의 주술을 전문으로 행한 **주금**(呪禁, 쥬곤)[20]이 있었고, 헤이안시대 이후에는 밀교 점성술을 중심으로 하는 천문직제인 **숙요도**(宿曜道, 스쿠요도)[21]가 나타남으로써 이것들이 상호 영향을 주고받으면서 병존하는 상태가 당분간 이어졌다.

음양도의 발전은 생활규범으로서의 '게가레' 관념이 확장되면서 그것을 기피하고 제거하는 것이 특히 귀족층 사이에서 중요한 관심사로 떠올랐다는 점을 배경으로 한다. 이를 국가적·사회적 차원에서 행한 것이 전술한 사각사계제 및 칠뢰불(七瀨祓, 나나세노하라에)[22]인데, 이 제사들은 궁정, 엄밀히 말하자면 천황의 신체를 중심으로 하여 동심원

령에 따라 온갖 술법을 행하는 정령_옮긴이)을 사용했다고 말해지며, 수많은 설화가 전해지고 있다.

20 중국의 도사(道士)들이 사용한 술법으로, 나라시대에는 주금박사(呪禁博士)라든가 주금생(呪禁生)이 설치되었다가 후에 금지되었다. 下出積与『日本古代の神祇と道教』吉川弘文館 참조.

21 구카이가 청하여 도래했다는『스쿠요쿄宿曜經』에 의거. 이 경전은 인도 점성술의 요소를 많이 내포하고 있다. 山下克明『平安時代の宗教文化と陰陽道』岩田書院 참조.

22 헤이안시대 이후 궁중에서 매월 혹은 임시로 길일을 점쳐 행한 음양도의 하라에 의식. 천황의 신체를 정화하기 위해 일곱 명의 칙사가 헤이안 궁성 내의 일곱 군데 물가로 천황의 대리물인 인형을 가지고 가 떠내려 보냈다_옮긴이.

적으로 할당함으로써 천황 및 궁성을 이중삼중으로 방어하는 주술적 시스템으로 기능했다. 이처럼 사회적·신체적으로 작동된 배제 관념은 피차별 계층을 만들어내어 지방 및 외국에 대한 천시의식을 낳은 온상이 되기도 했다.[23]

이와 같은 음양도는 공간적·시간적으로 인간생활을 규정했다. 가령 음양도에는 **가타타가에**(方違)라는 습속이 있는데, 이는 이동하거나 혹은 무언가를 제작할 때 다이쇼군(大將軍)이라든가 곤진(金神) 등 재액을 초래하는 신들이 있는 방향(이 방향은 일정한 주기로 바뀐다)을 기피하는 가타이미(方忌) 관념에 입각하여 그 방향을 피하기 위해 숙박 장소를 바꾸는 습속이다.[24] 또한 **스이지쓰**(衰日)라는 것도 있는데, 이는 흉일을 가리키는 것으로 태어난 해 등에 따라 결정되었다. 헤이안 귀족들은 이와 같은 번잡한 생활규제 속에서 지냈는데, 음양사는 바로 이에 대한 지식과 대처법을 관리한 장본인이었다.

중세는 고대 이래 대륙으로부터 파상적으로 전래된 불교·민간도교·의학·음양오행사상 등에 입각한 온갖 종류의 주술(=마지나이)이 일본사회 속에 습합하면서 뿌리를 내린 시대였다. 고대에는 기본적으로 국가의 관할하에 있었던 주술이 중세에는 민간 사이에 보급됨으로써

23 이런 배제 및 천시관념이 신국사상과 표리관계에 있음은 말할 나위 없다. 하지만 많은 경우 이런 배외의식에 있어 중국은 예외였다. 그러니까 중국에 대한 열등의식(이를 中國大國觀이라 한다)이 결과적으로 그 반동으로서 한반도 제국에 대한 우월의식을 강화시켰던 것이다. 伊藤喜良『日本中世の王權と權威』思文閣；村井章介『アジアの中の中世日本』校倉書房；佐藤晃, "對外認識と中世の言說"『中世文藝の表現機構』おうふう 参조.

24 ベルナール・フランク『方忌みと方違え』岩波書店 参조.

서민층을 포함하여 광범위한 계층의 습속 안에 녹아들어갔던 것이다.

예컨대 헤이죠쿄(平城京) 사적터에서 다수 출토된 **히토가타시로**(人形代)는 귀족과 관인이 대불 때에 자기 신체에 문질러 몸의 부정을 전이시키는 '나데모노'(撫で物)[25]인데, 후에 음양도 및 밀교의 가린바라에(河臨祓)의례에 도입되어 널리 퍼졌다. 오늘날 일본 각지에서 행해지는 **'나가시비나'**(流し雛)[26]의 습속은 이런 가린바라에 의례의 후예라 할 수 있다. 마찬가지로 히토가타시로를 사용하는 '저주'는 **'엔미'**(厭魅)라 불리는 대륙계 주술에 입각한 것으로, 중세부터 행해진 **'우시노가쿠마이리'**(丑の刻参り) 등도 여기서 나왔다.

또한 중국의 도교 및 신선술에서 사용된 부적이 이미 나라시대 일본에 유입되었는데, 중세에는 수험도 및 길전신도 등에 계승되었다. **'큐큐뇨리쓰료'**(急急如律令)[27]라는 주문 및 닌자(忍者)와 산복(山伏, 야마부시) 등이 외운 **'구자'**(九子, 쿠지. 臨・兵・鬪・者・皆・陣・列・前・行)[28] 또한 본래 대륙에서 건너온 것이다.

25 하라에 때 게가레나 재액을 옮겨담기 위한 종이인형류. 거기에다 몸을 문지른 다음 물에 흘려보냈다_옮긴이.

26 3월 3일 히나마쓰리(雛祭, 여자아이들을 위한 축제) 저녁 때 강이나 바다에 흘려보내는 히나인형(雛人形)_옮긴이.

27 이 주문은 원래 한대(漢代) 공문서 말미에 붙였던 문구(율령과 같이 하라)였는데, 악귀를 퇴치할 때의 주문으로서 중국 도사들 사이에서 사용되었고 그것이 일본에 전해진 것이다.

28 이는 원래 『포박자抱朴子』에 나오는 주문으로 산중에서 사악한 기운을 피하기 위한 것이었는데, 일본에서는 일체의 재앙을 피하게 해 주는 주문으로 여겨졌다. 이 주문을 외우면서 공중에다 세로로 네 글자, 가로로 다섯 글자를 긋는 몸짓을 한다.

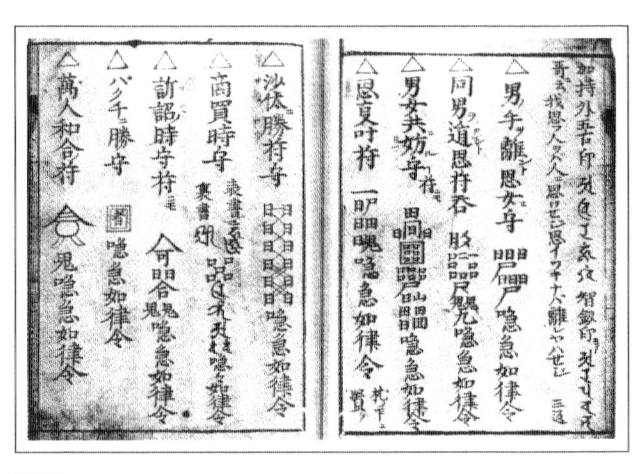

부적

대륙 기원의 주술 가운데 오늘날 가장 널리 행해지는 것은 역(易)에 입각한 주술인데, 고대에만 해도 역은 그다지 많이 사용되지 않았다. 이는 역의 내용이 너무 복잡한 탓도 있지만, 60세 이전에 역을 배우면 몸에 재앙이 닥친다는 세간의 속신 때문이기도 했다.[29] 그런데 무로마치시대에 들어서서 오산(五山)[30]승려들을 중심으로 역학 연구가

29 향학열이 왕성했다고 알려진 후지와라노요리나가(藤原頼長, 1120-1156. 헤이안 후기의 귀족_옮긴이)는 60세 이전에 역을 공부했는데, 그 때 음양도 계통의 제의인 태산부군제(泰山府君祭)를 행하여 재액을 피하고자 했다.(『台記』) 하지만 그는 보원(保元)의 난 때 비업의 죽음을 당했는데, 세간에서는 이를 역의 속신과 결부시켰다.(『花園院日記』) 今泉淑夫, "易の罰があたること" 『中世日本の諸相』下巻, 吉川弘文館 참조.

30 일본 선종 최고사격의 다섯 사찰을 지칭하는 말. 교토 오산, 가마쿠라 오산, 쥬고쿠(中國) 오산, 니사(尼寺) 오산 등이 있다_옮긴이.

널리 행해지게 되었다. 특히 전국시대에는 역이 병법을 위한 필수 지식으로 간주되어 많은 다이묘(大名)들이 역을 학습한 수험자 및 승려를 병법가로 고용하기도 했다.[31] 일본에서 근세 이후 역학의 발전은 여기서 비롯된 것이었다.

요컨대 대륙에서 건너온 주술(=마지나이)이 일본인의 정신생활 속에 깊이 침투했고, 중세의 신사신앙과 신도설과도 밀접한 연관성을 가지게 되었다.[32]

....

31 무로마치시대에 관동지방에서 번성한 아시카가(足利)학교는 역학이 수업의 중심이었고 많은 역학자를 배출했다.

32 특히 요시다 가네토모는 도교의 부적을 '신도부인'(神道符印)이라 명명하여 도입했으며, 또한 역학의 지식을 길전신도 교설에 다수 도입했다.

▌칼럼▌ 에마 · 오미쿠지

■ 에마(繪馬)

신사 및 사원에 봉납된 말(馬) 그림의 액자를 가리키는 용어로, 고대에 살아 있는 말을 신들에게 봉납하는 습속에서 비롯되었다. 우마를 죽여 신에게 바치는 의례는 대륙에서 전해진 것으로 『한서漢書』라든가 『후한서後漢書』 등에서 그 사례를 엿볼 수 있다. 일본의 경우는 『고쿄쿠키皇極紀』 등에 나온다. 이 의례가 일본에 들어온 시기에 관해서는 이견이 분분한데, 기우제를 위해 우마를 죽여 한신(漢神, 간진)[1]이라 불리는 신에게 바쳤다. 이런 의례가 나라시대의 촌락사회에서 종종 거행되었다고 알려져 있다.

그런데 쇼무(聖武)천황의 불교진흥정책 과정에서 그런 살생행위가 금지 대상이 되었다. 액자에 말을 그리는 관습은 이미 이 무렵부터 시작되었던 것으로 보인다. '에마'라는 말이 처음으로 사용된 것은 11세기였고, 그것을 신사에 봉납하는 관습도 이 때 이미 행해지고 있었다. 중세에는 말뿐만 아니라 신불·동물·배·풍속화 등 다양한 대상이 에마에 그려지게 되었다. 또한 봉납자의 경제력에 따라 거대한 에마가 제작되기도 했다. 현재는 에마 하면 다분히 민예품과 같은 것으로 인식되고 있지만, 위의 습속은 여전히 끊어지지 않은 채 이어지고 있다.

■ 오미쿠지(御神籤)

오늘날 쿠지(籤)[2]는 다양한 장소에서 다양한 방식으로 행해지고 있는데, 본래는 신의 뜻을 판정하기 위해 행해진 종교행위였다. 즉 일의 길흉 및 우열승패를 결정할 때 신의 판단을 알기 위해 행해진 것이었다. 그 방법은 종이나 목간 꾸러미 중에서 도장이 찍힌 것을 뽑는 방식과, 종이쪽지 더미 위에 고헤이(御

1 '가라가미'라고도 읽는다. 이 신은 주술적인 도교사상과 관계가 깊으며, 한반도계 도래인에 의해 전래된 것으로 보인다_옮긴이.

2 복권이나 운세 제비뽑기_옮긴이.

幣)[3]를 흔들어 부착시키는 방식이 있었다. 중세까지의 쿠지는 어디까지나 종교적인 것에 한정되어 있었는데, 근세에 들어와 도미쿠지(富籤)[4] 등이 나타나 농후한 상업적・오락적 색채를 띠게 되었다. 그럼으로써 본래의 쿠지가 지닌 기능은 일상에 있어서는 거의 적용되지 않았다. 단, 근세 후기 이래 신사나 사원에서 간잔대사(元三大師)[5]의 쿠지 등이 배포되었는데, 이것이 현재와 같은 '오미쿠지'[6]의 원형이라고 보인다.

헤이안시대의 에마
(나가하마시 十里町유적)

3 흰색 혹은 오색 종이를 접어 막대기에 드리운 일종의 신장대_옮긴이.
4 에도시대에 유행한 복권의 일종_옮긴이.
5 912-985. 헤이안 중기 천태종 승려인 료겐(良源)의 별칭_옮긴이.
6 신불에게 기원하여 길흉을 점치는 운세뽑기_옮긴이.

제3장

근세 : 자화상을 추구하는 신도

■ 에도시대의 가미 이미지 : 야마토타게루(『江戸名所圖會』)

신도,

일본 태생의 종교시스템

일본의 근세는 오늘날 말하는 '신도'의 윤곽이 명확해진 시대이다. 종교시스템의 관점에서 보자면 중세신도가 <주체> <회로> <정보>의 각 측면에서 불교와 구별되지 않는 형태였음에 반해, 근세신도는 시대의 흐름에 따라 불교와의 차이화를 시도하고 있다. 하지만 양자는 별개의 종교로 존재한 것이 아니라 상호간 서로를 필요로 하면서 공존하는 관계였다. 비토 마사히데(尾藤正英)는 이런 공존 양식에 대해 신도와 불교 및 민간신앙이 일체화하여 하나의 국민적 종교라 할 수 있는 형태를 구성했다고 규정한다.[1] 가령 오늘날 일본의 연중행사에는 신도와 불교를 비롯하여 다양한 종교적 요소가 혼재되어 있는데, 그것들이 전체로서 하나의 종교성을 보여준다. 이런 특징은 근세에서 비롯된 것이다.

종교시스템의 각 측면에 입각하여 좀 더 생각해 보자. 먼저 근세신도의 <회로>를 방향지은 것은 **길전신도**(吉田神道, 요시다신토)였다. 이미 기능을 상실한 종래의 신기제도 대신 요시다가는 독자적인 방식으로 신사・신직의 전국적인 조직화에 착수했다. 이것이 에도막부의 지

1 尾藤正英, "日本における國民的宗教の成立"『江戸時代とはなにか』岩波書店 참조.

지를 받아 근세신사제도의 기본을 이루게 된다. 무엇보다 각 지역의 중소규모 신사들 및 하급 종교인들까지 국가적 규모로 조직되었는데, 이는 새로운 현상이라 할 수 있다. 이것과 별도로 지역 및 신분을 넘어선 신앙집단의 형성 또한 근세의 <회로>를 특징짓고 있다. 근세에는 영산과 유명 사사(寺社)의 신자집단인 **강**(講, 코)이 널리 결성되었다. 이 강에 모이는 사람들은 오시(御師) 등의 종교자를 매개로 하여 영산 및 사사와 관계를 맺고 전체적으로 지역을 넘어선 조직을 구성했다.

한편 **국학**(國學, 고쿠가쿠) 등과 같은 학문집단(문인조직)의 형성은 신분을 넘어선 <회로>를 형성했다. 거기서는 문인들의 교류와 출판활동에 의해 종래 전통적인 사가(社家)들의 비전이었던 신도 정보가 일반에게 공개되었다. 이런 움직임은 집주가(執奏家, 싯소케)[2]를 통한 신직·신사의 조직화와 함께 근대신도의 교단적 양식(많은 사람들이 널리 참가하는 시스템)의 전제가 된다.

나아가 근세에는 <수체>의 측면에서 서민화와 대중화가 비약적으로 전개되었다. 종래 신도의 담지자는 한정된 사가 혹은 승려가 중심이었지만, 근세에는 종교인과 국학자 등 새로운 <주체>가 등장한 것이다. 다른 한편 배불(排佛) 즉 승려를 신도시스템에서 배제하려는 움직임도 일어났다.

이에 비해 <정보>의 측면에서는 학문의 변화가 중요하다. 예컨대 근세에는 문헌고증학적 방법이 발달하면서 신도에서도 고증적 학문

2 여기서 집주(執奏)란 중개자가 의견서 등을 수합하여 천황에게 상주하는 것 혹은 그 사람을 가리킨다_옮긴이.

이 전개되었다. 그리하여 중세 이래 각종 신도사상이 유학과 화학(和學) 및 국학의 연구대상이 되어 체계화되었다. 이와 같은 고증적 경향은 역사적 기원에 대한 물음을 환기시켰고, 신도 또한 그 '본래'의 모습으로 돌아가자는 움직임이 일어났다. 가령 교설 및 사상에서 불교적 요소를 배제하려는 **배불론이 융성**했는데, 이는 단적으로 신도 <정보>의 '순화'를 보여준다.

길전신도

신도의 새로운 조직화로

근세신도는 오닌(應仁)의 난에 의해 중세 신도를 뒷받침해 주던 제도들이 붕괴되어 가는 가운데 그 맹아를 보였다. 무로마치시대 이후 쇠퇴경향에 있던 조정에서는 응인의 난 이후 제 신사들에 대한 봉폐를 중단했다. 천황즉위 의례에 수반된 대상제(大嘗祭, 다이죠사이)도 1466년 고쓰치미카도(後土御門)천황 즉위를 마지막으로 중단되었고, 신상제(新嘗祭, 니이나메사이)를 비롯한 여러 제사 및 의식들도 대부분이 시기를 전후하여 더 이상 행해지지 않게 되었다.

22사 및 **제국일궁**(諸國一宮) · **총사**(總社) 제도를 기본으로 하는 중세 신사제도 또한 쇠퇴의 길을 걸었다. 22사는 정기적으로 봉폐를 받는 등 조정으로부터 특별한 숭경을 받았으나, 조정의 쇠퇴와 함께 봉폐사가 중단되었다. 22사든 일궁 · 총사든 종래의 경제기반이었던 사령장원(社領莊園)을 상실하면서 경제적으로 곤란한 지경에 빠졌다. 이런 혼란 속에 새롭게 등장한 길전신도가 근세신도의 막을 열게 된 것이다.

길전신도(吉田神道, 요시다신토)는 중세 후기의 **삼교일치사상**을 배경으로 성립되었다. 여기서 삼교란 신도·유교·불교를 가리키는 것으로, 이 삼교가 궁극적으로 하나라고 본 것이다. 원래 삼교일치사상은 중국에서 생겨난 것으로, 거기서는 유교·불교·도교(도가사상)의 삼교일치가 설해졌다. 이 사상은 가마쿠라기 이후 송나라에 유학한 일본 승려 혹은 일본에 온 중국 승려에 의해 전해졌다.

한편 일본에서는 신불습합적 사조하에 중세 초기부터 이세신도설과 양부신도설에 있어 제교일치적 입장에서의 신도론이 설해졌다. 그러다가 무로마치 중후기에 이르러 지배층과 지식인을 중심으로 이세신도설 및 양부신도설의 흐름을 융합한 일본적인 신·유·불 삼교일치 사상이 성립되었다. 길전신도의 창시자인 **요시다 가네토모**(吉田兼俱)[1]도 이런 환경 속에서 신도사상을 형성한 인물이다.[2] 가네토모는 신기대부(神祇大副)로 요시다(吉田)신사의 사가(社家)인 요시다우라베(吉田卜部)가문에서 태어났다. 우라베씨는 이즈(伊豆)국 출신인 히라마로(平麻呂, 807-81)부터 시작되었으며, 당초는 거북점으로 조정에 출사했던 씨족인데 그 증손자인 가네노부(兼延)가 신기대부가 된 이래 가직을 세습했다. 그러다가 가마쿠라시대 이후 우라베씨는 히라노파(平野派)와 요시다파(吉田派)로 분파되었다. 양파 모두 『니혼쇼키』 등의

1 1435-1511. 우라베 가네토모(卜部兼俱)라고도 함. 본서 131쪽도 참조.
2 이하 길전신도에 관해서는 宮地直一, “吉田神道綱要”『宮地直一論集』7, 蒼洋社 ; 久保田收『中世神道の研究』神道史學會 ; 萩原龍夫, “吉田神道の發展と祭祀組織”『中世祭祀組織の研究・增補版』吉川弘文館 등 참조.

고전 및 고실(故實, 고지쓰)[3]을 전수하면서, 그 지식에 입각한 신도 가문으로서 궁정을 섬겼다. 가마쿠라기에는 히라노가가 융성하다가 남북조시대에 쇠퇴하고 대신에 요시다가가 대두하게 된다. 가네토모는 이런 가직의 전통을 이어받아 가마쿠라기 이후의 중세신도설을 집대성하여 독자적인 신도설을 수립한 인물이다.

가네토모가 새로운 신도설을 설하기 시작한 시기는 오닌(應仁)·분메이(文明)의 난(1467-77)과 그에 수반된 혼란기에 해당한다. 그는 이런 혼란기를 틈타 급속히 공무(公武)의 신봉을 모았고, 1484년 히노 도미코(日野富子)[4]의 원조를 받아 요시다산(吉田山) 위에 **대원궁재장소**(大元宮齋場所, 다이겐큐사이죠쇼)라는 봉재장(奉齋場)을 건립했다. 가네토모는 거기에다 이세신 이하 전국의 제신을 권청하여, 그곳이야말로 진무천황 이래 전국신사의 근원이라고 주장했다. 종래 신직은 일반적으로 특정 신사의 제사를 담당하면서 그 신사와 제신의 해석을 통해 신도설을 형성했었다. 그러나 가네토모는 이런 관례를 벗어나 특정 신사의 전통에 구애받지 않는 새로운 형태의 신직상을 보여준 것이다. 즉 그는 신사신도와 달리 교설을 중심에다 놓는 신도설을 제창했다. 막말유신기 이후에 이런 유형이 현저하게 나타나는데, 길전신도는 그 맹아이면서도 동시에 양자[5]를 미묘하게 융합시켰다는 점이 특징이다.

3 옛날 의식·법제·복식 등의 규정과 관습을 연구하는 학문. 흔히 유식고실(有識故實, 유소쿠고지쓰)이라 하여 조정과 무가의 의식·전례·관직·법령 등을 가리키는 말로 많이 쓰인다_옮긴이.

4 1440-1496. 무로마치막부 제8대 쇼군 아시카가 요시마사(足利美政)의 부인_옮긴이.

또한 가네토모는 스스로를 **신기관영장상**(神祇官領長上, 진기칸료쵸죠)이라고 자칭하면서 공가와 무가의 지지를 얻어 기나이(畿內) 제신사에 대한 종원선지(宗源宣旨, 소겐센지)[6]의 발행을 개시함으로써 신위(神位)·신호(神号)의 수여권과 신관 임명권을 장악하기 시작했다. 뿐만 아니라 1489년에는 이세신궁의 신기(神器)가 대원군재장소에 강림했다 하여 이세까지도 자기 지배하에 놓고자 했다. 그러니까 요시다가를 제신사의 정점에 놓고자 한 것이다.

이런 가네토모의 신도설은 그가 조상인 가네노부의 이름을 빌어 저술한 『**유이이쓰신토묘호요슈**唯一神道名法要集』[7]에 상세히 나와 있다. 이 책에 의하면, 종래의 신도는 '본적연기신도'(本迹緣起神道, 제신사 창립의 유래·유서=연기류 및 제식

요시다(吉田)신사

5 신사신도 및 교설이 중심인 신도를 가리킴_옮긴이.

6 길전신도에서 신선(神宣)으로서 제신사에 신계(神階)·신격(神格)·신위(神位)·신호(神号) 등을 수여한 문서_옮긴이.

7 『日本思想大系39』岩波書店 ; 『神道大系 論說編 卜部神道(上)』神道大系編纂會 등에 수록되어 있다.

등) 아니면 '양부습합신도'(兩部習合神道)인데 비해, 자신의 신도는 우주의 근본원리인 '원본종원신도'(元本宗源神道) 즉 **'유일신도'**(唯一神道, 유이이쓰신토)라는 것이다. 이는 아마테라스와 아메노코야네노미코토(天兒屋根尊) 이래 올바르게 전수되어온 유일한 신도로서, 구니도코타치(國常立尊=**大元尊神**)[8]를 주신으로 삼고 있다. 이 유일신도의 내용은 현로교(顯露教)와 음유교(陰幽教)의 두 가지로 구분된다. 이중 현로교는 『고지키』『니혼쇼키』『센다이구지혼키先代舊事本紀』[9]에 의거하여 천지개벽, 신대(神代)의 일, 왕과 신하의 계보를 밝히고 있다. 이에 비해 음유교는 『덴겐진벤신묘쿄天元神變神妙經』『지겐신쓰신묘쿄地元神通神妙經』『진겐신료쿠신묘쿄人元神力神妙經』에 의거하여 삼재지영응(三才之靈應), 삼묘지가지(三妙之加持), 삼종지영보(三種之靈寶)를 설하고 있다.

나아가 길전신도는 불교의 삼대(三大)를 채용하여 신도가 본체[体], 모습[相], 작용[用]으로 구성되어 있다고 보았다. 그리고 이 세 요소를 각각 천・지・인으로 세분하여 9부로 나눔으로써 총 18가지 요소로 구분한다. 만물은 이 18가지 신도 중 하나에 속한다는 것이다. 그러니

8 대원존신은『고지키』와『니혼쇼키』등에 등장하는 원초적 신 중의 하나. 신화 이야기 속에서 구체적인 활동이 보이지 않는다는 점에 특징이 있다.

9 『구지혼키舊事本紀』또는『구지키舊事紀』라고도 한다. 헤이안시대 초기인 9세기 후반에 다양한 전승 및 기기에 입각하여 선술된 것으로 보인다. 쇼토쿠태자와 우마코(馬子)가 편찬한 책이라는 형식을 취하고 있어 일본 최고(最古)의 역사서로 간주되며, 특히 이세신도와 길전신도에서 중시되었다. 근세의 고증에 의해 후세의 위서임이 밝혀졌는데, 모노노베씨의 계보 및 제사와 관련하여 특히 가치 있는 사료이다.『新訂增補國史大系』7 및『神道大系 先代舊事本紀』(神道大系編纂會) 등에 수록되어 있다.

까 모든 것이 신도에서 비롯되었다는 말이다. 때문에 가네토모는 유일신도를 **삼원구부묘단십팔신도**(三元九部妙壇十八神道)라고 부르기도 했다. 이상과 같은 교의가 길전신도의 근본원리를 구성하고 있다.

가네토모는 이처럼 유일신도의 독자성을 강조하고 있지만 실상은 그렇지만도 않다. 즉 대원존신(大元尊神) 관념은 가마쿠라기의 양부신도와 이세신도 교설에서 유래한 것이다. 게다가 삼원구부묘단십팔신도설은 진언밀교의 체대(体大)·용대(用大)·상대(相大)와 유사한 구도에다 음양오행설과 도교사상을 차용한 것에 불과하다. 또한 길전신도에서는 이런 교의에 입각하여 여러 가지 수련법이 행해졌는데, 그 중심을 이루는 **삼단행사**(三壇行事, 神道護摩·宗源行事·十八神道行事)를 보더라도 밀교 혹은 양부신도의 영향이 현저하게 엿보인다. 이는 당시 널리 퍼져있던 제사상을 뒤섞어 만들어낸 것에 다름 아니었다.

요컨대 길전신도는 견강부회적 성격이 현저하다. 그래서 후대에 공격도 많이 받았다. 하지만 신도에 관해 처음으로 체계적 교리를 확립했다는 점에서 후세 신도설에 결정적인 영향을 끼쳤다. 실제로 대부분의 근세 신도설은 길전신도의 교의에서 출발하고 있다. 이런 의미에서 가네토모가 확립한 길전신도의 교의는 중세의 집대성이자 근세 신도설의 시원이라 할 만하다.

가네토모는 저술 외에 강의도 많이 해서, 그 강의 내용이 기록되어 사본으로 유통되는 경우가 적지 않았다. 강의에서는 『니혼쇼키』가 자주 언급되었는데, 이는 요시다 가문의 가학(家學) 전통을 고려하면 당연하다 하겠다. 이와 더불어 가네토모가 **나카토미하라에**(中臣祓)[10]를 자주 논했다는 점은 주목할 만하다. 그는 나카토미하라에와 관련하여 주석서를 저술함과 동시에 강의도 자주 했다. 그 강의 기록이 지금도 많이 남아 있다. 그것들은 요시다가를 중심으로 한 나카토미하라에 텍스트의 표준화를 기도한 것으로 여겨진다.

또한 길전신도는 근세에 **삼사탁선**(三社託宣, 산쟈타쿠센)의 보급에도 큰 영향을 끼쳤다. 삼사탁선이란 아마테라스코타이진구(天照皇大神宮)·하치만대보살(八幡大菩薩)·가스가다이묘진(春日大明神)의 탁선을 가리키는데, 삼존(三尊)의 형식으로 족자에 묘사되어 숭배대상이 되었다. 최초에는 도다이지 승려에 의해 제작되었다고 하는데, 가네토모가 이를 길전신도에 도입하여 널리 보급한 것이다. 이 삼사탁선은 근세를 통해 서민들에게까지 널리 퍼졌다.

특히 신사 및 신직의 조직화에서 가네토모가 수여하기 시작한 **종원선지**(宗源宣旨)와 **신도재허장**(神道裁許狀)에 주목할 만하다. 이 때 종원선지란 신사의 신들에 대해 신위나 신계를 수여하는 것을 가리킨다. 한편 신도재허장은 가미고토(神事)와 관련된 자에 대해 장속(裝束) 등을 허가하는 것으로, 실질적으로는 신직 면허장에 해당된다. 신

10 대불식(大祓式)에 사용된 대불사(大祓詞)를 가리키는 말. 중세에는 개인적인 기도로 대불사를 창하는 것이 유행했는데, 그 의례 및 하라에고토바를 조정의 대불사와 구별하여 나카토미하라에라고 부르게 된 것이다. 이 호칭은 대대로 나카토미씨가 대불을 낭송해 온 데에서 비롯되었다. 율령제가 붕괴되면서 조정에서 대불은 소멸되어 갔지만, 반면에 나카토미하라에는 점차 융성하여 신도에서 가장 중요한 행사가 되었다. 중세를 통해 나카토미하라에는 음양도 및 밀교와 습합했으며, 양부신도 및 이세신도에서는 이미 나카토미하라에의 주석서가 있었다. 본서 186~87쪽 참조.

위·신계는 고래로 공경 회의와 천황에의 주상(奏上)을 거쳐 수여되었는데 중세에는 중단되었다. 그러다가 가네토모가 조칙을 확보하여 종원선지 발행을 재개한 것이다. 후대에는 이런 절차도 생략되어 요시다가의 재량으로 수여가 이루어졌다. 이와 같은 종원선지와 신도재허장은 지역사회가 새롭게 편성되는 가운데 신직의 전업화와 신사권청의 추세에 부응한 것으로, 전국시대의 요시다가 당주(當主)였던 **요시다 가네미기**(吉田兼右)[11]는 종원선지와 신도재허장의 발행을 확대하여 종종 지방을 돌면서 지역 신사의 신직들에게 직접 보급하기도 했다. 이처럼 공적 성격을 지닌 문서를 독점적으로 발행함으로써, 요시다가는 신사·신직에 대한 공적 권위로서의 지위를 점하게 되었다.

중세 이래 발달한 미야자(宮座)에서도 요시다가의 관여를 엿볼 수 있다. 향촌을 새로운 권력기반으로 생각한 다이묘들은 향촌과 관계가 깊은 유력 신사를 보호함과 아울러 그 우지가미(氏神)·진쥬노가미(鎭守神)·우부스나가미(産土神)의 지위를 보증하고자 했는데, 요시다가의 활동은 이런 다이묘들의 의향과 합치되었다. 요시다가와 향촌 신사의 접촉은 아시카가 요시마사(足利義政)[12]의 명으로 가네토모가 교토 부근의 진쥬사(鎭守社)를 조사한 1485년에 시작되었고, 가네미기의 시대에 이르러 보다 본격화되었다. 가네미기는 당지에서 다이묘와 관

11 1516-73. 기요하라노노부카타(淸原宣賢, 1475-1550. 센고쿠시대의 유학자_옮긴이)의 차남으로 가네토모의 손자에 해당한다. 마찬가지로 가네토모의 손자인 요시다가 당주 가네미치(兼滿)가 도망나가 행방이 묘연해 진 후 요시다가를 계승했다.
12 1436-1490. 무로마치 막부 제8대 쇼군_옮긴이.

계를 맺어 유력신사에 대해 고전 서사(書寫) 및 신도 전수를 행하고 종원선지를 수여했다.[13] 또한 향촌사에 대해서도 종원선지와 신도재허장을 수여했다. 이는 향촌사를 보호하려는 다이묘의 의향에 상응하는 행위임과 동시에, 신위・신계를 추구하는 오토나(乙名)[14]층의 수요에 부응하는 것이기도 했다. 이처럼 전국적 규모는 아니었지만 요시다가가 지방 차원의 신사와도 관계를 맺으려는 움직임이 전국시대부터 활발해졌다.

가네미기를 이은 **요시다 가네미**(吉田兼見)[15]는 동생 **본슌**(梵舜)[16]과 함께 정치권력과의 관계를 심화시켰다. 1482년 길전재장소(吉田齋場所) 내에 재건된 **신기관 팔신전**(神祇官八神殿)[17]이 1590년 조정의 공인을 얻었다. 이로써 길전재장소는 궁중제사 안에 자리매김되었다. 나

---

13 가령 가네미기는 기타큐슈(北九州) 오오우치 요시타카(大內義隆, 1507-1551. 센고쿠시대의 무장_옮긴이)의 영지를 돌면서 각지의 사사에 신도전수를 베풀었다. 萩原, 앞의 책 참조.

14 중세 및 근세에 촌락의 대표자나 유력인사를 가리키던 말_옮긴이.

15 1535-1610. 요시다 가네미기의 장자. 1489년에는 이세신궁을 자기 지배하에 편입시키고자 이세신궁의 신기가 요시다가의 재장소에 강림했다는 상표문을 은밀히 주상했다.

16 1553-1632. 요시다 가네미기의 아들. 길전신도를 배운 후 출가.

17 천황을 수호하는 팔신(八神)을 제사지내는 곳. 제신명은 전거에 따라 표기가 상이하다. 가령 『엔기시키』에는 神産日神・高御産日神・玉積産日神・生産日神・足産日神・大宮賣神・御食津神・事內主神 등으로 표기되어 나온다. 율령제도하에서 신기관 서원(西院)에 설치되어 기년제(祈年祭)・월차제(月次祭)・신상제(新嘗祭) 때 관폐를 받았다. 오닌란 이후, 요시다가에 의해 재건되기까지 중단되어 있었다. 한편 시라카와가(白川家) 또한 중단된 이후 저택내의 사당에 팔신의 제사를 계속했다가 1751년에 팔신전(八神殿)을 재건한다. 『白川部類』(『神道大系 白川神道』神道大系編纂會) 참조.

아가 에도막부 수립 후 **제사니의신주법도**(諸社禰宜神主法度, 쇼샤네기간누시핫토) 발포에 의해 요시다가는 집주가가 없는 제신사에 대한 지배권을 막부로부터 인정받아 그 지위가 공적으로 확립되었다.

동조대권현

신격화된 위정자들

전국시대에서 노부나가・히데요시 정권을 거쳐 도쿠가와 정권이 수립되는 과정에서 종교는 새롭게 수립된 권력의 정통성을 보증하는 중요한 역할을 수행했다. 고대에 정권의 정통성을 보증한 것은 천황을 중심으로 하는 **왕토왕민사상**(王土王民思想) 및 **신국사상**이었는데, 그러나 이는 중세 이후 정권을 장악한 무가의 통치권을 정당화해 주지 못했다. 따라서 그들은 유교적 천(天)사상의 영향을 받은 **'천하'**(天下, 덴카) 개념으로 그 합리화를 도모하지 않을 수 없었다. 이런 '천하'를 뒷받침하는 초월적 개념이 **'천도'**(天道, 덴도)였다. 유교적 천 개념에는 혁명을 정당화하는 측면과 왕권에 권력을 집중시키는 측면이 있다. 왕토왕민사상은 이 중 두 번째 측면에 해당한다.[1] 이에 비해 '천도'는 혁명을 정당화하는 측면과 떼려야 뗄 수 없는 관계에 있었다. 왜냐하면 '천도'는 세속 권력에서 완전히 독립된 것으로 그런 세속 권

1 平石直昭『一語辭典 天』三省堂 참조.

력의 영고성쇠를 관장하는 불가시적인 초월자로 여겨졌기 때문이다. 이런 관념은 헤이안 말기부터 이미 나타나고 있었으며, 특히 여러 세력들이 팽팽하게 대립 항쟁하는 가운데 안정을 보증하는 권위가 부재했던 센고쿠(戰國)시대에 널리 유포되었다.

새롭게 통일 권력을 확립하고자 했던 자들에게 이런 '천하' 관념은 자신의 정통성을 보증해 주는 것으로 받아들여졌다. 가령 오다 노부나가(織田信長)는 자신의 권력을 정당화하기 위해 천황 지배하에 들어가 통치를 행하는 형식을 취했으며, 자신은 '천하'를 위임받은 **'천하인'**(天下人, 덴카비토)이고 정치 세계에 있어 '천하'라고 주장했다. 그 뒤를 이은 도요토미 히데요시(豊臣秀吉) 또한 세속적인 권력상승 즉 관백(關白, 간파쿠) 관위에 오름으로써 천황의 대행자라는 형태로 스스로의 권위를 확립시키는 한편, 자신의 행위를 천도에 의한 것이라고 표명하기를 잊지 않았다.

그렇다면 이와 같은 정권의 정당화를 둘러싸고 당대의 권력자와 신도·신사는 어떻게 관련되어 있었을까? 전대의 미나모토씨라든가 아시카가씨 등이 자신의 **우지가미**(氏神)인 하치만신에 대한 숭경을 중요한 정신적 지주로 삼았다는 사실은 주지하는 바와 같다. 오다 노부나가도 이런 숭경을 답습하여 에치젠노구니(越前國)[2] 전장(田莊, 덴소)[3]의 쓰루기(劍)신사를 우지가미로 하여 사령(社領)을 보증하고 기진 및 사전(社殿) 조영에 힘썼다.

2 현재 후쿠이현(福井縣)의 동부에 해당하는 옛 지명_옮긴이.
3 권문세가의 사유지 전답_옮긴이.

한편 도요토미씨는 이런 우지가미 숭경과는 상이한 형태로 신기신앙과 관련을 맺었다. 아시가루(足輕)[4] 출신의 히데요시에게는 우지가미가 없었다. 그래서 도요토미씨는 자신의 권위를 종교적으로 보증하기 위해 다른 방법을 취해야만 했다. 즉 히데요시 사후에 성립된 **도요쿠니신사**(豊國神社)가 그것이다. 1598년 히데요시가 사망하자 시신은 유언에 따라 교토 히가시야마(東山)에 있는 아미다가미네(阿弥陀峯) 산정에 매장하고, 산록에 호코지(方廣寺)[5]의 진쥬사(鎭守社)로서 묘소가 조영되었다. 또한 요시다가의 **요시다 가네미**(吉田兼見)는 고오오제이(後陽成)천황에게서 '도요쿠니다이묘진'(豊國大明神)의 신호(神号)를 수여받아 기타노사(北野社)에 못지않은 장려한 도요쿠니신사를 건립했다. 그 신궁사(神宮寺) 별당(別當)으로 가네미의 동생인 본슌(梵舜)이 취임하는 등, 도요쿠니신사의 사무와 운영은 전면적으로 요시다가에게 맡겨졌다. 이 신사의 성대한 제사는 서민들에게도 개방되어 한 때 대단한 번성을 구가했다. 이는 위정자가 우지가미와 상관없이 종교적 권위를 수립한 최초의 사례라 할 수 있다. 또한 이는 인간을 신으로 모시는 **인신신앙**(人神信仰, 히토가미신코) 중에서 다타리와 무관한 최초의 사례이기도 하다. 그 후 도요토미씨 일족이 멸망함으로써 도요쿠니신사는 도쿠가와 정권에 의해 사령(社領)과 신호(神号)가 모두 폐지

4 평시에는 잡역에 종사하고 전시에는 졸병으로 종군하는 자. 에도시대에는 최하위 무사_옮긴이.

5 현재 교토시 히가시야마구(東山區)에 있는 천태종 사찰. 1586년 도요토미 히데요시의 발원에 의해 착공되었다_옮긴이.

되어 쇠퇴하고 말았다.

히데요시에 이어 정권을 장악한 도쿠가와씨의 경우에도 도쿠가와 이에야스(徳川家康)를 신격화하려는 움직임이 나타났다. 즉 1616년 4월에 이에야스가 신도식 장례를 지시하고 죽은 후, 구노잔(久能山)[6]의 임시 신사에서 길전신도에 의해 매장이 이루어졌다. 그 후 이에야스의 신호(神号)와 제사를 둘러싸고 길전신도의 본슌(梵舜) 및 그 지지자인 스덴(崇傳)[7]과 천태종의 덴카이(天海)[8] 사이에서 논쟁이 일어났다.[9] 그 결과 덴카이의 주장에 따라 **산왕일실신도**(山王一實神道, 산노이치지쓰신토)[10]에 입각한 제사가 행해졌다. 그리하여 이에야스에 대해 다음 해(1617년) 2월에 산왕일실신도가 주장한 **대권현**(大權現, 다이곤겐)의 신호가 칙허를 받음으로써 이에야스는 닛코(日光)의 조묘(祖廟)로 이장・천궁(遷宮)되었다. 이 조묘는 당초 도쇼사(東照社)라 불렀다가 1645년 조정으로부터 궁호가 내려져 **도쇼궁**(東照宮)으로 바뀌었다. 이

6 시즈오카시(静岡市) 동부에 있는 산으로 후다라쿠산(補陀落山)이라고도 한다. 1616년 도쿠가와 이에야스가 이곳에 묻혔고(다음 해 닛코로 이장), 산정에 도쇼궁(東照宮)이 있다_옮긴이.

7 1569-1633. 에도 초기 임제종의 학승으로 막부에 중용되어 외교문서를 관장했다. 특히 도쿠가와 이에야스의 측근으로 무가법도, 공가법도, 사원법도 제정에 참여하는 등, 막부 불교정책의 근간을 입안하고 실행한 핵심인물이었다_옮긴이.

8 1536-1643. 에도 초기 천태종 승려. 도쿠가와 이에야스, 히데타다, 이에미쓰의 3대에 걸쳐 종교 고문역을 수행하면서, 이에야스 사후 닛코(日光)에 도쇼구(東照宮) 건립을 추진한 핵심인물이었다_옮긴이.

9 이에야스의 신호에 관해 길전신도는 대명신(大明神, 다이묘진)을, 천태종은 권현(權現, 곤겐)을 주장했다. 권현에 관해서는 본서 140쪽 참조.

10 중세의 산왕신도에 관해서는 본서 '산왕신도와 중세일본기' 항목을 참조할 것. 이에야스의 신격화 및 그 배경이 된 산왕일실신도의 내용에 관해서는, 曾根原理 『徳川家康神格化への道 : 中世天台思想の展開』 吉川弘文館 참조.

와 더불어 조정은 닛코에 대한 봉폐 정례화를 지시했고, 다음해부터 이세신궁에의 예폐사(例幣使)[11]가 부활함과 아울러 **닛코 예폐사**의 파견이 개시되었다. 이는 막부가 천황의 봉폐를 통해 도쇼궁의 지위를 이세신궁과 동등한 것으로 만들려는 시도였다고 이해할 수 있다.[12]

역대 쇼군(將軍)들에게 이 **닛코도쇼궁 참배**는 중요한 행사였다. 즉 이에야스의 기일인 4월17일의 제사에 즈음하여 쇼군이 직접 도쇼궁을 참배했다. 에도시대 초기에는 이런 참배가 비교적 자주 행해졌다. 구체적으로 히데타다(秀忠)는 쇼군 재직시(1605-23) 3회, 이에미쓰(家光)는 재직시(1623-51) 9회, 이에쓰나(家綱)는 1회 참배했다고 한다. 이와 같은 닛코도쇼궁 참배에는 신격화된 이에야스에 대한 숭경을 통해 현직 쇼군의 권위를 재확인한다는 의미가 있었다. 이와 더불어 닛코도쇼궁 참배를 '천하'로서의 쇼군에 대한 자리매김이 발현되는 장으로 해석하는 관점도 유력하다.[13]

막부는 닛코와 구노잔 이외에 에도 죠카마치(城下町)[14] 및 우에노(上野)에도 도쇼궁을 권청했으며, 어삼가(御三家, 고산케)[15] 및 다이묘(大名)들도 죠카마치에 도쇼궁 혹은 도쇼사를 권청하여 신사를 조영했다.

11 천황의 명을 받아 신사 및 산릉에 폐백을 바치는 사절인 봉폐사의 일종. 신상제(神嘗祭) 때 이세신궁에 파견된다.
12 高埜利彦, "江戸幕府と寺社"『近世日本の國家權力と宗教』東京大學出版會 참조.
13 山口啓二『鎖國と開國』岩波書店 참조.
14 쇼군 또는 봉건영주의 성 근방에 발달한 시가지_옮긴이.
15 에도시대 오와리(尾張)의 도쿠가와 가문 오슈케(尾州家), 기이(紀伊)의 도쿠가와 가문 기슈케(紀州家), 히타치(常陸)의 도쿠가와 가문 미토케(水戸家)에 대한 총칭_옮긴이.

나아가 막부는 1625년 도성의 우시토라(艮) 방각(동북)에 해당하는 귀문(鬼門)을 수호하기 위해 우에노(上野)에 도에이잔간에이지(東叡山寬永寺)[16]를 건립하고 익년에는 그 산 안에 우에노도쇼사(上野東照社)를 조영했다. 각지에 산재하는 도쇼궁 가운데 유력한 곳에서는 제사가 자주 거행되었고,[17] 그것이 점차 서민층에게까지 침투되었다.

16 현 도쿄 우에노 공원내에 있는 천태종 사찰. 1625년에 덴카이(天海)가 도쿠가와 쇼군가의 보제사로서 건립. 여기서 도에이잔은 '동쪽의 히에이잔'을 뜻하는 산호(山号)_옮긴이.

17 각지의 도쇼궁 가운데 대표적인 것으로 센다이도쇼궁(仙台東照宮), 미토도쇼궁(水戸東照宮), 가와고시도쇼궁(川越東照宮) 등이 유명하다. 또한 오와리도쇼궁(尾張東照宮)의 제사는 나고야제(名古屋祭)로서 널리 알려져 있다.

제사니의 신주법도

에도막부의 신직 정책

중세말기의 전란에 의해 22사와 각지의 일궁·총사는 장원으로서의 사령(社領)을 점차 상실하고 있었다. 그러다가 히데요시의 검지(檢地)에 의해 이런 경향에 종지부가 찍히게 된다. 다시 말해 검지를 기점으로 장원제가 끝나게 된 것이다. 그 결과 주인장(朱印狀)을 받은 신사의 영지만 인정[安堵]됨으로써 사령의 고정화가 이루어졌다.

그 후 에도막부는 22사에 대해 사령을 몰수하고 한정된 사령만을 인정함과 아울러 사전(社殿) 수복을 위한 비용을 지급했다. 한편 일궁·총사에 대해서는 번주(藩主)가 사령을 기부했다. 또한 제신사에의 봉폐사는 17세기 중엽에 이세신궁에 한해 부흥되었다. 하지만 이는 도쇼궁의 궁호 하사에 수반하여 1645년부터 닛코 예폐사가 개시된 데에서 비롯된 것이었다. 그럼으로써 막부는 닛코도쇼궁에 권위를 부여하고자 했던 것이다. 요컨대 이세신궁에 대해 봉폐사를 허용했다고 해서 그것이 중세적 봉폐의 부흥을 의미하는 것은 아니었다. 이리하여 근세의 22사와 일궁・총사는 중세 이래의 사회적 자율성을 상실하고 막부와 번의 감독 및 보호하에 놓여지게 되었다.

성립기의 막부에게 신사의 제도적 자리매김과 더불어 문제가 된 것은 신직을 어떤 제도・조직하에 장악하느냐 하는 점이었다. 이 때 막부의 기본자세는 **'제사니의신주법도'**(諸社禰宜神主法度, 쇼샤네기간누시핫토)[1] 및 그에 입각한 '각서'(覺書, 오보에가키)에 전형적으로 나타나 있다. 1665년 7월 막부는 전국신사 및 그 신직에 대해 '제사니의신주법도'를 포고했다. 거기서 종래 특정 **집주가**(執奏家)[2]를 가지는 신직의 관위에 관해서는 종래대로 집주가를 통해 조정에 신청하도록 하고 있다. 이는 종래의 관행을 온존시키면서 신직을 통제하려는 막부의 자세를 잘 보여준다. 그러나 다른 조항에서는 관위가 없는 지방 소사의 신주(神主, 간누시)에 대한 실질적인 지배권을 요시다가에 독점적으로 부여함으로써 막부가 요시다가를 우대한 것도 사실이다.

1 하나, 제신사의 니의(禰宜, 네기)와 신주(神主, 간누시) 등은 오로지 신기의 도[神祇道]만을 배우고 숭경대상인 신체(神体)를 숙지할 것이며, 각종 가미고토(神事) 및 제례에 힘쓸 것. 향후 이를 태만히 하면 신직을 박탈할 것임. 하나, 사가(社家)의 위계는 종래대로 집주(執奏)에 의해 승진을 결정할 것임. 하나, 무위(無位)의 사인(社人)은 흰옷[白張]을 입을 것. 그 밖의 옷차림은 요시다가의 허가장을 받을 것. 하나, 신령(神領)은 일체 매매해서는 안 되며, 전당물로 삼는 것도 안 됨. 하나, 신사가 손상되었을 때에는 그에 상응하여 수리하고, 신사를 잘 청소 관리할 것. 이상의 각 조항을 엄중히 지킬 것. 그렇지 않을 경우 경중을 따져 처벌할 것임.

2 집주란 중개자를 가리키는 말이며, 여기서는 조정에 대한 중재를 의미한다. 신기관제도가 기능했을 때는 신호・신계 및 신직의 관위가 천황에의 주상을 거쳐 하사되었으므로, 이를 요시다가에서 발행하게 되고 나서부터도 관념적으로는 조정에서 하사한 것으로 여겨졌다. 하지만 실질적으로 집주가는 이런 관위의 수여를 크게 좌우했고, 수여에 즈음해서 사례를 받는 것이 통상이었다.

그런데 이 두 가지 조항 사이에서 특정 집주가를 가지지 않은 전통적인 신사 및 지방 대사(大社)의 경우가 문제였다. 요시다가 측은 그것들이 '무위(無位)의 신주'에 해당하기 때문에 새롭게 요시다가의 집주를 필요로 한다고 해석했다. 이에 반해 지방의 대사측에서는 자신의 지위가 조정과의 전통적인 관계에 있어 확립되어 있으므로 새롭게 요시다가의 휘하에 들어가는 것은 인정할 수 없다고 생각했다. 이로 인해 요시다가와 지방 대사 및 조정 사이에 알력이 발생하게 되었다. 이 문제를 해결하기 위해 막부는 1674년 '각서'를 포고하여 집주가가 없는 경우에도 신직의 집주는 요시다가에만 한정하지 않는다는 점을 확인시켰다. 하지만 여기서도 관위가 없는 신직의 지휘권은 여전히 요시다가에 부여되었다. 그럼으로써 막부는 집주가에 의한 신직 장악과, 요시다가에 대해 독점적으로 인정한 무관위・무집주의 신직 관리를 함께 이용함으로써 신직 신분에 대한 총체적인 파악을 기도했던 것이다. 이 시점에서 집주가를 가지지 않은 신직은 새롭게 집주가를 정하든지 아니면 요시다가의 지배를 받아들이든지 양자택일을 해야만 했다.[3] 관위도 없고 집주가도 없는 하급신직에 관해, 요시다가는 '제사니의신주법도'를 근거로 삼아 자신이 독점적으로 지배할 대상이라고 생각했다. 그러나 요시다가 이외의 다른 집주가는 이를 새로운 집주의 대상 즉 집주가 시장으로 보았다. 후에 요시다가가 시라카와

3 이런 선택이 반드시 임의적인 것은 아니었고, 요시다가에 유리한 구조로 되어 있었다. 이 점을 포함하여 '제사니의신주법도'가 행한 역할에 관해서는, 橋本政宣, "寬文五年「神社條目」の機能"『神道宗教』168巻169号 참조.

가(白川家) 등 다른 집주가와 격렬하게 대립하게 된 것도 바로 여기에 원인이 있었다.

신불습합적 종교전통의 담지자인 **수험자**(修驗者) 및 **산복**(山伏, 야마부시) 또한 막부에 의한 신분 장악의 대상이었다. 거기서는 이미 존재하는 여러 조직을 어떻게 개편하여 장악하느냐 하는 문제가 있었다. 수험자 조직 가운데 이 시기에 유력한 것으로 당산파(當山派, 도잔하)와 본산파(本山派, 혼잔하)가 있었다.

당산파는 진언밀교계의 수험도 종파이다. 이 종파의 기원은 주로 법상종 고후쿠지(興福寺)의 수험자에서 비롯되었다. 고후쿠지는 야마토 지방에서 강력한 세력을 자랑하던 사원으로, 가마쿠라시대에는 야마토의 수많은 사원들이 그 말사로 소속되거나 혹은 강한 영향을 받고 있었다. 그 사원들에는 수험자가 다수 있었는데, 많은 사원들이 진언종 소속으로 바뀌면서 그들은 긴키(近畿) 지방의 진언계 산악사원에 속한 수험자와 합류하여 이윽고 센다쓰(先達)[4] 집단인 '당산방대봉정대센다쓰중'(當山方大峯正大先達衆=當山派先達衆)을 결성했다. 그러나 센고쿠시대에 고후쿠지가 급속히 세력을 상실하게 되자, 이들은 고후쿠지로부터 속속 이탈하여 당시 진언종에서 중심적 지위를 점하게 된 다이고지 산포인(醍醐寺三寶院)과의 관계를 심화시켜 나갔다.

한편 **본산파**는 천태종 사원인 미이데라(三井寺)[5] 밑의 쇼고인(聖護

4 수험도에서 수험자의 봉입(峯入) 등산을 안내하는 선배 지도자_옮긴이.
5 오오쓰시(大津市)에 있는 천태사문종(天台寺門宗) 총본산인 온죠지(園城寺)의 통칭. 엔랴쿠지(延曆寺)를 산문(山門)이라고 부르는 데에 비해, 미이데라는 사

院)[6]을 중심으로 하는 구마노계의 수험자 조직이다. 무로마치시대에 쇼고인 문적(門跡, 몬제키)[7] 및 주요 센다쓰(참배안내자)는 각지의 산복과 직접적인 관계를 맺게 되었다. 가령 쇼고인 문적이었던 도코(道興)는 분메이 년간(文明年間, 1469-87)에 직접 기타리쿠(北陸)・간토(關東)・도후쿠(東北) 지방 각지를 돌아다니면서 유력한 산복들의 조직화를 적극적으로 추진하여, 당시 많은 장원을 상실하고 약체화되어 있던 구마노산잔(熊野三山)[8] 대신 각지 구마노계 산복의 대부분을 장악하기에 이르렀다. 또한 유력한 센다쓰들도 쇼고인 문적을 따름으로써 자신의 안위를 도모했다. 이로써 쇼고인 문적을 중심으로 유력한 센다쓰들을 원가(院家, 인게)로 하는 수험도 본산파가 통일적인 조직으로서 그 모습을 나타내게 된 것이다.

이런 상태에 있었던 양파 사이에서 게이쵸 년간(慶長年間, 1596-1615)에 수험 지배[袈裟筋]를 둘러싸고 논쟁이 벌어졌다. 수험 지배와 관련하여 당산파가 사제관계에 입각한 **'근목지배'**(筋目支配)를 해 왔다면, 본산파는 지역적인 기도권(霞)을 산하 산복들에게 분유시키는 **'하지배'**(霞支配)를 해 왔다. 이와 같은 조직원리의 차이가 논쟁의 기조를 이루었다. 이런 논쟁에서 당산파는 산포인 문적 기엔(義演)의 정치력에 의지하여 절충을 의뢰했다. 그리하여 1612년 도쿠가와 막부는 본

문(寺門)이라 불린다_옮긴이.

6 교토시 사쿄구(左京區)에 있는 본산파 수험도의 총본산_옮긴이.

7 황자 및 귀족이 계승하면서 거주하는 특정 사원. 또는 그 절의 주직_옮긴이.

8 구마노니마스(熊野坐)신사, 구마노하야타마(熊野速玉)신사, 구마노나치(熊野那智)신사의 총칭. 구마노산샤(熊野三社)라고도 함_옮긴이.

산파의 '하지배'를 금지하게 된다. 나아가 1613년 도쿠가와 이에야스에 의한 재허장은 쇼고인 문적 및 다이고지 산포인 문적을 각각 본산파와 당산파의 본산으로 공인했다. 이와 아울러 본산파는 종래 '하지배'의 입장에서 당산파 산복으로부터 입산료를 징수할 권리가 있다고 주장해 왔는데, 위 재허장은 이런 권리를 부정하는 등 당산파에게 매우 유리한 것이었다. 이렇게 해서 막부는 수험자 및 산복에 대해 '근목지배'에 입각한 가원(家元, 이에모토)[9]적 조직화를 도모하는 한편, 가짜 산복의 권진(勸進, 간진)[10]을 금지(1618년)하는 등 신분 및 출입을 통제함으로써 수험도의 신분과 직분을 확정지었다.

수험도와 관련된 이와 같은 조직 및 제도의 확립, 지연에 의해 결부된 사회의 광범위한 성립, 그리고 막부에 의한 산복수험의 이동 제한 등에 따라, 근세에는 산복수험의 지역적 정착이 현저하게 진행되었다.[11] 이는 오시(御師)로서 산악에 정착한 자와 **'리수험'**(里修驗, 사토슈겐) 및 **'정수험'**(町修驗, 마치슈겐)으로 지역에 정주하는 자로 양분된다. 본산파 및 당산파에 소속된 산복 및 수험자는 이런 리수험과 정수험이 주류를 이루었다. 이들은 각 이에(家)와 **사단관계**(師檀關係)[12]를 맺

9 주로 예도에서 해당 유파의 정통 지위에 있는 이에(家)·인물·종가(宗家)를 지칭하는 말_옮긴이.

10 신사·사원·불상의 건립 및 수선 등을 위해 금품을 모집하는 일_옮긴이.

11 근세 수험도의 지역 정착에 관해서는, 宮本袈裟雄『里修驗の研究』吉川弘文館 참조.

12 종교자와 신자=단가(檀家) 사이의 항상적인 결부 관계. 종교자는 이 관계를 맺은 단가에 대해 기도를 비롯한 종교적 행위를 제공하며, 이에 대해 단가는 보수를 지불한다. 사사참배에 있어서의 사단관계에서는 숙소 알선 및 참배 안내가

어 정기적으로 순회하면서 가신(家神)이나 가옥신의 제사를 집행한다든지 치병 등의 가지기도를 행했다. 또한 이들은 우지가미사(氏神社)・진쥬사(鎭守社) 및 이나리사(稲荷社) 등의 별당직을 담당하는 경우가 적지 않았으며, 일대강(日待講, 히마치코)[13] 등 민간의 종교행사에 지도적인 역할을 수행하기도 했다. 이와 같은 활동을 둘러싸고 종종 승려 및 신직들과 경쟁이 벌어져 논쟁을 불러일으킨 사례도 있다.

행해졌다. 근세의 산복・수험자는 부적의 배포 및 기도를 행했다. 종교자에게 있어서는 고객을 둘러싼 일종의 영업권 같은 의미가 있어서 매매되기도 했다.

13 전날 밤부터 재계하면서 잠자지 않은 채 일출을 기다려 예배하는 강 모임. 일반적으로 정월, 5월, 9월의 길일을 택해 행해졌다_옮긴이.

서민과 신도

의례와 교설의 확대

17세기 후반은 막번제 사회가 그 성격을 확립한 시기이다. 이 무렵 지역사회에서는 서민층에 이르기까지 중세후기부터 진행된 **이에(家) 사회화** 즉 단독상속의 이에 형성운동이 이 시기에 일단 완성되었다. 이와 같은 이에 형성과정에 수반하여 서민들 사이에까지 침투한 것이 **조상제사**(祖先祭祀, 소센사이시)이다. 중세 농촌에서는 일반적으로 각 이에가 가부장제적 대가족하에 관리되었는데, 그 장(長=本家)인 '오사하쿠쇼'(長百姓)가 조상제사를 독점적으로 행하고 있었다. 그러다가 중세 후기부터 근세 초기에 걸쳐 각 이에의 분가가 진행되었는데, 그 때 본가로부터의 독립 정도는 해당 지역의 경제력에 크게 의존했다. 이 가운데 기나이(畿內)를 비롯하여 경제력이 있는 지역에서는 분가가 본가로부터의 독립성을 강화하여 독자적인 이에의식을 가지게 되었다. 이런 이에의식은 과거의 조상으로부터 현재의 자신 및 자손으로 이어지는 역사적 연속성에 의해 뒷받침되었다. 그리고 이런 의식을

반영하여 조상제사가 각 이에를 단위로 행해지게 된 것이다. 이 때 이에를 지키는 것은 현실적인 이에의 존속뿐만 아니라 사후 영혼의 안도를 의미하기도 했다.[1] 조상제사는 농업력(農業曆)과 결부된 형태로 연중행사 속에 자리매김되어 있었다. 가령 정월에 행해지는 '소정월'(小正月)은 농작물 풍작을 기원하는 행사였는데, 이 때에 조상령을 모셔 제사지낸다. 나아가 오늘날 조상령을 맞이하는 '오봉'(お盆)은 동시에 농작물의 수확을 경축하는 행사이기도 했다.

또한 이 시기에는 전술한 조상제사를 종교적으로 뒷받침하기 위해 재지의 불교사원이 광범위하게 성립되었다. 근세에 존재한 사원의 대부분은 이 시기에 세워진 것이다. 근세 종교제도의 근간을 이룬 **사청제도**(寺請制度, 데라우케세이도)[2]는 바로 이런 기반 위에 정비되었다. 한편 기나이(畿內)를 중심으로 한 **미야자**(宮座)에도 큰 변화가 일어났다. 마을 내 신분계층이 와해되어 경제적 계층으로 변화함으로써 미야자의 특권적인 '오토나'(乙名)층이 해체되어 모든 성원이 평등한 자격으로 제사에 관여하게 되었다. 하지만 이런 상태는 오래 가지 않았다. 그 후 18세기를 통해 다시금 새로운 신분질서 및 가격(家格)계층이 형

1 농민들에게 있어 이에제도의 확립과 조상제사 의식의 연관성에 관해서는, 大藤修『近世農民と家・村・國家』吉川弘文館 참조.

2 에도 막부가 모든 이에(家)에 대해 반드시 하나의 사원에 단가로 소속될 것을 의무화한 제도. 매년 각 사원은 단가 및 그 단가에 속한 사람들의 명단(宗門人別帳, 슈몬닌베쓰쵸)을 기록하여 관청에 제출했다. 이 제도에서는 모든 사원의 단가를 집계해 보면 모든 이에 및 거기에 속한 사람들의 이름을 알 수 있게 되어 있다. 요컨대 이 제도는 사람들이 어떤 종파에 속해 있는지를 관리함과 동시에 호적으로서의 역할을 하기도 했다.

성되었고, 제사에서도 전문적인 종사자가 등장했던 것이다. 이는 전업 신직의 맹아 형태라 할 수 있다.

이에 비해 17세기 후반의 도시는 그 규모가 확대됨과 아울러 인구의 집중화가 진행되었다. 이 시기에 오사카를 중심으로 교토 및 에도와 죠카마치를 잇는 전국적 시장이 모습을 드러냈다. 또한 17세기 중엽까지 농·공·상의 소경영이 광범위하게 성립되었고, 민중에게는 문화에 관여할 만한 여유가 생겨났다. 이런 배경하에서 겐로쿠 년간(元祿年間, 1688-1704)을 전후하여 삼도(三都)[3]를 중심으로 전개된 것이 이른바 겐로쿠문화(元祿文化)이다. 이는 문화의 창시자 및 수용자가 모두 뿌리깊이 서민에 입각한 형태의 민중문화로서 그 최초의 사례였다.

이하에서는 오늘날까지도 이어지고 있는 몇몇 **연중행사**에 대해 살펴보기로 하자. 먼저 **오절구**(五節句=五節供, 고셋쿠)는 **인일**(人日, 진지쓰. 음력 1월7일), **상사**(上巳, 죠시. 음력 3월3일), **단오**(端午, 단고. 음력 5월5일), **칠석**(七夕, 다나바타. 음력 7월7일), **중양**(重陽, 죠요. 음력 9월9일) 등 **다섯 가지** 절구를 가리킨다. 이것들은 궁중 의례를 토대로 막부가 농촌지역의 민속적인 절일(節日, 세치니치)[4]을 도입하여 새로 이름을 부여해서 축일[式日, 시키지쓰]로 제도화한 것이다.

이 가운데 '**인일**'은 사람들이 일곱 종류의 죽[七種粥, 나나쿠사가

3 오사카·교토·에도_옮긴이.
4 계절이 바뀌는 시기에 축제를 행하는 날. 가령 원단(元旦), 백마(白馬, 오오우마), 답가(踏歌, 도카), 단오(端午, 단고), 상박(相撲, 스마이), 중양(重陽, 죠요), 풍명(豊明, 도요노아카리) 등의 행사가 있는 날_옮긴이.

유]을 먹으며 기념하는 날이다. 원래는 쌀과 조를 비롯한 칠종의 곡물을 죽으로 만들어 먹는 풍습이었는데, 무로마치시대 전기 이래 봄에 나는 일곱 가지 나물을 가지고 지은 죽을 먹는 풍습으로 바뀐 듯싶다.

'상사'는 음력 3월3일에 궁중에서 행해진 하라에 행사에서 비롯되었다. 이 때 게가레를 옮겨 담는 인형(人形, 히토가타)이 후에 추인형(雛人形, 히나닌교)으로 변화했다가 근세초에 장식용으로 되었다고 보인다. 그래서 이 축일을 '히나마쓰리'(雛祭り)라고도 한다. 이 추인형이 오늘날과 같이 화사한 모습으로 된 것은 겐로쿠(元禄)시대 무렵부터이다. 도쿠가와 이에야스의 손녀인 도후쿠몬인(東福門院=德川和子)이 고미즈노오(後水尾)천황의 중궁이 되어 그 사이에서 태어난 딸(興子内親王)이 여섯 살 때 메이쇼(明正)천황이 된다. 그런데 이 여제가 유아 때 천황이 되는 바람에 시집을 갈 수 없게 되었다 하여, 딸의 행복을 기원하며 오시에(押絵)[5]로 만든 '스와리히나'(座り雛)가 이 추인형의 시초라는 설도 있다.

'단오'의 절구인 음력 5월5일과 관련하여, 고대에는 이날 야산에 나가 약초를 캔다든지 새로 난 사슴뿔을 뽑는 풍습이 있었다고 한다. 중세 이후에는 이것이 무가의 행사로 행해졌는데, 이 때 창포로 만든 머리장식이 사용되었다. 나아가 근세에는 창포가 상무정신과 통한다 하여 남자의 절일로서 단오가 성행하게 되었다. 민간에서도 이 날 무사인형, 종규(鍾馗, 쇼키)[6], 고이노보리(鯉幟)[7], 창포도(菖蒲刀, 쇼부가타

5 화조(花鳥)나 인물 모양의 판지를 여러 가지 빛깔의 헝겊으로 싸고 솜을 두어 높낮이를 나타나게 하여 널빤지 따위에 붙인 것_옮긴이.

나)[8], 지마키(粽)[9], 백병(柏餠, 가시와모치)[10] 등을 장식하는 습속이 널리 퍼졌다.

'칠석'은 원래 궁중의 절일에서 비롯되었는데, 근세에는 일반인 사이에서도 오늘날과 유사한 형태로 와카(和歌)라든가 소망을 적은 오색 색지나 종이세공 따위를 대나무 조리에 장식하는 축제가 행해지게 되었다.

'중양'도 원래는 궁중 의례였는데, 에도시대에 오절구의 하나로 제도화되면서, 다이묘들이 등성(登城)하여 축사(祝詞)를 올리는 의식이 정례화되었다. 민간에서는 이 날이 수확 후의 귀중한 휴일이 됨과 동시에 가을 축제가 행해지는 경우가 많았다.

신도의 서민화라는 점에서 이 시기에는 신도교설이 일반 서민들 사이에 널리 설해지게 되었다. 요시다가는 이를 위해 다치바나 미쓰요시(橘三喜), 히키타 고레마사(匹田以正), 요시다 사다토시(吉田定俊), 아오키 나가히로(青木永弘), 요시노 스에아키(吉野末昭) 등 민간 학자들을 학두(學頭)로서 초빙했다. 이는 서민들에게 교설을 보급하기 위한 움직임이었다. 이 중 **다치바나 미쓰요시**(1635-1703)는 **신도강석**(神道講釋)의 효시라 할 수 있다. 미쓰요시는 길전신도를 배운 후 독립하여

6 원래 중국에서 역신이나 마귀를 쫓아내는 신. 일본에서는 이 인형 신상을 단오절에 장식한다_옮긴이.
7 일본에서 단오절에 종이나 천으로 잉어 모양을 만들어 띄우는 것_옮긴이.
8 일본에서 단오절에 장식하는 창포잎을 엮어 만든 칼_옮긴이.
9 일본에서 단오절에 먹는 띠나 대나무 잎으로 말아서 찐 떡_옮긴이.
10 팥소를 넣은 찰떡을 떡갈나무 잎에 싼 것_옮긴이.

종원신도오십육전(宗源神道五十六傳)이라 하여 에도 아사쿠사(浅草)에서 신도강석을 시작했다. 그 후 1675년에서 1697년까지 전국의 일궁을 돌면서 순회강석을 행했다. 그 기록이 『쇼코쿠이치노미야쥰케이키諸國一宮巡詣記』에 남아 있다. 이는 각 일궁에 '나카토미하라에'(中臣祓)[11]를 봉납하며 도는 여행이었다.

히키타 고레마사도 요시다가의 학두가 되었는데, 당초 교토 기타노(北野)신사 신직에게서 신도를 전수받았다고 한다. 그의 저서 『가미카제노키神風記』[12]는 서민들도 쉽게 손에 넣을 수 있는 판본으로 간행되었다. 내용은 불교 및 유교와 대조하여 본원인 신도를 설하는 것부터 시작하여 제덕목, 제국 신사, 제사, 장례, 금기 등 그 대상이 광범위하다. 이 책에서 고레마사는 신도의 정통이 인베(忌部), 우라베(卜部=吉田), 나카토미(中臣)에 있다고 보았고 그 중에서도 특히 길전신도를 중시했다.

이보다 좀 늦게 요시다가로부터 비교적 독립적인 형태로 신도강석을 행한 자가 등장한다. 그 중에서 가장 많이 알려진 인물로 **마스호 잔코**(增穗殘口, 最仲)[13]가 있다. 분고노구니(豊後國)[14] 오이타군(大分郡)

---

11 본서 206쪽 각주(10) 참조.
12 '신국'인 일본의 풍속과 관습을 논하고 있다. 1668년 간행.
13 1655-1742. 가미가타(上方, 교토와 오사카 및 그 주변지역_옮긴이)를 중심으로 활동했다. 저서로 『이리와리아와세카가미異理和理合鏡』 『우조무조호코라사가시有像無像小社探』 『죠쿠로노도코요소直路乃常世草』 『신코쿠카마바라에神國加魔祓』 『신로노데비키소神路乃手引草』 등이 있는데, 신도가 및 국학자들로부터 비판을 받기도 했다.
14 현 오이타(大分)현의 옛지명_옮긴이.

에서 태어난 잔코는 정토종과 일련종을 거쳐 신도로 전향하여 저작 및 강석 활동을 했다. 그는 1719년 요시다가에 입문하여 교토 아사히 신메이사(朝日神明社)의 신주(神主)가 된 이후 길전신도에 경도되었으며, 평이한 말과 논리로 서민들에게 신도를 설하는 저서를 간행하고 이를 토대로 강석을 행했다. 이는 '풍류강석'(風流講釋)이라 불려 세간에 유행했다. 그 내용은 남녀의 애욕을 긍정한다는 특징이 있고 신변잡기적인 화제를 소재로 하는 매우 통속적인 교설이었다.[15]

도시문화와 관련하여 이 시기의 특징으로 서민이 광범위하게 참가하는 **도시제례**(都市祭禮)의 전개를 들 수 있다. **야나기다 구니오**(柳田國男)는 『일본의 마쓰리』에서 마쓰리(祭り)와 제례(祭禮)를 구별해야만 한다고 지적하면서, **마쓰리에서 제례로**의 변화과정을 고찰하고 있다. 그에 의하면 이런 변화의 전환점은 신앙을 공유하지 않은 채 그냥 '구경'만 하는 군중의 등장에 있다. 이런 군중의 등장에 의해 마쓰리가 제례로 변화했다는 것이다. 또한 이런 변화에 큰 영향을 끼친 요인으로 '중세 이래 도시문화의 힘'을 들고 있다.[16] 그러니까 이런 제례화의 진행, 곧 도시제례의 형성 및 발전이 지방으로 침투하게 된 것이야말로 근세 마쓰리의 특징이라 할 수 있다. 도시제례를 분석한 근년의 제연구를 보더라도 마쓰리가 오늘날과 같은 제례 형태로 된 것은 근세였음이 분명하다.[17]

15 본서 231~32쪽의 칼럼 '인과와 조화' 참조.
16 柳田國男 『日本の祭』 弘文堂(『定本柳田國男』10卷, 筑摩書房) 참조.
17 東條寬, "近世都市祭禮の文化史" 『祭禮・山車・風流 : 近世都市祭禮の文化史』

근세 도시제례에서 하나의 중요한 획을 그은 것은 천하제(天下祭, 덴카마쓰리)의 성립이었다.[18] 천하제란 히에(日枝)신사의 산노마쓰리(山王祭), 간다묘진(神田明神)의 간다마쓰리(神田祭), 단 한번만 거행되었던 네즈(根津)신사의 제례 등을 가리킨다. 이것들은 에도의 다른 제례와 달리 그 행렬이 에도성 안으로 들어가 쇼군이 친히 참관[上覽]하게 되어 있었으므로, 막부의 원조와 규제가 행해졌다. 그래서 천하제・상람제(上覽祭, 죠란사이)・어용제(御用祭, 고요사이) 등으로 불리게 된 것이다. 산노마쓰리와 간다마쓰리는 격년제로 돌아가며 한 차례씩 행해졌고, 쇼군이 참관하는 형식은 17세기말에 성립되었다고 보인다.[19] 이런 양식의 역사적 변화에 관해서는 금후 연구가 기대된다. 어쨌거나 이리하여 에도에서 성립된 천하제는 간토(關東)지역내 많은 죠카마치의 제례양식에 큰 영향을 끼쳤다.

四日市市立博物館, 10쪽. 역사학에 있어 도시제례연구 성과의 개략에 관해서는, 黑田日出男, "都市祭禮文化研究の現在"『第11回企劃展圖錄 川越永川祭禮の展開』川越市立博物館 참조.

18 천하제에 관해서는, 作美陽一『大江戸の天下祭り』河出書房新社;『川越永川祭禮の展開』앞의 책 참조.

19 斎藤月岑『武江年表』平凡社東洋文庫;『川越永川祭禮の展開』앞의 책 참조.

▌칼럼▌ 우지가미와 우부스나가미 · 인과와 조화

■ 우지가미와 우부스나

오늘날 우지가미(氏神), 진쥬노가미(鎭守神), 우부스나(產土神)라는 세 가지 말이 명확히 구별되지 않은 채 쓰인다. 왜 그럴까? 고대에 우지가미는 씨족의 조상신을 의미했는데 중세 사회변동에 따라 많은 씨족집단이 동일성을 상실하는 가운데 우지가미 제사 본래의 성격이 변화했다. 한편 장원제 전개에 수반되어 장원영주들이 사원 진쥬(鎭守)라든가 왕성 진쥬 등을 모방하여 자기 장원령의 수호신으로서 진쥬노가미를 널리 권청했다. 그런데 장원이 쇠퇴하자 이전 지역에서 제사지내던 신들도 또한 진쥬노가미라는 이름으로 불리게 된다. 나아가 기나이(畿內)를 중심으로 하여 총촌(惣村, 소손)이 성립하는 과정에서 종래 장원의 진쥬를 그대로 무라(村)의 진쥬로 삼는다든지 무라가 모여 고(鄕)를 형성할 때 새로 유력한 신을 권청했다. 근세에 들어와 쇼군가의 숭경도 있고 해서 자신이 태어난 토지의 신인 우부스나가미도 중시되어졌다. 이런 가운데 진쥬노가미와 우부스나가미 등이 이윽고 무라의 중핵에 있는 신으로 동일시되어 마찬가지로 우지가미라는 이름으로 불리게 된 것이다. 이런 변화와 아울러 본래 씨족의 신의 은혜를 입은 자를 의미했던 우지코가 지역의 수호신을 숭경하는 사람들을 가리키는 말로 변용되었다. 오늘날 말하는 우지가미 · 우지코(氏神 · 氏子)의 연원이 여기에 있다. 그리하여 '무라의 진쥬' '우지가미사마' '우부스나'가 거의 동일한 의미로 말해지게 된 것이다.

■ 인과와 조화

근세일본에서는 불교가 서민층에까지 깊이 침투했는데, 그 중심에는 인과응보의 관념이 있었다. 본래 불교의 인과응보는 개인의 윤회전생을 전제로 하는 관념으로, 전생에서 자신이 행한 업보를 현세에서 받고 현세에서 행한 업보는 다시 내세에 받는다고 여겨졌다. 그런데 근세 일본불교에서는 이것이 이에(家)제도와 결부되어 이해되었다. 즉 현재의 우리는 부모가 행한 업보를 받고, 우리의 행위는 자식들에게 영향을 끼친다는 것이다. 그리하여 조상제사와 인과응보가 일체가 되어 서민들의 마음에 스며들었다. 서민에 대한 신도강석에서도 근세일본적인 인과응보는 피할 수 없는 문제였다. 이와 관련하여 마스호 잔코는 다음과 같은 사례를 들고 있다. 한 여성에게 두 남자가 구애를 했다. 그녀는 어느 쪽도 정할 수 없어 두 남자로 하여금 승부를 겨루게 한다. 그러나 결국 승부가 나지 않자, 곤란해진 여자는 자살해 버리고 만다. 그러자 두 남자도 그녀의 뒤를 따라 목숨을 끊었다.

연애지상주의에 입각한 잔코가 보건대, 연애의 도를 철저하게 추구한 두 남자의 행동은 옳다. 그럼에도 불구하고 결과는 비극적이다. 이런 부조리를 설명하기 위해 잔코는 '인과'(因果) 관념을 도입한다. 이는 전생에서부터의 인과라는 것이다. 잔코는 연애에 입각한 신들의 도를 '조화'(造化)라고 부르면서 다음과 같이 결론짓는다. 세상에 일어나는 일의 원인에는 조화와 인과의 두 가지 원리가 있다. 그 중 하나만을 보편화하는 것은 잘못이라는 말이다. 당시 사람들의 상식이 되어 있었던 인과응보에 대해, 그것을 전면적으로 부정하지 않은 채로 신도의 도리인 조화를 설했다는 점에서 잔코의 만만찮은 면을 엿볼 수 있다.

유가신도

유학에 입각한 '합리화'

주지하다시피 근세일본사회에서 유학은 강력한 힘을 가진 사상이었다. 하지만 그 자체가 독자적인 사회계층을 형성하는 일은 없었다. 중국에서는 과거제 관료, 조선에서는 양반이 각각 유학을 전문적으로 영위하는 사회집단으로 성립했지만, 일본에는 그런 집단이 생겨나지 않았다. 오히려 일본인들은 유학을 배움으로써 각각의 신분과 직분 및 가직에 관한 아이덴티티를 형성했다.[1] 마찬가지로 신들의 제사와 교설에 관련된 사람들이 자신의 직분과 가직 즉 이른바 '신도'라는 아이덴티티를 보다 명확히 해 갈 때에도 유학이 중요한 역할을 담당했다.

이런 유학사상에 입각한 신도설을 일반적으로 **유가신도**(儒家神道, 쥬케신토)라 한다. 유가신도는 당초 유가에 의한 신도 이해로서 성립되

1 渡辺浩『近世日本社會と宋學』東京大學出版會；柴田純『思想史における近世』思文閣出版；黒住眞, "儒學と近世日本社會"『岩波講座 日本通史13巻 近世3』岩波書店 참조.

었다. 당대 유학의 주류는 주자학을 비롯한 송학(宋學)[2]이었다. 중국에서 송학이 성립될 때 배불론이 중요한 주제 가운데 하나였는데, 송학을 수용한 일본에서도 유학은 불교와 명확히 구별되어 있었다. 한편 신도는 당연히 중국 송학에 등장하지 않으므로, 일본 유가에서는 신도에 대한 태도를 독자적으로 가르칠 필요가 생겨났다. 이 또한 신도를 불교와 구별된 것으로서 이해하는 태도로 전개되었다.

유학자가 신도를 언급한 초기 사례로 **후지와라 세이카**(藤原惺窩)[3]가 있다. 승려에서 환속하여 유학을 공부한 세이카는 주자학을 중심으로 하면서도 양명학과 불교에도 관대한 절충주의적 입장을 취했다. 그의 신도 이해도 이것과 동일한 태도에 입각한 것이었다. 하지만 그의 저서 『치요모토구사千代もと草』는 유학의 입장에서 불교나 신도를 견강부회적으로 평가하는 데에 그치고 있다.

이런 세이카에게 사사받은 **하야시 라잔**(林羅山)[4]은 보다 적극적으로 신도에 대한 이해를 발전시켰다. 세이카의 추천으로 막부에 중용된 라잔은 주자학의 입장을 명확히 하여 양명학과 구별함과 아울러 불교를 배척했다. 신도와 관련하여, 라잔은 길전신도의 전수를 받았으면서도 길전신도를 포함한 종래 신도설 전반을 점술가나 제사자의

2 중국 송대에 성립된 신유학(新儒學)의 총칭.
3 1561-1619. 후지와라노사다이에(藤原定家)의 자손. 부친은 하리마(播磨) 세하장(細河莊) 영주. 3남이었던 세이카는 유소년기에 불문에 들어갔다. 부친이 전사한 후 상경하여 선림(禪林)에서 공부했으며, 후에 유학자로 전향했다.
4 1583-1657. 유소년기에 절에 들어가 학문에 힘썼지만 승려가 되지는 않았다. 젊을 때 교토 시중에서 『논어(論語)』의 공개강의를 했는데, 이런 행동은 유학을 가전(家傳)으로 삼았던 공가(공가)에 의해 비판받기도 했다.

신도에 불과하다고 비판하면서 유학의 입장에 입각한 독자적 신도설 인 '**리당심지신도**'(理當心地神道, 리토신치신토)를 주창했다. 라잔은 **신유일치론**(神儒一致論)을 채택했지만, 그것은 유학을 주(主)로 삼고 신도를 종(從)으로 삼는 것이었다. 이 사상은 송학의 **이기설**(理氣說)에 입각하고 있다. 그러니까 가미는 리(理)이며 심령(心靈)이고, 신도와 왕도(정치의 도)는 같은 뜻이라는 것이다. 그러나 그는 후세에 계승될 만한 사상체계를 형성하지는 않았다.

한편 신사와 관련하여 라잔은 『**혼쵸진쟈코**本朝神社考』를 저술했다. 이는 중세의 신불습합을 비판하는 배불적 입장에서 전국 주요신사의 제신・유래・신앙・영험 등을 정리 해설한 저술이다. 거기서는 주요한 전거로서 중세 불교사에 관련된 『겐코샤쿠쇼元亨釋書』[5]가 사용되었는데, 결과적으로 『혼쵸진쟈코』는 중세 불교계 신사들의 연기를 정리 소개한 책이라 할 수 있다. 또한 『신토덴쥬神道傳授』는 길전신도를 중심으로 이세신도, 산왕신도, 양부신도 등 중세신도의 교설을 널리 소개 해설함으로써 근세 신도이해의 토대를 제공해 주었다.

이상의 주자학 계통에 대해 다른 학파의 유학자들도 신도에 관한 설을 제시했다. 가령 양명학의 **나카에 도쥬**(中江藤樹)[6]와 **구마자와 반잔**(熊澤蕃山)[7] 및 고학파의 선구자 **야마가 소코**(山鹿素行)[8] 등도 신도설

5 고칸시렌(虎關師錬)의 저서(총 30권)로 1322년 성립. 불교도래 이후 1322년(元亨2)까지 140여명의 승려전 및 불교사를 한문체로 기록_옮긴이.

6 1608-1648. 오우미(近江) 출신. 이요(伊予) 오오슈번(大洲藩)을 섬기는 동안 주자학을 독학했다. 귀향 후 예법 중심의 학문에 의문을 품게 되어 도덕 내용을 중시하는 학문을 주창했다.

을 언급했다. 이 중 도쥬는 초월적인 인격신의 존재를 설하면서 도교 사상에서 말하는 '도'(道)에 의해 신도를 설명하고 영상(靈象, 불가사의한 현상)과 영부(靈符, 신령의 표식)를 신앙했다. 이런 도쥬에게 배운 반잔은, 정치란 시대와 국가정세와 신분 등에 부응하여 적절히 행해야만 한다고 설하는 '시처위론'(時處位論)의 입장에서 신도를 일본 실정에 잘 맞아떨어지는 것으로 이해했다. 이런 입장은 모두 신유일치론으로 귀착되었다. 한편 소코는 『쥬쵸지지쓰中朝事實』에서 독자적인 신도설을 제창하고 있다. 즉 일본에는 중국의 성교(聖教)=유교가 도래하기 이전부터 마찬가지로 성교(聖教)인 신도가 존재했고 황통이 면면히 지속되어왔으므로 대륙보다도 오히려 일본 쪽이 덕화가 행해졌다는 것이다. 그러니까 일본이야말로 '중조'(中朝) 즉 중국이라는 말이다. 이들 세 사상가는 독립적인 유파는 형성하지 않았지만 향후 국학사상의 형성에 큰 영향을 주었다.

한편 신도가측에서도 유학을 사상원리로 하여 종래의 전통적 이해를 체계화하려는 움직임이 일어났다. 가령 17세기 중엽에서 후반에 걸쳐 활약한 **요시카와 고레타리**(吉川惟足)[9]를 들 수 있겠다. 상인 출신

---

7 1619-1691. 나카에 도쥬의 문인. 오카야마번(岡山藩)을 섬겼다. 참근교대제(參勤交代制, 다이묘들을 교대로 에도에 일정 기간씩 머물게 한 제도_옮긴이)를 비판하여 막부로부터 금고 처분을 받기도 했다.

8 1622-1685. 한 때 학자로서 아카호번(赤穗藩)을 섬겼다. 화학(和學) 및 신도와 더불어 일찍부터 무예와 병법을 공부했다.

9 1616-1694. 에도의 상가에서 양자로 있었는데, 젊을 때 은거하면서 학문에만 전념했다. 平重道『吉川神道の基礎的研究』吉川弘文館 ;『神道大系 吉川神道』神道大系編纂會 참조.

의 고레타리는 요시다가에 입문하게 되었다. 이 때 요시다가의 단절을 걱정한 하기와라 가네요리(萩原兼從)[10]는 고레타리에게 길전신도의 도통을 전수했고, 고레타리는 이 교설을 송학과 음양오행설과 결부시켰다. 이 신도설을 **길천신도**(吉川신도, 요시카와신토)라 한다. 그는 오행 중에 토금(土金)을 만물생성의 근원이라고 생각했다. 나아가 '토가 굳어 금이 된다'고 하여 이를 '쓰치시마루'로 읽고 일본어 어법의 '쓰쓰시무'에 비견했다. 즉 '쓰쓰시무'(근신)는 가미(神)의 도인 '마코토'(誠)라는 것이다. 그리고 이는 구체적으로 하라에에 의해 실현된다고 주장했다. 하지만 길전신도와 송학을 정합적으로 연관시키는 데에는 이르지 못했다. 한편 현실적으로 고레타리는 막부와 밀접한 관계를 맺었다. 즉 도쿠가와 이에미쓰(德川家光)의 배다른 동생으로 아이즈(会津) 번주인 호시나 마사유키(保科正之)가 고레타리에게 입문하여 길전신도의 전수를 받았으며, 이 후 고레타리는 막부의 신도방(神道方)으로 임명되었다. 이는 신사행정에서 길전신도가 담당한 역할과 관련하여 특히 주목할 만하다.[11]

요시카와 고레타루

10 1590-1660. 요시다 가문에서 태어났으나 조부 가네미의 양자로 들어가면서 하기와라 성씨로 바꾸었다. 당대 요시다신도 최고의 권위자였다_옮긴이.

11 막부는 고레타리를 신도방에 임명함으로써, 막부가 지향하는 신도가 유일신도(唯

이와 아울러 사가(社家)의 전통을 흡수하면서 전래의 신도설을 수정하여 유학적으로 이해하려는 시도도 있었다. 대표적으로 이세의 데구치 노부요시(出口延佳)[12]를 들 수 있다. 이세신도는 남북조시대를 경계로 하여 별로 활동하지 않게 되었다. 무로마치기에 내궁과 외궁의 분쟁이 격화되는 가운데 전래의 서적들도 소실되고 말았다. 그 교학의 부흥에 진력한 자가 이세신궁 외궁신관이었던 노부요시의 아들 데구치 노부쓰네(出口延經)[13]이다. 이들 부자는 풍궁기문고(豊宮崎文庫, 도요미야자키분코)를 창설하여 장서의 충실을 기하는 한편, 이세신도 및 양부신도를 중심으로 고전과 신도서를 수집했다.

이와 같은 부흥운동은 사상면에서는 유학에 의한 신도교학의 체계화라는 성격을 띠고 있었다. 이세에서는 중세 이래 신도와 불교를 구별하려는 경향이 있었는데, 노부요시는 배불론을 내포한 송학을 도입함으로써 신유일치론의 입장에서 불교와의 차이를 명확히 하면서 새로운 교의를 구상했다. 그는 특히 역(易)에 주목하여 신도와 역도(易道)의 일치를 주장하기도 했다. 당시에는 신도서 출판이 그렇게 일반적이지 않았는데, 노부요시는 자신의 주장을 평이하게 설한 『요후쿠

一神道, 유이이쓰신토)임을 명시했다. 그 결과 양부신도 등 신불습합적 경향이 강한 신도가 길전신도로 대체되는 추세로 흘렀다. 한편 이런 움직임을 신직의 직분분화와 관계시켜 이해할 수도 있다. 高埜利彦, "十八世紀前半の日本 : 泰平の中の転換"『岩波講座 日本通史13巻 近世3』岩波書店 참조. 한편 신도방의 실질적인 지배력과 지도력을 인정하지 않는 관점도 있다. 平重道, 앞의 책 참조.

12 1615-1690. 이세신궁 외궁신관. 다이묘, 공가, 유학자들과도 교분이 있었다.

13 이세신궁 외궁신관. 부친 노부요시에게서 일찍부터 고전 고증을 공부했다. 『벤보쿠쇼弁卜抄』를 저술하여 요시다가의 부당성을 지적했다.

키陽復記』를 출판하여 이세신도의 보급에 힘썼다. 이는 종래 가전(家傳) 중심이었던 신도설을 공개했다는 점에서도 주목할 만하다.

수가신도

신도와 유학의 미묘한 관계

야마자키 안사이

대대로 신직을 계승하는 사가(社家)의 학문전통에 입각한 신도 교설들과 달리, 유학사상에 기초하면서도 특정 사가 출신이 아니라 신도 제파의 교설을 흡수하여 체계화함으로써 자신의 신도설을 형성한 자들이 등장했다. 그 대표적 사례로 **야마자키 안사이**(山崎闇齋)[1]를 들 수 있다. 원래 승려였던 안사이는 도사(土佐)에서 남학파(南學派)의 주자학을 공부한 후 환속하여 교토에 돌아와

1 1616-1682. 야마자키 안사이와 수가신도에 관해서는, 小林健三『垂加神道の研究』至文堂；阿部隆一, “崎門學派諸家の略傳と學風”『日本思想大系 山崎闇齋學 派』岩波書店；高島元洋『山崎闇齋：日本朱子學と垂加神道』ぺりかん社 참조.

유학자로서 활동하면서 후에는 교토와 에도를 왕래했다. 그는 아이즈(会津) 번주인 호시나 마사유키(保科正之)에게 객원 스승으로 초빙받은 이래 마사유키가 죽을 때까지 교분을 나누었다. 이윽고 이세신궁 대궁사인 **가와베 기요나가**(河辺精長)[2]로부터 '나카토미하라에'(中臣祓)를 전수받고, 또한 마사유키를 통해 알게 된 요시카와 고레타리(吉川惟足)로부터 길전신도를 전수받는 등 신도 연구에 힘썼다. 나아가 요시다가로부터 사중오비(四重奥秘)의 전(傳)과 함께 **영사호**(靈社号)[3]를 받고 생전에 자신의 영을 신으로 삼아 **수가영사**(垂加靈社, 스이카레이샤)로 제사지내 스스로를 예배했다. 이처럼 살아있으면서 스스로 자기 영을 제사지내는 것은 비록 신전(神典)에 근거한 것이었다 하더라도 이전에는 없었던 안사이의 독자적인 행위였다. 여기서 '수가'란 말은 이세신도의 기본서인 신도오부서 중 『야마토히메노미코토세이키倭姫命世記』에 나오는 "신수(神垂)는 기도를 앞세우고 명가(冥加)는 정직을 근본으로 한다"는 구절에서 따 온 것이다.

안사이의 학문에는 주자학과 신도설이 있다. 주자학과 관련하여 그는 주자의 교설에 충실할 것을 첫 번째 원리로 삼았다. 당시는 후세의 주석을 통한 학습이 유학의 주류였는데, 안사이는 이를 피하고 직접 주자의 저작을 검토하여 그 사상을 규명하고자 했다. 그렇다고는 해도 안사이의 이해는 주자 사상 가운데 특히 '경'(敬)에 중점을 두었

2 1601-1688. 이세신궁 신관. 한 때 출가했다가 환속한 후 곧 이세신궁 대궁사가 되었다. 이세신궁의 옛 의례 부흥에 힘썼다.

3 '영사'란 영험 있는 신사 혹은 조상의 영을 모신 신사를 가리키는 말_옮긴이.

고, 『역경』의 장구인 "경(敬)으로써 안을 바로잡고 의(義)로써 바깥을 분별한다"는 말에 대한 북송 학자 정호(程顥) 및 정이(程頤)의 해석에 입각하여 독자적인 '경내의외'(敬內義外)설을 주창했다.

한편 안사이가 주창한 신도는 그의 '영사호'와 관련하여 **수가신도**(垂加神道, 스이카신토)라고 불린다. 거기서 안사이는 '가미'(神)를 송학의 리(理)와 결부시켜 이해한다. 송학에서는 만물에 내재하는 리가 궁극적으로 우주 전체의 섭리인 천리(天理)에 귀착한다고 보아, 인간의 리 또한 천리와 합일(천인합일)한다고 여겼다. 안사이는 신도의 '가미'가 이런 리에 해당된다고 이해했으며, 송학에서 이기(理氣)로 설명하는 세계의 생성을 그런 '가미'들의 작용으로 파악했다. 또한 그 작용으로 생겨난 인간의 심(心)에는 신의 영이 깃들어 있으므로 천(天)과 인(人)이 합일한다고 주장했다. 이것이 바로 그가 말하는 '천인유일지도'(天人唯一之道)이며, 그것을 체현한 것이 『니혼쇼키』신대권(神代卷)이라는 것이다. 그는 이런 주장을 '**천인유일전**'(天人唯一傳)이라 하여 비전화했다. 이 '천인유일전'에서 무엇보다 특징적인 것은 가미가 인간 안에 내재한다고 본 점이다. 안사이가 생전에 자신의 영을 제사지낸 것도 바로 이런 사상에 입각한 것이었다.

안사이 신도설의 또 하나의 특징은 '**토금지전**'(土金之傳, 쓰쓰시미노덴)과 '경'(敬)사상에서 엿볼 수 있다. '토금'을 둘러싼 신도설은 일찍이 중세 이세신도에서도 엿보이는데, 안사이에게 직접적으로 영향을 끼친 것은 요시카와 고레타리(吉川惟足)였다. 고레타리는 '토금'과 '쓰쓰시미'를 결부시켰는데,[4] 안사이는 자신의 주자학 이해의 핵심을 이루는 '경'을 '쓰쓰시미'와 동일시함으로써 주자학과 신도설을 관련짓고자 했다. 그 매개가 된 것이 심(心)이다. 안사이에게 마음은 천인합일의 장이며 그것을 위한 행위가 '쓰쓰시미'였다. 구체적으로 안사이는 마음의 청정을 유지하는 것을 추구했고, 이를 위한 실천이 기도와 정직이라고 보았다. 이런 설이 비전 '토금지전'으로 정리되어 '천인유일전'과 함께 수가신도의 가장 근본적인 교설을 구성하고 있다. 이와 같은 '경'과 '쓰쓰시미'는 인륜관계를 이해하는 기초라고 주장되었다. 현실의 인륜관계 중 안사이가 가장 중시한 것은 군신관계였다. 안사이는 신대권에서 아마테라스로부터 현재의 천황까지 군도(君道)가 연속되어 있다는 점, 혹은 천황과의 군신관계가 천손강림에서 유래한다는 점 등을 읽어냄으로써 신도로부터 군신관계의 의미를 이끌어냈다.[5]

이처럼 안사이의 신도설은 중세 이래의 여러 신도설을 유학과 대응시켜 해석하고 체계화시키고자 한 것으로, 사상적으로는 유학적인

4 본서 237쪽 참조.

5 아마테라스로부터 현재의 천황에 이르는 군도의 연속성은 다음과 같이 논해진다. 즉 안사이에 의하면, 아마테라스는 태양신과 황조신이라는 두 가지 성격을 가지고 있으므로 천인유일을 구현하고 있으며, 신도는 천황의 도와 같은 것이 된다. 삼종의 신기는 천손강림 이래 불변이며, 그것을 전하는 천황이 면면히 이어지고 있으므로 군도는 신대로부터 불변이다.(三種神器極秘傳 등) 한편 안사이는 신하의 도를 히모로기(神籬) 및 이와사카(磐境)와 결부시켜 이해한다. 즉 신대권 일서에는 다카미무스히(高皇産靈尊)가 천손강림 때 아메노코야노미코토(天児屋命)와 후토타마노미코토(太玉命)로 하여금 히모로기와 이와사카를 가지고 가게 해서 천손을 위해 제사지내도록 했다고 나오는데, 안사이는 히모로기가 군주의 수호를, 이와사카가 '군신 상호간 수호의 도'[君臣相守之道]를 각각 의미한다고 하여 거기서 천황과의 군신관계의 기원을 보았다(神籬磐境極秘之傳).

신도이해에 속한다. 그러나 안사이 자신은 유학과 신도를 진리의 두 측면으로 보아 구별했고 양자의 습합과 혼효를 경계하여 자신의 입장을 신유겸학(神儒兼學)이라고 자리매김했다.

수가신도는 전수 방법에서도 독자성을 보여준다. 즉 비의가 기록된 문서를 건네주는 절지전수(切紙傳授)가 중심인 종래 신도설의 전수방식 대신, 안사이는 구전 전수[口授]를 기본으로 삼았다. 뿐만 아니라 수가신도에서는 단 한 사람에게만 독점적으로 전수하는 것을 피하는 한편, 자신이 받은 전수는 반드시 비밀을 지키도록 했다. 비전으로 전해져 온 중세신도설이 안사이의 집대성 및 체계화에 의해 결과적으로 공개적 성격을 강화시킨 셈이다. 그러면서도 다른 한편으로 그는 자신의 교설을 비전화했으므로, 수가신도에는 비전과 공개라는 모순된 성격이 동거하게 되었다.

안사이에 의해 종합된 유학과 신도설은 그의 사후 둘 중 한 쪽을 중시하는 문인들로 나뉘어져 계승되었다.[6] 안사이의 유학은 기문학(崎門學, 기몬가쿠)이라 불렸다. 이 방면의 고제(高弟)로 사토 나오가타(佐藤直方)[7], 아사미 게이사이(浅見絅齋)[8], 미야케 쇼사이(三宅尚齋)[9] 등 3인

6 이하 안사이 사후 수가신도의 다양화 과정 및 정친정신도(正親町神道, 오오기마치신토)의 전개에 관해서는 주로 磯前順一・小倉慈司, "正親町家舊藏書", 島薗進・磯前順一編『東京帝國大學神道研究室舊藏書 目錄と解說』東京堂出版에 입각한 것이다.

7 1650-1719. 히고노구니(備後國. 현재 큐슈 구마모토현의 옛 지명_옮긴이) 후쿠야마(福山) 태생. 상경하여 안사이에게 입문했는데, 이윽고 신도에 경도되어가는 안사이에 대해 반대 의사를 표명하여 파문당했다.

8 1652-1711. 오우미노구니(近江國) 다카시마군(高島郡) 태생. 당초 의사였는데

을 기문삼걸(崎門三傑)이라 하는데, 이들은 각자 학파를 이루었다. 이들의 설에는 후대 사회에 큰 영향을 끼칠 만한 요소가 포함되어 있었다. 가령 게이사이가 『세이켄이겐靖獻遺言』에서 설한 근왕주의적인 대의명분론은 막말의 근왕·존황운동에 큰 영향을 끼쳤다.

한편 수가신도의 유력한 문인은 **호시나 마사유키**(保科正之) 등 아이즈번(会津藩) 관계의 문인, **오오기마치 긴미치**(正親町公通)[10] · **이즈모지 노부나오**(出雲路信直)[11] · **나시노키 스케유키**(梨木祐之)[12] 등 교토의 사가(社家)를 중심으로 하는 문인, 우에다 겐세쓰(植田玄節) · 가토 요시카네(加藤好謙) 등 아키(安藝)[13]의 문인, 귤가신도(橘家神道, 깃케신토)를 제창한 다마키 마사히데(玉木正英), 에도의 아토베 요시아키라(跡部良顯) 및 도모베 야스카타(伴部安崇) 등의 흐름으로 나눠진다. 이 가운데

야마자키 안사이에게 입문하여 주자학을 공부했다. 사토 나오가타와 마찬가지로 안사이의 신도 중시에 반대하여 파문당했다.

9 1662-1741. 하리마노구니(播磨國) 아카시(明石) 죠카마치(城下町)에서 태생. 유학자 관리로서 무사시노쿠니(武蔵國) 오시번(忍藩)을 섬겼다가 곧 그만 두었다. 만년의 안사이에게 입문했다. 안사이의 신도 중시 경향에 대해서는 반대했으나, 그 자신도 독자적으로 신비로운 복점 이론과 점술을 습득했다.

10 1653-1733. 공가. 시종(侍從), 우소장(右少將), 우중장(右中將), 참의(參議), 권대납언(權大納言) 등을 역임. 안사이는 죽기 직전 긴미치에게 수가신도에서 가장 중요한 『나카토미노하라에후스이소中臣祓風水草』를 위탁했다고 한다.

11 1650-1703. 교토 시모미타마사(下御靈社) 신주. 안사이에게 입문하여 기문학(崎門學)이 아니라 전적으로 수가신도만을 배워 오오기마치 긴미치와 함께 비의를 전수받았다.

12 1639-1723. 가모 스케유키(鴨祐之)라고도 한다. 교토 가모미오야(賀茂御祖)신사 신관. 와카 및 역사에 정통했다. 전란으로 중단되어버린 아오이마쓰리(葵祭)를 부흥시켰다.

13 현 히로시마현 서부의 옛지명_옮긴이.

안사이 사후에 수가신도의 정통을 계승한 것은 오오기마치 긴미치였다. 수가신도는 긴미치의 계승을 계기로 조정 및 그 주변의 공가에 침투했다. 가령 조정에서는 관백 이치죠 가네테루(一條兼輝)가 긴미치에게 입문하여 수가신도를 배웠다. 히가시야마(東山)천황의 즉위에 즈음하여 오랜 동안 단절되어 있던 대상제(大嘗祭)가 부흥되었는데, 가네테루는 이 실현을 위해 열심히 활동했다.

또한 가네테루를 통해 수가신도에 접촉한 레이겐(靈元)천황은 생전에 자신의 혼을 신경(神鏡)에 봉했으며, 관백 이치죠 가네카(一條兼香)가 레이겐・히가시야마・나카미카도(中御門)의 세 천황에게 신호(神号)를 수여하는 일도 있었다. 이 시기에는 그 밖에도 중요한 조정의례의 부흥이 모색되었는데, 유직가(有職家, 유소쿠카)[14]나 고실가(故實家)의 경우 자신의 지식에 의의나 권위를 부여하는 데에 수가신도가 유효했고 특히 신도 관계의 가문에게도 수가신도가 중요했다.

시라카와가(白川家)에서는 신기백 시라카와 마사후유(白川雅冬)가 이치죠 가네테루에게서 수가신도를 배우고, 학두로 수가신도계의 우스이 마사타네(臼井雅胤)를 맞이하는 등, 수가신도의 지식을 토대로 조정의례에 있어 시라카와가의 지위향상을 도모하여 1751년 팔신전(八神殿)을 재건했다. 이 무렵 시라카와가는 요시다가에 대항하여 재지의 신직에 대해서도 수가신도와의 결부를 배경으로 집주의 확대를 꾀했다.[15]

음양도에서는 **쓰치미카도가**(土御門家)가 수가신도의 영향을 받으면

---

14 조정 및 무가의 예식 및 전고(典故)에 정통한 자_옮긴이.
15 '집주'에 관해서는 본서 217쪽 이하 참조.(174)

서 교의 및 의례를 체계화했다.[16] 중세 말에 음양도를 가직으로 삼은 가문으로는 천문도(天文道)의 쓰치미카도가, 역도(易道)를 전하는 가모가(賀茂家) 및 정월만세(正月萬歲)의 다이코쿠가(大黑家) 등이 있었는데, 이윽고 쓰치미카도가가 우월한 지위를 얻었다. 17세기 후반의 당주 야스토카(泰福)는 수가신도를 배웠고 가학으로서의 교의 및 의례의 체계화를 꾀한다. 1683년 레이겐천황으로부터 윤허를 받음과 동시에 막부로부터 음양사 지배의 주인장을 얻어, 전국 창문사(唱門師, 쇼몬지)[17] 등을 음양사로서 포괄적으로 조직화하기 시작했다. 그러나 이것이 본격화한 것은 1791년 막부가 쓰치미카도가에 의한 음양사 지배를 허락한 이후부터이다. 쓰치미카도가는 천문과 역법 외에 천조지부제(天曹地府祭, 천황의 즉위 의례) 등에서 천황·공가·막부·무가에 대해 공적·사적인 기도를 행했다.

수가신도의 유력문인 가운데 **다마키 마사히데**(玉木正英)[18]는 독특한 활동을 펼쳤다. 그는 **다치바나 모로에**(橘諸兄)[19]의 흐름을 잇는 후다모치사다(溥田以貞) 같은 인물로부터 **귤가신도**(橘家神道, 깃케신토)[20]의

16 그 이전의 음양도에 관해서는 본서 '수험도와 음양도' 항목 참조. 山本信哉, "土御門神道" 『國學院雜誌』18卷3·4·9·11号·19卷2号 ; 木場明志, "近世日本の陰陽道 : 陰陽師の存在形態を中心に", 村山修一他篇 『陰陽道叢書』3, 名著出版 참조.

17 중세에 민가의 문앞에 서서 금고(金鼓, 방울)를 두드리고 경문을 창하면서 걸었던 법사. 근세에는 문설경(門說經, 가도젯쿄) 법사를 가리킴_옮긴이.

18 1670-1736. 에도 중기의 신도가_옮긴이.

19 684-757. 나라시대의 상급 관인. 모로에의 자손은 교토 우메미야(梅宮)신사의 신직을 맡았다.

20 다치바나 모로에 이래 다치바나씨에게 전수된 신도설로 말해지지만, 실제로는

비전을 전수받았다고 한다. 만년에는 오오기마치 긴미치에 입문해서 수가신도를 배웠다. 마사히데는 긴미치의 유력한 문인 중 한 사람이 되었고, 문인이 다양화되어 가는 가운데 수가신도의 체계화를 다시금 지향했다. 다른 한편 스스로 계승한 귤가신도에 관해 수가신도를 뒷받침하고자 그 교설을 정리하고 집성했다. 그 내용은 사상보다도 오히려 **마목법**(蟇目法, 히키메호)과 **명현법**(鳴弦法, 메이겐보)[21] 등 의례를 중심으로 한 것이다. 거기서는 병법적 색채가 농후하다. 여기에는 중세 이래 병법 사상의 영향이 엿보인다. 마사히데의 활동에 의해 귤가신도가 사람들에게 널리 알려지게 되었고, 다니카와 고토스가(谷川士清)[22] 및 요시미 유키카즈(吉見幸和)[23] 등 많은 신도가들이 이를 수용했다. 마사히에는 수가신도 및 귤가신도의 전수에 관해 가학적 비전의 방향을 강조했는데, 마사히데의 사후에 귤가신도는 가학으로 이어지지 못한 채, 그를 경유한 수가신도에 포함되는 형태로 존속했다.

아토베 요시아키라(跡部良顯)[24]와 도모베 야스카타(伴部安崇)는 에도에서 수가신도의 보급에 힘썼다. 그들은 수가신도와 사토 나오가타를 경유한 기문학을 배웠는데, 이윽고 수가신도에 전념하게 되어 오오기

에도시대에 형성되었다고 보인다. 다마키 마사히데가 주창한 것으로 널리 세상에 알려지게 되었다. 행법 및 의식에 관한 교설이 중심을 이룬다.

21 명현법은 시위에 화살을 걸지 않은 채 시위만을 당겨 음을 내는 요마 퇴치법이나. 한편 후에 높은 음을 내기 위해 적시(鏑矢, 우는 살)를 사용하게 된 것이 마목법이다.

22 본서 265쪽 이하 참조.

23 본서 264쪽 이하

24 1658-1729. 에도 중기의 수가신도가_옮긴이.

마치 긴미치로부터 비의를 전수받았다. 이 둘은 에도 방면에서의 수가신도 유포에 활약했는데, 아토베 요시아키라는 안사이의 교설을 『스이카오오신토오시에노쓰타에垂加翁神道教之傳』로 정리했다. 그러나 그들의 활동은 오오기마치가로부터 독립의 정도를 점차 늘렸고 결국 오오기마치 킨미치로부터 의절당했다. 이렇게 교설의 유포 및 조직의 확대가 진행되면서 수가신도의 당주 오오기마치가의 구심력은 상대적으로 약화되었다.

이와 관련하여 궁중에 하나의 사건이 일어났다. 1758년에 일어난 호레키사건(寶曆事件)[25]이 그것이다. 공가 도쿠다이지가(德大寺家)의 가복(家僕)이었던 다케우치 시키베(竹內式部)[26]는 마쓰오카 오부치(松岡雄淵) 및 다마키 마사히데으로부터 수가신도 및 귤가신도 등을 배웠고, 기문파의 흐름을 잇는 와카바야시 교사이(若林强齋)[27] 등과도 교류가 있었다. 시키베의 교설은 도쿠다이지 긴무라(德大寺公城)를 매개로 하여 모모조노(桃園)천황 주변의 청년 공경들에게 파고들었다. 거기에는 조정의 정권복귀를 사상적으로 정당화하는 내용이 포함되어 있었다. 긴무라 등은 모모조노천황에게 시키베가 주창한 바 수가신도에 의한

25 1758-59년 막부가 존왕론자 다케우치 시키베를 처벌한 사건_옮긴이.

26 1712-1767. 의사 집에서 태어나 상경하여 도쿠다이지 사네노리(德大寺實憲)의 가복(家僕)이 되었다. 호레키사건 후 교토에서 추방되었고, 그 후 야마가타 다이니(山縣大貳, 1725-1767. 에도 중기의 유학자_옮긴이)가 막부에 대한 모반 의혹에 의한 메이와(明和)사건(1766년 막부가 존왕론자들을 탄압하여 30여명을 처형한 사건_옮긴이)에 연루되어 하치죠섬(八丈島, 현 도쿄도 이즈7도 남부의 화산도_옮긴이)으로 유배되는 도중에 죽었다.

27 1679-1732. 에도 중기의 유학자_옮긴이.

『니혼쇼키』신대권을 강의하는 등, 조정 내에서 독자적인 활동을 하게 된다. 이에 대해 조정 집행부는 그것이 종래 지켜왔던 막부와의 협조 관계에서 벗어나는 일탈이라 생각하여, 긴무라 등을 처분하고 시키베를 교토에서 추방했다. 수가신도에서도 조정은 정권에 관여하지 않은 채 전적으로 의례만을 거행한다는 것이 전통적인 시각이었는데, 주변에서는 시키베의 교설 또한 수가신도로 이해하고 있었다.

▌칼럼▐ 신장제 : 신도와 장례

에도시대에는 **사청**(寺請, 테라우케)**제도**에 의해 불교식 장례가 의무적이었다. 이에 반해 비불교적인 장례를 하자는 움직임이 등장했다. 그 중 신도가를 중심으로 하는 신도식 장례 운동을 **신장제**(神葬制) 운동이라 한다. 이는 불교 전래 이전에 일본 독자적인 장례 방식이 있었을 것이라는 가설을 전제로 한다. 근세에 가장 이른 시기에 신도사상과 의례를 정비한 것이 요시다가(吉田家)였고 일찍부터 신도 독자적인 장례를 의식하고 있었는데, 그 의례가 일반에게까지 알려진 것은 근세 후기가 되어서였다.

한편 본격적으로 비불교적인 장례를 논의한 사례 중 가장 이른 것은 유학자 및 유가신도가(儒家神道家)였다. 유학을 일본의 현실에 적응시키고자 했던 그들에게는 의례의 일본화라는 점에서 장례의식이 중요했음에 분명하다. 원래 주자학에는 장례 의식절차를 기록한 『가례家禮』가 있고 근세일본에서 유교식 장례의 전개도 이 『가례』에 주로 의존했다. 비불교적 장례의식 중 최초기의 것으로 1648년 나카에 도쥬(中江藤樹)의 사례를 들 수 있다. 도쥬는 유학자 중에서도 신도에 깊이 경도되어 있었지만, 장례는 유교식으로 했다고 한다. 또한 간분(寬文) 연간(1661-1673년)에 도쿠가와 미쓰쿠니(德川光圀)가 집행한 일련의 친지 장례식도 『가례』를 토대로 한 것이었다. 유학자들은 장례의식에 대한 논의도 많이 했다. 구마자와 반잔의 『소사이벤론葬祭辯論』과 오규 소라이의 『소레이랴쿠喪禮略』 등이 그 일례이다.

유가신도가가 불교식 장례를 기피한 경우에도 『가례』를 근거로 삼았다. 아이즈(会津) 번주인 호시나 마사유키(保科正之)의 장례의식은 요시카와 신도의 지도하에 거행되었는데, 이 또한 유학의 영향이 강했다. 한편 야마자키 안사이는 영혼의 실재를 믿어 생전에 자신의 영혼을 제사지냈는데, 그의 문하생들 중에서도 신장제를 논하는 사람들이 나타났다.

이윽고 18세기 중엽에서 후기에 이르면서 일반 신직들까지도 신장제를 추구하게 된다. 신직들은 스스로를 불교승려와 구별된 종교자로 의식함과 아울러 불교를 억압자로 보아 장례의식에 있어 불교로부터의 자립을 도모했던 것이다. 신직으로서의 자각화 과정은 요시다가・시라카와가의 신사・신직 집주 확대와 밀접한 관계가 있다. 양가의 활동은 종래까지 특정한 종파에 속하지 않았던 종교자들까지 끌어들여 이 시기 이후 신직이라는 아이덴티티를 가진 종교자가 많이 등장하게 되었다. 그들은 장례의식의 측면에서 불교식 장의와 명확히 구별되는 신장제를 추구했고, 사회적으로는 특정한 사원의 단가(檀家)라는 지위를 떠나서 신직을 하나의 자립적인 신분으로서 살아가고자 했다. 이를 **'이단운동'**(離檀運動)이라 한다.

19세기에 들어서서 국학의 흐름에 **복고신도**(復古神道)[1]가 나타나자, 일부 상층농민들까지 신장제를 추구하게 된다. 불교 이전의 모습으로 돌아가기 위해 장례의식도 신장제로 돌아가야 한다고 여긴 것이다. 메이지유신 때의 신불분리에 따라 각지에 신장제 운동이 생겼는데, 이를 뒷받침한 것은 이런 '복고'의 논리였다. 정부는 당초 도쿄의 아오야마(青山)묘지 등 도시지역에 신장제를 위한 묘지를 만들고 통일적인 신장제 의례의 정비를 도모했는데, 신도 각파의 갈등도 있고 해서 간략한 의례서를 만드는 데에 그쳤다. 각 지방의 촌락에서 신장제로 바꾸는 움직임이 많이 나타났는데, 이윽고 그 대부분은 원래의 불교식 장의로 되돌아갔다.

1 종교적인 국학_옮긴이.

강·유행신

월경(越境)하는 신앙집단의 탄생

일본사회는 17세기 후반에 근세적 성격을 확립했는데, 18세기 중엽 이후 근대를 향해 나아가는 변화를 경험하게 된다. 상품작물의 생산과 수공업은 17세기부터 이미 발전하기 시작했으며, 이 시기에 더욱 전면적으로 널리 퍼졌다. 그리고 이런 움직임에 수반된 변화가 사회의 제측면에 나타났다. 그 중 하나는 도시에 있어서의 변화이다. 경제활동의 발전과 함께 도시로의 인구유입이 증가했고, 도시는 이전보다 더 거대화되었다. 상품농작물의 생산이 진행되어 지역시장이 형성되는 가운데, 거대한 시장을 가진 에도의 경제력이 확장되었다. 이에 따라 종래는 가미가타(上方)가 문화의 중심이었지만, 이제는 에도가 새로운 문화적 중심지의 하나로 부상하게 되었다. 또한 문화 담지자의 중심도 무사계급으로부터 하층민을 포함한 정인(町人, 죠닌)으로 이행되고 있었다.[1]

1 정인의 신앙에 관해서는 宮田登, “江戸町人の信仰”, 西山松之助編 『江戸町人

이런 가운데 이전보다 훨씬 성행하게 된 것이 **사사**(寺社)**참배**이다. 원격지의 사사참배는 이미 중세에도 서민들 사이에서 널리 행해졌지만 그것은 어디까지나 기나이(畿內)를 중심으로 하는 지역에 한정되어 있었다. 하지만 근세가 되면 교통의 정비 및 서민들의 경제력의 향상과 더불어 이 범위가 확대되었다. 예컨대 겐로쿠 시대를 전후하여 사이코쿠(西國)순례[2] 및 시코쿠헨로(四國遍路)[3]를 행하는 사람들이 증가했다. 18세기에는 에도가 문화적 중심지가 됨으로써 특히 에도와 관동지역 서민들 사이에 사사참배가 늘어났다. 참배에 있어 사람들은 **강**(講, 코)을 조직했다. 강은 상호부조적인 역할을 했으며, 참배의 경우는 강의 모든 멤버가 모은 자금으로 대표자가 참배하는 이른바 대참(代參)이 주류였다. 대표적인 사례로 후지산을 참배하는 **부사강**(富士講, 후지코)[4]을 들 수 있다. 부사강은 간에이(寬永) 연간(1624-44)에 생겨났는데, 최성기는 특히 덴메이(天明) 연간(1781-89) 이후이다. 에도 및 간토지역의 서민들이 부사강을 결성하여 참배했다. 이 시기를 전후하여

の硏究』2, 吉川弘文館 참조.

2 사이코쿠 33개소 관음영장을 순례하는 것_옮긴이.

3 고보대사와 관련된 시코쿠 88개소 영장을 순례하는 것_옮긴이.

4 개조는 전국시대에서 에도시대에 걸쳐 활동한 행자 하세가와 가쿠교(長谷川角行, 1541-1646)이다. 가쿠교는 후지산록의 히토아나(人穴)에서 고행을 했으며 후지산의 신령 센겐(仙元)으로부터 중생구제의 영력과 주문을 받았다고 한다. 가쿠교는 후지산 지형에 독특한 문자를 배치한 『오미누키御身拔』를 저술했는데, 이는 이후 후지강의 근본경전이 되었다. 또한 그는 치병을 비롯하여 서민의 현세이익 욕구에 부응하는 종교활동을 전개했다. 18세기 전반에는 지키교 미로쿠(食行身祿, 1671-1733)가 대두하여 후지신앙을 이상적 세계인 '미로쿠의 세계'의 도래를 믿는 신앙으로 이해했다. 이는 종말론적 성격이 강했다. 뿐만 아니라 미로쿠에 있어서는 주술성이 희박하며 생활윤리를 중시하는 경향이 강했다.

대산강(大山講, 오오야마코)도 에도 및 간토지역에서 성행했다. 그 밖에 근세에 처음으로 원격지 참배의 대상이 된 사사로서 **나리타산**(成田山)과 **곤피라궁**(金毘羅宮)을 들 수 있다.

이상과 같은 사사참배자의 분포는 지역적으로 한정되어 있었지만, 전국적 규모의 분포를 보여준 것으로 이세참궁이 있다. 사람들은 **이세강**(伊勢講, 이세코)을 조직하거나 혹은 개인적으로 이세신궁을 참배했는데, 일시에 대량의 참배가 유행처럼 이루어져 **오카게마이리**(お蔭参り)라 불렀다. 이런 군참은 가장 대규모적인 것으로 1650년 · 1750년 · 1771년 · 1830년의 4회가 알려져 있다. 1771년에는 2백만이 참배했다고 한다. 또한 각지에서 가장이나 주인의 허가를 받지 않거나 관리의 정규 수속을 밟지 않은 채 이세를 참배하는 **누케마이리**(抜け参り)도 행해졌다.

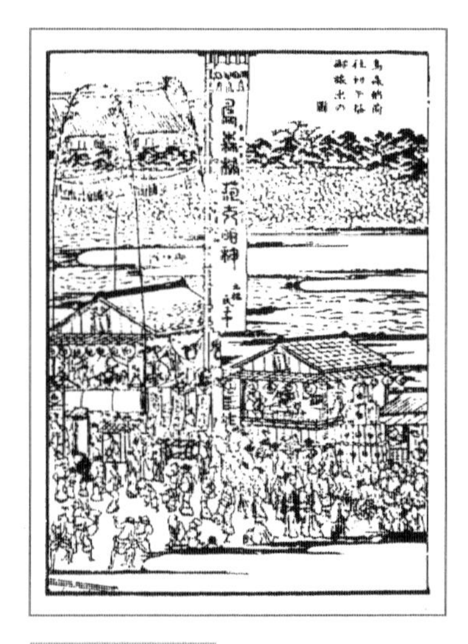

鳥森이나리 제례

한편 에도 정인들 사이에서는 새로운 신불이 발생하여 유행하기도 했다. 이처럼 일시적으로 신앙되는 신들을 총칭하여 **유행신**(流行神, 하야리가미)[5]이라 한다. 이 시기 유행신의 하나로 **이나리**(稲荷)가 있다.

5 유행신의 여러 양상에 관해서는, 宮田登『江戸のはやり神』ちくま學藝文庫 참조.

근세 초에서 17세기에 걸쳐 에도 내부에서 발생한 이나리사는 소수에 지나지 않으며 대부분 타 지역에서 권청한 것이었다. 그러나 겐로쿠 연간이 되면 에도 근교의 농촌에 영험 있는 이나리사가 현저하게 나타났고, 18세기 후반에는 유행신으로서의 이나리가 에도 내부에서 계속 나타났다. 단, 유행신이 된 것은 이나리 뿐만 아니라 **지장**(地藏)을 비롯하여 자연물에 이르기까지 다양한 대상이 신불로 여겨져 그것에 대해 영험과 현세이익을 구했다. 이런 신앙은 일단 열광적으로 유행했다가 얼마 후 사라지는 등, 나타났다가 없어졌다가를 반복하는 경우도 많았다. 기성종교로부터의 독립성이 강한 신앙이 특징적이다.

사사가 비장하고 있는 본존・신체・보물 등을 일정 기간 공개하는 **개장**(開帳, 가이쵸)도 널리 행해졌다. 이 개장에는 사사에서 행하는 거개장(居開帳)과 다른 지역에서 행하는 출개장(出開帳)이 있는데, 모두 흥행적인 성격이 강하다. 이 때 참배자들로부터 받는 봉납은 사사의 중요한 수익원이 되었다. 또한 사사 경내에 음식물을 판매하는 등 오락적 색채도 강했다.

역(暦) 또한 참배와 밀접한 관계가 있었다. **테이쿄(貞享)의 개력**(1684년)에서 역 편성의 권리가 조정으로부터 막부로 이행되면서 천문학 분야를 막부가 담당하게 되었다. 한편 일시(日時)・방각의 길흉화복 및 금기 등의 역주(暦注)에 관해서는 쓰치미카도가(土御門家)가 담당하게 되었다. 이런 개력이 이루어지기 전까지는 각지에서 지방력이 발행되었는데, 개력 이후 역의 사적 작성이 금지되었다. 그러나 다른 한편 정규력과는 별도로 간략화한 약력(略暦)의 간행 및 역주(暦注)를 해

설한 판본의 출판이 증가했다. 좋은 인연의 방각을 의미하는 '에호'(惠方)가 언급되기 시작한 것도 이런 출판물의 보급에 의한 것이었다. 그래서 도시가미다나(歲神棚)[6]를 에호 쪽으로 설치한다든지 에호 쪽으로 하쓰모우데(初詣)[7]를 하는 **에호마이리**(惠方参り) 등이 점차 성행하게 되었다.

이에 비해 촌락에서는 17세기 후반에 일단 신분계층이 해소되어 경제적 계층으로 변용되어가는 움직임이 기나이를 중심으로 나타났으나,[8] 경제력의 상승과 함께 다시금 신분계층의 분화가 생겨나고 새로운 가격(家格) 계층이 형성되었다. 이런 가운데 촌락의 경제적인 뒷받침도 있고 해서 신주(神主, 간누시)·신직(神職)을 전문 직업으로 하는 자가 많이 나타나게 되었다. 또한 경제력 증가에 따라 역으로 특권적인 신주를 배제하는 움직임도 있어, 신직의 신분이 매우 유동적이 되었다. 이 시기에 신직이 자신의 장례식을 **신장제**(神葬制)[9]로 행하려는 움직임이 활성화된 것은 신직의 자립적인 신분·직분 의식이 강화되었음을 보여주는 구체적인 사례라 할 수 있다. 이런 상황에 호응하여 신사·신직의 **집주(執奏)문제**가 다시 부각되기도 했다.

즉 신직 신분이 유동적인 것이 되면서 **요시다가**(吉田家)는 신직에 대한 지배를 더욱 강화하고자 했다. 가령 간에이(寬永) 연간(1624-1644)

6 오곡의 수호신을 모신 신단_옮긴이.
7 신년에 사사를 참배하는 관습_옮긴이.
8 본서 223쪽 참조.
9 본서 251~52쪽의 칼럼 참조.

의 **제사니의신주법도**(諸社禰宜神主法度, 쇼샤네기간누시핫토)[10]는 요시다가의 신사 집주에 유리한 것이었는데, 막부에 대해 재삼 요청하여 1782년 이 법도의 재고시를 실현시켰다. 또한 1791년에는 관동 역소(役所)를 개설하여 에도를 중심으로 동일본에서 신직의 집주 확대와 그 관장을 강화했다. 한편 **시라카와가**(白川家)는 수가신도를 도입한 후 지역 신직의 집주에도 적극적으로 임하여 가입 신직수가 점차 증가했다. 시라카와가 또한 에도 역소를 설치하는 등 요시다가와 마찬가지로 동일본의 신직 집주에 의욕을 보였으므로, 신직 집주를 둘러싸고 양가의 대립이 심화되고 분쟁도 많이 발생하게 되었다.

불교사원의 상황에도 변화가 있었다. 서민층까지 침투한 근세의 이에(家)제도에다 촌락의 경제적 발전이 서로 맞물려 이 시기의 사원은 말사와 단가를 재정기반으로 한 경제적 지배층으로 성장했다. 이는 사원과 승려가 경제적·정치적 억압자로 관념되어진 것을 의미하며, 따라서 각종 배불론이 많이 나타나게 되었다. 같은 시기에 진언종 승려 **지운**(慈雲)[11]이 내세운 **운전신도**(雲傳神道, 운덴신토)는, 신도와 밀교가 원래 같은 것이며 따라서 신도를 불교와 유교 교의에 의해 견강부회적으로 재해석할 필요는 없다고 주장했다. 이는 배불론에 대한 불교측으로부터의 사상적 대응 가운데 하나라 할 수 있다.

10 본서 216쪽 이하 참조.
11 1718-1804. 에도 중기의 유력한 학승. 양부신도를 전수받고 고학파 유학자인 이토 도가이(伊藤東涯)에게도 사사받았다. 만년에 은거하여 독자적인 신도설을 주창했다.

이처럼 18세기 중엽 이후에는 신앙 측면에서 많은 변화가 나타났다. 사사참배와 유행신의 성행은 종래의 사회조직틀을 넘어선 신앙형태의 등장을 의미한다. 이와 더불어 종교자의 성격도 달라져서, 새롭게 신직이 된 자가 나타났고 직업적 종교자도 증가했다. 또한 강 및 요시다・시라카와가의 집주가 확대되는 등 종래와는 상이한 조직화도 성행했다. 이런 동향은 실로 근대신도의 전야라 할 수 있다.

▌칼럼▌ 시치고산(七五三)

오늘날 신사에서 행해지는 일반적인 인생의례의 하나로 시치고산이 있다. 이는 가미오키(髮置),[1] 하카마기(袴着),[2] 오비도키(帯解き)[3]와 같은 각각 독립된 세 가지 의례에서 비롯되었다.

가미오키는 종전까지 깎았던 머리를 처음으로 기르는 의식이다. 공가에서는 2세 때, 무가에서는 3세 때 거행하는데, 구체적으로 기다란 백발 모양의 모자를 씌우고 장수를 기원한다. 이 때 두정부의 머리를 밀고 양 귀 끝에 드리워진 머리카락을 남기는 등 가지각색의 의례가 나타났다. 사료상으로 이런 의식은 무로마치 시대까지 거슬러 올라간다.

하카마기는 남녀 모두 3세에서 7세 사이에 처음으로 하카마를 입히는 의식이다. 헤이안시대의 궁정귀족 사이에서 시작된 통과의례의 하나인데, 이 때 하카마의 오쿠리누시(贈り主)와 하카마 허리띠를 매주는 하카마오야(袴親) 등 의례의 중심적 역할을 친족중의 장로가 담당한다. 즉 이 의식은 아이에 대한 친족집단의 승인을 의미한다. 어른과 같은 복장을 입히는 의식이라 할 수 있는데, 통례상 사시누키(指貫)[4]만은 착용하지 않았다고 한다. 그 이유에 관해서는 정설이 없지만, 일부러 복장을 미완성 상태로 놓아두는 데에 의례적인 의미가 있었다고 생각된다. 가마쿠라시대 이후에는 무가도 이런 의식을 행하게 되었는데, 각 시대별로 성인복장이 다 다르다. 가령 무로마치시대에는 히타타레(直垂),[5] 에

1 유아가 두발을 처음으로 기르는 의식. 사초(莎草)실로 만든 백발(白髮)을 머리에 씌우고 이마에 분가루를 발라 축하한다. 근세에 공가는 2세, 무가는 3세 혹은 남아 3세, 여아 2세, 서민은 남녀 3세 때 주로 음력 11월 15일에 거행_옮긴이.
2 유아가 처음으로 하카마 즉 겉옷바지를 입는 의식_옮긴이.
3 유아가 쓰케오비(付帯) 즉 여름 예복에 매던 띠를 그만두고 처음으로 오비 즉 정식 허리띠를 사용하는 축하의식. 통상 남아는 5세에서 9세, 여아는 7세 때 11월의 길일을 택하여 행함. 현재는 11월 15일에 거행_옮긴이.
4 발목을 졸라 매게 되어있는 바지_옮긴이.
5 옛날 예복의 일종. 소매끝을 묶는 끈이 달려 있고 문장(紋章)이 없으며 옷자락은 하카마 속에 넣어서 입음_옮긴이.

도시대에는 아사가미시모(麻裃)[6]가 사용되었다.

오비도키 · 오비하지메는 7세를 맞이한 남녀가 행하는 의례이다. 오비무스비(帯結び), 히모도키(紐解き), 히모오토시(紐落し) 등의 의례도 마찬가지이다. 아이가 히모(끈)라든가 오비(띠)를 매고 옷을 입는 최초 의례로, 무로마치 말기에 귀족 사이에서 시작되었다. 당초에는 9세 남녀가 11월의 길일을 택해 행했는데, 연령은 그 후 변동하여 에도 중기 이후에는 하카마기가 남아 5세의 의례로 정착하게 되었다. 이와 대조적으로 오비도키는 여아 7세의 의례로 정착되었다. 이 무렵 일반적인 작법은 아이가 에호를 향하면 가리오야(仮親)가 허리띠를 매주고 신사참배를 하는 형식이었다.

이상의 세 가지 의례가 에도시대에 이르러 시치고산이라는 하나의 의식으로 행해지게 되었고, 신사참배도 불가결한 요소가 되었다. 에도시대 말기의 저술인 『도토사이지키東都歳事記』에는 아이들이 존비(尊卑)의 신분에 따라 의복을 새로 갖추었고 우부스나가미(産土神)를 참배했으며, 친척 집을 돌다가 밤에는 진지와 지인을 맞이하여 향연을 열었다고 나온다. 택일도 이전에는 11월의 길일을 택했는데, 이 책이 쓰인 당시에는 15일로 고정되었던 듯싶다. 왜 15일인가 하는 점에 관해서는 도쿠가와 쓰나요시(徳川綱吉)[7]의 아들 도쿠마쓰(徳松, 어릴 때 이름)를 축하한 날에서 비롯되었다는 설도 있다. 여기서 성인의 단계로 들어서는 통과의례가 신사와 결부되었다는 점을 고려하건대 선행연구가 지적하듯이 씨신제(氏神祭)와의 연관성을 엿볼 수 있다.

근세 전기에는 시치고산이 공가와 무가에 한정되어 있었지만, 이윽고 정인들 사이에도 퍼졌다. 무가의 시치고산이 막부에 의해 검소하게 치를 것이 의무적으로 정해진 데 비해, 정인의 시치고산은 점차 화려해졌다. 약간 뒤인 가세이(化政)기 이후에는 농민들 사이에도 침투되었는데,[8] 오늘날과 같은 형태의 시치고산이 서민들에게까지 일반화된 것은 메이지시대 이후라고 보인다.

6 에도시대 무사의 예복차림_옮긴이.
7 1646-1709. 도쿠가와 막부 제5대 쇼군_옮긴이.
8 太田素子, "近世農村社會における子どもをめぐる社交" 『國立歴史民俗博物館研究報告』54号 참조.

국학

신도를 둘러싼 학문의 전개

화학(和學)의 융성 : 18세기의 문화적 특징으로서 사람들의 지적 능력의 향상과 식자층의 확대를 들 수 있다. 여기에는 **유학**의 보급이 크게 영향을 끼쳤다. 이 시기에 각지에서는 많은 번교(藩校)가 세워져 무사 자제들에 대한 유학 교육이 행해지는 한편, 부유한 서민층을 대상으로 한 민간의 유학숙(儒學塾)도 널리 보급되었다. 또한 17세기말부터 18세기 초에 도시를 중심으로 급속히 보급된 **습자숙**(手習い塾)과 **데라코야**(寺子屋)에서도 식자교육이 행해짐과 아울러 유학이 통속화된 형태로 서민들 사이로 침투했다. 이런 교육을 통해 식자층이 증가했던 것이다.

한편 활발해진 경제활동은 사람과 물자와 돈뿐만 아니라 정보의 유통을 증대시켰다. 대도시의 문화와 학예는 각 도시를 중계점으로 하여 지방으로 전파되었고 지적 능력이 향상된 사람들이 이에 호응했다. 상층 정인과 농민들 사이에서 시문 써클이 형성되었고 문인 교양

층이 성립되었다. 학문을 행할 여유가 생긴 것이다. 또한 이런 조건을 토대로 산업으로서의 출판이 가능해졌다. 이는 종래 사본의 전사를 통해 계승되어 온 텍스트가 동일물의 **복제=판본**으로서 대량으로 유포되기 시작했음을 의미한다. 이는 학문과 신앙의 양태에 근본적인 변화를 초래했다. 하나는 지식의 전달방법에 관한 변화이다. 판본에 의해 동일한 텍스트를 많은 사람들이 소유할 수 있도록 하기 위해 일대다의 전수가 가능해졌다. 또한 올바른 전수를 위해 사자상전(師資相承)[1]과 일자상전(一者相傳)[2] 등의 비전이 더 이상 필수적인 것이 아니게 되었다. 그러니까 이제는 누구라도 교설에 접할 수 있게 된 것이다. 또 하나는 연구방법에서의 변화이다. 연구를 위한 기초적 문헌이 판본으로 준비되어 있으므로, 고증이 이전보다 용이해졌고 광범위한 문헌검색이 가능해졌다. 이로써 실증적 연구가 비약적으로 진전될 수 있었다.

수가신도[3]가 융성한 시기를 전후로 하여 신도에 대한 학문적 추구가 본격화되었다. 하지만 신도에 관한 학문은 17세기 중엽부터 후기에 걸쳐 이미 나타났다. 하야시 라잔의 『혼쵸진쟈코本朝神社考』(1645년까지 성립), 도쿠가와 요시나오(德川義直)[4]의 『진기호텐神祇寶典』(1646년 성립), 마노 도키쓰나(眞野時綱)의 『고킨신가쿠루이헨古今神學類編』(1682

1 스승이 직접 제자에게 구두로 가르침을 전하는 것.

2 학문과 기예의 모든 것을 오직 자기 자식이나 또는 그에 상당하는 한 사람에게만 전하는 것.

3 본서 <수가신도> 항목 참조.

4 1600-50. 이에야스의 9남. 유학과 신도 연구자_옮긴이.

년 집필시작) 등이 그것이다. 이것들은 사가와 공가 등에서 개별적으로 전해져 온 구래의 신도설을 포괄적으로 정리 집성함으로써 그 전체상을 밝힘과 아울러 그 지식을 일반인에게도 개방하는 역할을 수행했다. 단, 이것들은 특정 전적의 비판적 고증에까지 이르지는 못했다.

또한 교호년간(享保年間, 1716-1736) 전후부터 공가와 무가뿐만 아니라 민간에서도 **유식고실**(有識故實, 유소쿠고지쓰)의 학문이 성행했고 **고실가**(故實家)라 불리는 사람들이 나타났다. 유식고실은 본래 의례작법의 선례 및 전거에 관한 연구에 주안점이 있는데, 고실가는 점차 대상을 여러 방면으로 확대하여 일본의 고대사 및 신도 또한 중요한 연구영역의 하나가 되었다.[5] 이 시기에 신도에 관한 지식을 가장 체계적이고 포괄적인 형태로 집대성한 것은 수가신도였는데, 이 영향권에서 등장하여 실증적 연구를 심화시킨 일군의 사람들이 있었다. 그들은 '신전'(神典)과 역사서 및 고실에 비추어 '올바른' 신도를 추구하는 전대의 자세를 보다 심화시켜 중세에 쓰여진 전적류를 위서라고 비판하게 되었다.

그 대표적인 사례가 요시미 요시카즈(吉見幸和)[6]이다. 나고야도쇼궁(名古屋東照宮)의 신관이었던 요시카즈는 젊은 시절에 오오기마치 긴미치(正親町公通)와 다마키 마사히데(玉木正英)로부터 수가신도 및 귤

5 이에 관련된 고실가로 쓰보이 요시치카(壺井義知, 1657-1735)와 타다 요시토시(多田義俊, 1698-1750) 등이 있다.

6 1673-1761. 요시카즈의 집안은 오와리 번주인 도쿠가와 요시나오를 섬긴 조부 이래 나고야 도쇼궁 사관직을 맡아왔다. 가학을 계승한 요시카즈는 점차 수가신도에 경도하여 당주(當主) 오오기마치 긴미치로부터 비의를 전수받기에 이른다.

가(橘家)신도를 전수받았고 아사미 게이사이(浅見絅斎)[7]에게서 주자학을 배웠다. 그는 확실한 역사사료에 비추어 그 진위를 판단하는 태도(「國史官牒」主義)에 입각하여 길전・이세・수가 등 종래의 신도설을 비판했다. 요시카즈는 나고야 도쇼궁 간누시의 집주와 다른 신사의 간누시 임명을 둘러싸고 요시다가와 대립하게 된 것을 계기로 학문적으로도 『조야쿠벤보쿠쇼조쿠카이增益弁卜抄俗解』에서 길전신도에 대해 고증적인 비판을 가했다. 이세신도에 대해서는 주저 『고부쇼세쓰벤五部書説弁』에서 이세신도의 근본경전으로 말해져온 **신도오부서**(神道五部書)[8]를 철저히 비판했다. 거기서 요시카즈는 나라시대에 선술되었다고 하는 오부서의 본문을 축어적(逐語的)으로(언어학적 분석) 검토하고 고증하여 그 전거를 철저히 밝혀냄으로써, 그것들이 중세의 위서임을 규명했다. 나아가 요시카즈는 『니혼쇼키』신대권에 관해 독자적인 주석을 가한 『가미요노쇼기神代正義』 및 『가미요노쵸쿠세쓰神代直説』에서 수가신도의 신대권 해석에 대해서도 비판을 가했다.

아마노 사다카게(天野信景)[9]와 **다니카와 고토스가**(谷川士清)[10] 및 **가와무라 히데네**(河村秀根)[11] 등도 이와 같은 요시카즈와 같은 입장이었

---

7 1652-1711. 에도 중기의 유학자. 야마자키 안사이의 제자로 기몬(崎門) 삼걸의 하나_옮긴이.

8 본서 163쪽 각주(11) 참조.

9 1663-1733. 오와리 번사. 만년에 질병으로 인퇴한 후 삭발하여 '신아미타불'(신阿弥陀佛)이라 칭했다.

10 1709-1776. 이세노구니(伊勢國) 아노군(安濃郡) 출신의 의사. 젊은 시절에 의학을 공부하기 위해 교토로 상경하여 거기서 수가신도를 접했다. 귀향한 후 의사업을 하면서 사숙을 열었다.

다. 오와리(尾張) 번사였던 사다카게는 요시카즈 등과 함께 『오와리후도키尾張風土記』를 편찬하면서 이런 방법을 체득하고 고증수필집인 『시오지리塩尻』를 저술했다. 고토스가는 다마키 마사히데에게 사사받고 수가신도를 전수받았는데 실증적 태도에 입각하여 『니혼쇼키쓰쇼日本書紀通證』를 저술했다. 고토스가는 여기서 중세 이래의 주석 및 제설을 집성함과 아울러 그 제설의 출전을 상세히 조사하고 있다. 요시카즈의 문인이었던 히데네 또한 『니혼쇼키』 본문을 교정함과 아울러 그 출전을 철저히 검색했다. 이런 업적은 근세 『니혼쇼키』 연구의 도달점을 잘 보여준다.

이처럼 수가신도의 도통을 이어받은 요시카즈와 고토스가는 고증적 태도를 심화시킴으로써 수가신도의 틀에서 크게 벗어났다. 이런 학문적 조류의 큰 줄기가 이윽고 국학으로 합류해 간다. 그리하여 신도설의 주류가 수가신도로부터 국학으로 넘어가고 있었던 것이다.

전기 국학 : 이와 같은 고증적 신도연구가 성행하는 가운데, 점차 **국학**(國學, 고쿠가쿠)이 그 모습을 드러내기 시작했다. 국학은 제도와 문학 등에서 외래사상에 영향 받기 이전 일본 고유의 전통을 연구하는 학문이라고 일단 정의내릴 수 있겠다. 그러나 국학이 당초부터 그렇게 명확한 성격의 윤곽을 가지고 등장한 것은 아니었다. 국학은 화학(和学, 와가쿠)에 근원이 있으며 다른 한편으로 근세전기에 일본사회에

11 1722-1792. 오와리 나고야 번사. 요시다신도, 요시카와신도, 와카, 하이쿠 등 다양한 분야를 연구했고 다다 요시토시에게서 유식고실(唯識故實)을 배우기도 했다.

침투한 유학의 영향 및 그 대상화를 중요한 계기로 하여 형성된 것이었다.

대저 중세 이전에 학문이란 일반적으로 한학 및 불전 연구를 지칭했다. 일본의 문예・역사・고실학 등은 일반적인 학문의 대상으로 간주되지 않았으며, 각각 특정한 가문이 전문적으로 담당하여 지식의 유지와 계승을 위한 연구를 수행해 왔다. 그런데 오닌의 난과 분메이(文明)의 난(1467-77년)이 일어나면서 이런 전통적 학문이 위기에 봉착하게 되었다. 전란에 의해 각 가문이 계승해 온 많은 장서들이 소실되었고 가문 자체도 단절되거나 혹은 지식을 유지할 능력을 잃어버리게 되었기 때문이다.

이런 상황 속에서 중세 말에는 일본 문물에 대한 학문적 연구의 필요성이 강력하게 자각되었다. **이치죠 가네요시**(一條兼良), **이이오 소기**(飯尾宗祇), **산죠니시사네타카**(三條西實隆), **기요하라 노부카타**(淸原宣賢) 등이 그 중심적 인물이었다. 이들은 고전・유식(有識)・법제에 관한 주석과 강의를 널리 행했다. 근세에는 이런 동향을 배경으로 일본문학과 제도에 관한 학문이 **화학**(和学, 와가쿠)이라 불리면서 전개되었다.

화학이 고찰대상으로 하는 영역은 다기에 걸쳐 있는데, 그 중에서도 **가학**(歌学, 가가쿠)은 가장 중요한 분야 중 하나였다. 가학에서는 공가를 중심으로 이미 학문체계를 정비했던 **당상가학**(堂上歌学, 도쇼가가쿠)[12]이 근세에 들어와 문화의 서민화 과정에서 널리 퍼지게 되었다.

12 여기서 당상(堂上)이란 다이리(内裏, 황궁) 청량전(淸凉殿)에의 출입을 허가받은 5위(五位) 이상의 공가를 가리킨다. 이런 명문 공가에 연원을 둔 와가쿠의

당상가학은 과거의 가집 중에서도 일정한 양식이 확립되어 있던 **팔대집**(八代集)[13]을 중시했다. 이런 경향은 중세까지의 전통적 가학의 성격을 계승한 것인데, 이에 대해 비판적인 **기노시타 죠쇼시**(木下長嘯子)[14], **도다 모스이**(戸田茂睡)[15], **시모코베 죠류**(下河辺長流)[16] 등과 같은 일군의 연구자들이 등장했다. 이들은 은둔생활을 했는데, 전통적 가학에 있어서의 규범과 금제의 속박을 벗어나 자유로운 가작(歌作)을 추구하여 『**만요슈**』를 재평가했다.

후세의 고학자와 국학자들에게서 선구자로 평가받는 **게이츄**(契沖)[17]도 이런 흐름 속에 자리매김되는 인물이다. 게이츄는 미토(水戸)번주 도쿠가와 미쓰쿠니(德川光國)의 보호하에서 『만요슈』를 연구했고 주저 『**만요다이쇼키**万葉代匠記』를 저술했다. 이 연구는 당초 『만요슈』 연구로 유명했던 시모코베 죠류에게 위탁되었는데, 죠류가 도중에 죽어서 그와 교우관계에 이었던 게이츄가 연구를 이어받아 완성시킨 것

흐름을 도쇼가가쿠라 한다.

13 칙선(勅選) 와카슈(和歌集) 중 시대적으로 가장 오래 된 것부터 8집 즉 『고킨와카슈古今和歌集』 『고센와카슈後選和歌集』 『슈이와카슈拾遺和歌集』 『고슈이와카슈後拾遺和歌集』 『긴요와카슈金葉和歌集』 『시카와카슈詞花和歌集』 『센자이와카슈千載和歌集』 『신고킨와카슈新古今和歌集』의 총칭.

14 1569-1649. 비츄노구니(備中國, 현 오카야마현 서부_옮긴이) 아시모리(足守) 성주(城主)의 장남으로 태어났다. 도요토미 히데요시가 일으킨 임진왜란에 가담했는데 그 후 실각하여 은둔했다.

15 1629-1706. 도쿠가와 다다나가(德川忠長) 중신의 아들로 태어났으며, 만년에 출가했다.

16 1624-1686. 야마토노구니(大和國) 출생. 기노시타 죠쇼시에게 사숙했고, 쇼호(正保) 연간(1644-48년)에 교토로 가서 죠쇼시를 방문하기도 했다. 서민의 가집을 편찬했다.

17 1640-1701. 진언종 승려. 무가에서 태어나 젊은 시절에 출가.

이다. 『만요다이쇼키』는 만엽학에 있어 문헌실증적 방법을 확립시켰다는 점에서 획기적인 연구서이다. 승려였던 게이츄는 불전의 주석작업을 통해 교의를 전거 즉 경전에서 증명하는 방법을 익히고 있었다. 이를 『만요슈』 연구에 응용하여 『니혼쇼키』와 『만요슈』 등의 고서를 전거로 삼아 고대의 가나 어법과 훈을 고증했던 것이다. 또한 이 방법은 종래 지배적이었던 불교와 음양오행설로부터의 부회적 이해를 근본적으로 비판하고 있다.[18]

그러나 게이츄의 신도관 자체는 중세적 신도관의 연장선상에 있었다. 그는 한편으로 신불습합적으로 신도를 이해했고 다른 한편으로 신도를 유교나 불교와는 다른 것으로 보았다. 전자의 입장은 양부신도[19]의 전통을 배경으로 한 것이고 그 중심에는 본지수적설이 있다. 후자의 입장은 『진노쇼토키神皇正統記』의 영향 하에서 게이츄 자신이 형성한 이해로서 "본조(일본)는 신국이다"라는 입장이었다. 이노(井野口孝)가 지적하듯이, 게이츄는 아마테라스를 대일여래로 보는 본지수적설적인 관점에 입각하여 '신국'을 이해했으며, 이 두 가지 입장을 모순으로 의식하지 않은 채 공존시켰다.[20] 게이츄의 문헌실증적 방법은 화학에서 점차 널리 공유되었다. 신도가의 경우도 마찬가지였다. 전술한 요시미 요시카즈 등이 그 일례이다. 이 밖에 가다노아즈마마

18 게이츄와 신도를 둘러싼 문제에 관해서는, 井野口孝『契沖學の形成』和泉書院 참조.

19 본서 <양부신도> 항목 참조.

20 井野口孝, "契沖と神道一斑"『契沖學の形成』和泉書院 참조.

로(荷田春滿)[21]도 이런 방법을 차용했다.

후시미이나리사의 신직가에서 태어난 아즈마마로는 가전 학문에 입각한 신기도(神祇道)와 가학을 중심으로 연구했다. 그의 만엽연구는 『만요슈헤키안쇼万葉集僻案抄』로 정리되었다. 아즈마마로는 게이츄의 『만요다이쇼키万葉代匠記』를 섭렵하고 더 나아가 그 실증적 연구를 심화시켰다. 『니혼쇼키』에 관해 아즈마마로는 전적으로 신대권을 대상으로 하여 독자적인 '신기도덕'(神祇道德)의 관점에서 신대권을 해석했다. 거기서 그는 신대권의 신화적 모티브를 인간세계에 있어 '도리'의 비유라고 이해했다. 이는 신화를 문자 그대로 받아들인 중세 이래의 해석태도를 벗어난 것으로 일종의 합리적 해석이라 할 수 있겠는데, 다른 한편으로 문헌고증적 태도로부터 벗어나 자의적으로 신화를 해석할 위험성도 내포하고 있었다. 또한 아즈마마로는 이 '도리'를 사람들이 따라야만 하는 규범으로 생각했다. 실증성과 규범성이 동거하는 이런 태도는 일부 국학자들에게 계승되었다.

아즈마마로는 자신의 학문을 가문의 흥륭을 위한 것이라고 자리매김했으며, 에도로 나가 신직을 주요한 대상으로 삼아 신전과 가학의 강석을 행하여 문인을 조직했다. 여기서도 **'비전(秘傳)으로부터 공개로'**라는 일반적 경향을 엿볼 수 있다. 단, 가전의 역할이 상실된 것은 아니다. 그의 활동에서는 가전이라는 권위를 근거로 자설을 계몽적으

21 1669-1736. 후시미이나리사의 신관 노부아키(信詮)의 차남으로 태어났다. 에도에서의 강의가 평판이 좋아 나가오카(長岡)번에 초빙된다든지 도쿠가와 요시무네(德川吉宗)의 법전정비사업에 참가하기도 했다.

로 사람들에게 알린다고 하는 구조가 내포되어 있었다. 또한 아즈마마로는 막부에 대해 『소가쿠코케이創学校啓』(『創造倭学校啓』)라는 화학교 창설의 청원서를 썼다. 이는 실제로는 제출하지 못했는데, 그 속에서 아즈마마로는 중국의 학문만 존숭하고 '황국의 학문'을 경시하는 유학자들을 비판하면서 화학의 흥륭을 위해 학교를 설립할 것을 제창하고 있다. 화학과 자국의식이 결부되어 있다는 점이 특징적이다. 그의 사후 반세기 이상이 지나 공개된 이 문장은 위작이라는 설도 있는데, 후에 히라타 아쓰타네(平田篤胤)가 높이 평가하여 그와 그의 문인들은 아즈마마로를 '국학의 시조'로서 새롭게 자리매김했다.

이런 아즈마마로의 학문을 공부한 인물로 **가모노마부치**(賀茂眞淵)[22]가 있다. 하마마쓰(浜松)에서 태어난 마부치는 아즈마마로의 문인인 스기우라 구니아키라(杉浦國頭)에게서 배운 후 교토에 상경하여 후시미(伏見)에서 만년의 아즈마마로에게 사사받았다. 아즈마마로의 사후에는 에도로 나가 아즈마마로의 막내동생인 가다노노부나(荷田信名)와 조카인 가다노아리마로(荷田在滿)의 도움으로 강의와 집필활동에 힘쓰고 문인을 조직했다.

마부치의 고전연구 또한 그 중심은 『만요슈』였다. 마부치의 최종 목표는 '신대'(神代)를 아는 데에 있었는데, 이를 위해서는 상고시대의 어의와 감정을 이해하고 그 이해에 입각하여 상고시대 사람들의 실태

22 1697-1769. 교토 가모씨(賀茂氏)의 계보를 잇는 도오토우미노구니(遠江國, 시즈오카현 서부의 옛 지명_옮긴이) 하마마쓰(浜松)의 신직 오카베가(岡部家)의 3남으로 태어났다.

를 알고 거기서 신대를 추측한다는 일련의 절차가 필요하다고 생각했다. 그리고 상고시대의 어의와 감정을 알기 위한 실마리가 '상고시대의 시가'이며 그 중에서도 『만요슈』가 가장 중요하다고 보았다. 이렇게 해서 밝혀진 인대와 신대의 실태는 마부치에게 있어 단순한 역사적 사실이 아니라 이상적인 인간과 사회의 모습으로서 규범성을 내포한 것이었다. 마부치는 『만요슈』로 대표되는 소박하고 강력한 시가를 남성적인 '**마스라오부리**'라 하여 일본 본래의 것으로서 높이 평가하는 한편, 『고킨슈』 등의 가풍을 여성적인 '**다오야메부리**'라 하여 멀리 했다. 여기서는 여성이 원래 그래야만 하는 본래적 모습을 '마스라오부리'에서 찾고 있다.

이런 마부치의 사상을 단적으로 표출한 것이 『고쿠이코國意考』이다. 여기서는 유학으로 대표되는 외국의 가르침을 표면적이고 형식적인 것이라 하여 강하게 배척하고 있다. 이에 반해 일본 상고시대의 심성은 무위자연이라 하여 높이 평가하고 있다. 이 책은 누마타 유키요시(沼田順義)[23] 등의 유학자들로부터 비판을 받았고 나아가 국학자

23 1792-1849. 에도 후기의 국학자. 13세 때부터 의술을 배웠고 분카(文化) 연간(1804- 18)에 가이(甲斐)의 고의방가(古医方家)인 자코지 난페이(座光寺南屏) 등에게 배웠다. 21세에 의사로 개업. 후년에 실명. 가모노마부치의 『고쿠이코國意考』, 모토오리 노리나가의 『나오비노미타마直毘靈』 등을 읽고 크게 분개하여 『시나도노가제級長戸の風』3권을 저술(1830년 간행)했다. 거기서 그는 『고지키』위작설을 비롯하여 노리나가가 말하는 마가쓰비노가미설을 비판하여 널리 이름을 날렸다. 이로써 그는 이치가와 다즈마로(市川匡麿)에 의한 노리나가 『나오비노미타마』의 비판(『마가노히레末賀能比禮』1780년)으로 시작된 논쟁에 끼어들게 되었고, 이후 이 논쟁은 노리나가 문인 및 히라타 아쓰타네 등의 반비판을 불러일으킴으로써 국학사상 유명한 논쟁이 되었다_옮긴이.

로부터의 반비판을 불러일으켰다.[24] 하지만 황국주의적 성격을 지닌 마부치의 사상이기는 하나, 후대의 **존황양이 운동**에서와 같은 현실적인 대외적 위기의식은 아직 표출되지 않았다.

마부치는 가학을 중심으로 하여 문인을 조직했다. 에도에서는 이미 1684-1704년 사이에 교토로부터 당상파 가인들이 널리 진출해 있었는데, 마부치의 활동은 이런 동향에 대항한다는 성격을 띠고 있었다. 그는 에도의 정인을 중심으로 문인을 조직했다. 마부치는 자신의 학문을 **고학**(古学, 고가쿠)이라 칭했고 일반인들은 마부치 및 그 학문의 추종자들을 **고학파** 혹은 이학파(理学派)라 불렀다. 그들은 몇몇 그룹으로 나뉘어져 있었다. 예컨대 **가토 지카게**(加藤千蔭)라든가 **무라타 하루미**(村田春海) 등의 에도파, **구리타 히지마로**(栗田土滿)라든가 **아라키다 히사오유**(荒木田久老) 등의 만엽파, **모토오리 노리나가** 등의 신고금파(新古今派)가 그 주류를 이루고 있었다. 마부치의 만엽주의를 더 철저히 심화시키려 했던 만엽파에 비해, 에도파와 신고금파는 『고킨슈』와 『신고킨슈新古今集』를 중시했고 또한 에도파는 유학에 대해서도 관용적인 태도를 취하는 등, 이들의 학문적 경향은 다양했다.

24 沼田順義『國意考弁妄』(1832년 서문) 등이 대표적 사례이다.

복고신도

학문과 신앙의 예정조화

모토오리 노리나가

18세기 말부터 막말에 걸쳐 국학은 크게 변모한다. 대규모의 문인조직 형성과 신기신앙에의 경도가 그것이다. 국학 중에서 특히 신앙적 태도가 두드러진 유파를 **복고신도**(復古神道, 훗코신토)라 한다.

문학과 역사 및 신도에 관해 독자적이고 체계적인 사상이 형성됨과 아울러 대규모적 문인 조직의 선구자로 **모토오리 노리나가**(本居宣長, 1730-1801)를 들 수 있다. 이세국 마쓰사카(松坂)의 목면상가에서 태어난 노리나가는 23세 때 의사가 되기 위해 교토로 가서 주자학자 호리 게이잔(堀景山) 문하로 들어갔다. 5년에 걸친 교토생활 중에서 노리나가는 게이츄의 저서를 접하고 학문에 뜻을 두게 된다. 귀경 후 가회(歌会)를 지도하면서 『겐지모노가타리源氏物語』에 관해 강의하는 한편 노리나가 문학론의 핵심을 이루는 '**모노노아와레론**'을 정리했다.[1] 히노(日野龍夫)에 의하면, 당시 세간에서는 '모노노아와레'(사물이나 사람 등 외적 자극에 감응하여 마음이 움직이는 것)라는 말 자체는 매우 친숙한 것이었는데, 노리나가는 이를 모노가타리(物語)[2]의 본질을 보여주는 것으로 재해석했다. 그럼으로써 모노가타리를 불교와 유학의 가르침에 대한 비유적 해석으로 보았던 당시 주류적 이해에서 벗어나, 문학고유의 논리에 입각하여 모노가타리를 설명하고자 한 것이다. 이 점에서 우리는 노리나가의 독자성을 엿볼 수 있다. 이런 주장을 구체적으로 가능케 한 것은 전술한 고실가들과 공통된 고증적, 문헌실증적 방법이었다.

노리나가는 마부치와의 만남 및 입문을 계기로 신도 이해를 심화시켰고 점차 관심의 중심이 문학에서 신도설로 바뀌어 갔다. 그는 고어를 통해 고대인의 마음을 알고자 했고, 또한 학문의 목표를 일본 고유의 도를 해명하는 데에 두었다. 이런 관점과 방법을 그는 마부치로부터 배운 것이다. 노리나가는 마부치의 가르침을 받아들여 『고지키』를 연구대상으로 삼았다. 30여 년에 걸쳐 완성한 그의 주저 『**고지키덴**古事記傳』은 생애의 작업이라 할 만하다.[3] 이전에 노리나가는 소

1 노리나가의 '모노노아와레'론으로부터 신도론에의 전개과정에 관해서는 日野龍夫, "宣長学成立まで" 『日本思想大系 40巻 本居宣長』 岩波書店 및 동 "解説 : 「物のあわれを知る」の説の來歷" 『新潮日本古典集成 60巻 本居宣長集』 참조.

2 고대일본 헤이안 시대에 생긴 문학 장르. 오늘날의 소설과 유사한 이야기 형식_옮긴이.

라이학(徂徠学)[4]의 영향을 받아 가미에 대해서는 알 수 없다는 입장에서 『고지키』의 내용이 사실이냐 아니냐의 판단을 피했었다. 그러나 이 『고지키덴』에서는 신대의 이야기를 문자 그대로 사실이라고 믿고 있다. 그의 고증적 노력은 모두 이런 사실의 복원을 지향하고 있다. 노리나가는 신들의 사적(事跡)이야말로 사람들이 추구해야만 하는 사상이라고 생각했던 것이다.

히라타 아쓰타네

노리나가는 상층 정인과 농민을 중심으로 전국에 걸친 문인조직을 형성했다. 문인 숫자는 간세이연간(寛政年間, 1789-1801)부터 급증하여 노리나가가 죽은 1801년에는 487명에 달했다. 그의 만년에는 증가하는 문인의 조직화와 통제를 위해 양자 모토오리 오오히라(本居大平)[5]를 중심으로 스즈노야사(鈴屋社)가 조직되었다. 『고지키덴』의 출판도 이 문인

3 『고지키덴』의 문헌고증적 성과는 오늘날까지도 높이 평가받고 있다. 단, 오늘날에는 이 책이 『고지키』 이야기를 단순히 복원시킨 것이라기보다는, 그 속에서 세계를 구성하는 천・지・황천(天・地・黄泉)의 삼층상을 읽어냈다는 점이 규명되었다. 神野志隆光 『古事記の世界観』 및 子安宣邦 『本居宣長』 岩波書店 등을 참조할 것.

4 오규 소라이와 그 유파를 추종하는 사람들의 학문. 소라이학은 후세의 주석 특히 송학에 의한 해석을 피하고 문헌고증적 방법으로 『논어』의 본래적 의미를 규명하고자 했다.

5 1756-1833. 에도 후기의 국학자. 모토오리 노리나가에게 사사받고 그의 양자가 되었다_옮긴이.

들의 힘으로 가능했던 것이다. 자비 출판이 쉽지 않은 것을 본 유력 문인들이 자금을 모아 출판했다. 이처럼 출판문화의 진전에 따라 국학자의 조직은 전수를 받은 문인들의 조직에 머무르지 않고 독자와 출판 경영자 양자의 성격을 모두 가진 집단으로 변용되어 갔다.

그런데 이와 같은 노리나가의 사상을 종교성과 규범성에 중점을 두어 수용하면서 자신의 학문체계를 전개한 자가 **히라타 아쓰타네**(平田篤胤)[6]이다. 에도에서 학문에 뜻을 세운 아쓰타네는 『고지키』에 관심을 가지던 중 모토오리 노리나가의 『고지키덴』을 접하여 노리나가에게 사사받은 후 직접 강의를 하게 되었다. 그의 강의는 특히 학문과 거리가 먼 사람들도 쉽게 알아들을 수 있는 평이하고 통속적인 방식으로 행해졌다.

아쓰타네는 1812년에 펴낸 『**다마노미하시라**靈能眞柱』에서 처음으로 자기 학설을 체계적으로 기술했다. 여기서는 노리나가의 『고지키덴』 및 그 부록인 핫토리 나카쓰네(服部中庸)[7]의 『산다이코三代考』를 토대로 태양(天)・지구・황천(月)의 생성을 신들의 작용으로 설명하면서, 사후 영혼의 행방을 황천이 아니라 지구상의 장소로 설명하고 있

6 1776-1843. 아키타(秋田) 번사의 가문에서 태어났으나 불우한 생활을 보내다가 청년시대에 탈번하여 에도로 갔다.

7 1757-1824. 에도 후기의 국학자. 29세 때 모토오리 노리나가에 입문. 천문역학에 대한 노리나가의 관심에 영향을 받아 1788년 『덴치쇼하쓰코天地初發考』를 저술하고 노리나가의 꼼꼼한 코멘트를 받아 교정한 후 1791년에 『산다이코』를 탈고했다. 이 책은 천・지・황천의 분리와 성립을 고전에 입각하여 도해한 10도를 중심으로 독특한 우주관과 세계관을 묘사하고 있는데, 노리나가는 이를 『고지키덴』 17권에 부록으로 싣고 있다_옮긴이.

다. 요컨대 이런 영혼의 행방이 이 책의 주된 관심사였고, 『고지키』의 실증적 이해는 이차적인 관심에 머물렀다.

이런 경향이 아쓰타네의 학문적 태도에서 근간을 이루고 있다. 그가 생각하는 '신대의 사실'은 반드시 『고지키』에 의거한 것이 아니라, 스스로 사실이라고 믿은 것을 복원하기 위해 여러 가지 서적을 전거로 한 것이었다. 즉 여기서는 국학의 방법적 특징인 문헌고증적 성격이 별로 보이지 않는다. 그의 주된 관심은 어디까지나 영적인 문제에 있었기 때문이다. 그리하여 아쓰타네는 서민들에게도 친숙한 조상제사·인과응보·지옥 등의 종교적 관념을 자신의 학문체계 안에 적극적으로 도입했다. 이와 같은 관념의 대부분은 근세불교와 밀접한 관계가 있다. 그는 종종 불교를 비판하면서도 이런 관념들이 일본 고대 전승에 원래부터 존재했다는 점을 증명하고자 했다.

이와 같은 일련의 저술활동을 통해 아쓰타네가 지향한 것은 신도에 대해 세계의 모든 것을 포괄하는 것으로서 의미부여 하는 데에 있었다. 아쓰타네가 보기에 사람들의 종교생활 중에서 신도에 의하지 않은 것은 아무 것도 없다. 이 점에서 불교는 전면적으로 부정되어야만 할 것이었다. "모든 것이 일본의 고래 전승에 있었다"는 그의 주장은 서구를 포함한 외국의 사례에 이르기까지 모조리 적용되었다. 가령 아담과 이브는 원래 이자나기와 이자나미였다는 식이다. 후에 아쓰타네는 역학(曆學)·역학(易學)·현학(玄學)에까지 관심을 넓혔는데, 그 근저에도 이와 동일한 발상이 관철되고 있다. 아쓰타네가 국학으로부터 **복고신도**로의 분기점이라고 말해지는 것도 바로 이런 태도에 있어서이다. 이런 자세는 일견 모든 것을 다 보고자 하는 관용성을 내포하고 있지만, 결국 모든 것을 일본 고래의 전승 및 신도로 환원시킴으로써 실증성이라는 점에서 국학 이전의 견강부회적인 태도로 후퇴하는 것이었다.[8]

아쓰타네는 **이부키노야**(氣吹舍)라는 문인조직을 형성했다. 당초 에도에서의 강의가 주요 활동이었기 때문에 문인조직은 에도 정인이 중심이 되었는데, 가즈사(上總)・시모우사(下總)에의 여행을 계기로 그곳의 상층 농민 가운데서도 많은 문인들이 나왔다. 이처럼 간토지방을 중심으로 문인을 획득한 아쓰타네에 대해, 그 지역 신직의 집주를 둘러싸고 날카롭게 대립하고 있던 **요시다가**와 **시라카와가**가 함께 아쓰타네에게 접근했다. 당초에는 요시다가가 아쓰타네에게 신직에 대한 고학 교수를 의뢰했는데, 얼마 후 양자 사이가 나빠지면서 대신 시라카와가가 아쓰타네에게 접근했다. 아쓰타네는 시라카와가를 위해 동가의 학문에 관한 『백가학칙』을 편찬했고, 그 후 시라카와가로부터 학사직으로 임명받았는데, 에도로부터 추방되었기 때문에 실질적인 활동은 못했다.

이부키노야의 문인수는 막말유신기에 비약적으로 늘어났다. 이는 아쓰타네보다도 오히려 그 사후에 당주를 계승한 **히라타 가네타네**(平

8 그 밖에 아쓰타네는 한자 이전에 일본 고유의 신대(神代)문자가 존재했다고 주장하여 반 노부토모와 논쟁을 벌였다. 아쓰타네가 '일문'(日文)이라고 부른 그 문자는 한글과 꼭 닮은 것으로 독자적인 문자로 보기 힘들다. 신대문자는 존재하지 않았다는 것이 오늘날 학계의 정설이다. 山田孝雄, "所謂神代文字の論" 『藝林』 1953年2・4・6月号 참조.

田鋕胤)[9]에 의한 바가 크다. 실제로 아쓰타네 생전에는 문인이 5백여 명 정도였으나, 사후에 문인은 1300명을 넘었다. 문인들의 도움으로 행해진 저서의 출판활동도 주로 아쓰타네 사후에 이루어졌다. 아쓰타네 사후 얼마 동안 이부키노야는 종래 대로 사후의 영혼과 그것을 둘러싼 세계관을 중심으로 활동했다.[10] 이 시기에는 상층 농민들을 중심으로 문인들이 증가했다. 고증적 학문의 기운이 고양되는 가운데 그들은 향토에 대한 관심을 중심으로 학문에의 지향성을 심화시켰다. 그들이 아쓰타네 학문에 접근한 것도 이런 맥락에서였다. 즉 영혼의 세계와 현실 사회를 통일적으로 이해함으로써 스스로가 지역사회에서 느끼는 모순을 해결하고자 했던 것이다.[11]

막부가 개항을 서두르면서 히라타 문인들 사이에서는 대외적인 위

9 1799-1880. 이요노쿠니(伊予國) 니이야(新谷) 태생. 원래 이름은 아오카와 아쓰미(碧川篤實)인데 문정 7년 아쓰타네의 딸과 결혼하면서 양자가 되었다.

10 이하 영혼론에서 존황론으로 바뀌는 이부키노야의 사상적 경향에 관해서는, 岸野俊彦『幕藩制社會における國學』校倉書房 참조.

11 아쓰타네의 유력한 문하생으로 알려진 무토베 요시카(六人部是香, 1806-1863)는 스스로 우부스나사(産土社)의 신직으로서, 아쓰타네의 유명관(幽冥觀)에 입각하여 우부스나가미(産土神)를 축으로 하는 신들의 체계를 구상했다. 이는 각 지역의 우부스나가미가 해당 지역내 사람들의 사후 영혼을 관장하며, 우부스나가미는 오오쿠니누시노가미(大國主神) 산하에 있다는 주장인데, 거기에는 우부스나가미에 의거하여 지역 질서를 재건하려는 의지가 깔려있었다. 아쓰타네의 문하생 가운데 시모우사노구니(下總國, 현 치바현 북부 및 이바라기현 일부_옮긴이) 가토리군(香取郡) 마쓰사와무라(松澤村)의 촌장이었던 미야오이 야스오(宮負定雄, 1797-1858)도 처음에는 유명관을 비롯한 아쓰타네의 종교적 관념을 수용하면서 그것에 입각하여 농민을 교도하는 것이 농촌경제의 재건을 위한 방도라고 여겼다. 아쓰타네에게 사사받은 쓰와노(津和野)의 신직 오카 구마오미(岡熊臣, 1783-1851) 또한 아쓰타네의 유명관을 토대로 독자적인 세계상을 묘사했다.

기의식이 고양되었다. 그러면서 사회적 모순이 지역사회 내부보다 국가적 차원에서 이해되었다. 아쓰타네의 학문은 국가적 관심 특히 존황적 측면에 역점을 두고 이해되었다. 시나노(信濃)[12]와 미노(美濃)[13]지방을 중심으로 무사와 그 주변 사람들이 문인이 되었고, 반막부 운동에 참여했다. 히라타파에서는 횡단적인 문인조직에 의해 정치정보와 해외정보가 유통되었다.[14]

이런 상황 속에서 히라타 문인에게 사상적인 통제는 더 이상 불가능해졌다. 운동에 분주한 문인들은 이부키야를 통해 정보를 교환하는 한편, 각각 독자적으로 실력자들과 관계를 맺고 활동을 전개했다. **야노 하루미치**(矢野玄道)[15]도 그 중 한 사람이다. 히라타 문류의 중진으로 교토를 중심으로 활동했다. 존황운동을 통해 히라타 문류와 시라카와가가 관계를 심화시켜 나가는 가운데, 시라카와가 학사(学師)가 된 하루미치는 교토에 있어 양가의 접점의 중심이었다.

마찬가지로 아쓰타네 사상의 영향을 받으면서 히라타 문류와는 별

12 현 나가노현에 해당하는 옛 지명_옮긴이.
13 현 기후현 남부에 해당하는 옛 지명_옮긴이.
14 宮地正人, "幕末平田國學と政治情報", 田中彰編 『日本の近世』18巻, 中央公論社 참조. 또한 막말기 시나노의 히라타파 국학자들의 활동에 관해서는, 시마자키 도손(島崎藤村, 1872-1943. 메이지시대 자연주의문학을 대표하는 작가. 소설 破戒』로 널리 알려짐_옮긴이)이 자신의 부친을 모델로 해서 쓴 필생의 소설 『여명전夜明け前』에서 그 양상을 엿볼 수 있다.
15 1823-1887. 대주(大洲)번사. 청년시절에 상경하여 반 노부토모(伴信友)의 고증학 등을 배운 뒤 에도로 나가 히라타 문인이 됨. 그 후 다시 상경하여 교토를 활동거점으로 삼았다. 시라카와가 학사(学師) 외에 유신 직전에는 요시다가 학두(学頭)로 임명되기도 했다.

도로 행동한 인물로 **오오쿠니 다카마사**(大國隆正)[16]가 있다. 쓰와노(津和野) 번사 출신의 다카마사는 아쓰타네에게 국학을 배우고 나가사키에서 난학을 배운 후 탈번하여 교토에서 학자로 활동을 시작했다. 그리스도교의 힘을 깊이 인식한 다카마사는 일본이 서구열강에 대항하기 위한 종교적 기초를 신도에서 찾았다. 그는 내셔널리즘의 측면에서 국학을 이해했고 아즈마마로·마부치·노리나가·아쓰타네를 **'국학 4인방'**으로 보았다. 이런 관점은 메이지 이후의 국학 이해에 많은 영향을 끼쳤다. 히라타 문류의 복고관은 당초 반드시 시라카와가와 요시다가 등 종래의 집주가를 배제하지는 않았다. 그러나 오오쿠니 다카마사와 그 주변의 쓰와노번 국학자들은 진무천황을 모델로 하는 천황친제로의 복고를 지향했다. 유신정부 수립에 즈음하여 이런 방침이 채용되었기 때문에 집주가는 쇠퇴하고 쓰와노번 관계자들이 메이지 초년의 신기관 행정을 담당하게 되었다.

16 1792-1871. 제정일치와 천황중심주의의 이데올로기 제창자로서 유신정부에 커다란 사상적 영향을 끼쳤다.

제 4 장

근현대 : 근대화와 마주선 신도

■ 새벽녘의 이세신궁을 참배하는 일본인들 (사진 박규태)

신도,

일본 태생의 종교시스템

일본이 근대를 맞이했을 때 신도라는 종교시스템에는 두 가지 큰 변화가 생겼다. 하나는 **근대신기제도**의 확립이다. 고대에 정비되어 중세와 근세에 쇠퇴하면서도 지속되어 온 신기제도가 근대국가하에서 새로운 형태를 형성하게 된 것이다. 또 하나는 **교단신도**라는, 신도사에 있어 새로운 유형의 종교시스템이 등장한 점이다. 신도의 교단화는 에도시대 말에 급속히 진행되었다. 물론 그 전단계의 형태는 학파신도와 사가신도의 일부에서도 엿볼 수 있다. 그러나 분명한 형태의 교단형 신도가 출현한 것은 근대에 있어서이다.

근대신기제도라는 종교시스템은 메이지 전반기에 그 기본적인 형태를 갖추었고 **근대천황제**의 확립과 밀접한 관계를 가지면서 안정된 구조로 제2차세계대전 종전시까지 약 4분의 3세기 동안 존속했다. 하지만 종전 직후의 GHQ(연합국 최고사령관 총사령부)[1]의 종교정책의 결과, 근대신기제도는 단기간에 변질되었고 **신사본청(神社本廳)시대**로 진입했다. 이 때의 단절과 연속성도 근대 신사신도를 생각할 때 중요한 포인트이다.

1 General Headqearters of the Supreme Commander for the Allied Powers 의 약칭.

한편 교단신도라는 종교시스템은 보다 세밀하게 두 가지 종교시스템으로 나누어 생각할 수 있다. 즉 **교파신도**와 **신도계 신종교**가 그것이다. 신도의 교단화라는 현상은 근세에 있어 여러 가지 형태로 준비되어 있었으므로, 근대에 교단신도가 출현한 것은 필연적인 귀결이었다고 말할 수 있다. 이에 비해 교파신도는 기본적으로 신사신도의 재생운동이라는 측면을 가지고 있었으며, 메이지국가의 종교정책에 따라 급속하게 형성되었다. 이 또한 근대신기제도와 마찬가지로 정치적 목적에 크게 좌우된 측면이 있다. 그래도 교파신도라는 종교시스템이 메이지기에 명확한 형태를 이룬 것은 결코 갑자기 된 일이 아니다. 국학운동의 확산, 길전신도 및 백천신도(白川神道, 시라카와신토)에 있어 신관의 조직화 등, 신사와 신직 주변에서 신도의 재생운동이 생겨났기 때문이다. 즉 신도의 재생운동이 교단신도라는 형태로 전개된 것도 그 나름의 필연적인 흐름이었다고 이해된다.

한편 신도계 신종교는 근대에 출현한 **신종교**라는 새로운 종교시스템의 일부이기도 하다. 19세기 전반부터 서민문화의 발달과 함께 민중을 중심으로 한 새로운 종교운동이 형성되는 분위기가 각지에서 보이기 시작했고 막말유신기부터 상당히 현저하게 나타났다. 거기에는 신도계, 불교계, 혹은 양자의 요소가 혼연일체가 된 운동이 수없이 많으며, 전체적으로 근세까지 전개된 전통종교와는 확실하게 상이한 종교시스템을 형성했다. 그 중 여기서는 신도계 신종교에만 초점을 맞추고자 하는데, 이 종교시스템은 금세기에 들어와 보다 큰 사회적 영향력을 가지게 되었고, 전후의 새로운 법률하에서는 교단신도의 주류가 되었다.

그런데 종교시스템의 경계선은 연속적으로 변화하기 때문에 하나의 종교시스템과 다른 종교시스템은 분명하게 구분되지 않는다. 따라서 교파신도, 신도계 신종교, 불교계 신종교, 그 밖의 신종교를 하나로 묶어 신종교라는 종교시스템의 관점에서 보는 것도 물론 가능하다. 여기서는 신도가 근대화의 과정에서 어떤 변용을 이루었는지를 검토하는 것이 목적이므로, 교파신도와 신도계 신종교가 종래의 신도시스템과 어떤 연관성과 차이점을 보이는지에 관해 살펴보고자 한다.[2]

무엇보다 이런 변화의 배경으로서 근대화에 의한 전체 사회구조의 변화를 상정하지 않으면 안 된다. 교육제도의 정비에 의해 사람들의 지적 수준이 향상된 것은 민중 주체의 조직적인 운동이 형성되는 조건을 낳았다. 또한 교통수단의 발달과 매스 미디어의 발달은 한편으로 사람들의 의식 변용을 촉진시켰고 다른 한편으로 포교 및 교화 방법의 급속한 변화를 초래했다. 이에 따라 필연적으로 신도의 형태가 근세와 크게 달라질 수밖에 없었다. 그런 변용의 정도가 불교교단의

2

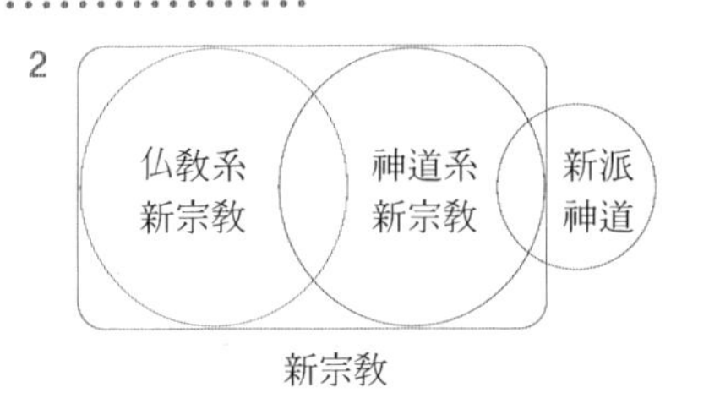

신종교·신도계 신종교·교파신도·불교계 신종교의 관계

경우보다도 더 컸던 것은 종래의 신도적 종교시스템이 <회로>와 <정보>의 측면에서 그만큼 강고하지 않았기 때문이라고 말할 수 있겠다.

국가에 의한 신도의 재편성과 본격적인 교단신도의 출현이 근대의 특징인데, 교통기관의 발달과 도시화 등 사회전체의 변화는 민속신도의 근대적 전개를 촉진시켰다. 가령 **사사(寺社)순례**의 경우를 보자면, 그것이 근세에도 한때 성행한 적이 있기는 하지만, 막번체제에서는 이동 자체에 상당한 제약이 있었다. 그러나 근대에는 그런 제약이 없어졌고 참배형태도 공동체 중심에서 개인 중심으로 완만하게 변했다.

또한 1873년 이후 종래까지의 태음태양력(구력) 대신 **태양력**(그레고리역)이 채용된 점과,[3] 농업인구가 감소하는 추세로 인해 **연중행사**의 형태도 조금씩 변화했다. 개력이 생활에 끼친 영향은 실제로는 전후에 더 두드러졌는데, 이로써 전통적인 습속이 사라지는 경우가 많았다. 나아가 농업인구의 감소로 인해 풍작의 기원인 춘제(春祭)와 수확의 감사제인 추제(秋祭)를 공동체가 주관하여 거행하는 풍경이 점차 줄어들었다. 가미고토(神事)와 농업이 결부되어 있다는 관념도 희박해졌다.

하쓰모우데, 시치고산, 성인식 등의 **인생의례**[4]도 역시 공동체와 일족의 의례라는 측면보다는 개인 내지 가족의 의례라는 측면이 강화되

3 개력에 의해 구력의 1872년(明治5) 12월 3일이 태양력으로 1873년(明治6) 1월 1일로 되었다.

4 태어나서 죽을 때까지 생애의 매듭마다 행하는 의례. 종교학 및 인류학 등에서는 통과의례(rite of passage)라고 부른다. 시치고산에 관해서는 본서 260쪽 이하의 칼럼 참조.

었다. 정통 의례에 관심을 가진 사람의 비율도 감소했다. 다른 한편 신전결혼식이 금세기에 들어와 널리 퍼지는 등, 신도와 인생의례의 새로운 결합도 보인다., 이는 다이쇼(大正)천황의 결혼식이 계기가 된 우연적 측면도 있지만, 신사신도가 가지는 '전통적 종교'의 이미지가 전통의 재편성에 즈음하여 이용된 경우도 있다.

흑주교의 어일배(御日拝)의례

근대신기제도

'국가의 종사(宗祀)'로 자리매김된 신사신도

먼저 신기제도의 전개에 대해 생각해 보자. 근세의 신기제도는 후기에 부흥의 기운이 점차 고양되기는 했지만 전체적으로 보면 근근히 지속되었다고 표현하는 것이 더 적절할 것이다. 그것이 일거에 국가적 제도가 된 것은 메이지 시대에 들어와서였다. 메이지 정부는 1868년 3월 13일에 **신기관재흥**의 태정관 포고를 발한다. 신기를 관장하는 고대의 관청인 신기관을 재흥하여 신사관할의 중앙집권화를 도모한 것이다. 종래 요시다가 및 시라카와가 양가에 의해 지배되어 온 신직은 이제 신기관에 속하게 되었다.

그러다가 1871년 5월의 태정관 포고에 의해 신사계는 결정적인 구조변화를 맞이하게 된다. 이 포고에서 신사는 **국가의 종사**(宗祀) 즉 국가적인 마쓰리고토로 자리매김됨과 동시에 사가직(社家職)의 세습이 금지되었다.[1] 그 결과 일부 신직의 관리화가 촉진되었다. 이리하여 근

1 5월 14일 태정관포고의 내용은 다음과 같다: 신사란 국가의 종사로서 어느 개인

세까지의 신기제도에 있어 <회로>와 <주체>가 급속히 바뀌게 되었다. 신직의 자격이라든가 신직의 신사 배치 등에 관해 근본적인 변혁이 생긴 것이다. 그리하여 종래 사가와 지역사회가 가지고 있던 밀접한 관계가 완전히 끊어진 것은 아니지만 이전에 비하자면 상당히 약화되었다.

이와 더불어 무엇보다 큰 변혁은 **신불분리(神佛分離)정책**이다. 신기관 재흥 직후인 1868년 3월 28일에 발포된 **신불판연령**(神佛判然令)[2]은 다음과 같이 구체적인 지시를 통해 신사로부터 불교적 색채를 제거하도록 명했다 : 고즈텐노(牛頭天王) 등 불교적 신호를 칭하는 신사는 그 유래를 신고할 것. 또한 불상이 신체인 신사는 그것을 바꿀 것. 신사

이나 일가가 사유할 수 없다. 중고 이래 대도(大道)가 쇠퇴하면서 신관 및 사가 사이에 신대의 유서를 상전(相傳)하는 경향이 있기는 했지만, 대개는 일시적으로 보임을 맡은 사직(社職)이 그대로 굳어지거나 혹은 영가지두(領家地頭)가 세상이 변하면서 마침내 신사의 집무를 행하게 되고 기타 마을 소사(小祠)의 사가 등에 이르기까지 모두 세습하게 된 것이다. 신사의 수입으로써 가록을 삼아 자기 소유물로 여기게 된 것이 세상 일반의 관습이 되어 신관은 자연히 무사의 별종처럼 되고 말았다. 하지만 이는 제정일치의 정체(政體)에 어긋나고 그 폐해가 적지 않으므로 이에 개정하여 이세양궁의 세습신관을 비롯하여 천하 대소 신관사가에 이르기까지 모든 신관들을 (국가가) 정선 보임할 것임을 명하는 바이다.

2 신불판연령의 구체적인 내용은 다음과 같다: 하나, 고래로 아무개 권현(權現)이라든가 혹은 고즈텐노(牛頭天王) 및 그 밖에 불교용어로써 신호(神号)를 삼은 신사가 적지 않았다. 그런 신사는 그 유서를 상세하게 적어 빠른 시일내로 신고할 것. 단, 칙제(勅祭)의 신사라든가 칙서와 칙액(勅額) 등이 있는 신사의 경우도 일단 신고할 것. 그러면 차후 조치가 있을 것임. 그 밖의 신사들은 재판소·지방군대·영주·지두(支頭) 등에게 신고할 것. 하나, 불상으로 신체를 삼은 신사는 앞으로 이를 바꿀 것. 본지 등을 내세워 신사 안에 불상을 안치하거나 혹은 북, 범종, 불구 따위를 놓아 둔 경우는 조속히 그것들을 제거하고 신고할 것.

에 있는 불상・악구(鰐口)[3]・범종・불구(佛具) 등을 제거할 것. 이런 정책결정에 막말의 국학자 일부 특히 습합신도를 혐오하던 히라타파의 사상이 영향을 미쳤음은 말할 나위 없다.

신불분리는 지방에 따라서는 저 악명높은 **폐불훼석**(廢佛毁釋)으로 전이되어 귀중한 문화유산이 파괴되는 일이 벌어졌다. 그러나 물론 정부의 기본적 의도는 폐불도 배불도 아니었고 어디까지나 신도와 불교를 명확히 구별하는 데에 있었다. 어쨌든 이런 정책이 발포되기까지의 과정도 중요하지만, 여기서 고려해야만 할 것은 오히려 그 결과이다.

신사로부터 불교적 색채가 제거되었다는 것은 신사신도와 불교의 종교적 차이를 명확히 한다는 표면상의 목적보다도, 신사신도가 일본인의 아이덴티티와 보다 밀접하게 결부되어 있다는 점을 강조하는 결과가 되었다. 신불습합 혹은 신불혼효의 부정이 실제의 신앙생활과 상관없이 이념적으로 행해짐으로써 신도 <정보>에 관련된 부분에서의 변질이 촉진되었던 것이다. 신도는 순수하게 일본고유의 종교라는 이데올로기가 전면에 부각되었기 때문이다. 근대 일본은 **국체**(國體, 고쿠타이)[4]라는 말의 유행에서 상징적으로 잘 엿볼 수 있듯이, 자문화의 특질을 강박적으로 강조했다. 그 과정에서 아시아의 많은 나라에 존재하

3 와니구치. 불당이나 신사의 앞 추녀에 걸어 놓고 매달린 밧줄로 당겨 치는 큰 방울_옮긴이.

4 일본은 독자적인 정치체재와 국가이념을 가지고 있음을 주장하기 위한 개념으로, 근세 후기의 유학자와 국학자들에 의해 사용되기 시작했다. 제국헌법 발포 및 교육칙어의 보급과 더불어 일반적으로 널리 쓰이게 되었다.

는 불교보다도 일본 독자의 신도가 의지처로 선택된 것은 그럴 만한 이유가 있었다. 거기서 신사신도는 천황제와 더불어 일본인 내지 일본의 아이덴티티를 묘사할 때 매우 중요한 기능을 수행하게 된다.

그런데 유신 직후의 초기에는 신사신도에 대해 국민교화의 역할이 기대되었다. 이는 선교사(宣教使, 센쿄시)와 교도직(教導職, 교도쇼쿠) 제도가 있었던 메이지 10년대까지의 시대에 해당된다. 이 시기에 몇몇 시행착오를 거쳐 전전의 신사신도는 교파신도와의 기능분화를 명확히 해 간다. 그 과정을 간단히 정리해 보자.

선교사 제도는 1869년 9월에 시작되었는데, 그 목적은 **대교선포**(大教宣布, 다이쿄센부)[5]에 있었다. 대교선포의 조칙은 다음 해인 1870년 1월 3일에 발포되었는데, '간나가라노다이도'(惟神の大道)[6]를 선양하는 것이 선교사의 사명으로 제시되었다. 이 조칙에는 '선교사의 마음가짐'도 제시되었다. 한마디로 거기서 묘사된 선교사의 이미지는 고결한 윤리도덕으로 써 수신에 힘쓰고 인민에게 올바른 도를 가르치는 인물이라고 할 수 있다. 이런 선교사에게 주술적 행위는 금지되었다. 튀는 말을 해서 사람들을 혹하게 만드는 것도 금지되었다. 또한 교설 장소에서 유교나 불교를 배척하지 않도록 명해졌다. 이를 통해 우리는 어떤 선교사 이미지가 기대되었는지를 대충 알 수 있을 것이다.

그러나 극심한 정치적 변동의 시대에 이런 교화 목적을 달성할 수

5 여기서 대교란 '간나가라노다이도'(惟神の大道)를 국민들에게 교화하는 것을 의미한다.
6 신대(神代)로부터 전해져 내려온 일본 고유의 도(=신도)_옮긴이.

있는 인재는 실제로는 거의 없었다. 신관과 국학자만으로 국민교화는 무리였다. 그리하여 선교사 제도는 별 성과를 거두지 못한 채 다음의 교도직 제도로 이어졌다. 교도직 제도는 1872년 4월 **교부성**(教部省, 교부쇼)[7]이 설치된 직후에 시작되었다. 교부성은 근대일본에 존재한 유일한 종교관할부서[宗教省]라 할 수 있는데, 1872년 3월에 설치되었다가 1877년 1월에 폐지됨으로써 5년도 채 못 되는 기간 동안 존속하는 데에 그쳤다.

그렇다면 교부성 관할이었던 **교도직**(教導職)과 선교사 제도의 차이는 무엇인가? 우선 그 구성원의 차이가 크다. 선교사는 신도가와 국학자가 중심이었는데 반해, 교도직은 승려도 동원되었다. 나아가 '신관과 승려뿐만 아니라 뜻있는 자' 즉 강담사(講談師)나 라쿠고가(落語家) 등도 교도직이 될 수 있었다. 이는 사람들이 관심을 보이지 않으면 아무 소용이 없다는 데에 착안한 것이다. 이와 같은 교도직은 14계급[8]으로 세분되어 있었다.

이어 1873년 3월에는 신도와 불교 7종단이 각각 '준수한 자'를 모집하여 학술연구 및 포교방법을 논의하는 장으로서 **대교원**(大教院, 다이쿄인)이 설치되었다. 여기서 불교 7종단이란 시종, 정토종, 진종, 진언

7 교부성의 사무 강령은 다음 5조로 되어 있으며, 종교와 관련된 업무에 매우 강력한 실권을 쥐고 있었다: 제1조, 교의 및 교파에 관한 강령. 제2조, 교칙에 관한 강령. 제3조, 사사(寺社)폐지 및 건립에 관한 강령. 제4조, 신관 및 승려의 등급과 사사 격식(格式)에 관한 강령. 제5조, 신관과 승니의 임용에 관한 강령.

8 大教正, 權大教正, 中教正, 權中教正, 少教正, 權少教正, 大講義, 權大講義, 中講義, 權中講義, 少講義, 權少講義, 訓導, 權訓導.

종, 선종, 천태종, 일련종을 가리킨다. 이 대교원의 설립에는 불교측이 적극적이었다. 그리하여 도쿄 미나토구(港區) 시바(芝)에 있는 조죠지(增上寺)[9] 내에 대교원을 두었다. 각 부현별로 중교원(中教院)을 설치하고 나아가 개개 사찰과 신사를 소교원(小教院)으로 삼아 실제적인 교화에 임한다는 구상이었다.[10] 교도직이 공통적으로 가르치지 않으면 안 되었던 것이 **교칙삼조**(教則三條)[11]였다.

그러나 신불분리 및 일부의 폐불훼석 직후에 불쑥 신불합동 포교를 한다 한들, 그것은 무리한 요구였다. 또한 대교원은 당초 불교측의 기대와 달리 신도 주체의 조직이 되고 말았다. 때문에 특히 진종이 신불합동 포교에 강하게 반발함으로써 1875년 대교원은 와해된다. 중교원이 설치되지 않은 부현도 있었다. 또한 지방의 각 소교원에서 사람들에게 교칙삼조를 설해야 할 승려가 전적으로 자기 종파의 교의만을 설하는 일이 일상 다반사로 있었다.

그 결과, 교부성 시대까지의 경험에 의해 정부 주도의 국민교화 정책이 별 효과가 없다는 점이 드러났다. 거기서 신도에 있어 '**제교분**

9 현 정토종 대본산. 원 사찰명은 도쿄 치요다구(千代田區)에 있던 진언종 소속의 고묘지(光明寺)였으나 1393년 현재 명으로 변경하고 정토종에 소속됨. 1598년 이에야스에 의해 도쿠가와가의 보다이지(菩提寺)로 정해져 현재 위치로 이전했다. 이후 간에이지(寬永寺)와 더불어 에도의 대사찰이 되었다_옮긴이.

10 1874년의 시점에서 존재했던 소교원은 전국적으로 227개소로 기록되어 있다. 그러나 아이치(愛知)현, 나가사키(長崎)현, 구마타니(熊谷)현 등 일부 지역을 제외하고 소교원의 활동은 매우 저조했다.

11 하나, 경신애국(敬神愛國)의 교지를 본체로 할 것. 둘, 천리인도(天理人道)를 밝게 할 것. 셋, 천황을 봉재하고 조정의 교지를 준수할 것.

리'(祭教分離)가 부상하게 되었다. 즉 신도의 요소 중 제사의 측면과 교화의 측면을 분리시킨다는 것이었다. 이리하여 **신사신도**는 제사에 관여하고 **교파신도**는 교화에 관여하게 되었다. 그럼으로써 신사신도는 국가의 관할하에 들어가고 교파신도는 관장이 책임을 지고 포교에 임하도록 했다.

신기제도의 근대화는 이와 같은 교화정책의 시행착오와 병행하여 진행되었다. 이른바 **근대 사격(社格)제도**가 그것이다. 단적으로 말해 이는 신사의 위계를 규정하고 각각의 신사에 얼마만큼 인원을 배치할지, 천황과 국가가 얼마만큼 제사에 관여할지 등을 정한 제도이다. 그것은 크게 **관사**(官社)와 **제사**(諸社)로 분류되었다. 이 중 관사는 **관폐사**(官幣社)와 **국폐사**(國幣社)로 나뉘어졌으며, 제사는 **부사**(府社), **번사**(藩社, 직후의 폐번치현으로 인해 실제로는 존재하지 않았음), **현사**(県社), **향사**(郷社, 여기에 부속된 **촌사**[村社]는 후에 독립적으로 다루어짐)로 나뉘어졌다.

이리하여 신사신도는 다른 종교들과 명확히 다른 취급을 받게 되었다. 관사제도는 고대 관국폐사의 제도를 부활시킨 것으로, **관폐사**와 **국폐사**는 다시 각각 대·중·소로 그 위계가 정해졌다. 이와 같은 관폐사와 국폐사의 구별은 고대 식내사(式內社, 시키나이샤)[12]에서의 구별이 답습된 것이므로, 관폐사에는 조정과의 관련성이 깊은 신사들이 많았다. 관국폐사에의 지정 및 승격은 1871년 5월부터 제2차세계대전 전 시기까지 계속되었고 종전 무렵에는 220여 개소의 신사가 관국폐사로

12 『엔기시키』신명장에 나오는 신사_옮긴이.

지정되어 있었다.

한편 제사(諸社)는 각 지방에서 우지가미신사(氏神社)로 기능하게 되었고, 그 결과 **근대 우지코(氏子)제도**가 정착되었다. 이리하여 신사신도의 <회로>가 국가주도의 <회로>로 정비되어 갔다. 전국 방방곡곡에 산재한 신사들이 하나의 체계 안에 자리매김된 것이다.

이처럼 근대신기제도가 정비되어 가는 과정에서, 근대일본은 메이지 10년대에 이르러 포교를 수반한 종교에의 관여방침을 포기해 버렸다. 1882년 신관과 교도직의 분리 및 1884년 교도직 제도의 완전 폐지는 이 점을 구체적으로 보여준다. 이로써 전전 형태의 정교분리가 그 모습을 드러내게 되었다. 즉 제사와 교화와 학문(祭・教・学)이 기능적으로 분리된 정교분리 형태가 그것이다. 다시 말해 신사신도는 제사를, 교파신도는 교화를, 그리고 황전강구소(皇典講究所) 등은 학문을 각각 맡음으로써 신도의 세 가지 측면이 기능적으로 분화된 것이다.

근대신기제도의 경우 <정보>에서는 제사가 큰 비중을 차지한다. 그런데 실상 근세까지는 신도에 통일적인 제식행사 작법(作法)이 없었으며, 대략 궁중에서의 작법을 표준으로 삼고 있었다. 그러던 중 1875년에 **'신사제식'**(神社祭式, 진쟈사이시키)이 제정되고 1907년에 그 세칙이 정해졌다.[13] 즉 전국 공통의 신사제식이 출현한 것이다. 개개 신사의 전통이 어느 정도 고려되었다고는 하지만, 이로써 국가에 의한 의례 측면에서의 <정보> 통일이 실현된 것은 분명하다.

13 1907년 6월에 내무성 고시에 의해 '신사제식행사작법'이 공포되었다. 이는 제1편 행사, 제2편 작법, 제3편 잡재(雜載)로 되어 있다.

그렇다면 <주체>의 경우는 어떠했을까? 신사신도의 이른바 <창출자> 측면에서 신기제도의 확립에 의해 사가(社家)의 일부 해체 및 일부 신직의 관료화가 생겨났다. 이런 변화에 따라 신사를 지키는 측의 의식에도 변화가 생겼으리라고 추측된다. 또한 일부 국학자가 유력 신사의 신관이 되었다는 점도 중요하다. 그럼으로써 국가주의적 발상이 강하게 스며들어가게 된 것이다.

한편 신사신도의 <사용자>측 즉 신자의 경우는 어떠했을까? 여기서 우리는 특히 모든 국민이 **우지코(氏子) 의식**을 가지게 되었다는 점에 주목할 만하다. 자신들의 우지가미신사(氏神社)라는 관념도 지속된 경우가 있지만, 일본인으로서 국가의 종사인 신사를 숭경한다는 의식이 점차 강해진 것이다. 말하자면 <주체>에 있어서의 변용도 국가주도로 이루어진 것이다. 이처럼 근대신기제도는 <회로> <주체> <정보>의 모든 면에서 국가주도하에 형성된 시스템이었다.

근대천황제

천황의 신성화와 신격화

근대천황제는 그 자체가 하나의 종교시스템으로 볼 수 있는 부분이 있지만, 관련 영역이 방대하므로 종교시스템의 전개라는 관점에서 논의하는 것은 그다지 적절하지 못하다. 그래서 여기서는 근대신기제도가 천황제[1]의 정비를 전제로 한 것이었다는 점에 관해서만 언급하는 데 그치고자 한다. 천황제에는 근대신기제도에 있어 '전통의 계승과 재해석'이라는 특성이 명료하게 나타나기 때문이다.

고대의 신기제도 또한 천황제와 밀접한 연관성을 가지고 있었다. 즉 국가 제사와 천황 제사는 불가분의 관계에 있었다. 그런데 근세가 되어 점차 희박해진 이런 특징이 근대에 다시금 강렬하게 전면에 부각되어 나타난 것이다. **이세신궁**과 천황의 연관성을 국가적 제사에서 확인하고, 관폐국사의 제도에서 이세신궁을 그 정점에 자리매김하는

1 전전과 전후에 있어 천황의 자리매김이 각각 상이한 것은 말할 나위 없다. 여기서는 전전의 상황을 중심으로 설명하고 있다.

시스템은 천황이 관련된 제사가 국가적 성격을 띤 것이었음을 사람들의 마음속에 각인시켜 주었다.

왕정복고의 지향점 가운데 하나는 율령국가의 붕괴 및 무가정권의 등장에 의해 약화된 신사와 국가의 결속관계를 고대 상태로 복귀시키는 데에 있었다. 물론 율령국가 그대로는 아니었지만, 적어도 그것과 근접한 형태로의 복귀가 목표였다. 거기서는 천황제와 신사신도의 결부를 다시 강화할 필요가 생겨난다.

이리하여 천황가에서도 신불분리가 행해졌으며, 천황가와 불교의 밀접한 연관성에도 불구하고 메이지 이후 천황가의 공식적인 종교는 신도가 되었다. 물론 부쓰마(佛間)[2]는 구로도(黒戸)[3]라 불렸고 보제사도 교토에 있는 등, 아직 천황가와 불교의 연관고리가 완전히 단절된 것은 아니었지만 표면상으로는 그런 연관성이 약화되었다.

천황이 신사제사에 관여하는 것으로서 **친제**(親祭)와 **칙제**(勅祭)가 있다. 천황 자신이 제사에 임하는 것이 친제이고, 칙사가 파견되어 제사지내는 것이 칙제이다. 친제의 사례로는 신상제(新嘗祭, 니이나메사이)의 천황제사를, 그리고 칙제의 경우는 이세신궁과 히카와(氷川)신사 및 가모(賀茂)신사의 제사를 들 수 있다.

메이지 천황 사후 그 덕을 현창하기 위해 **메이지신궁**(明治神宮)이 창건되었다. 여기서 우리는 천황제와 신사신도의 결부를 볼 수 있다. 천황의 신격화는 메이지 후대에 두드러지는데, 이 때 1882년의 **군인**

2 불상이나 위패를 안치하는 방_옮긴이.
3 황거 청량전(清涼殿) 북쪽의 불상이 안치된 방_옮긴이.

칙유(軍人勅諭, 군진쵸쿠유)[4]와 1890년의 교육칙어(教育勅語, 교이쿠쵸쿠고)[5] 가 큰 영향을 끼쳤다. 즉 군인칙유와 교육칙어가 국민 사이에 침투함으로써 천황을 아키쓰가미(現御神)로 보는 의식이 점차 강화되었다. 그리하여 천황은 신성불가침이라는 표현이 사용되었고, 이른바 국가적인 생신(生神, 이키가미)으로 자리매김되었다. 학교교육에서도 일본신화에 관한 교육이 행해졌는데, 이는 다이쇼부터 쇼와 전기에 걸쳐 보다 견고해졌다. 만세일계(萬世一系)·신국(神國)일본이라는 관념이 팽배하면서 이를 체현한 존재로서의 천황에 대한 의미부여가 보다 증대되었다. 이로써 천황의 종교성이 농후해졌으며, 심지어 제사왕으로서의 천황이라는 측면도 존재했다.

천황의 종교적 권위와 국가의 종사라는 신사의 자리매김은 상호보완적인 것이었으며, 근대신기제도의 유지에 천황제가 구조적으로 큰 의미를 가졌음은 말할 나위 없다. 근대천황제가 점차 신성성을 강화시키고, 또한 군국주의가 대두하면서 일본 국민이 '천황의 적자(赤子)'라는 점이 강조되었다. 거기서 천황은 전국민의 부모와 같은 존재

4 정식명은 '육해군 군인에게 하사한 칙유'. 1882년 1월 4일에 내려짐. 전문(前文)에서 천황이 군대의 최고통수권자임을 설하고, 주문(主文)에서 충절·예의·무용·신의·검소의 5개조가 군인이 지켜야할 가르침임을 설하고 있다.

5 정식명은 "교육에 관한 칙어". 1890년 10월 30일 발포. 모토다 나가자네(元田永孚, 1818-1891. 유학자이자 교육자. 구마모토 번사. 유신후 메이지 천황의 측근으로서 시강[侍講]·추밀원 고문 등을 역임_옮긴이)가 초안을 제출했고, 이노우에 고와시(井上毅, 1843-1895. 정치가. 구마모토 번사. 이토 히로부미의 참모로 활약. 제국헌법 및 교육칙어와 군인칙유의 작성에 참여_옮긴이)가 최종 초안을 작성했다. 전국의 각급 학교에 배포되었다.

가 되었다. 황실은 일본 이에(家)제도의 정점에 위치했고, 그 규범을 보여주는 존재가 되었다. 이에 따라 일본국민은 근대천황제의 적극적인 지지자가 될 것이 의무화되었다. 종교와 관련시켜 말하자면 천황제는 국교제도에 가까운 것이 되고 말았다. 메이지 초년에 **신도국교화**(神道國敎化)는 대교선포에 입각한 교도직 제도가 폐지됨으로써 사실상 실패로 끝났지만, 천황제의 유사국교화는 쇼와 전기에 이르기까지 착착 실현되었다고 말할 수 있다.

이런 의미에서 천황제와 밀착되어 있던 근대신기제도는 서양형의 국교와는 다른 독자적인 종교시스템이 되었다. 이를 **국가신도**(國家神道, 곡카신토)[6]라고 부르는 데에서는 이론이 분분하지만, 이 용어를 부정적인 의미에서 사용하는 것이 아니라 단지 전전에 있어 신도와 국가의 양상을 특징짓는 개념으로 사용한다면 그런 시스템이 존재했었음은 분명한 사실이다.

6 패전 전 신사신도가 국가에 의해 관리되고 특별한 행정적 취급을 받은 것에 대한 호칭. 전후의 신도지령에서 처음 사용되어 일반화된 용어이다. 연구자에 따라 여러 의미로 사용되고 있는데, 신도지령에서의 정의는 다음과 같다: "일본정부의 법령에 의하여 종파신도 혹은 교파신도와 구별지워진 일파를 가리킨다."

신사본청

정교분리 및 신교자유의 원칙에 입각한 신사의 재편성

근대신기제도는 제2차세계대전의 종전과 동시에 해체되었다고 말할 수 있다. 그러나 실질적으로 계승된 요소도 많다. 다시 말해 전후의 **신사신도**는 새로운 시스템을 형성했지만, 그것은 근대신기제도를 상당 부분 계승하고 있다.

근대신기제도라는 시스템은 메이지 정부의 주도에 의해 급속히 형성되었고, 그 해체는 GHQ의 정책 즉 외압에 의해 단기간에 이루어졌다. GHQ의 신도정책 중에서 결정적인 의미를 가지는 것은, 신사신도와 국가의 연관성을 끊어버리고 법적으로 신사신도를 다른 종교와 동렬에 세운 점이다. 1945년 종교법인령이 공포되었고 다음 해에 그 개정이 이루어졌다. 이로써 신사신도는 종교법인이 되어 불교종파, 그리스도교, 신종교 등과 법적으로 동일한 취급을 받게 되었다. 1951년에 공포된 현행 법규의 종교법인법도 이를 답습했다. 바로 이런 사태에 대응하기 위해 조직된 것이 **신사본청**(神社本廳, 진자혼쵸)이었다.

신사본청은 1946년에 신기원(神祇院)[1]이 폐지된 직후에, **황전강구소**(皇典講究所)[2], **대일본신기회**(大日本神祇會), **신궁봉재회**(神宮奉齋會)의 세 기관을 모체로 하여 조직되었다. 1996년 현재 전국 7만9천여 개소의 신사 중 99%가 신사본청 솔하에 들어와 있으며, 이세신궁(정식 명칭은 신궁)이 그 본종으로 자리매김되어 있다. 신사본청은 솔하 신사의 사무・교학・연수 등을 담당하고 있다.[3] 또한 각 도도부현(都道府縣)에 있는 신사청(神社廳)은 신사본청의 지부조직으로 기능한다. 신사본청은 『신사신보』(神社新報, 진쟈신포)라는 기관지를 발행하며 솔하 신사의 기본적인 활동방침을 결정하지만, 개개 신사의 독자성은 일정 부분 유지되고 있다. 이런 의미에서 신사본청은 각 신사의 연합체라고 이해할 수도 있겠다.

전후에는 관국폐사 제도가 없어졌으므로 구관폐국사라는 표현이 자주 사용된다. 예전의 위계가 일부 잔존한 채로 새로운 위계가 형성되었다. 즉 **별표신사**(別表神社, 벳표진쟈)라는 제도가 그것이다. 별표신사의 구지(宮司)와 곤구지(權宮司)는 그 진퇴에 관해 신사청장의 결정

1 1900년에 설치된 내무성 신사국(神社局)을 계승하여, 1940년 신기행정을 관할하기 위해 설립된 관청. 내무성 외국(外局).

2 현 국학원(国学院) 대학의 전신. 1882년에 설립되었고 신관・신직의 양성과 교육에 관여했다. 제신사의 신관이 되려면 이 황전강구소의 졸업증서가 필요했다.

3 신사본청의 교의적 측면을 제시한 것으로 '경신(敬神)생활의 강령'이 있다. 거기서는 다음 세 가지 강령을 들고 있다. 하나, 가미(神)와 조상의 은혜에 감사하면서 밝고 맑은 마코토(誠)로써 제사에 힘쓸 것. 둘, 세상과 사람을 위해 봉사하고 가미의 말씀을 받들어 좋은 세상을 만들어 나갈 것. 셋, 가미의 뜻에 따라 마음을 부드럽게 가지고 국가의 융성과 세계의 공존공영을 위해 기도할 것.

을 받지 않도록 되어 있다. 당초 구관국폐사가 별표신사에 해당되었는데, 그 후 해당 신사의 유서 및 최근의 경제상황과 활동상태 등을 감안하여 새롭게 별표신사가 된 사례도 늘고 있다. 1995년의 시점에서 이와 같은 별표신사는 350여 개소에 이르고 있다. 전후의 일본사회에서 활발한 활동을 전개하고 있는 신사들이 추가로 별표신사가 된 것이다.

이처럼 전후에는 신사신도와 국가의 관계에 근본적인 변화가 일어났는데, 개개 신사의 존속이라는 의미에서는 오히려 전후의 사회변동 쪽이 더 큰 영향을 끼쳤다. 즉 촌락의 과소화, 공업화, 도시화와 같은 사회변동이 신사와 지역사회의 결부에 중대한 영향을 준 것이다. 신사는 국가제사와 더불어 지역사회의 안전과 번영에 관련된 제사를 행한다. 신사는 종래 특히 농업으로 대표되는 제1차산업과 밀접하게 결부되어 왔으므로, 제2차산업 및 제3차산업의 증가와 일본의 산업구조가 변화하면서 신사신도의 존립기반 자체가 크게 흔들리고 있다. 그리하여 제사지낼 신관이 부재하는 신사가 마을마다 점차 늘고 있다. 이 또한 <회로>상의 변화라 할 수 있다.

이런 가운데 <주체>에도 많은 변화가 일어났다. 여기에는 크게 두 가지를 들 수 있다. 하나는 신직의 세습화가 다시금 두드러지게 된 점이다. 이는 근세적 상황으로의 복귀처럼 보이기도 한다. 이미 앞에서 언급했듯이, 유명 신사는 사가(社家)에 의해 유지되어온 사례가 많다. 또 하나는 **우지코(氏子)제도**의 국가적 유지와 운영이 이루어지지 않게 되면서 우지코 관념이 시대와 더불어 희박해지고 있다는 점이다. 하쓰모우데(初詣)는 우지가미신사가 아니라 유명 신사로 가는 것이 보통이다. 가령 오늘날 하쓰모우데의 참배자들이 가장 많은 곳은 1920년에 창건된 **메이지신궁**(明治神宮)[4]이다. 신도와의 관계를 종교적 차원에서 자각하는 사람은 별로 없으며, 오늘날 여론조사 등에서 신도를 믿는다고 답하는 사람들의 비율은 대개 3,4% 정도에 지나지 않는다.

그렇다면 <정보>면에서는 어떤가? 제식에 커다란 변화는 없다. 또한 신도의 교학적 측면에서 보자면, 메이지시대에 내세워진 이념이 현재에도 상당 부분 답습되고 있다. 메이지 시대로 되돌아가려는 지향성이 상당히 강하다고 말할 수 있다. 그러나 이는 주로 신사본청 차원의 이야기이고, 개개 신사의 활동은 전전보다는 오히려 에도시대까지의 신사에 근접하는 측면이 있다.

이처럼 근대신기제도라는 시스템과 현재 신사신도 시스템은 <회로> <주체> <정보>의 모든 측면에서 상당히 변했다. 그러나 이는 원래 내발적으로 생긴 변화는 아니고 외부로부터의 압도적인 힘에 의해 이루어진 것이었다. 따라서 점령시대가 끝나자 일각에서는 신사신도가 본래 지향했던 것으로 회귀하려는 움직임이 일어나고 있다. 국가와 황실의 관련성을 강화시키고자 하는 움직임도 그 중 하나라 할 수 있다.

한편 일부 신사에서 현저하게 나타나는 현상으로서 민속신앙적 측

---

4 제신은 메이지천황과 소헌황태후(昭憲皇太后). 1915년 관폐대사 메이지신궁의 창건이 내무성 고시에 의해 발표되었고 1920년 11월 1일에 진좌제(鎮座祭)가 거행되었다.

면의 강화를 들 수 있다. 전전과는 달리 국가의 관리를 받지 않게 된 전후 신사의 활동은 매우 자유롭다. 그리하여 많은 신사들이 액년의 액땜, 결혼식, 자동차 정화의식, 지진제(地鎮祭) 등을 적극적으로 행하게 되었다. 나아가 신장제를 행하는 신사도 있다. 이런 의례는 매년 한 차례의 대제(大祭)와 월례제(月例祭)에 비해 '잡제'(雜祭, 잣사이)[5]로 자리매김되어 있는데, 어떤 신사의 경우는 이런 잡제가 활동의 중심이 되어 있기도 하다.

신사신도는 촌락사회와 밀접한 관계가 있는데, 전후의 사회변동 속에서 기업이 점하는 비율이 높아지면서 신사를 모신 기업이 늘고 있다. 기업과 신사의 관계는 의외로 밀접하다. 가령 빌딩 건설 때 반드시 지진제를 거행한다는 사실은 많이 알려져 있다. 또한 사내에 작은 사당이나 가미다나(神棚)를 모신 풍경도 결코 낯설지 않다.

5 제사규정에 정해진 신사제사 이외의 여러 제사를 가리키는 말. 기공식, 상동제(上棟祭), 전식제(田植祭), 위령제 등 다양한 형태가 있으며, 사람들의 생활과 밀착된 것이 많다. '신장제'에 관해서는 본서 251쪽 이하의 칼럼 참조.

▌칼럼▌ 해외신사 · 참배예법 · 현대의 신직

■ 해외신사

전전에는 해외에 많은 신사가 건립되었다. 그 유형은 크게 두 가지이다. 하나는 아시아지역의 신사로서 일본에 의한 식민지화(대만과 한국) 및 군사적 팽창(만주, 중국본토, 인도지나 반도 등)에 따라 일본인이 거주하게 되고, 그런 관계로 신사가 세워진 경우이다. 한반도에는 조선대신궁, 대만에는 대만대신궁이 세워졌다. 또 하나의 유형은 남북아메리카 및 하와이의 신사로, 이는 일본인 이민자들의 필요에 의해 세워진 경우이다. 하와이 이민은 1868년부터 시작되었는데, 이민의 증가와 더불어 국내와 마찬가지로 관혼상제를 일본식으로 하려는 욕구에 따라 오아후섬, 하와이섬, 마우이섬 등에 신사가 세워지기 시작했다. 즉 하와이대신궁, 히로대신궁, 마우이신사 등이 그것이다. 또한 이즈모대사교가 창건한 하와이이즈모대사도 있는가 하면, 북미에도 신사가 세워졌다. 남미 이민은 하와이나 북미 이민보다 후에 시작되었는데, 거기에도 신사가 창건되었다. 그러나 전쟁으로 인해 해외 신사의 운명이 크게 바뀌었다. 아시아 각국의 신사는 전후에 소멸되었다. 하지만 이민에 따른 신사는 일부가 남아 있다. 북미의 신사는 없어졌지만 하와이와 남미에는 신사가 일부 남았다. 또한 전후에는 북미에도 신사가 한군데 세워졌다.

■ 참배예법

신사를 참배할 때의 일반적 예법은 다음과 같다. 즉 먼저 사전 앞에 있는 데미즈야(手水舍)에서 손을 씻고 입을 가신다. 이는 정화의 의미를 가진다. 배전 앞에는 통상 새전함과 방울 달린 줄이 늘어져 있는데, 이 새전함에 동전을 던진 후 방울을 울리고 신에게 기원한다든지 감사기도를 한다. 두 번 절하고 두 번 박수 친 다음 다시 한 번 절하는 것이 보통이다. 정식 참배의 경우에는 사무소에 신청한 후 배전 안으로 들어간다. 그러면 신직이 노리토(祝詞)를 주상하고 하라이 의식을 거행한 후, 신전에 다마구시(玉串)를 바친다. 그런 다음 끝으로 신주(神酒)를 받는다. 참배 기록을 남기고 싶은 경우에는 장부에 이름을 적을 수 있다. 통상 오미쿠지는 각자 가지고 돌아간다.

■ **현대의 신직**

신사본청에서는 신직의 직명, 계위(階位), 신분을 정한다. 직명은 구지(宮司), 곤구지(權宮司), 네기(禰宜), 곤네기(權禰宜) 등이 일반적이다. 그 밖에 이즈모대사에는 교쓰(教通), 스미요시대사에는 쇼네기(正禰宜), 이세신궁이나 아쓰타신궁에는 구쇼(宮掌) 등의 직명이 있다. 구지는 규모의 대소를 막론하고 하나의 신사에 한 사람 밖에 없으므로 회사로 말하자면 사장에 해당되는 신직이다. 계위로는 맨 위부터 정・명・정・직(淨・明・正・直)의 네 가지가 있다. 정계(淨階)는 처음부터 수여되는 것이 아니라 오랜 기간동안의 실적에 의해 주어진다. 신직 양성기관인 국학원대학이나 황학관대학을 졸업하고 소정의 학점을 이수하면 명계(明階)가 주어진다. 또한 이 대학에서 약 1개월 정도 강습을 받으면 정계(正階) 혹은 직계(直階)를 부여받을 수 있다. 이 밖에 신직의 신분으로서 위로부터 특급・1급・2급상・2급・3급・4급의 여섯 등급이 있다. 신사본청 산하의 많은 신사에서는 어떤 계외, 어떤 신분이라도 신직으로 근무할 수가 있는데, 이세신궁・아쓰타신궁・메이지신궁 등 큰 신사의 경우에는 제사 참례시 일정한 계위가 요구되기도 한다.

교파신도

유신정부에 의해 교단화가 촉진된 신도

교파신도(教派神道, 교하신토)[1]의 형성과정은 근대신기제도의 확립과정과 크게 중첩되는데, 그 기반은 막말기부터 비롯되었다. 에도시대 국학의 발전과 산악신앙 강사(講社)의 발전이야말로 이 종교시스템의 형성에 없어서는 안 될 조건이다. 나아가 사가(社家=家傳)신도의 존재도 무시할 수 없다. 교파신도 개념은 전전의 **신도13파**라는 의미로 사용되는 경우가 많다.[2] 그러나 이런 분류방식은 행정적 편의에 따른 것에 불과하다. 참고로 현재 문화청이 펴내는 『종교연감』에서는 일본의 종교를 신도계, 불교계, 그리스도교계, 제교의 네 종류로 구분하고 있다. 교파신도 및 신도계 신종교의 대부분은 신도계로, 많은 불교계 신

1 교파신도를 총괄적으로 망라해서 다룬 연구는 매우 드물다. 전전에는 鶴藤幾太 『教派神道の研究』 大興社 ; 中山慶一 『教派神道の發生過程』 森山書店, 그리고 전후에는 井上順孝 『教派神道の形成』 弘文堂 등이 있다.

2 일파로서 독립한 순서에 따라 黑住教, 神道修成派, 出雲大社教, 扶桑教, 實行教, 神習教, 神道大成教, 御嶽教, 神道大教, 禊教, 神理教, 金光教, 天理教 등을 가리킨다.(모두 현재 교단명)

종교는 불교계로, 그리고 신종교 일부가 제교로 분류되어 있다. 따라서 학회에서도 정착된 신종교라는 개념을 여기서는 채용하지 않기로 하겠다.

신도13파라 해도 상당히 성격이 상이한 교파들이 하나로 묶여져 있다. 또한 연문교(蓮門教, 렌몬쿄)[3] 및 환산교(丸山教, 마루야마쿄)[4]처럼 독립성이 강하고 하나의 교단으로 볼 만한 것도, 13파 교파명으로 치자면 전전에는 신도대성교(神道大成教, 신토타이세이쿄) 및 부상교(扶桑教, 후소쿄)로 통했다.[5]

이상의 사항을 염두에 두면서 종교시스템이라는 관점에서 어느 정도 공통된 성격을 가지는 신도교파를 교파신도로 묶고자 할 때, 13파

3 시마무라 미쓰(島村みつ, 1831-1904)를 교조로 하는 신종교. 미쓰는 오구라(小倉, 교토시 右京區 오구라산 일대의 옛지명_옮긴이)에서 '고토노묘호케이신쇼'(事の妙法敬神所)를 열었다. 그러나 치병활동이 문제가 되어 구류됨으로써 1882년에 상경하여 신도대성교(神道大成教, 신토타이세이쿄)에 소속하여 활동을 계속했다. 도쿄를 중심으로 신자들을 모았는데, 저널리즘으로부터 맹렬한 공격을 받아 메이지 후반에는 교세가 쇠퇴했다. 현재는 존재하지 않는다.

4 이토 로쿠로베(伊藤六郎兵衛, 1829-1894)를 교조로 하는 신종교. 로쿠로베는 부사강(富士講, 후지코)을 신앙하면서 1870년 신의 계시를 받아 수행했다고 한다. 그 후 1875년에 시시노 나카바(宍野半, 1844-1884. 扶桑教 교조_옮긴이)가 이끄는 부사일산강사(富士一山講社)와 합동으로 환산교회본부(丸山教會本部)를 설립한다. 1885년에 부상교(扶桑教, 후소쿄)로부터 신도본국(神道本局, 신토혼쿄쿠)에 소속했는데, 메이지 중기에는 간토지방을 중심으로 한 때 1백만 가정을 넘는 신자수를 자랑했다고 한다. 메이지 말부터 교세가 쇠퇴하기 시작했으며, 전후 1946년에 환산교로 독립했다.

5 메이지시대에 신도계 신종교가 공공연히 포교활동을 하려면, 신도교파로서 일파독립하든가 아니면 다른 교파의 지부교회가 되지 않으면 안 되었다. 이와 같은 종교행정하에서는 13파 및 그 솔하의 교회에 다양한 성격의 운동이 혼재할 수 밖에 없었다.

에 구애받지 않는 분류방식이 필요해진다. 그 때 전형적인 교파신도라 할 수 있는 것으로 13파 중에서 출운대사교(出雲大社教, 이즈모타이샤쿄), 신습교(神習教, 신슈쿄), 신도수성파(神道修成派, 신토슈세이하), 신도대성교, 신도대교(神道大教, 신토타이쿄), 신리교(神理教, 신리쿄) 등을 꼽을 수 있다. 나아가 신도본국(神道本局, 신토혼쿄쿠)도 여기에 덧붙일 수 있겠다. 13파 이외의 것으로는 신궁교(神宮教, 진구쿄) 및 출운교(出雲教, 이즈모쿄) 등을 교파신도 범주에 넣을 수 있다. 그 밖에 어악교(御嶽教, 온타케쿄), 부상교, 실행교(實行教, 짓코쿄) 등의 산악신앙계 교파는 교파신도로서의 성격이 그다지 현저하지 않지만, 준교파신도적인 것으로 자리매김할 수 있겠다.

한편 천리교(天理教, 덴리쿄) 및 금광교(金光教, 곤코쿄)는 신도계 신종교로 구분하는 편이 적절할 것이다. 처음에는 부상교 및 신도본국에 소속했었다가 전후에 이르러 마침내 독립한 환산교도 신도계 신종교로 보아야 한다. 흑주교(黑住教, 구로즈미쿄) 및 계교(禊教, 미소기쿄)는 교파신도와 신도계 신종교의 중간형태라 할 수 있다. 교파신도의 출현과 신도계 신종교의 출현을 촉진시킨 조건이 일부 중첩되므로 그런 중간형태가 생겨난 것이다.

교파신도의 조직화는 메이지시대에 이루어졌는데, 이를 촉진시킨 조건으로서 메이지정부의 종교정책이 결정적인 의미를 가진다. 즉 신도적 요소를 가진 잡다한 교회 및 강사들이 일정 부분 조직화된 것을 하나의 교파로 공인한다는 정부 방침이 교파신도의 조직화를 촉진시킨 일요인이었던 것이다. 구체적으로 1873년 8월에 교부성이 흑주교,

토보가미강(吐普加美講, 도호가미코. 계교의 전신), **부사강**(富士講, 후지코)[6], **어악강**(御嶽講, 온타케코)[7] 등 신도계 강사 및 불교계 강사들을 각각 일파의 교회로서 용인한다는 방침을 내놓았다. 이로써 강사가 계속해서 설립되었고, 나아가 몇몇 강사를 모은 교파가 출현했다. 이리하여 느슨한 연합에 의한 교파의 형성이라는 기본 패턴이 성립되었다.

이와 같은 교파신도의 조직형태는 **제기형**[高坏型, 다카쓰키가타][8]으로 특징지워진다. 이는 신도계 신종교의 조직형태인 **수목형**(樹木型)[9]과 대비된다. 제기형 조직으로서 근세 후기 이래 산악신앙의 강사 및 교조적 인물 주변에 형성된 신자들의 소집단 등을 들 수 있다. 그

6 하세가와 가쿠교(長谷川角行)를 창시자로 하는 후지(富士)신앙. 가쿠교의 생애는 거의 알려져 있지 않지만, 전기에 의하면 1541년 히젠(肥前, 현 사가현 일부 및 나가사키현 일부_옮긴이) 나가사키에서 태어났다고 한다. 18세 때 여러 곳을 편력했으며 히타치(常陸, 현 이바라키현의 옛지명_옮긴이) 미토(水戸)에서 스승에게 수험(修驗)의 행법을 익혔다. 후지산의 히토아나(人穴)에서 고행을 하고 각지에서 수행을 거듭했으며, 천하태평을 기원하면서 에도를 비롯한 각지에서 사람들의 치병을 중심으로 한 포교활동을 펼쳤다.

7 미타케산(御嶽山)을 숭배한다. 덴포(天保) 연간(1830-1844년_옮긴이)에 각명강(覺明講) 및 보관강(普寬講) 양파의 대립을 해결하고자 했던 고노 기자에몬(兒野嘉左衛門)의 '강사명 자유' 방침에 의해 대립이 해소되면서 어악강이 전국적인 발전을 이루었다고 한다.(『御嶽教の歴史』) 단, 어악강은 전체적으로는 성행했지만 각 강사 사이에 유기적인 관계는 별로 보이지 않는다.

8 느슨한 연합체를 가리키는 말. 조직 결합의 원리가 느슨하게 존재하며 중핵적인 요소도 있다. 하지만 대부분은 다카쓰키(高坏, 제사음식을 놓는 높은 제기 그릇_옮긴이) 위에 쌓인 공물처럼 각각 나름대로의 작은 결속력을 지닌 소집단들이 모인 연합체 형태를 뜻한다.

9 수목형은 보다 강한 결속력을 가진 조직이다. 교조는 뿌리 부분에 위치하며, 교조와 연결된 교회 및 인맥이 줄기를 구성한다. 이를 중심으로 동일한 수액을 받는 가지들이 여기저기로 퍼진다. 즉 교조가 설하는 가르침, 의례, 구제수단 등이 공통적으로 말단에까지 전달된다.

가운데 특히 부사강이나 어악강과 같은 산악신앙의 강사가 중요하다. 또한 이런 제기형에서는 신도라는 전통에 기대기만 한다면 반드시 동질적인 신앙을 공유할 필요가 없다. 오히려 자기자신을 지키기 위해 그릇을 필요로 한다고 말할 수 있다. 메이지시대에는 공인된 단체가 되기 위함이라는 현실적인 과제 및 일본의 아이덴티티를 지키기 위함이라는 다소 이념적인 과제가 이들 앞에 놓여져 있었다.

그렇다면 교파신도에 특징적인 <정보>는 무엇이었을까? 교파신도가 신사신도와 공유하는 부분은 작지 않다. 교파신도 각파는 신(神)개념, 의례, 세계관 등에서 신사신도를 전제로 하여 교파별로 독자적인 체계화를 시도했다. 그러면 무엇이 각 교파의 창시자들로 하여금 신도 재흥적인 활동을 개시하도록 자극한 것일까? 근세에 전개된 에도시대의 국학이야말로 그 중요한 계기였다고 할 수 있다.

또한 교파신도를 창시한 사람들은 대부분 신도가나 국학자였다. 나아가 이세 및 이즈모의 오시(御師)와 같은 존재도 중요하다. 이들의 존재가 교단형 신도의 형성에 큰 의미를 가지기 때문이다. 뿐만 아니라 교파신도는 막말유신기의 사회상황에 적응하여 형성된 교단신도였다는 점에서, 전후 종교법인법 시대에는 조직면에서 쇠퇴하지 않을 수 없었다. 제기형의 조직이었지만 그 제기 위에 놓여진 개개의 교회가 독립된 교단이 되었기 때문이다.

이쯤에서 전형적인 교파신도의 초기 형성과정을 간단히 정리해 보자. 먼저 **출운대사교**는 **센게 다카토미**(千家尊福)[10]가 창시했다. 다카토미는 1873년에 출운대사경신강(出雲大社敬神講)을 조직했는데, 이것이

1882년에 신도대사파(神道大社派)가 되어 일파를 이루었다. 다카토미는 출운대사교의 초대 관장에 취임했다. 원래 이즈모대사(出雲大社)의 신앙은 서일본을 중심으로 퍼졌으므로 출운대사교 또한 주로 그런 이즈모대사 신앙의 기반이 있는 지역에서 전파되었다.

신습교는 요시무라 마사모치(芳村正秉)[11]에 의해 도쿄에서 조직되었다. 원래 무사였던 마사모치는 유신 후 신도계에 투신하여 1880년 종래 관계가 있던 인맥을 토대로 하여 신습강(神習講, 신슈코)을 결성했다. 이것이 1882년에 신습교가 되어 일파를 이루었다. 초대 관장에 취임한 마사모치는 도쿄 간다구(神田區)에 대교청(大教廳)을 설치하여 포교에 힘썼다. 이 신습교에는 어악강의 신자들이 대거 입교했다.

신도수성파는 닛타 구니테루(新田邦光)[12]에 의해 도쿄에서 조직되었

10 1845-1918. 이즈모노구니노미야쓰코(出雲國造) 가문에서 태어나 1872년에 제80대 구니노미야쓰코(지방장관_옮긴이)가 되었다. 그러나 신도교화를 적극적으로 수행할 조직의 필요성을 느껴 출운대사교를 창시했다. 그 후 1888년에 출운대사교 관장을 사임하고 원로원의관(元老院議官)이 된 이래 정치가로서의 길을 걸었다.

11 1839-1915. 미마사카(美作, 현 오카야마현 북부의 옛지명_옮긴이)의 무사 집안에서 태어나, 각지에서 유학・황학(皇學)・한학을 배웠으며, 막말기에 종교에 대해 깊은 관심을 가지게 되었다. 유신 후 교부성에 근무했는데, 신불합동 포교를 추진하는 대교원 설립에 반대하여 교부성을 떠나 신궁사청(神宮司廳)에서 근무했다. 그 후 후지산 및 미타케산 등에서 산악수행을 한 후 이윽고 행법에 중점을 두는 신도신앙을 확립했다.

12 1829-1902. 아와노구니(阿波國, 현 도쿠시마현의 옛지명_옮긴이)에서 태어나 젊은 시절부터 "일본은 신국이고, 일본국민은 신의 자손"이라는 생각을 품었으며, 신도를 성행시켜 인민을 교도하려는 뜻을 지니고 있었다. 1868년에 신기관 사무계원이 되었는데, 같은 해 오시번(忍藩)에 유폐된 사건이 있은 이래 종교활동에만 전념하게 되었다.

다. 구니테루는 막말기에 형성된 무도집단을 중심으로 1873년 수성강사(修成講社)를 조직했는데, 이것이 1876년에 신도수성파가 되었고 구니테루가 초대 관장에 취임했다. 그는 유교윤리적 색채가 짙은 신도사상을 설했으며, 『고지키』에 나오는 수리고성(修理固成), 『니혼쇼키』에 나오는 광화명채(光華明彩)를 중심이념으로 삼았다. 수성파 또한 어악강 등 수많은 산악신앙의 강을 그 솔하에 취합하여 결성되었다.

신도대성교는 어악교의 초대 관장이기도 했던 히라야마 세이사이(平山省齋)[13]에 의해 조직되었다. 세이사이는 1875년에 히에(日枝)신사 신관, 그리고 다음해에는 히카와(氷川)신사 대궁사(大宮司)가 되었는데, 메이지 종교행정의 추이를 관찰하면서 1879년 대성교회(大成教會)를 세워 교회장이 되었다. 이것이 1882년에 신도대성파가 되었고 세이사이가 초대 관장으로 취임했다. 조직을 형성하면서 잡다한 교회를 끌어모아 '대성한다'는 의도를 가졌다고 한다.

신도대교는 처음에는 그냥 '신도'라고 불려졌다. 그러나 이것만으로는 일반명사의 신도와 구별이 되지 않아서 통상 신도본국이라 칭했다가, 1940년에 신도대교로 개칭했다. 이나바 마사쿠니(稲葉正邦)[14]가 초

---

13 1815-1890. 오슈(奧州, 무쓰노구니의 별칭) 미하루(三春) 태생으로 막부의 소보청(小普請) 히라야마 겐타로(平山源太郎)의 양자가 되어 가독을 계승했다. 막말에는 외국봉행(外國奉行) 등을 역임했다고 한다. 유신 직후 잠시 칩거를 명받은 적도 있었지만 곧 신도가로서 활동을 개시했다.

14 1834-1898. 막말기에 교토 소사대(所司代) 및 로쥬(老中) 등을 역임했으며, 유신 후에는 1869년에 요도번(淀藩) 지사(知事). 히라타파 국학을 배운 후 신도계에 투신했다. 1873년에 시즈오카현 미시마(三島)신사 구지(宮司), 대교원 대교정(大教正) 등을 역임했다.

대 관장이다. 마사쿠니는 신불합동 포교를 막기 위해 먼저 동지들과 합작하여 메이지8년에 신도사무국(神道事務局)을 설립했다. 1884년에 신도(본국)가 발족되면서 그 초대 관장으로 취임했다. 신도사무국의 기능을 계승한다는 성격이 강했고, 일파로 독립할 만한 세력이 안 되는 교회들을 솔하에 끌어모아 교파로서 체제를 유지했다. 따라서 교의 측면에서는 신도대교다운 독자적인 특징은 거의 없다.

신리교는 **사노 쓰네히코**(佐野經彦)[15]가 교조이다. 쓰네히코는 1880년 오쿠라(小倉)에 신리교회(神理教會)를 설립했다. 당초에는 일파 독립을 인정받지 못했으므로 신도본국에 소속되었다. 1888년에 어악교로 소속을 바꾸었다가 다음해 일파로서 독립하면서 쓰네히코가 초대 관장으로 취임했다. 매우 정력적으로 각지를 순회하면서 설교했고 북큐슈를 중심으로 서일본에 많은 지부 교회를 세웠다.

신궁교[16]는 이세신궁을 중심으로 하는 신앙으로, **다나카 요리쓰네**(田中頼庸)[17]가 그 결성에 크게 관여했다. 요리쓰네는 유신 후인 1871년 신기성에서 근무했고 신궁 대궁사 등을 역임했다. 1880년에는 신도사무국 부관장이 되었는데, 1882년에 신도신궁교가 일파 독립하면

15 1834-1906. 부젠노구니(豊前國, 현 후쿠오카현 동부 및 오이타현 북부_옮긴이) 출신. 막말에 황국의도(皇國医道)를 창도했다. 유신 후 종교가로 활동할 뜻을 세워 가전의 가르침을 토대로 많은 저서를 펴냈다. 1875년부터 1876년에 걸쳐 종종 영적 계시를 받는 등 신비체험을 많이 했는데, 이듬해부터 사람들을 모아 강설을 하기 시작했다.

16 1899년에 재단법인 신궁봉재회(神宮奉齋會)가 되었고, 형식상으로는 비종교단체를 표방했다. 하지만 그 후에도 교파신도적 측면이 많이 남아 있다.

17 1836-1897. 원래 가고시마번 번사.

서 그 관장으로 취임하느라 신궁 궁사를 사직했다. 신궁의 지방포교에서 우라타 나가타미(浦田長民) 등의 활동이 큰 역할을 했다. 나가타미는 각지에서 강연을 기획했고 신궁 신앙의 보급에 힘썼다.

출운교는 근세에 센게와 함께 이즈모대사의 구니노미야쓰코 가문이었던 기타지마케(北島家)의 **기타지마 나가노리**(北島脩孝, 1834-1893)에 의해 1883년에 조직되었다. 다음 해 별파 독립을 출원했지만 받아들여지지 않아 신도(본국)의 직할교회가 되었다. 생긴지 얼마 안 되었다는 이유 때문이었다고 하지만, 센게 가문과의 갈등관계도 염두에 둘 필요가 있다. 1897년에 다시 별파독립을 출원했는데, 당시 공칭 신도수는 40만 명을 웃돌았다. 하지만 이 때에도 독립을 인정받지 못했고 전후인 1952년에 겨우 독립적인 교단이 되었다.

한편 산악신앙을 기반으로 하는 교파로서는 어악신앙을 중심으로 한 어악교와, 후지(富士)신앙을 중심으로 한 실행교 및 부상교가 있다. 각각에 관해 설립 경위를 간단히 기술하겠다. 먼저 **어악교**가 일파 독립했을 때의 초대 관장은 전술한 히라야마 세이사이였는데, 그 이전까지 활약한 인물로 **시모야마 오스케**(下山應助)[18]를 들 수 있다. 오스케는 메이지 초기에 각지의 어악강을 결집할 필요성을 느끼고 1873년 강을 개조하여 어악교회를 결성했으며, 이후에도 어악교 결집에 노력했다. 어악교회는 한 때 히라야마 세이사이가 조직한 대성교회에

18 연대 미상. 전설적 사실로 가득 찬 수수께끼 같은 인물. 독실한 어악신앙을 가지고 막말에 동지들을 규합하여 대대로 강을 결성했다. 그러나 어악강과 대성교가 합동하면서 교회장직을 사퇴하고 1882년에 갑자기 행방불명이 되었다.

소속된 적도 있었는데, 1882년에 일파로 독립했다. 또한 어악신앙의 강은 어악교 외에 신습교 및 신도수성파 등의 교파로 분산하여 존속하게 되었다.

실행교의 조직자는 **시바타 하나모리**(柴田花守)[19]이다. 하나모리는 유신 후 1878년에 실행사(實行社)를 조직했고, 1882년에 신도실행파로 독립하면서 초대 관장으로 취임했다. 교의는 후지신앙을 중핵으로 하면서 거기에 복고신도(復古神道, 훗코신토)적 색채가 가미되었다.

부상교 또한 후지신앙을 기반으로 하고있다. 이를 조직화한 자는 **시시노 나카바**(宍野半)[20]이다. 시시노는 1873년에 부사일산강사(富士一山講社) 설립운동을 일으켰고, 이듬해에는 후지산 폐불훼석 운동에 참여하여 여러 사사의 이름을 신도적으로 바꾸었다. 1875년에 환산강(丸山講, 마루야마코)을 끌어들여 신도사무국 소속의 부상교회(扶桑教會, 후소쿄카이)를 설립했다. 이것이 1882년에 부상교로 독립한 것이다. 1885년 환산교회가 신도(본국)로 소속이 바뀌면서 부상교 교파의 교세가 반감되었다.

그러면 교파신도와 신도계 신종교의 중간형태라 할 수 있는 흑주

19 1809-1890. 원래 불이도(不二道, 후지도)의 제10대 교주였다. 비젠(備前, 현 오카야마현 남동부_옮긴이) 소성(小城) 번주의 아들로 태어났는데, 히라타파 국학을 배웠고 18세 때 불이도 제8대 센다쓰(先達)인 고타니 로쿠교(小谷祿行)의 문하생이 되었다.

20 1844-1884. 사쓰마노구니 향사였는데, 히라타 데쓰타네(平田鉄胤)의 문하생이 되어 국학을 배웠다. 유신 후 교부성에 근무했고, 후에 시즈오카현 아사마(浅間)신사 궁사가 되었다. 이 무렵 근방의 몇몇 신사 신관을 겸직하면서 각지에 산재한 부사강의 결집을 꾀했다.

교와 계교는 어떤 형성과정을 거쳤을까? **흑주교**의 교조는 **구로즈미 무네타다**(黒住宗忠)[21]이다. 무네타다는 원래 신사신도의 풍토 안에서 성장했는데, 독특한 종교체험을 거쳐 1815년부터 강석과 금염(禁厭, 마지나이)[22]을 중심으로 한 포교활동에 들어갔다. 이리하여 점차 제자집단이 형성되었으며, 이윽고 무사계급을 포함한 폭넓은 계층으로부터 입문자들이 증가했다. '일일가내심득사'(日日家內心得の事)라는 7개조의 간단한 마음 수양서 외에 정리된 교의는 없고, '떠오르는 대로의 설법'이라 하여 마음에 떠오른 것을 그대로 말하는 강석이 특징적이었다. 무네타다는 오카야마 지방을 중심으로 활동했는데, 그의 사후 이른바 6고제(六高弟)[23]의 활동에 의해 교세가 쥬고쿠(中國)·시코쿠(四國)·긴키(近畿) 지방으로 확장되었다. 막말기에는 가장 세력이 큰 신종교였다고 한다.

계교는 흑주교보다 다소 늦게 운동이 전개되었는데, 역시 막말기에는 특히 무사계급에 큰 영향을 미친 운동이다. 교조인 **이노우에 마사카네**(井上正鐵)[24]는 제종교를 편력한 후 일종의 종교체험을 거쳐 계교

21 1780-1850. 비젠노구니 이마무라미야(今村宮)의 네기 집안에서 태어났다. 질병으로부터의 회복과정에서 '천명직수'(天命直授)라 불리는 종교체험을 했다. 즉 1814년 동짓날 아침에 태양을 배례했을 때 태양이 점점 다가와 신과 합일하는 신비체험을 했다고 한다.

22 민간에서 재액을 물리치기 위해 행하는 주술적 기법들을 가리키는 말_옮긴이.

23 石尾乾介, 河上忠晶, 時尾宗道, 赤木忠春, 星島良平, 森下景端.

24 1790-1849. 에도 우에노(上野)의 무사집안에서 태어났다. 청년시절에 선종을 몸에 익혔고 또한 1809년에는 이소노 히로미치(磯野弘道) 문하에 들어가 의학을 배웠다. 1814년에는 관상가인 미즈노 난보쿠(水野南北)와 만나 그 문하생이 되었다. 다음해 에도로 돌아와 점치는 무격이 되었다. 1833년 꿈속에 신의 사자인

라는 새로운 종교운동을 일으켰다. 1841년 부슈(武州)[25] 아시다테군(足立郡) 우메다신메이궁(梅田神明宮)의 신직이 되어 본격적인 신도 포교활동에 들어갔는데, 그 활동내용에 관해 사사봉행으로부터 이단 혐의를 받아 1842년 6월 미야케섬(三宅島)[26]에 유배되어 그곳에서 생을 마쳤다.

문하생들이 마사카네의 구명운동을 펼쳤지만 뜻을 이루지 못했고, 그의 사후 계교는 크게 두 흐름으로 전개되어 포교활동이 행해졌다. 하나는 대성교(大成教)에 속한 집단이고 다른 하나는 판전파(坂田派, 사카타하)이다. 판전파는 사카타 가네야스(坂田鐵安)[27]에 의해 형성되었다. 가네야스는 이노우에 마사카네를 모신 이노우에(井上)신사의 창건을 도쿄부 지사에게 출원했고 1882년에 신도계교장이 되었다. 이 조직을 중심으로 1894년 계교로서 일파 독립했는데, 이것이 현재의 계교로 이어지고 있다.[28]

이상에서처럼 유신 전후부터 메이지 중엽에 걸쳐 줄을 이어 독립한 교파들이 생겨났고, 일정한 사회적 영향력을 가진 교파신도로서

....

젊은 여성이 나타나는 체험을 한 후 신도에 눈을 뜨게 되었고, 다음 해 신기백 시라카와가에 입문하여 신배식(神排式) 허가장을 얻었다.

25 무사시노구니(武蔵國, 현 도쿄도 및 사이타마현·가나가와현 일부)의 별칭_옮긴이.

26 현 도쿄도에 속한 이즈(伊豆) 7도 중 하나_옮긴이.

27 1820-1890. 1841년 부친 마사야스(正安)와 함께 마사카네의 문하생이 되었다. 마사카네 사후 각지에서 포교활동을 벌였고 1855년에는 야마시로(山城, 현 교토부의 옛지명_옮긴이)에서 포교했는데, 1862년 사사봉행에게 취조받으면서 다른 문하생들과 함께 추방당했다. 유신 후에도 계교의 포교를 계속했다.

28 또한 계교로부터 1986년 계교진파(禊教眞派)가 갈라져 나와 도치기시(栃木市)에 본부를 두고 사카타 야스히로(坂田安弘)가 교주로 취임했다.

그 교세가 메이지 후반기에 정점을 이루었다고 추정된다. '대일본제국 내무성 통계보고'에 나오는 통계를 보면, 거의 모든 교파가 1890년대에 가장 많은 교사수를 기록하고 있다. 교사수가 곧바로 신자수를 반영한다고는 볼 수 없지만, 교단 규모를 추정하는 데에는 적절한 데이터라 할 수 있다. 그 후에는 교사수가 감소하고 있다.

교파신도의 교세는 전후에 더욱 쇠퇴한다. 그 큰 이유 중의 하나는 전전에 솔하에 있던 지부 교회들이 독립했기 때문이다. 종교법인령 및 종교법인법이 이와 같은 경향을 용이하게 했다. 또한 전전에 일정한 세력을 가졌던 전통적인 신기신앙이 패전의 결과로 급속하게 상실되었던 것도 그 이유 중 하나라 할 수 있다. 이 점은 신사신도에 대해서도 똑같이 말할 수 있다. 이처럼 교파신도가 점차 그 사회적 영향력을 잃어가는 가운데, 점점 교세를 확장하여 많은 신자들을 획득한 것이 신도계 신종교이다. 이는 신도계 신종교가 교파신도에 비해 근대 이후의 사회적 변화에 적응한 종교시스템이었기 때문이라고 여겨진다.

신도계 신종교

연이어 출현한 새로운 신들

신도계 신종교[1]라는 종교시스템의 형성 또한 19세기 중엽에 그 맹아가 싹텄다. 이는 기본적으로 일본인의 지적 수준이 변화했다는 점을 그 주된 요인으로 들 수 있다. 이 점도 <주체> 측면의 변화로 볼 수 있다. 전문적인 지식을 축적한 종교엘리트가 그다지 지식이 풍부하지 못한 사람들을 상대로 가르침을 설함으로써 조직을 유지시킨 것이 근세까지의 기본적인 종교구조였다. 하지만 근대에는 이런 구조에 큰 변화가 생겼다. 이와 같은 변화에 상응하여 형성된 것이 바로 신종교이다. 특별한 종교적 훈련을 받지 않고 교학적인 지식도 가지지 않은 '일반대중'이 종교에 대해 가르치고 실천할 수 있는 지적 환경이 생겨나기 시작했을 때, 대중이 대중에게 포교하는 대중 주체의 조직

1 신종교에 관한 기본적인 사전으로는, 井上順孝他『新宗教事典』弘文堂 ; 同『新宗教教團・人物事典』弘文堂 등이 있다. 신도계 신종교에 관한 기본적인 데이터 또한 위 사전들이 가장 충실하다. 한편 개괄적인 연구서로는 井上順孝『新宗教の解讀』筑摩書房 참조.

을 만들 수 있게 된 것이다.

이런 신종교는 크게 신도계 신종교와 **불교계 신종교**로 구분할 수 있다.[2] 개중에는 이 가운데 어떤 범주에도 포함시키기 어려운 교단도 있지만, 일본의 전통적인 신기숭배에 입각한 교단을 신도계 신종교로, 그리고 일련종이나 진언종 등 일본불교의 전통에 입각한 교단을 불교계 신종교로 대별할 수 있다. 불교계 신종교는 교의 및 조직형성에서 불교교단과 밀접한 관계를 가지는 데 비해, 신도계 신종교는 교조의 독창적인 교의도 종종 보이며 창립[創唱]종교적 색채를 띠는 경우가 많다.

막말유신기에 형성된 이른바 초창기의 신도계 신종교로는 천리교(天理教, 텐리쿄), 금광교(金光教, 곤코쿄), 환산교(丸山教, 마루야마쿄) 등을 들 수 있다. 이 중 천리교의 영향력이 가장 크며, 단순히 분파가 많다는 점에서뿐만 아니라 그 교의 및 조직형태와 포교방식 등의 측면에서 천리교의 영향을 받은 교단이 적지 않다. 또한 메이지 말기부터 쇼와 초기에 걸쳐 활동한 대본교와, 쇼와 전기에 시작된 '생장의 가'(生長の家, 세이쵸노이에)도 영향력이 큰 교단이다. 전후에는 수많은 교단들이 독립적인 종교법인으로 되었는데, 조직과 의례의 측면에서 주목할 만한 것으로 세계구세교(世界救世教, 세카이큐세이쿄) 계통의 교단들을 들 수 있다. 이런 교단의 특징을 중심으로 신도계 신종교의 전개

2 그 밖에 극소수이긴 하지만 그리스도교계 신종교도 있다. 이 경우의 그리스도교계 신종교란 일본에서 형성된 것을 가리킨다. 그 중 가장 큰 교단으로 예수어령교회(イエス之御靈教會, 예수노미타마쿄카이)를 들 수 있다.

를 살펴 보자.

먼저 천리교는 나카야마 미키(中山みき)[3]라는 여성에 의해 창시되었다. 그녀는 1838년 장남 슈지(秀司)의 다리질환을 고치기 위해 부른 수험자의 가지대(加持臺)[4]가 되었을 때 갑자기 신이 들려 후에 교단내에서 '월일의 사당'(月日のやしろ)으로 불리는 존재가 되었다. 실제로는 오랜 세월 동안 내면적 갈등의 시기가 있었다고 보인다. 1860년대에 이르러 후에 본석(本席)이 된 이부리 이죠(飯降伊藏)를 비롯한 입신자들이 늘어났고, 유신 전후 각지에 강(講)이 형성되었다.

이렇게 특별한 종교체험이 토대가 되어 전혀 종교가를 생각지도 않았던 인물이 교조의 길을 걷게 된 사례를 신도계 신종교에서 종종 찾아볼 수 있다. 신도의 전통에 있어 신들림과 탁선 등은 고대로부터 많은 기록이 남아 있으며, 단지 일시적으로 메시지를 매개하는 것이 아니라 신의 메시지를 사람들에게 전한다는 특별한 사명의 자각이 신종교 교조의 신들림 현상에 수반되어 특징적으로 나타난다.

미키의 종교운동은 유신 후에도 계속 확대되었는데, 교도직이 아니었던 그녀의 포교활동은 관헌들로부터 핍박을 받아 종종 유치장에 갇히곤 했다. 하지만 그 후 포교의 편법을 생각한 손자 나카야마 신노스케(中山眞之亮) 등의 방침에 따라 1886년 신도본국에 소속하여 천리

3 1798-1886. 야마토노구니(大和國, 현 나라현의 옛지명_옮긴이)의 촌장집 장녀로 태어났다. 친정은 대대로 정토종의 단가(檀家)였으며, 미키 또한 어릴 때부터 신앙심이 돈독했다고 한다. 13세 때 나카야마 젠베(中山善兵衛)에게 시집가서 주변 사람들에게 신뢰받는 주부로서의 생활을 보냈다.

4 민간의 기도 행법에서 신내림의 도구로 사용되는 사람을 가리키는 말_옮긴이.

교회(天理教會, 텐리쿄카이)로서 인가를 받았다. 그러나 일파로서 독립한 것은 1906년의 일이었다. 신자수는 미키 사후 메이지 말기부터 다이쇼(大正)기에 걸쳐 급속히 증가하여 1백만 명을 훨씬 웃돌게 되었다.

이 천리교가 향후 신도계 신종교의 전개에 영향을 끼쳤다고 보여지는 점을 열거해 보자. 우선 여성교조라는 점이 중요하다. 그 이전에도 여래교(如來教, 뇨라이쿄)[5]와 같이 여성교조의 사례가 이미 에도시대에 있었는데, 후세에 끼친 영향이라는 측면에서는 나카야마 미키의 존재가 무엇보다 두드러진다. 가령 '어버이신'(親神, 오야가미)의 활동이 여성교조를 통해 이 세상에 나타났다고 보는 관념 자체가 획기적인 것이었다.

포교방법에서도 큰 영향을 끼쳤는데, 천리교의 단독 포교법은 특히 유명하다. 포교자가 생면부지의 지역에 가서 병자가 있는 집을 찾아다니면서 미키의 가르침을 설하고 치병을 기원했다. 병자의 질병이 치유받고 본인과 가족이 그것을 신앙의 은총이라고 감격할 때 거기서 새로운 신앙의 거점이 생길 수 있다. 이런 포교법에 의해 지리적으로 멀리 떨어진 지역에까지 짧은 기간 내에 천리교가 퍼져나갔던 것이다.

이와 같은 포교 과정에서 신앙을 가지게 된 자와 신앙으로 인도한 자 사이에 특별한 관계가 형성된다. 이는 조직원리와 연관성을 가진다는 점에서 주목할 만하다. 교회 단위에서도 어버이교회[親教會]와 자녀교회[子教會], 더 나아가 손자교회[孫教會] 등의 관계가 생겨난다.

5 잇손뇨라이 키노(一尊如來きの, 1756-1828)에 의해 오와리(尾張, 현 아이치현 서부의 옛지명_옮긴이)에서 시작되었다.

이런 식의 관계는 통상 종적 관계[タテ線]로 불려진다. 이와 같은 개인의 연대 및 교회의 연대가 신종교 조직의 대표적인 구조라 할 수 있다. 그렇다면 이는 본산·말사(本山·末寺)제도 혹은 사격(社格)제도와 어떻게 다른가? 무엇보다 신종교의 지부교회 사이에서는 경쟁원리가 작동하고 있어 그 조직이 유동적이라는 점에서 큰 차이를 보여준다.

한편 천리교의 교의적 측면에서는 구제관념이 특징적이다. 미키의 표현을 빌자면, "온세계를 똑같이 구제한다"는 사상이 그것이다. 또한 밑바닥[谷底] 구제라는 지향성도 있다. 이는 곧 모든 인간을 평등하게 구제한다는, 특히 사회적 저변에 있는 사람들을 우선시하여 구제한다는 발상을 뜻한다. 이와 동시에 '요키구라시'(陽氣暮らし)라는 말에서 잘 엿볼 수 있듯이, 구제의 궁극적인 목표를 모든 사람들이 즐겁게 사는 데에 두고 있으며, 그것이 현세에서 실현될 것을 추구한다. 이와 같은 평등사상, 현세중심주의, 즐거운 삶의 추구 등이 중첩되어 교의를 형성하고 있다는 점이 천리교 가르침의 특징을 이룬다.[6]

막말 유신기에 **금광대신**(金光大神, 곤코다이진=赤沢文治)[7]이 창시한 **금광교**와, **이토 로쿠로베**(伊藤六郎兵衛)[8]가 창시한 **환산교** 또한 천리교와

6 구제의 실현은 '지바'라 불리는 곳, 즉 나카야마 미키의 집이 있던 장소에서 이루어진다고 말해진다. 그곳은 현재 천리교 본부가 위치하며 감로대(甘露臺)가 설치되어 있다.

7 1814-1883. 비츄(備中, 현 오카야마현)에서 농민의 아들로 태어났다. 민속적인 금신(金神, 곤진)신앙을 깊이 믿고 있었는데, 여러 신들의 계시를 체험하면서 금신에 관한 새로운 해석을 제시하게 되었다.

8 1829-1894. 무사시노구니 橘樹郡(현 가와사키시)에서 태어났다. 부사강 신앙이 돈독한 농민이었는데, 아내의 발병을 계기로 수행을 시작했다가 이윽고 신의

마찬가지로 창립종교적인 색채를 보여준다. 금광교는 오카야마(岡山)를 중심으로 서일본에서 많은 신자를 획득했으며, 환산교는 도쿄를 중심으로 간토・도카이(東海)지방에 널리 퍼졌다. 천리교만큼 후세 교단에 영향을 끼치지는 못했지만, 둘 다 농민이 교조로서 생활에 밀착된 신관념을 전개하면서 민중구제를 중시했다. 막말 유신기의 신종교를 **민중종교**라고 부르는 이유가 여기에 있다.

20세기에 들어와 전개된 신도계 신종교 가운데 **대본**(大本, 오오모토)이 가지는 의의는 특히 크다. 오늘날 적극적인 포교활동을 전개하고 있는 신도계 신종교들은 대체로 광의의 대본계라 할 수 있다. 가령 **생장의 가**와 **세계구세교**는 직접적으로 대본교의 영향을 받았다. 또한 생장의 가에 영향을 받은 **백광진굉회**(白光眞宏會, 뱌코신코카이)[9], 세계구세교의 분파인 **신자수명회**(神慈秀明會, 신지슈메이카이)[10] 및 **청명교**(晴明教, 세이메이쿄)[11], 세계구세교로부터 영향을 받은 **세계진광문명교단**(世界眞光文明教團, 세카이마히카리분메이쿄단) 및 **숭교진광**(崇教眞光, 스쿄마히카

계시를 받아 1872년부터 포교를 개시했다.

9 고이 마사히사(五井昌久, 1916-1980)에 의해 창시되었으며, 치바현 이치카와시(市川市)에 본부가 있다. 고이는 한 때 생장의 가의 강사였으며, 다니구치 마사하루(谷口雅春, 1893-1985. 생장의 가 창시자_옮긴이)의 사상에서 영향을 받았다. "세계 인류가 평화롭게 되기를" 이라는 슬로건을 내걸고 평화운동을 추진하는 단체의 모체이기도 하다.

10 시가현에 본부가 있다. 세계구세교의 신자였던 고야마 미호코(小山美秀子, 1910-현재)가 설립한 단체. 오카다 모키치(岡田茂吉) 사후에 세계구세교를 떠나 독자적인 운동을 전개하고 있다. 가두에서 "당신의 건강과 행복을 위해 기도하게 해 주십시요" 라고 말을 걸어 포교하는 방법이 잘 알려져 있다.

11 후쿠오카에 본부가 있다. 오카다 모키치 사후에 기하라 요시히코(木原義彦)가 중심이 되어 세계구세교와 별개의 운동을 전개했다.

리) 등 대본의 영향을 직간접적으로 받은 교단들이 많이 있다.

대본은 **데구치 나오**(出口なお)와 그녀의 사위인 **데구치 오니사부로**(出口王仁三郎)의 콤비에 의해 창시되었다. 나오가 '후데사키'(筆先)라 불리는 신의 계시를 기록하고, 오니사부로가 그것을 해석하는 형태로 가르침이 퍼졌다. 대본의 영향과 관련하여 교의적 측면에서는 영계(靈界)에 관한 교의[12], 그리고 의례적 측면에서는 진혼귀신(鎮魂歸神)이라 불리는 수행법이 주목을 받았다. 특히 **영주체종**(靈主體從)[13]의 개념이 중요하다. 즉 영계의 존재 및 그것과의 커뮤니케이션이 중시된다는 점이 이 교단의 특징이다.

이와 아울러 대본은 천황제에도 관심을 보이면서, 보다 종교적인 천황상을 주장했다. 그리하여 대본 운동은 국가로부터 경계의 대상이 되었고, 1921년과 1935년 두 차례에 걸쳐 탄압을 받았다. 전전 특히 쇼와 전기는 국가로부터의 탄압을 받는 교단이 적지 않았는데, 그 중에서도 최대 규모의 탄압이 바로 대본에 대해 가해졌다. 당시 대본과 유사한 주장을 한 교단으로 **신도천행거**(神道天行居, 신토텐코쿄)[14]가 있었다. 그 교조인 **도모키요 요시사네**(友清歡眞)[15]의 경우는 더욱 강렬하

12 데구치 오니사부로에게는 『레이카이모노가타리靈界物語』라는 81권의 방대한 구술 저서가 있다.

13 이는 영혼이 육체보다 우위에 있으며, 영계가 현실계에 영향을 미친다는 것을 나타내는 말이다. 대본계 신종교에는 이런 관념이 널리 계승되고 있다.

14 야마구치현 熊毛郡에 본부가 있다. 대본에 입신한 도모키요 요시사네(友淸歡眞)가 1919년 대본을 이탈하여 다음해 격신회(格神會)를 결성했고 그것이 곧 신도천행거로 개칭되었다.

15 1888-1952. 어릴 때부터 문학적 소질이 많았던 그녀는 성장하면서 정치에 깊은

게 신비스런 주장을 펼쳤다. 또한 신정용신회(神政龍神會, 신세이류진카이)[16]도 대본으로부터 영향을 받은 교단인데, 1936년에 탄압을 받았다. 이런 사례에서 우리는 천황제와 신관념에 관해 종교적으로 파고드는 삶의 방식이 전전의 국가에 있어서는 위험한 존재였음을 알 수 있다.

대본의 영향을 받은 생장의 가 역시 포교적 측면 등에서 의외로 향후의 교단에 많은 영향을 끼치고 있다. 생장의 가의 특징은 문서 포교에 있다. 대본도 이미 신문사를 매수하는 등 활자 미디어를 사용하여 포교에 임한 바 있는데, 다니구치 마사하루(谷口雅春)는 대본의 기관지를 편집한 경력을 살려서 문서 포교를 보다 체계화시켰다. 1930년에 창시된 생장의 가는 지우회(誌友會)를 조직하여 『생명의 실상生命の實 相』의 구독을 회원의 의무로 하는 등 지식계급이 받아들이기 용이한 운동형태를 지향했다.

대본만큼 영향력을 가지지는 못했지만, 전전에는 미키 도쿠치카(御木德近)가 창시한 히토노미치교단(ひとのみち教團), 마쓰시타 마쓰조(松

관심을 가지고 일간지 사설에서 보통선거론을 피력하기도 했다. 신문사 편집장을 역임하고 평론지를 발간하는 등 열성적으로 정치활동에 임했으나 점차 종교에 관심을 가지게 되었고, 1917년 종교체험 이후 대본을 거쳐 1927년 11월 식내사 이시키(石城)신사의 오오야마네즈노가미(大山祇神)로부터 천계를 받아 이시키산(石城山)에 신도천행거를 설립했다. 다음 해 본부를 이시키산 산록에 옮기고 근본신사인 야마토(日本)신사를 조영했다. 전시중에는 영적 국방을 주창하여 각지에 영적 시설을 조영하고 국방의 가미고토(神事)를 행했다. 종전에 임해 자결을 각오했으나 신의 계시로 그만 두었다고 한다. 그녀는 사후 이시키산 위의 이와야마(磐山)신사에 제신으로 모셔졌다_옮긴이.

16 야노 유타로(矢野祐太郎, 1881-1938)에 의해 창시되었다. 세상의 변혁[立替え立直し, 다테카에다테나오시]의 실현을 추구했다.

下松藏)가 창시한 **조신도**(祖神道, 소신토) 등도 무시할 수 없다. 히토노미치교단은 전후 피엘교단(PL教團)으로서 새롭게 전개되었다. 조신도의 경우 쇼와 초기에 '나가스(長洲)의 이키가미(生神)'라 칭해진 마쓰조 밑으로 사람들이 모여들었고 몇몇 제자들이 각지에 교단을 형성했다.[17]

GHQ의 정책에 따라 정교분리와 신교자유가 기본원칙이 된 전후에 신종교는 신사신도와는 다른 형태로 큰 영향을 받았다. 그 중 가장 큰 영향으로서 각 종교교단이 그 단위집단별로 조직을 결성할 수 있게 된 점을 들 수 있다. 예컨대 1940년 종교단체법에 따라 종교결사(宗教結社)[18]로서 활동해 온 것들도 다수 독립적인 일파가 되었다. 이와 같은 <회로>상의 격변은 신도계 신종교라는 종교시스템에도 변화를 초래했다. 즉 수많은 유사한 교단들이 독립된 조직이 된 것이다.

사회적 혼란이 생겨난 패전 직후는 **천조황대신궁교**(天照皇大神宮教, 덴쇼코타이진구쿄)[19] 및 **새우**(璽宇, 지우)[20]와 같이 일종의 요나오시(世直

17 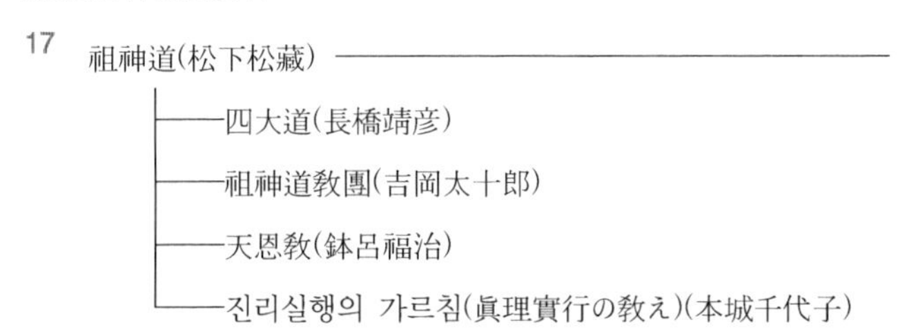

조신도 계열의 주된 교단

18 종교결사는 도도부현 지사에게 신고함으로써 종교활동을 인정받았는데, 세제상 우대 등은 없었다.

19 기타무라 사요(北村サヨ, 1900-1967)가 교조이다. '춤추는 종교'로서 사회적으로 알려져 있다. 사요는 매우 격심하게 사회비판을 함과 동시에 기도에 의한 세계평화를 호소했다.

し)[21]를 주장하는 신종교운동이 주목을 받았다. 양 교단은 여성이 교조였는데, 각각 기원(紀元)·영수(靈壽)와 같은 새로운 원호 사용을 주장하는 등 시대적 변화를 상징하는 신종교 운동이었다. 하지만 이런 교단들은 전후 사회의 혼란을 반영한 측면이 있지만, 대규모적인 운동으로 발전하지는 못했다.

고도 성장기에 들어설 무렵, '빈·병·쟁'(貧·病·爭)[22]이라는 일상적 문제의 해결을 내건 세계구세교 및 거기서 분파한 교단들의 교세가 두드러지게 확장되었다. **오카다 모키치**(岡田茂吉)[23]는 1935년에 대본을 이탈한 후 대일본관음회(大日本觀音會)를 결성했고, 전후에는 종전의 조직을 개편하여 1950년 세계구세교(=메시아교)를 발족시켰다. 이런 세계구세교의 활동에서 주목할 만한 것은 '**데카자시**'(手かざし)[24]에 의한 정령(淨靈) 구제법을 널리 퍼뜨린 점이다. 데카자시는 교단에 따라 다소 다르게 불리지만 그 뜻에는 큰 차이가 없다. 또한 고도성장기에 세계구세교가 자연농법이라든가 약독론(藥毒論)을 주장하면서 종래의 근대주의 일변도의 사회적 경향에 대해 일종의 도전을 가했다

20 새광존(璽光尊) 즉 나가오카 나가코(長岡良子, 1903-1984)가 실질적인 교조였다. 요코즈나였던 후타바야마(双葉山)와 바둑 명인이었던 중국인 오청원(吳淸源, 우 칭위엔) 등이 신자가 되어 당시 사회적으로 주목받기도 했다.

21 완만한 형태의 사회변혁을 가리키는 용어_옮긴이.

22 각각 경제적 문제, 질병, 가정 및 직장에서의 인간관계 등에서 생기는 갈등을 가리킨다.

23 882-1955. 도쿄 태생으로 방물가게를 운영했는데, 여러 가지 질병을 체험하면서 이윽고 대본에 입신했다. 교단 및 분파교단에서는 그를 '메이슈사마'(明主樣)라 부른다.

24 안수를 통한 치병의 기법_옮긴이.

는 점도 간과할 수 없다. 그런데 조직의 측면에서는 개개 지부교회장의 권한이 컸으므로 교조 사후에 청명교(晴明教, 세이메이쿄), 구세주교(救世主教, 큐세이슈쿄), 구세진교(救世眞教, 큐세이신쿄), 신자수명회(神慈秀明會, 신지슈메이카이), 스쿠이노히카리교단(救いの光教團) 등 수많은 분파가 생겨났다.

세계구세교의 영향을 받아 **오카다 가우타마**(岡田光玉)[25]에 의해 조직된 **세계진광문명교단**(世界眞光文明教團, 세카이마히카리분메이쿄단), 거기서 분파하여 **오카다 세이슈**(岡田聖珠)에 의해 조직된 **숭교진광**(崇教眞光, 스쿄마히카리)[26] 역시 데카자시를 중심으로 1970년대 이후에 많은 신자들을 끌어모았다. 이 양 교단은 오카다 가우타마의 예언에 따라 각각 나카이즈(中伊豆)와 다카야마(高山)에 거대한 신전을 창건했다.

신도계 신종교 중에는 전술한 세계구세교와 세계진광문명교단·숭교진광처럼 비교적 규모가 큰 조직 외에, 수천 명에서 수만 명 정도의 신자집단을 이룬 중소규모의 교단도 많이 있다. 이른바 영능자(靈能者)를 중심으로 생겨난 조직이 비교적 단기간내에 조직을 확대시킨 사례도 있다. 이 새로운 조직들도 교의적 측면에서는 그다지 새로운 요소를 포함하지 않는 경우가 많다.

치바현 노다시(野田市)에 본부가 있는 **영파지광교회**(靈波之光教會, 레이하노히카리쿄카이)는 하세 요시오(波瀬善雄)[27]에 의해 시작되었는데, 그

25 1901-1974. 한 때 세계구세교에 입신했는데, 1959년에 계시를 받아 독자적인 교단을 세웠다. 세계진광문명교단은 현재 시즈오카현에 본부가 있다.
26 숭교진광은 오카다 가우타마의 사후에 후계자 분쟁으로 분파했다.

초기 활동의 특징은 치병에 있다. 또한 요코하마에 본부가 있는 오오야마네즈노미코토신지교회(大山祇命神示教會)는 도모마루사이(供丸齋)라 불리기도 하는 이나이 마사오(稲飯定雄)[28]에 의해 창시되었는데, 역시 그의 치병 능력으로 인해 신자들이 급증했다.

이상은 중간규모 교단의 사례인데, 보다 소규모 교단에서도 유사한 사례를 찾아볼 수 있다. 가령 후쿠이현에 본부가 있고 나카무라 가즈코(中村和子=明峰黃紫院)가 교조인 **우주신교광명회**(宇宙神教光明會, 우츄신쿄코묘카이)[29], 도쿄 오타구(大田區)에 본부가 있고 고마쓰 신요(小松神擁)를 교조로 하는 **신명애심회**(神命愛心會, 신메이아이신카이)[30], 야마가타시(山形市)에 본부가 있고 아지키 덴케이(安食天惠)를 교조로 하는 **대화지궁**(大和之宮, 야마토노미야)[31] 등은 모두 샤먼적 요소를 가진 여성이 교조이다. 그리고 그녀들이 지닌 영적 능력, 치병의 능력, 나아가 예언 능력이 신자를 끌어들이는 주된 요인이다. 고마쓰와 나카무라의 경우는 모두 아마테라스의 계시를 언급한다든지 거기서 비롯된 영적 능력을 사용하는 데에 특징이 있다. 즉 창립종교적이기는 하지만 동

27 1915-1984. 1954년의 종교체험 이후 치병능력을 얻었다고 한다.
28 1906-1988. 대중목욕탕을 운영하고 있었는데, 1946년에 종교체험을 한 후, 1953년에 교회를 설립했다. 도모마루히메(供丸姫, 본명은 森日出子. 1946~현재)가 후계자가 되었다.
29 교조 나카무라 가즈코(1947-현재)는 영능자라는 자각을 한 후 오사카에 신령상담소를 설치했는데, 이것이 1985년 종교법인 우주신교광명회가 되었다.
30 고마쓰 신요(1928-현재)가 창시했다. 고마쓰는 1976년 아마테라스오오가미(天照大神)로부터 받은 신언(神言)에 입각하여 신메이궁(神命宮)을 설립했다고 한다.
31 아지키 덴케이(1952-현재)가 신불(神佛)에게서 천명을 받아 설립되었다.

시에 전통적인 신관념을 답습하고 있는 교단이라 할 수 있다.

전통적 신관념에 입각한 전후의 신도계 신종교는 결코 적지 않다. 가령 홋카이도 무로란시(室蘭市)에 본부가 있고 센바 히데오(泉波秀雄)[32] 및 센바 기사코(泉波希三子)에 의해 창시된 **천조교**(天照教, 텐쇼쿄)[33]는 아마테라스오오가미(天照大神)・오오쿠니누니노가미(大國主神)・에비스오오카미(恵比須大神)의 삼신을 모시며, 어악교의 영향을 받아 조직된 교단이다. 또한 사이타마현 우라와시(浦和市)에 본부가 있는 **일본성도교단**(日本聖道教團, 니혼세이도쿄단)[34]은 이와사키 쇼오(岩崎照皇)[35]가 교조인데, 그는 8대용왕에 감응하여 수행을 시작했다고 한다. 뿐만 아니라 대본 및 세계구세교의 영향을 받아 후카미 도슈(深見東州)[36]가 도쿄에 본부를 두고 창시한 **월드메이트**(ワールドメイト)는 이즈에 고타이(皇大)신사를 창건하는 등 신사신도에 접근하는 경향이 있다.

나아가 오키나와에는 오키나와의 민속종교를 기반으로 전개된 **이쥰**(いじゅん)[37]이라는 교단이 있다. 교조 다카야스 류센(高安龍泉)은 어

32 1925-현재_옮긴이.
33 1953년에 설립되어 1955년에 종교법인이 되었다.
34 1974년 다카치호신레이쿄단(高千穗神靈教團)으로 설립되었다가 1986년에 현재 명칭으로 바꾸었다.
35 1934-현재_옮긴이.
36 1951-현재. 본명은 半田晴久. 1986년 코스모메이트를 창시했다가 후에 월드메이트로 개칭. 신사참배, 오오하라이, 신비체험을 가미한 오락적 집회, 신인합일을 지향하는 자기변용적 수행, 사자의 영의 구제에 의한 치유, 현세이익적 기원, 콘서트, 자선활동, 신도연구 지원 등 다양한 종교활동을 펼치면서, '만능의 천재'야말로 최고의 신인(神人)이라고 주장. 그 자신 영어회화, 노가쿠, 피리, 작곡, 작사, 지휘, 발레, 서도, 회화, 다도, 단가, 학문연구 등에 뛰어난 자질을 보여 주었다_옮긴이.

릴 적에 연극무대에서 아역을 맡았던 경력이 있으며, 오키나와의 민속종교를 기반으로 하면서 새로운 교의를 체계화시켰다. 특히 민속종교를 기반으로 하면서 최근의 '정신세계'적 요소들을 수용하고 있다. 이는 민속종교를 보편화시킨다는 초창기 신종교의 특징이 오늘날과 같은 정보화시대에서 매우 단기간에 진행된 사례라 할 수 있다. 이와 같은 최근의 신도계 신종교에서도 신들림은 교조의 탄생에서 중요한 계기를 구성한다. 즉 신들림 현상은 신도계 신종교의 구조를 구성하는 한 요소라 할 수 있다. 동시에 전통적 신사신앙과의 연속성을 강조하는 경우가 많은데, 그런 경우는 교파신도의 형태에 가깝다. 신도계 교단은 이상과 같은 구조적 특성을 보여 준다.

37 다카야스 류센(高安龍泉. 1934-현재)이 1972년에 오키나와에서 창시. 1980년에 종교법인이 되었다.

▌칼럼▐ 신도계 신종교의 해외포교

신종교의 해외포교는 전후에 성행했는데, 전전에도 교파신도를 중심으로 하와이, 북미, 한반도, 대만 등에서 포교가 행해졌다. 우선 전전 신도계 신종교의 해외포교 현황을 살펴보자. 하와이 및 북미대륙의 경우는 천리교 포교가 가장 빨라 1896년에 북미포교가 개시되었다. 이어 금광교가 1919년에 북미 포교에 착수했다. 이에 비해 대본은 흥미롭게도 1924년에 브라질 포교를 개시했다. 이는 제1차 대본사건(1921년)이라는 탄압이 있은 후 얼마 지나지 않은 때였다. 이보다 조금 늦게 생장의 가가 1935년에 '지우회'(誌友會)라는 신자조직을 캘리포니아에 만들었다.

아시아에 눈을 돌리자면, 1885년에 신도수성파가 한국에 포교를 개시했다. 신도수성파는 가장 일찍 일파로 독립한 교단이므로 해외포교 착수도 빨랐다고 보인다. 1893년에는 천리교가 한국 부산에서 포교를 개시했다. 부산에는 그 후 신리교도 포교를 행했다. 신리교는 기타큐슈의 오쿠라(小倉)에 본부가 있으므로 한반도에의 접근에 있어 지리적 이점이 있었다고 여겨진다. 그 밖에 한국에는 금광교 및 대본 등이 포교활동을 펼쳤다. 한편 대만에서 가장 일찍 포교활동을 시작한 교단은 천리교이다. 1897년으로 한국보다 약간 늦은 시기였다. 중국 본포 및 만주에의 포교 또한 이루어졌는데, 흑주교는 1907년 사할린(樺太)에 포교사무소를 설치하기도 했다.

그런데 전후에는 샌프란시스코조약이 체결된 직후, 천조황대신궁교가 하와이 포교를 개시했다. 교조 기타무라 사요 자신이 1952년 하와이로 건너갔다. 이어서 세계구세교가 1953년 하와이 포교를 개시했다. 하와이는 일본계 이주민들이 많았으므로 패전 직후의 시기에도 포교가 가능했다고 보인다. 무엇보다 전후에 두드러진 현상은 남미 포교이다. 특히 브라질에 포교하는 교단이 많았다. 1955년에는 세계구세교가 브라질 포교를 개시했으며, 다음 해에는 생장의 가가 브라질에 지우회를 결성했다. 1961년에는 천리교가 멕시코에 교회를 개설했다. 이는 중미에 처음으로 생긴 교회였다.

아메리카 대륙 특히 전쟁의 영향이 적었던 남미에서 전후 해외포교가 증가한데 반해, 아시아 각지에서는 거의 모든 신종교들이 손을 떼고 철퇴했다. 이민에 수반하여 진출한 하와이 및 아메리카 대륙과는 달리 아시아의 경우는 식민지화에 수반된 포교였기 때문에 이런 퇴조 현상도 당연한 일이었다. 현지인 신자가 전후에도 종교활동을 계속한 대만의 천리교 등은 지극히 예외적인 사례에 속한다.

결국 전후에는 일정 기간 동안 해외포교라 해도 해외에 재주하는일본인 혹은 일본계 2세를 대상으로 한 포교였다. 현지인들의 입신은 손꼽을 정도였다. 이에 비해 1970년경부터 해외포교에서 외국인 신자들이 점차 늘어나기 시작했다. 가장 현저한 사례는 세계구세교와 숭교진광이다. 특히 숭교진광의 경우는 종래와 전혀 다른 지역 즉 유럽, 아프리카, 카리브해 제국 등지에까지 진출하고 있다는 점이 특징적이다. 국제화 및 글로벌화가 진전되면서 이와 같은 현상이 금후에도 확장될 가능성이 있다.

신도습합

현대사회에 숨 쉬고 있는 민속신도

고대에서 근세까지 기나긴 신불습합의 시기를 거쳐 메이지 유신기에는 신불분리가 실시되었지만, 신불분리는 신도적 습합의 신크레티즘 상태를 없애지 못했다고 말할 수 있다. 나아가 근대의 종교적 습합은 그리스도교의 영향을 받아 크리스마스가 연중행사가 되었으며, 전후에는 발렌타인데이가, 그리고 최근에는 할로윈의 습속까지 퍼지고 있어, 습합의 양상은 오히려 더 복잡해졌다.

이 때 농업을 비롯한 생업의례와 밀접하게 결부된 전통적 습속이 전후에 점차로 사라져간 것과 반비례하여, 그리스도교와 관련된 새로운 습속이 젊은 층을 중심으로 널리 수용되기 시작했다.[1] 이 시기에 그리스도교 신자의 비율이 증가한 것은 아니므로,[2] 이런 현상은 생활형태의 변화 및 산업형태의 변화와 밀접한 관계가 있다고 보인다.

1 이런 변화에 관한 연구로 石井研士『都市の年中行事』春秋社 참조.
2 일본에서 그리스도교 신자의 비율은 대략 1% 전후로 큰 변화가 없다.

어쨌거나 근현대의 종교적 습속은 한층 더 습합적인 것이 되었는데, 다른 한편 현대사회에서는 적어도 표면적으로는 '탈종교화'의 경향이 증폭되고 있다. 이는 신도적 습속의 경우도 마찬가지이다. **하쓰모우데**(初詣)와 **시치고산**(七五三) 조차도 그것이 신도적 혹은 종교적 습속이기 때문이라기보다는 그저 사회적 습관으로 받아들여지는 경향이 확산되고 있다. 또는 각각의 행사 및 의례의 유서가 적절히 세대에서 세대로 전승되지 않게 되었다고 보는 편이 더 정확할 것이다.

그렇다 해도 연중행사와 인생의례 등이 완전히 세속화된 것은 아니며, 여전히 종교적 요소를 지니고 있다. 신도습속이라고 부를 만한 많은 전통적 습속의 기본적 기능은 변함이 없다. 또한 근대에 새롭게 퍼진 습속이라 해도 그 배후에는 전통적인 종교관념이 면면히 흐르고 있는 경우가 많다.

고래부터 사람들이 신의 뜻을 헤아린다든지 운세와 운명을 알고자 할 때에 행해온 대표적인 것이 **점**(占い, 우라나이)이다. 점은 원래 다양한데 테크놀로지가 발달하고 정보화와 글로벌화에 의해 이문화의 전통이 소개되면서 비전통적인 점술이 급속히 퍼지는 사례가 늘고 있다. 신사 경내에서의 점술행위로서 **오미쿠지**(おみくじ)[3]가 일반적인데, 현대인은 **컴퓨터점** 등을 즐기기도 한다.

현재에도 일상적으로 행해지는 전통적인 점술로서 **수상**(手相), 인상(人相), 가상(家相), 묘상(墓相), 성명판단(姓名判斷), **사주추명**(四柱推命, 시

3 본서 193쪽의 칼럼 참조.

츄스이메이)[4] 등이 있다. 비교적 최근에 유행하게 된 것으로 **혈액형판단**, 컴퓨터점, 타로트점, 수정점 등을 들 수 있겠다. 이 중 혈액형판단은 생물학의 영향, 컴퓨터점은 테크놀로지의 영향, 타로트점은 서양문화의 영향이라고 여겨지는데, 표면상의 다양성에도 불구하고 거기에 특별히 새롭게 추구되는 것은 없다. 가령 점을 통해 **상성**(相性)[5]을 판단하고 싶어 하는 경우가 있는데, 이 때의 상성이라는 발상 자체는 역이나 음양오행설적 관념에 그 뿌리가 있다. 인간관계를 음과 양의 관계 및 목화토금수의 상호관계로 이해하는 것은 일본인에게 친숙한 방법이었다. 혈액형판단도 이런 발상법이 적용된 것이라 할 수 있다. 그렇다면 근대의 지식에 입각하고 있는 듯이 보이지만, 그것을 뒷받침하는 관념은 매우 전통적인 것이라고 볼 수 있다.

1995년 이후 <종교와 사회>학회 종교의식조사 프로젝트가 5천여 명의 학생들을 대상으로 매년 행하는 앙케이드 조사가 있는데, 그 결과에서도 젊은 세대 사이에서 점에 대한 관심이 여전히 높다는 사실을 알 수 있다. 특히 여성 사이에서 이런 현상이 현저하다. 실제로 점을 치는 비율과 점에 대한 개개인의 신뢰도는 상당히 차이가 난다. 가령 혈액형점에 대한 신뢰도는 수상과 거의 같아서 컴퓨터점에 대한 신뢰도를 능가하지만, 실제로는 컴퓨터점을 훨씬 더 많이 한다.[6] 손쉽

4 태어난 생년·월·일·시의 네 기둥으로 그 사람의 운세를 점치는 중국 기원의 점.

5 두 사람이 서로 성격이나 궁합이 맞는 것_옮긴이.

6 1995년의 제1차 조사에서는 다섯 가지 점술의 신뢰도에 대해 다음과 같은 결과가 나왔다.

게 할 수 있기 때문에 그럴 것이다.

금기의식은 신도습속이라고 볼 수 있다. 죽음과 사자 혹은 장례에 관련된 것을 **게가레**(ケガレ)[7]로 보는 습속은 예로부터 있어왔다. 그리고 이것이 이른바 현대의 **터부**로서, 일상생활에서 기피되고 있다. 가령 밥 위에 젓가락을 세우는 일, 음식물을 젓가락에서 젓가락으로 옮기는 일 등이다. 이것들은 기본적으로 불교습속으로 이해되는데, 죽음을 게가레로 보는 고래의 감각과도 관계가 있다.

고대적 터부는 쇠퇴했지만 대신 새로운 내용의 터부가 유행하게 되었다. 그러니까 터부 관념 자체는 없어지지 않는다. 이와 관련하여 언어적 터부인 **이미고토바**(忌詞)에 대해 생각해 보자. 예전에 이세신궁에서는 불교용어를 이미고토바로 여겼다. 그래서 불경을 소메카미(染紙)라 하고 승려를 가미나가(髮長)라 했으며 우바소쿠(優婆塞, 재가의 불교신자)를 쓰노하즈(角筈)라 불렀다. 일반적으로 '스리바치'(すり鉢)[8]를

	별점	수상	성명판단	컴퓨터점	혈액형에 의한 성격판단
상당히 맞는다(%)	5.3	10.7	5.6	1.7	1.7
맞을 경우도 있다(%)	59.8	58.9	52.5	52.5	37.3

한편 1996년의 제2차 조사에서는 일곱 가지의 점술에 관해 그 경험여부를 묻는 물음에 대해 다음과 같은 결과가 나왔다.

고쿠리상	컴퓨터점	성격판단 서적	수상·인상	잡지 등의 별점	성명판단	타로트점
68.0%	66.5%	31.1%	12.4%	11.7%	9.2%	6.2%

7 오염, 부정, 불결한 것을 가리키는 민속 용어_옮긴이.
8 양념 따위를 가는 절구_옮긴이.

'아타리바치'라 하고 '스루메'[9]를 '아타리메'라 하며 '사루'(원숭이)를 '에테공(公)'이라고 바꿔 말하는 것도 이미고토바의 예이다. 병자를 문병갈 경우에는 화분에 심은 꽃은 터부로 되어 있다. 질병이 '뿌리를 내린다'고 여겨졌기 때문이다. 최근에는 '사이네리아'라든가 '시크라멘'[10]을 가지고 가서는 안 된다고 되어 있다. 사이네리아가 '다시 잠들어라'는 의미의 '사이네리아(再寝りあ)'를, 그리고 시크라멘이 '고통스럽게 죽어라'는 의미의 '시쿠라멘(死・苦らめん)'을 연상시키기 때문이다. 이는 말장난(語呂合わせ)에 입각한 이미고토바의 현대적 재생이라고 생각된다.

고대적 관념의 재생산이라 하면 이런 사례도 있다. '13장째의 맞거울을 보지 말라'든가 '오전 2시에 드라이어를 쓰지 마라'와 같은 터부가 젊은이들 사이에서 유행하기도 했다. 전자에서는 13이라는 숫자를 싫어하는 서양의 터부와 거울이 가지는 주술적 힘에 대한 고대적 관념이 혼합되어 있다. 후자에서는 드라이어라는 최근의 미용기구와 오전 2시 즉 축시(丑時)[11]에 대한 불길한 고대적 관념이 혼합되어 있다. 이런 현상은 그 확산 배경에 만화의 영향도 있고 해서 초등학생과 중학생을 중심으로 퍼지는 경우가 많다. 종래의 터부가 연장자로부터

9 말린 오징어_옮긴이.
10 둘 다 식물명_옮긴이.
11 '우시노코쿠마이리'(丑の刻参り, 축시참배. 질투 많은 여자가 상대방을 저주하여 죽이기 위해 축시에 신사를 참배하는 것_옮긴이)라는 말이 있듯이, 이 시각은 고래부터 이매망량(魑魅魍魎, 도깨비나 귀신_옮긴이)이 나타나기 쉬운 시각으로 관념되었다.

젊은 세대로 이른바 전통적 지식으로서 계승되어온 것에 반해, 이는 새로운 전달 패턴이라고 보인다. 하지만 민속종교의 기본적 관념이 계속 유지되어 왔다는 점에 유의하지 않으면 안 된다.

이와 더불어 고대로부터의 영혼관념이 민간에 계승되면서 활동해 온 **영능자**라든가 **기도사**의 기능에 대해서도 주목할 만하다. 영능자에는 여성이 많다고 하는데, 그런 여성 영능자의 신도적 원류는 **미코**(巫女)이다. 각 지역사회에는 반드시라 해도 좋을 만큼 영능기도사적인 인물이 있어서, 사령이나 생령과의 교신을 행해 왔다. 그런 인물들은 '오가미야'(拝み屋) 따위로 불려졌으며 도시에도 존재한다. 그들은 교단에 속해있지 않으며 또한 기도행위를 생업으로 하지 않는 경우도 있으므로, 그 존재는 통상 입에서 입으로 전해져 알려진다. 그러나 최근의 정보화 시대에는 매스컴에 의해 소개되는 경우도 많아졌다.

나아가 최근에는 아시아 민속문화의 소개가 널리 행해지고 있다. 예컨대 도교적 현상에도 다시금 관심이 높아지고 있다. 이것이 영적 존재에 관한 관념에 영향을 미치고 있는 것이다. 가령 1980년대에는 이른바 '강시 영화'가 유행했고, 주로 도교적 관념에 입각한 현대중국(주로 홍콩이 중심)의 영술사(영환도사)에 대한 관심이 젊은 세대 사이에서 관심을 모았다.

현대의 신도습속은 종종 관광화의 양상을 보인다. 공동체의 마쓰리도 이벤트적인 것이 되어가고 있으며, 신사참배 등에도 여가활동의 요소가 많아지고 있다. 이는 전후사회에서 점진적으로 진행되고 있는 일본인의 탈종교 현상과 관계가 깊다. 원래 **참배**라든가 **순례** 행위는

종교적 요소와 오락적 요소를 함께 내포한 것이었다. 그것이 전후사회에서는 이 중 오락적 요소가 급속히 강화되고 있다. 가령 **센쟈모우데**(千社詣)[12]라든가 **시치후쿠진마이리**(七福神参り)[13] 등은 젊은 세대에게 종종 철도역을 순회하면서 기념 스탬프를 찍는 것과 같은 감각으로 행해지고 있다.

물론 이런 현상은 신도습속에만 한정된 것이 아니다. 사사(寺社) 전반이 관광지화 되고 있기 때문이다. 숭경이라는 요소가 아주 없어진 것은 아니지만, 유희적인 관광여행[物見遊山, 모노미유산]이라는 요소가 보다 두드러지게 되었다. 물론 신사와 관계된 습속에 신앙이라는 요소가 약화된 요인으로서, 전후에 신사와 사람들의 관련성이 급속히 희박해졌다는 점을 들 수 있겠다. 전전에는 신사에 대한 숭경이 국가적으로 추진되었는데, 패전후에는 국가신도에 대한 반발도 있고 해서, 한 때 신사참배자가 상당히 줄어들기도 했다. 최근에는 그런 반발이 줄어들었는데, 신사의 종교적 의의는 전전과 비교해서 약화되어 있고 **'풍경으로서의 신사'**가 되어가고 있다. 원래 습속이란 사회변화

12 무수한 유명 신사를 참배하는 것. 사전의 천정 및 기둥에 참배자의 이름이나 주소 등이 적힌 부적(후다)을 붙이는데, 이를 센쟈후다(千社札)라 한다. 특히 이나리(稲荷)센쟈모우데가 유명하다.

13 해상·어업·상매번성의 복신 에비스(恵比寿), 원래는 불교의 수호신인데 오오쿠니누시노가미(大國主神)과 습합한 복신 다이코쿠텐(大黒天), 원래 불교의 사천왕·12천의 하나로서 복신화된 비샤몬텐(毘毘沙門天), 원래 인도의 예술의 여신 사라스와티가 일본화된 재복의 신 벤자이텐(弁財天), 실재했던 선승이 복신화된 호테이(布袋), 중국 기원의 복록의 신 후쿠로쿠쥬(福禄寿), 중국 송대의 실재인물로서 장수를 가져다주는 복신이 된 쥬로진(寿老人) 등 복을 초래하는 칠복신(七福神, 시치후쿠진)을 모신 사사(寺社)를 순례하는 것_옮긴이.

의 영향을 직접적으로 받게 마련이다. 그리하여 신도습속 또한 전후의 사회적 격변 속에서 크게 변하고 있고, 전전에 교육을 받은 세대가 점점 줄어들면서 그 영향이 더욱 뚜렷하게 나타나고 있다.

편저자 후기

일본에서 신도라는 말은 젊은 세대에게 점점 사어(死語)처럼 되어가고 있다. 신사와 사원의 차이를 전혀 모르는 사람들이 증가하고 있으며, 가미(神)라는 말과 관련하여 신도를 그리스도교로 오해하는 사람조차 있는 실정이다. 신도는 '신도'(しんどう)가 아니라 '신토'(しんとう)라고 읽는다는 사실을 아는 사람도 지극히 소수에 불과하다. 그러나 실제로는 대부분의 사람들이 하쓰모우데라든가 시치고산 혹은 춘추 제사 등 신도와 관계가 깊은 의례를 경험한 적이 있다. 그런데도 그것이 신앙이라든가 종교와 관계가 있는 행위라고 여기는 사람은 별로 없는 듯싶다. 단순한 습속의 일종이라든가 사회적 관습으로 받아들이고 있는 것이다.

신도라는 것은 학문적으로도 애매한 개념이다. 일단 일본의 전통적인 종교 혹은 토착적인 신앙형태로 이해되고 있지만, 어디까지를 신도에 포함시켜야 하는지에 대해서는 정설이 존재하지 않는다. 이는 민족종교가 일반적으로 그러하듯이, 신도의 명확한 기원을 알 수 없기 때문에 생기는 현상이다. 신도는 이른바 원점이 불투명한 신앙체계인 것이다. 또한 이는 역사적으로 외래종교 특히 불교의 사상 및 의례 등으로부터 많은 영향을 받으면서 때로 어디까지가 신도인지를 판단하기가 불가능할 정도로 습합되었기 때문이기도 하다. 유교라든가 음양도의 영향 또한 상당히 많다.

이런 연유로 인해 극단적인 경우에는 일본인의 생활형태가 모두 신도와 관련되어 있다고 여기는 연구자들도 있다. 반대로 일본인의 신앙은 거의가 외래종교적 요소를 끌어 모은 것 혹은 그 변형된 형태에 불과하며, 신도라 부를 만한 체계적인 요소를 찾기 힘들다고 생각하는 연구자들도 있다. 대체로 많은 연구자들은 이런 양극단의 중간쯤에 위치하며, 신도라는 종교형태가 어느 정도의 고유성을 가진 것이라고 여긴다. 이 경우, 이른바 신기신앙이라 불리는 것, 즉 가미(神)에 대한 숭경이라든가 외경 등 다양한 신앙이 신도의 중핵을 이룬다고 여기는 것이 보통이다. 단, 그 주변에 있는 현상이 어디까지 신도에 포함될 수 있는지에 대해서는 의견이 분분하다.

가령 국가와의 관계에 있어, 국가제사가 고대로부터 있었음은 분명하므로 정치적 지배시스템과 종교로서의 신도를 어떻게 구분하느냐 라는 곤란한 문제가 있다. 또한 지역의 민속에서는 가미와 불보살 혹은 속성이 불분명한 영적 존재들과 관련된 신앙 및 제사 등이 존재한다. 이것들을 모두 신도에 포함시켜야 하는지 여부에 대해 다양한 논의가 있다. 근대에 출현한 신종교라 해도 본서에서는 그 일부를 신도계 신종교라고 부르고 있는데, 그것들 또한 어떤 교단까지를 신도계로 불러야 하는지 등등 많은 문제점을 내포하고 있다.

이와 같은 연구 상황하에서 신도 전반에 관해 일반인을 대상으로 키워드를 중심으로 설명하기란 상당히 어려운 작업일 수밖에 없다. 따라서 여러 모로 검토한 결과, 단순한 개설서라든가 통시적인 설명서에 머무르지 않도록 하기 위해 본서에서 도입한 것이 바로 '종교시스템'이라는 관점이다. 거기에는 신도가 각 시대마다 특징적인 장치를 갖춘 종교형태였다는 발상이 깔려 있다.

신도의 역사적 전개와 각 시대의 특징을 도출함에 있어 크게 고대, 중세, 근세, 근현대라는 구분방식을 채택했는데, 이는 전체 사회의 변용이 종교의 존재형태에 큰 영향을 끼친다는 '종교시스템'의 가설에 입각하고 있다. 따라서 같은 신도라 해도 시대별로 그 특징이 조금씩 변용되어 왔으며, 같은 시대에 복수의 종교시스템으로서 나타나는 경우도 있다.

본서의 출발점은 새로운 신도연구의 방향성을 모색해 보자는 의도에 입각했지만, 기본적인 키워드를 설명한다는 본서 시리즈의 제약도 있고 해서 어느 정도는 교과서적인 체제를 갖추지 않을 수 없었다. 그런 체제를 취함으로써 독자들은 신도에 관한 기초지식을 보다 용이하게 얻을 수 있으리라고 생각한다.

여러 차례 연구모임을 가지면서 각 집필자들에게 의욕을 고취시켰지만, 도중에 집필자를 바꾸어야만 했던 상황도 있어서 결국 원고 완성이 많이 늦어지고 말았다. 하지만 그런 만큼 상당히 읽기 쉬운 형태의 책이 된 것을 다행으로 여긴다. 긴 시간 동안 참을성 있게 기다려준 신요사(新曜社)의 우즈오카 겐이치(渦岡謙一)씨에게 그저 감사드릴 따름이다.

1998년 中秋　이노우에 노부타카(井上順孝)

▌추천할 만한 신도 관련문헌▐

1. 신도 전반에 관한 책

- 小野泰博외 編『日本宗教事典』弘文堂, 1985 : 일본종교에 관한 '읽는 사전'. 신도 및 관련종교의 개요 파악에 편리하다.
- 國學院大學 日本文化研究所 編『神道事典』弘文堂, 1994 : 신도에 관한 종합적 사전. 신도와 관련된 제분야가 총론, 신, 제도·기관·행정, 신사, 축제, 신앙형태, 기본개념과 교학, 유파·교단과 인물, 신도문헌 등의 9장으로 나뉘어져 있다. 신사 일람과 신명 일람 등의 부록도 충실하다. 신도연구에 없어서는 안 될 사전이다.
- 梅田義彦『神祇制度史の基礎的研究』吉川弘文館, 1964 : 고대에서 근대에 이르는 신기제도사를 설명한 책. 신사제도의 역사적 전개에 대해 알고자 할 때의 기본문헌이다.

2. 고대신도에 관한 책

- 大場磐雄『まつり: 考古學から探る日本古代の祭』學生社, 1996 (신장판) : 신도고고학의 고전적 명저를 복간한 책.

- 井上光貞『日本古代の王權と祭祀』東京大學出版會, 1984 : 신기령의 분석을 통해 일본고대왕권의 주술적·종교적 측면을 파악한 책으로, 율령신기제도에 관한 기초연구이다. 신기령에 대한 주석 및 오키노시마 제사에 관련된 논고도 첨부되어 있다.
- 岡田精司『古代王權の祭祀と神話』塙書房, 1970 : 왕권과 신기제사의 관계를 논한 선구적 연구. 대상제(大嘗祭)와 이세신궁의 성립에 관한 논고를 수록하고 있다.
- 岡田精司『神社の古代史』大阪書籍, 1985 : 주요 신사의 성립 및 신기관 제사에 관한 견해를 정리한 입문서.
- 岡田重精『古代の齋忌』國書刊行會, 1982 : 상대 문헌에 나오는 '이미'(齋忌)라는 말의 의미와 내용을 고찰한 책.
- 水林彪『記紀神話と王權の祭り』岩波書店, 1991 / 神野志隆光『古事記の世界觀』吉川弘文館, 1986 : 중국을 의식하면서 하나의 완결된 세계를 구축하려 했던『고지키』와『니혼쇼키』의 의도를 각각 역사학 및 국문학의 방법론에 따라 해명한 책.
- 高取正男『神道の成立』平凡社, 1993 : 불교정치에 대한 반발에 의해 '신도'가 자각화되는 경위를 금기의식의 형성과 함께 논한 책.
- 義江明子『日本古代の氏の構造』吉川弘文館, 1986 : 8세기에서 9세기에 걸쳐 우메미야사, 히라노사, 가스가사가 우지가미로 성립해 간 경위를 밝힌 책.
- 義江明子『日本古代の祭祀と女性』吉川弘文館, 1996 : 여성과 제사를 둘러싼 종래의 논의들이 여성을 신비화시켰다고 보아 재

검토함으로써 고대 제사집단의 양상을 분석한 책.

- 吉田敦彦『日本の神話』青土社, 1990 : 신화학의 입장에서 일본 신화의 특질을 알기 쉽게 해설한 책.
- 和田萃『日本古代の儀禮と祭祀・信仰』上・中・下, 塙書房, 1995 : 고대 장송의례, 야마토정권과 미와야마제사・신체산・도교와의 관계 등 신기제사와 관련된 논고를 수록한 책.

3. 중세신도에 관한 책

- 久保田収『中世神道の研究』中世史學會, 1959 : 중세신도설에 관해 체계적으로 서술된 유일한 책으로, 이 후의 연구에 다대한 영향을 끼쳤다.(물론 이제는 이 책의 틀에서 벗어날 때가 되었다)『神道史の研究』(皇學館大學出版部, 1973)와 함께 읽으면 더욱 좋을 것이다. 견실한 연구로서 신뢰도가 매우 높다.
- 『黒田俊雄著作集』(全八巻), 法藏館, 1994-95 : 구로다의 현밀체제론 및 권문체제론을 중심으로 한 연구는 중세 신기사상사에 있어서도 매우 중요한 의미를 가진다. 특히 그의 신국사상론 및 '신도'라는 말의 의미를 둘러싼 논의는 필독할 만하다.
- 佐藤弘夫『神・佛・王權の中世』法藏館, 1998 : 중세의 국가, 왕권, 종교의 관계를 넓은 시각에서 논한 책. 신불습합의 성립기준과 관련하여 중요한 지적들이 많이 나온다.

- 津田左右吉『日本の神道』岩波書店, 1948 : 신도의 중국적 요소에 관해 논한 책. 신도를 초역사적인 것, 고유한 것, 불변적인 것으로 보는 통속적인 이해를 상대화시키고자 할 때 필히 읽어야 할 책. 현재 쓰다 소키치 전집 제9권에 수록되어 있다.
- 萩原龍夫『神々と村落』弘文堂, 1978 : 역사학, 민속학, 종교사에 대해 깊이있고 균형잡힌 관점에서 서술된 책. 뒤에서 소개할『中世祭祀組織の研究』와 더불어 중세 신불습합사 및 신기사상사를 공부할 때 필독서.
- 村山修一『本地垂迹』吉川弘文館, 1974 : 중세까지의 신불습합 및 본지수적설에 관한 통사. 미술과 문학 등 인접분야에 대해서도 널리 다루고 있으며, 전체적인 이해를 위해 필히 읽어야 할 책이다.(다만 오탈자가 많아 주의가 필요하다)『神佛習合思潮』(平樂寺書店, 1957),『習合思想論考』(塙書房, 1987),『變貌する神と佛たち』(人文書院, 1990) 등도 함께 읽어 볼 것.
- 櫻井好朗『中世日本の王權・宗教・藝能』人文書院, 1988 : 중세의 신화적 사고에 관해 논한 책. 일본인은 왜 가미(神)를 신앙해왔는가를 생각할 때에 참고가 될 만하다. 저자는 이 밖에도『中世日本の精神史的景觀』(塙書房, 1974),『神々の變貌』(東京大學出版會, 1976),『中世日本文化の形成』(東京大學出版會, 1981),『祭儀と注釋』(吉川弘文館, 1993) 등을 펴냈다.
- 中村生雄『日本の神と王權』法藏館, 1994 : 신불습합이라는 현상의 메커니즘에 대해 매우 명쾌하고 설득력 있게 논한 책.

- 山折哲雄『神と翁の民俗學』講談社學術文庫, 1991 : 여기에 수록된 <고대의 가미와 호토케>는 고대 신불습합에 관한 학설사로서 특히 뛰어나다.
- 山本ひろ子『變成譜 : 中世神佛習合の世界』春秋社, 1993 : 阿部泰郎와 함께 1980년대 이후의 새로운 중세신불습합 연구를 이끌어 온 저자의 첫 논문집. 중세 신들에 관한 매력적인 텍스트들을 신도사라는 협의의 틀 안에서 해방시켰다. 저자의『異神 : 中世日本の秘教的世界』(平凡社, 1998)도 필히 일독을 권한다.
- 義江彰夫『神佛習合』岩波新書, 1996 : 신불습합의 개론서. 역사학 연구자의 신불습합 이해가 가지는 가능성과 한계를 잘 보여주고 있어 흥미롭다.

4. 근세신도에 관한 책

- 大藤修『近世農民と家・村・國家』吉川弘文館, 1996 : 근세 서민의 조상제사에 대해 그 조상관념을 비롯하여 총체적으로 규명한 책.
- 岸野俊彦『幕府制社會における國學』校倉書房, 1998 : 지역사회의 학문을 주제로 쓴 책. 국학과 복고신도에 관해 막말기 사회의 동향과 연관시켜 분석하고 있다.
- 小林健三『垂加神道の研究』至文堂, 1940 : 전전의 학자이지만, 이 책은 수가신도의 기본사항을 아는 데에 지금도 여전히 쓸 만하다.

- 子安宣邦『宣長と篤胤の世界』中央公論社, 1977 : 국학자 모토오리 노리나가와 히라타 아쓰타네의 생애 및 사상에 대해 비교적 알기 쉽게 해설한 책.
- 新城常三『新稿 社寺参詣の社會經濟史的研究』塙書房, 1982 : 신사 및 사원 참배에 관해 고대에서 근세에 이르기까지 섭렵한 대저. 참배와 관련된 종교인들을 널리 다루면서 그 조직까지 논하고 있다.
- 高埜利彦『近世日本の國家權力と宗教』東京大學出版會, 1989 : 근세의 신사 및 신직제도에 관해 포괄적으로 논한 책. 오늘날 근세신도사 연구의 출발점을 제공한 논저이다.
- 西田長男『日本神道史研究』全10巻, 講談社, 1978-79 : 중세 및 근세를 중심으로 신도사의 제문제에 관해 논한 책. 종래 신도사 및 신도학에서 문제시되어온 쟁점들을 잘 보여준다.
- 萩原龍夫『中世祭祀組織の研究 增補版』吉川弘文館, 1975 : 근세 무라(村)의 성격과 제사의 관계를 고찰한 책. 해당 지역에 있어 요시다가(吉田家)의 전개를 서술하고 있다. 길전신도를 연구할 때 후술할 宮地의 저서 및 앞서 소개한 西田의 저서에 수록된 길전신도 관련논문과 함께 꼭 읽어야 할 책.
- 藤井貞文『近世に於ける神祇思想』春秋社, 1944 : 에도시대 중기에서 막말에 걸쳐 신도 '부흥'의 동향을 논한 책. 사상적 측면을 중심으로 일차 사료를 많이 인용하고 있다.
- 宮地直一『神道史』上・中・下(『宮地直一論集』第5-8巻, 蒼洋

社, 1985에 수록) : 고대에서 근세까지의 신도 역사를 논한 책. 저자가 1930년대에 행한 강의안으로, 현재의 연구관점에서 보자면 의문점도 있지만 길전신도를 비롯한 근세신도의 사정을 통사적으로 파악하는 데에 편리한 책이다.

- 村山修一외 編 『陰陽道叢書』全5巻, 名著出版, 1991-93 : 음양도에 관한 기본적인 연구논문을 집성한 것. 음양도에 대한 본격적 연구의 출발점이라 할 수 있는 문헌이다.
- 山口啓二 『鎖國と開國』 岩波書店, 1993 : 신도연구는 전체 사회의 틀 안에서 이해할 필요가 있는데, 본서는 역사학의 관점에서 근세 일본사회의 특징을 알기 쉽게 서술하고 있다.
- 『定本柳田國男集』, ちくま문고판 『柳田國男全集』, 『決定版 柳田國男全集』(모두 筑摩書房) : 서민들이 신앙한 신들을 이해하고자 할 때 야나기다 구니오는 오늘날에도 여전히 하나의 출발점이라 할 수 있다. 특정한 관심대상을 찾고자 한다면 『定本柳田國男集』의 색인 또는 福田アジオ『柳田國男の民俗學』(吉川弘文館, 1992)를 참고할 만하다.

5. 근대 및 현대의 신도에 관한 책

- 石井研士 『戰後の社會變動と神社神道』 大明堂, 1998 : 전후의 사회변동 속에서 신사신도가 어떤 변화를 겪었는지에 관해 통계

자료를 통해 설명한 책.

- 井上順孝『教派神道の形成』弘文堂, 1990 : 교파신도라는 시스템이 생겨난 유신기의 정치적, 종교사적 배경에 관해 분석하면서, 전형적인 교파신도가 형성된 경위를 새로운 자료에 입각하여 논한 책.
- 井上順孝『新宗教の解讀』筑摩書房, 1996 : 일본신종교 전반에 관한 해설서. 신도계 신종교에 관해서도 상당한 분량을 할애하고 있다. 권말에는 본문 중에 등장하는 교단들에 관해 간단한 개요가 첨부되어 있다.
- 大谷渡『教派神道と近代日本』東方出版, 1992 : 주로 천리교와 금광교를 대상으로 하여 민중종교의 전개과정을 역사적으로 분석한 책.
- 國學院大學日本文化研究所 編『近代天皇制と宗教的權威』同朋舍出版, 1992 : 근대천황제가 가지는 종교성에 관해 행해진 강연 및 심포지엄을 기록한 책. 천황제에 대한 다양한 입장의 발언을 대비시키고 있는 점이 흥미롭다.
- 田中義能『神道十三派の研究』上・中・下, 第一書房, 1987(復刊) : 전전의 13파에 관한 저자의 연구가 복간되면서 해설이 덧붙여진 책. 오래전의 연구이기는 하지만, 13파를 망라하여 다룬 책은 전후에 나오지 않은 관계로 참고가 될 만하다.
- 井上順孝외 編『新宗教教團・人物事典』弘文堂, 1996 : 신도계 신종교의 교단 개요 및 교조와 지도자들을 개설한 사전. 신도계

신종교의 분파와 계통 및 영향관계 등도 정리되어 있으므로 개별 교단은 물론이고 신종교에 대한 전체적인 파악도 가능하다.

- 坂本是丸『國家神道形成過程の研究』岩波書店, 1994 : 주로 메이지시대 종교행정과 신도의 연관성에 관해 법령 및 당시의 인간관계 등을 자료에 입각하여 치밀하게 분석한 책.
- 田丸德善 編『シンポジウム・現代天皇と神道』德間書店, 1990 : 전후 천황제와 신도의 연관성에 관한 심포지엄 결과를 정리한 책.
- 村上重良『近代民衆宗教史の研究』(改訂版), 法藏館, 1972 : 천리교, 금광교, 흑주교 등 막말에 성립한 민중종교에 관해, 그 형성과정을 역사적으로 논한 책. 초창기 신종교 연구를 대표하는 책.
- 安丸良夫『神々の明治維新』岩波書店, 1979 : 메이지정부의 종교정책과 그 영향에 관해 알기 쉽게 설명한 책.(한국어 번역본은 야스마루 요시오 지음, 이원범 옮김『천황제국가의 성립과 종교변혁』소화, 2002)

찾아보기

인명 찾아보기

ㄱ

가다노노부나 ……271
가다노아리마로 ……271
가다노아즈마마로 269, 270, 271, 282
가모노마부치 271, 272, 273, 275, 282
가모노야스노리 ……187
가모노타다유키 ……187
가와무라 히데네 ……265
가와베 기요나가 ……241
가토 요시카네 ……245
가토 지카게 ……273
간무천황 ……110, 111, 122
간베씨 ……84
게이잔죠킨 ……179
게이츄 ……268, 269, 270, 274
게이타이천황 ……56, 57
겐신 ……170
고마쓰 신요 ……334
고메이천황 ……172
고미즈노오천황 ……226
고쓰치미카도천황 ……200
고토바천황 ……148
교엔 ……173
교키 ……135, 162
구로즈미 무네타다 ……320
구리타 히지마로 ……273
구마자와 반잔 ……235, 251
구카이 ……167, 181
금광대신 ……327
기겐 ……170
기노시타 죠쇼시 ……268
기씨 ……140
기엔 ……220
기요하라 노부카타 ……267
기타무라 사요 ……337
기타바타케 지카후사 ……168
기타지마 나가노리 ……318
긴메이천황 ……53

ㄴ

나시노키 스케유키 ……245
나카무라 가즈코 ……334
나카야마 미키 ……325, 326

나카에 도쥬 ……………………235, 251
나카토미노가마코 ……………………63
나카토미노가마타리 …………………81
나카토미씨 ………72, 80, 82, 83, 85, 86, 87, 88, 89, 106
누마타 유키요시 ……………………272
니치렌 ……………………………178, 180
닛타 구니테루 ………………………315

ㄷ

다나카 요리쓰네 ……………………317
다니구치 마사하루 …………………330
다니카와 고토스가 …………248, 265
다마키 마사히데 ··245, 247, 249, 264
다이라노시게히라 …………………162
다이쵸 ………………………………182
다치바나 모로에 ……………………247
다치바나 미쓰요시 …………………227
다치바나노하야나리 …………146, 147
다카야스 류센 ………………………335
다케우치 시키베 ……………………249
데구치 나오 …………………………329
데구치 노부쓰네 ……………………238
데구치 노부요시 ……………………238
데구치 오니사부로 …………………329
덴무천황 ………65, 67, 68, 70, 74, 75
덴치천황 ………………………………75
덴카이 ………………………………213
도겐 ……………………………178, 179
도다 모스이 …………………………268
도모베 야스카타 ……………245, 248
도모키요 요시사네 …………………329
도슌 …………………………………166
도요토미 히데요시 …………………211
도코 …………………………………220
도쿄 ……………………………107, 108
도쿠가와 미쓰쿠니 …………251, 268
도쿠가와 쓰나요시 …………………261
도쿠가와 요시나오 …………………263
도쿠가와 이에미쓰 …………………237
도쿠가와 이에야스 ……213, 221, 226
도쿠다이지 긴무라 …………………249
도후쿠몬인 …………………………226

ㄹ

레이겐천황 ……………………246, 247

ㅁ

마노 도키쓰나 ………………………263
마스호 잔코 …………………228, 232
마쓰시타 마쓰조 ……………………330
마쓰오카 오부치 ……………………249
만간 …………………………………182
메이쇼천황 …………………………226
모노노베노오코시 ……………………63
모노노베씨 ……………………46, 81
모모조노천황 ………………………249
모토오리 노리나가 ……273, 274, 275, 276, 277, 282
모토오리 오오히라 …………………276

몬토쿠천황 ······122
묘에 ······177
무라타 하루미 ······273
미나모토노요리토모 ······126
미야케 쇼사이 ······244
미키 도쿠치카 ······330

ㅂ

본슌 ······208, 212, 213
비토 마사히데 ······197

ㅅ

사노 쓰네히코 ······315
사루메씨 ······84
사와라친왕 ······146, 147
사이쵸 ······169, 170, 181
사카타 가네야스 ······321
사토 나오가타 ······244, 248
산죠니시사네타카 ······267
센게 다카토미 ······314
센바 기사코 ······335
센바 히데오 ······335
소가노이나메 ······63
소오 ······170
쇼도 ······182
쇼무(聖武)천황 ······136, 137, 162, 193
쇼토쿠여제 ······107
스가와라노미치자네 ······147
스덴 ······213
스이닌천황 ······50
스이코천황 ······61
스진천황 ······45, 50, 55
스토쿠천황 ······148
시라카와 마사후유 ······246
시라카와천황 ······155
시라카와가 ······258, 259, 279, 281, 282, 290
시모야마 오스케 ······318
시모코베 죠류 ······268
시바타 하나모리 ······319
시시노 나카바 ······319
신란 ······178, 179
쓰치미카도가 ······246, 247, 256

ㅇ

아라키다 히사오유 ······273
아마노 사다카게 ······265
아베노세이메이 ······187
아사미 게이사이 ······244, 265
아시카가 요시마사 ······207
아오키 나가히로 ······227
아지키 덴케이 ······334
아큐보소쿠덴 ······184
아토베 요시아키라 ······245, 249
안넨 ······170
안토쿠천황 ······155
야나기다 구니오 ······229
야노 하루미치 ······281
야마가 소코 ······235
야마자키 안사이 ······240-244, 249, 251

야마토토비모모소히메 ······50
야마토히메노미코토 ······50
야스토카 ······247
에이존 ······166, 173, 177
엔노오즈누 ······182
엔닌 ······170
엔친 ······170
오규 소라이 ······251
오다 노부나가 ······211
오미마로 ······82
오오기마치 긴미치 ······245, 246, 248, 249, 264
오오나카토미노기요마로 ······108
오오나카토미씨 ······109
오오에노마사후사 ······170
오오쿠니 다카마사 ······282
오오토모노야카모치 ······109
오진천황 ······57, 111, 135
오카다 가우타마 ······333
오카다 모키치 ······332
오카다 세이슈 ······333
와카바야시 교사이 ······249
와타라이 쓰네요시 ······165, 166
와타라이 유키타다 ······164
와타라이 이에유키 ······165-168
요시노 스에아키 ······227
요시다 가네미 ······208, 212
요시다 가네미기 ······207
요시다 가네토모 ······131, 201-207
요시다 사다토시 ······227
요시다가 ······202, 206, 217, 218, 237, 241, 246, 257, 258, 279, 282,290
요시다우라베 ······201
요시무라 마사모치 ······315
요시미 요시카즈 ······264, 269
요시미 유키카즈 ······248
요시카와 고레타리 ······236, 241, 242
우라베씨 ······88
우라타 나가타미 ······318
우스이 마사타네 ······246
우에다 겐세쓰 ······245
유라쿠천황 ······48, 53, 59
이나바 마사쿠니 ······316
이나이 마사오 ······334
이노우에 마사카네 ······320, 321
이노우에내친왕 ······146
이부리 이죠 ······325
이와사키 쇼오 ······335
이요친왕 ······146, 147
이이오 소기 ······267
이즈모지 노부나오 ······245
이치죠 가네요시 ······267
이치죠 가네카 ······246
이치죠 가네테루 ······246
이치죠(一條)천황 ······155
이토 로쿠로베 ······327
인베씨 ······80, 83, 86, 87
잇펜 ······179

ㅈ
존가쿠 …………………………………179
쵸겐 …………………………………162
쵸케이 …………………………………177
지운(慈雲) …………………………………258

ㅎ
하기와라 가네요리 …………………237
하세 요시오 …………………………333
하야시 라잔 ……………………234, 263
핫토리 나카쓰네 ……………………277
호넨 …………………………178, 179
호리 게이잔 …………………………274
호시나 마사유키 ‥237, 241, 245, 251
후다 모치사다 ………………………247
후지와라 세이카 ……………………234
후지와라노깃시 ……………………147
후지와라노히로쓰구 …………145, 147
후지와라씨 …………85, 105, 106, 112,
119, 121, 122, 123, 171, 172
후카미 도슈 …………………………335
훈야노미야타마로 ……………146, 147
히가시야마(東山)천황 ………………246
히라야마 세이사이 ……………316, 318
히라타 가네타네 ……………………279
히라타 아쓰타네 …………271, 277-282
히미코 …………………………………45
히키타 고레마사 ……………227, 228

사항 찾아보기(신명 포함)

1
22사 ……121, 122, 123, 200, 216, 217

ㄱ
가구라 …………………………………155
가례 …………………………………251
가모신사(가모사) ………106, 115, 300
가미(神) …25, 28, 39, 40, 41, 45, 63,
108, 119, 120, 130, 131, 133, 139,
142, 143, 144, 145, 150, 235, 242
가미 제사 ……………………………93-97
가미고토 ……65, 70, 73, 80-85, 114,
115, 125, 165, 187, 206, 288
가미신앙 ·33, 36, 37, 38, 44, 90, 102
가미오키(髮置) ………………………260
가미요노쇼기(神代正義) ……………265
가미요노쵸쿠세쓰(神代直說) ………265
가미카제노키(神風記) ………………228
가스가사(春日社) …105, 106, 169, 171
가스가신(春日神) ………………138, 171
가시마신궁(鹿島神宮) ……………46, 81
가시이궁(香椎宮) ……………………57
가지기도(加持祈禱) ……………181, 222
가토리신궁(香取神宮) ………46, 81, 106
가학(歌學) …………267, 268, 270, 273
간나가라(惟神) ………………………63
간누시 …………………………………86
간다마쓰리 …………………………230

간다묘진 ……230
간베(神部) ……71, 82
강(講) ……23, 198, 253, 254, 259
개장(開帳) ……256
거북점 ……27, 185
게가레 88, 89, 114, 115, 188, 226, 342
게히(氣比)신궁사 ……133
겐겐슈(元元集) ……168
겐지모노가타리 ……275
겐코샤쿠쇼(元亨釋書) ……235
경상(鏡像) ……142, 143
계교(禊教) ……312, 320, 321
고고슈이(古語拾遺) ……111, 154
고미소 ……27
고부쇼세쓰벤(五部書說弁) ……265
고쇼지(弘正寺) ……166
고신도(古神道) ……16
고실가(故實家) ……264
고야묘진 ……138
고이노보리 ……226
고이코쿠(御遺告) ……174
고즈텐노(牛頭天王) ……147, 291
고지키(古事記) ……41, 44, 66, 73, 204, 275, 276, 277, 278, 316
고지키덴(古事記傳) ……275, 276, 277
고쿠시(國司) ……71
고쿠이코(國意考) ……272
고킨슈(古今集) ……272, 273
고킨신가쿠루이헨(古今神學類編) …263
고킨와카슈(古今和歌集) ……177
고타이(皇大)신사 ……335
고타이진구기시키쵸(皇太神宮儀式帳) ……110
고학(古學) ……273
고후쿠지(興福寺) ……138, 184, 219
곤피라궁 ……255
관사(官社) 34, 87, 90, 97, 98, 99, 296
관사제 ……21, 90-93, 97
관폐사 ……99, 296
교도직 ……293-295, 302
교부성 ……294, 295, 312
교육칙어 ……301
교파신도 ……13, 23, 286, 287, 293, 296, 297, 310-314, 319, 321, 322, 336, 337
구가타치(盟神探湯) ……28
구니노미야쓰코(國造) ……55, 59
구니도코타치 ……204
구니쓰가미 ……58, 60, 69
구라 ……40
구마노(熊野)신 ……142
구마노산잔 ……220
구세주교 ……333
구세진교 ……333
구지(舊辭) ……61
구지혼키(舊事本紀) ……175
국가신도 ……13, 302, 345
국체 ……292
국폐사 ……99, 296
국학 ……22, 23, 198, 199, 252, 262,

266, 278, 279, 282, 286, 292, 310
군인칙유 ……301
군지(郡司) ……71
궁사 ……108
권신(權神) ……144
권청 ……22, 106
권현 ……140, 142
귀신신앙 ……26
귤가(橘家)신도 245, 247, 248, 249, 264
근강령 ……80, 81
금광교 ……312, 324, 327, 328, 337
기기(記紀)신화 ……34, 51, 61, 68, 114
기년제(祈年祭) ·86, 87, 93, 95, 96, 98
기년제폐백제도 ……87, 90, 98
기온신사 ……123
기청문 ……125
기타노덴만궁(기타노신사) …123, 148
길전(吉田)신도 ……180, 190, 197, 200-206, 213, 227, 229, 234, 237, 241, 265, 286
길천(吉川)신도 ……237

ㄴ

나리타산 ……255
나오라이 ……94
나카쓰구니 ……67, 68, 69
나카토미하라에 ……175, 186, 205, 206, 228, 241
나카토미하라이군게(中臣祓訓解) ……161, 162
난학 ……282
네노구니 ……67
네즈(根津)신사 ……230
노리토 21, 41, 72, 85, 86, 87, 89, 308
니니기 ……68, 69, 72, 73, 74
니혼료이키 ……134
니혼쇼키 ……41, 44, 63, 66, 73, 91, 101, 114, 152, 154, 157, 159, 175, 177, 201, 204, 205, 242, 250, 265, 266, 269, 270, 316
니혼쇼키쓰쇼 ……266

ㄷ

다가오오가미 ……134
다도(多度)신궁사 ……133
다마노미하시라(靈能眞柱) ……277
다신교(다신숭배) ……24, 25
다오야메부리 ……272
다이고지(醍醐寺) ……219
다이안지(大安寺) ……139
다이카개신 ……80
다카마노하라 ……60, 67, 68, 69, 74, 110, 114
다카미무스히 ……73, 74
다카키노가미 ……74
다케미카즈치노미코토 ……105
다케우치노스쿠네 ……57
다타리 ……97, 108, 133, 134, 145
단오 ……225, 226
당산파 ……184, 219, 220, 221

대교 ··································293, 302
대교원 ································294, 295
대보령(대보율령) ····················79, 82
대본(대본교) ·················324, 328-330,
332, 335, 337
대불(大祓) 87-89, 92, 93, 115, 186, 190
대불사(大祓祠) ·················88, 89, 186
대사조(大社造) ··································41
대산강 ··255
대상제(大嘗祭) ···········70, 71, 72, 73,
88, 93, 200, 246
대성교 ··321
대화지궁 ··334
데라코야 ··262
데이키(帝紀) ····································61
덴겐진벤신묘쿄(天元神變神妙經) ···204
덴만(天滿)천신 ································148
도교 ···············16, 24, 25, 29, 61, 62,
75, 190, 201, 205, 236, 344
도다이지(東大寺) ·········135, 136, 143,
151, 162
도래인 ··187
도모노미야쓰코(伴造) ··············55, 81
도쇼궁(東照宮) ········114, 213-214, 216
도에이잔간에이지(東叡山寬永寺) ···215
도요쿠니(豊國)신사 ·······················212
도유케노오오가미 ··························164
도유케진구기시키쵸(止由氣神宮儀式帳)
··110
도자이노분히토베(東西文部) ··········82
도토사이지키(東都歲事記) ············261
동탁 ··42

ㄹ

레이키키(麗氣記) ···················167, 175
료구교몬진샤쿠(兩宮形文深釋) ·······167
료구혼제이리슈마카엔
(兩宮本誓理趣摩訶衍) ·················167
루이슈진기혼겐(類聚神祇本源) ·······167
리당심지신도 ································235

ㅁ

마스라오부리 ································272
마쓰리 ···························36, 229, 344
마쓰리고토 ····33, 42, 43, 44, 45, 48,
49, 50, 55, 60, 74, 290
만요다이쇼키(万葉代匠記)268, 269, 270
만요슈 ·········109, 268, 269, 271, 272
만요슈헤키안쇼(万葉集僻案抄) ·······270
메이지신궁 ·················300, 306, 309
모가리노미야(殯宮)의례 ················54
모노노아와레 ································275
묘지회 ··17
무나가타 ··102
무나가타노가미 ································47
무라지(連) ································55, 60
미소기 ································114, 115
미소기하라에 ························89, 186
미쓰노카시와덴키(三角柏傳記) ······161
미야자(宮座) ········127, 128, 207, 224

미오야노가미 ······75
미와다이묘진엔기(三輪大明神緣起) 173
미와묘진 ······173
미와야마 ······33, 45
미이데라(三井寺) ······219
미칸나기 ······83, 84
미케쓰가미 ······49
미코토모치 ······76
민속신도 ······13, 14, 288
민속신앙 ······26, 27, 28
민속종교 ······14, 15, 335, 336, 344
민족종교 ······14

ㅂ

반폐(班幣) ······86, 95, 99, 100
백광진굉회 ······328
백천(白川)신도 ······286
법상종 ······219
법화(法華)신도 ······180
복고(復古)신도 ······22, 23, 252, 274, 278, 319
본말제도 ······19
본산파 ······184, 219, 220, 221
본지불 ······142, 143, 169
본지수적 ······131, 138, 140, 169, 180
본지수적설 ······119, 130, 132, 140, 142, 143, 144, 145, 152, 153, 158, 160, 161, 177, 178, 179, 269
봉폐 100, 121, 122, 123, 200, 214, 216
뵤도지(平等寺) ······173
부사강(富士講) ······254, 313, 314
부상교 ······311, 312, 318, 319

ㅅ

사루메노키미 ······83
사이구(齋宮) ······50, 51, 75
사이코쿠(西國)순례 ······254
사일(射日)신화 ······42
사청(寺請)제도 ······224, 251
산게요랴쿠키(山家要略記) ······170
산노마쓰리 ······230
산노신궁 ······169
산다이코(三代考) ······277
산복(山伏) ······184, 190, 219-221
산악신앙 ······23, 181
산왕일실신도(산왕신도) ······167-171, 176, 213, 235
삼륜파신도 ······173
삼보원 ······166
삼사탁선 ······206
삼십번신 신앙 ······180
삼종의 신기 ······154, 155, 156
상사(上巳) ······225, 226
새우(璽宇) ······331
생신(生神) ······25, 301
생장의 가 ······324, 328, 330, 337
샤머니즘 ······26, 27, 29
선교사 ······293, 294
선조공양 ······29
선종 ······293

세계구세교 ……………324, 328, 332, 333, 335, 337, 338
세계종교 ……………14
세계진광문명교단 ……………328, 333
세이켄이겐(靖獻遺言) ……………245
센다쓰 ……………219, 220
센다이구지혼키(先代舊事本紀) 111, 204
센묘 ……………21
센쟈모우데 ……………345
소가쿠코케이(創學校啓) ……………271
소레이랴쿠(喪禮略) ……………251
소사이벤론(葬祭辯論) ……………251
소지지(總持寺) ……………179
쇼고인(聖護院) ……………184
쇼진혼가이슈(諸神本懷集) ……………179
쇼코쿠이치노미야쥰케이키 (諸國一宮巡詣記) ……………228
수가(垂加)신도 ··242-250, 258, 263-266
수험도(修驗道) ………22, 23, 142, 182, 184, 190, 220, 221
숙요도(宿曜道) ……………147, 188
숭교진광 ……………328, 333, 338
스메라미코토 ……………56, 59
스미요시노가미 ……………47
스미요시대사(스미요시) 57, 102, 309
스사노오 ……………68, 73, 89, 114
스와(諏訪)대사 ……………40
스쿠이노히카리교단 ……………333
스키노구니(主基國) ……………70, 71
시나베(品部) ……………59
시오지리(塩尻) ……………266
시종(時宗) ……………179, 292
시치고산 ……………260, 261, 289, 340
시치후쿠진마이리 ……………345
시코쿠헨로 ……………254
시키(磯城) ……………39
식내사 ……………296
식년천궁 ……………75
식점(式占) ……………185
신계(神階) ……………96, 100, 207, 208
신고킨슈(新古今集) ……………273
신국(神國)사상 152, 153, 154, 157, 210
신군(神郡) ……………108
신궁교 ……………312, 317
신궁사 ………108, 133, 134, 173, 212
신기 씨족 ……………75
신기관(神祇官) ····77-82, 85, 87, 89-92, 95, 98-100, 102, 108, 113, 121, 185, 186, 282, 290
신기관제도 ……………34, 80, 101, 112
신기령70, 76, 79, 85, 86, 95, 115, 121
신기백 ……………80, 81, 84, 108
신기숭배 ……………21, 26, 324
신기신앙 ………22, 79, 102, 119, 120, 129, 132, 133, 150, 151, 178, 179, 180, 182, 212, 274, 322
신기씨족 ……………82, 83, 84
신기제도 ………13, 21-23, 53, 65, 97, 99, 119, 121, 285, 290, 291, 296-303, 305, 310

신도13파 ……………………………310, 311
신도계 신종교 ………13, 23, 286, 287, 310, 313, 319, 322-328, 331-337
신도대교 ……………………………312, 316
신도대성교 …………………311, 312, 316
신도본국 ……………312, 316, 317, 325
신도사무국 ……………………………317
신도수성파 …………312, 315, 319, 337
신도오부서 …………………163, 165, 265
신도재허장 …………………206, 207, 208
신도천행거 ……………………………329
신들림 ……………………26, 27, 325, 336
신리교 ………………………312, 317, 337
신명애심회 ……………………………334
신명장 ……………………………98, 112
신명조 ……………………………………41
신봉(神封) ……………………………96, 97
신불격리 …………………………108, 109
신불분리 ……291, 292, 295, 300, 339
신불습합 ……22, 24, 28, 119, 129-131, 135-145, 201, 219, 269, 292, 339
신불판연령 ………………………129, 291
신사본청 ……286, 303, 304, 306, 309
신사신도 …………13, 14, 286, 289-293, 296-300, 303-307, 320, 331, 335
신상제(新嘗祭) ……70, 71, 83, 200, 300
신센쇼지로쿠(新撰姓氏錄) ……………111
신습교 ………………………312, 315, 319
신신이탈 ……133, 134, 135, 137, 143
신위(神位) ………………96, 97, 206, 208
신유(神儒)습합 ……………………………28
신자수명회 …………………………328, 333
신장제 ………………251, 252, 257, 307
신전독경 ……………………………100, 134
신정용신회 ……………………………330
신주(神主) …………………………………94
신지(神璽) …………………………………72
신직 ……………………14, 80-83, 96, 108, 165, 197, 207, 217, 218, 222, 228, 246, 251, 252, 257-259, 270, 279, 286, 290, 291, 305, 308, 309
신찬 …………………………………………94
신체산 ………………………………………40
신크레티즘 ……………25, 28, 29, 339
신토덴쥬(神道傳授) ……………………235
신호(神戶) ……………………………96, 120
실신(實神) …………………………………144
실행교 ………………………312, 318, 319
쓰루기(劍)신사 …………………………211
쓰루오카하치만궁 ………………126, 127
씨성제도 ……………………………………34

ㅇ

아마노이와토 ……68, 69, 83, 89, 155
아마쓰가미 37, 56, 60, 66, 68, 72, 75
아마테라스오오가미(天照大神) …………34, 49-51, 65, 68, 69, 73-76, 83, 89, 109, 135, 154, 155, 160, 162, 164, 167, 171, 173, 174, 180, 204, 243, 269, 334, 335

아마테라스오오가미기기
(天照大神儀軌) ……161
아마테라스의 신칙 ……69
아메노나카누시노미코토 ……164
아메노우즈메 ……83
아메노코야네노미코토 ……88, 106, 171, 204
아사히신메이사 ……229
아쓰타신궁 ……307
아키쓰가미 ……69
아타이(直) ……55
안요지(安養寺) ……166
애니미즘 ……25, 36
야마토타케루 ……58
야마토히메노미코토세이키
(倭姫命世記) ……241
야부사메 ……125, 127
야시로 ……94, 97, 110
야요이 ……33, 36, 39, 42, 43, 45
양로령 ……76, 94
양명학 ……234, 235
양부(兩部)신도 ……120, 131, 159, 161-168, 173, 174, 176, 201, 205, 235, 238, 269
어령(御靈) ……123, 138, 145-148
어령회 ……147
어류(御流)신도 ……173, 174
어악강 ……313-315
어악교 ……312, 316-319, 335
에마 ……193
에조 ……72
에호마이리 ……257
엔기시키(延喜式) ……21, 98, 112, 121
엔랴쿠지 ……151, 169
엔랴쿠지고코쿠엔기(延曆寺護國緣起) ……170
여래교 ……326
연문교 ……311
영파지광교회 ……333
오가미야 ……27, 344
오미(臣) ……55, 58
오미쿠지 ……27, 193, 194, 340
오봉 ……224
오비도키(帯解き) ……260, 261
오시(御師) ……183, 198, 221, 314
오오나무치노미코토 ……169
오오모노누시노가미 ……45, 50
오오미와(大神)신사 ……40
오오미와지 ……173
오오야마네즈노미코토신지교회 ……334
오오야마쿠이노가미 ……169
오오쿠니누니노가미 ……335
오오타타네코 ……50
오카게마이리 ……255
오후다 ……14
온죠지(園城寺) ……161
오와리후도키(尾張風土記) ……266
와카사히코(若狹比古)신궁사 ……133
와카사히코노가미 ……133
요고토(壽詞) ……72

요리시로 ······39, 43
요미노구니 ······67
요시다(吉田)신사 ······201
요후쿠키(陽復記) ······238
우네메 ······71
우라베 ······82, 83
우메다신메이궁 ······321
우메미야신사 ······122
우부스나 ······231
우부스나가미 ······207, 261
우사하치만궁 ······139, 140
우에노도쇼사 ······215
우주신교광명회 ······334
우지가미(氏神) ······34, 101, 104-106, 112, 119, 122, 126, 207, 211, 212, 222, 231, 297, 298, 306
우지카바네제도 ······55
우지코 ······297, 298, 305
운전(雲傳)신도 ······258
원령 ······15, 145, 148
월드메이트 ······335
월차제 ······86
위지왜인전 ······44
유가신도 ······23, 233
유다테(湯立) ······28
유식고실(有識故實) ······264
유이이쓰신토묘호요슈(唯一神道名法要集) ······131, 203
유일(唯一)신도 ······204
유키노구니 ······70
유타 ······27
유행신 ······253, 255, 259
율령제 ······34, 38, 79, 93, 101, 105, 119, 182
음양도 ······147, 180, 185-189, 247
음양오행설 ·24, 28, 61, 184, 185, 205
이나리(이나리사) ······222, 255
이노우에(井上)신사 ······321
이미노미야신사 ······57
이세강 ······255
이세신궁 ······49, 71, 75, 98, 108, 110, 111, 123, 160-171, 183, 203, 214, 216, 238, 241, 255, 299, 300, 304, 309, 317, 342
이세신도 ······120, 163-168, 201, 235, 238, 239, 265
이소노가미신궁 ······46, 59, 91
이와사카 ······39
이와시미즈하치만궁 ······139
이와쿠라 ······39
이자나기 ······66, 67, 89, 114, 278
이자나미 ······66-68, 278
이즌 ······335
이즈모대사 ······309, 315, 318
스이카오오신토오시에노쓰타에(垂加翁神道教之傳) ······249
이타코 ······27
인베 ······72, 82
인신(人神)신앙 ······212

인일(人日) ……………………………225
일궁(一宮) ……124-126, 200, 216, 217
일대강 ……………………………222
일련종 ………………180, 229, 295, 324
일본성도교단 ……………………………335
임제종 ……………………………166, 178
입정교성회 ……………………………17

ㅈ

전방후원분 ……………………………48
점 ……………………………27, 340, 341
정토종 …………17, 18, 179, 229, 294
정토진종 ……………………………179
제사니의신주법도 209, 217, 218, 258
조동종 ……………………………18, 179
조몬 ……………………………33, 36
조상숭배 ……………………………26, 29, 30
조상신 ………………30, 101, 106, 107
조(祖)신도 ……………………………331
조야쿠벤보쿠쇼조쿠카이
(增益弁卜抄俗解) ……………………265
종교단체법 ……………………………331
종교법인령 ……………………303, 322
종교법인법 ………………303, 314, 322
종교시스템 ……16-23, 34, 38, 63, 104,
285-288, 299, 302, 311, 322, 323, 331
종묘(宗廟) …………26, 110, 111, 135
종묘신 ……………………………160, 171
종원선지 ……………………206, 207, 208
주자학 ………234, 235, 241-243, 251
중양 ……………………………225, 227
쥬쵸지지쓰(中朝事實) ………………236
지겐신쓰신묘쿄(地元神通神妙經) …204
진겐신료쿠신묘쿄(人元神力神妙經) 204
진구(神功)황후 ……………………51, 57
진기호덴 ……………………………263
진노쇼토키 ……………………168, 269
진다이히케쓰 ……………………………167
진무(神武)천황 ………34, 56, 68, 202
진언종 …………18, 131, 166, 172-174,
219, 258, 294, 324
진종 ……………………………294
진쥬노가미(鎭守神) ……………207, 231
진혼제 ……………………………83
집주가 ………198, 217, 218, 259, 282

ㅊ

창가학회 ……………………………17
창립종교 ……………14, 324, 328, 334
천리교 ……17, 312, 324-328, 337, 338
천손강림 ………………34, 60, 62, 66,
69, 73, 89, 154
천조교 ……………………………335
천조황대신궁교 ………………331, 337
천태본각론 ……………………………152
천태종 ……………………161, 169, 171,
172, 213, 219, 295
천하제 ……………………………230
천황제 ………285, 299-302, 329, 330
청명교 ……………………………328, 333

총사(總社) ……124-126, 200, 216, 217
출운교 ……312, 318
출운대사교 ……312, 314, 315
치요모토구사(千代もと草) ……234
칠석 ……225, 227

ㅋ

카바네 ……55, 58, 60, 126

ㅌ

탁선 ……24, 26, 50, 325
태정관 ……79, 113
토보가미강 ……313

ㅍ

폐백 ……71, 85-87, 96, 98, 100, 110
폐불훼석 ……129, 292, 295
풍수대신궁 ……163
피엘교단 ……331

ㅎ

하라에 ……88, 89, 114, 115, 186, 226
하쓰모우데 ……257, 289, 305, 340
하야토 ……72
하치만궁(하치만사) ……106, 111
하치만신 ‥22, 135-139, 142, 171, 211
하카마기(袴着) ……260, 261
하코자키궁 ……140
하쿠산(白山)신 ……142
하후리 ……94
하후리베 ……86, 95, 99
현불 ……142, 143
호법선신 ……143
호토케 ……28
혼쵸진쟈코(本朝神社考) ……235, 263
화광동진 ……144
화학(和學) ……262, 266, 267, 271
환산교 ……311, 312, 324, 327, 328
황대신궁 ……163
황실신도 ……13
후도키(風土記) ……91
후시미이나리사 ……270
후쓰누시노미코토 ……106
후토다마 ……83
흑주교 ……312, 320, 337
히나마쓰리 ……226
히라노신사(히라노사) ……106, 122
히로타신사 ……57
히모로기 ……39
히에(日枝)신사(히에사) ……106, 230
히에신 ……169, 180
히요시(日吉)신 ……142
히요시신사 ……122
히지리 ……182
히카와(氷川)신사 ……300, 316
히타치노구니후도키(常陸國風土記) ·58
히토노미치교단 ……330, 331

저자소개

▪ 이노우에 노부타카(井上順孝) : 서장 및 제4장 집필

1948년 가고시마(鹿児島)현 출신. 도쿄대학 대학원 인문과학연구과 박사과정 중퇴. 도쿄대학 문학부 조교 및 고쿠가쿠인(国学院)대학 일본문화연구소 전임강사 역임. 현 고쿠가쿠인대학 신도문화학부 교수. 전공은 종교사회학. 주저로 『海を渡った日本宗教』(弘文堂), 『教派神道の形成』(弘文堂), 『新宗教の解読』(筑摩書房), 『若者と現代宗教』(ちくま新書), 『図解雑学宗教』(ナツメ社), 『宗教社会学のすすめ』(丸善ライブラリー), 『新宗教事典』(공편, 弘文堂), 『神道事典』(공편, 弘文堂), 『宗教学を学ぶ』(공편, 有斐閣), 『現代日本の宗教社会学』(世界思想社) 등이 있다.

▪ 이토 사토시(伊藤聡) : 제2장 집필

1961년 기후(岐阜)현 출신. 와세다대학 대학원 박사과정 수료. 현 이바라기(茨城)대학 조교수. 전공은 일본 중세사상사. 저서로 『両部神道集』(번각해제, 臨川書店, 1999년), 『日本小百科 神道』(공저, 東京堂出版, 2002년) 등이 있다.

▪ 엔도 쥰(遠藤潤) : 제3장 집필

1967년 효고(兵庫)현 출신. 도쿄대학 대학원 인문과학연구과 박사과정 수료. 현 고쿠가쿠인(国学院)대학 일본문화연구소 조교. 주요 저술로 『東京帝国大学神道研究室旧蔵書 目録と解説』(공저, 東京堂出版), "神道からみた近世と近代 : 社会的文脈におけることばの意味をめぐって"(『岩波講座宗教3 宗教史の可能性』 岩波書店), "平田篤胤の他界論再考 : 『靈能真 柱』を中心に"(『宗教研究』 305号, 1995년) 등이 있다.

▪ 모리 미즈에(森瑞枝) : 제1장 집필

1961년 기후(岐阜)현 출신. 고쿠가쿠인(国学院)대학 대학원 문학연구과 박사과정 수료. 현 고쿠시칸(国士舘)대학 강사. 주요 저술로 『校註解説現代語訳 麗気記1』(공저, 法蔵館, 2001년), "本居宣長 『古事記伝』の構想と漢学"(『白山中国 学』11号, 2004년), "松坂修学期の本居宣長 : 家の宗教をめぐって"(『国学院雑誌』87巻11号, 1986년) 등이 있다.

역자소개

▪ 박규태

서울대학교 독문과 졸업. 동대학 대학원 종교학과 졸업(문학석사). 일본 동경대학 대학원 종교학과 졸업(문학박사). 현재 한양대학교 일본언어문화학과 교수. 주요 저술로 『일본정신의 풍경』『상대와 절대로서의 일본』『아마테라스에서 모노노케히메까지』『일본의 신사』『애니메이션으로 보는 일본』 외 다수가 있고, 주요 역서로 『국화와 칼』(역주본), 『황금가지』(역주본), 『세계종교사상사3』『일본신도사』『신도』 외 다수가 있다.

신도,
일본 태생의 종교시스템

ISBN 978-89-5668-778-0 93830
정가 22,000원

초판인쇄 2010년 5월 10일
초판발행 2010년 5월 18일

지은이 이노우에 노부타카 외
옮긴이 박규태
발행처 제이앤씨 | 등록 제7-220호

우편주소 132-040 서울시 도봉구 창동 624-1 현대홈시티 102-1206
대표전화 (02)992-3253
팩시밀리 (02)991-1285
전자우편 jncbook@hanmail.net
홈페이지 http://www.jncbms.co.kr
책임편집 김연수